剑来

② 忽为远行客

◎ 烽火戏诸侯 著

浙江文艺出版社
Zhejiang Literature & Art Publishing House

第一章
对峙

　　返回福禄镇后,跟大骊藩王宋长镜进行了一场蜻蜓点水般的切磋,正阳山老猿并未在李宅待太久,便飞奔出镇。在陈平安入山的地方稍作停留后,老猿仍是退回自己先前出拳之处,仔细观察陈平安在泥地上的脚印深浅。除此之外,老猿视野当中,还有一连串成人的浅淡脚印,老猿猜测多半是风雷园那个年轻剑修留下的。自己对泥瓶巷少年出拳之时,那人分明是想趁火打劫,出现过一刹那的剑气外溢,虽然稍纵即逝,隐藏颇深,但老猿本就身经百战,又在"剑气纵横破宝瓶"的正阳山足足修行了千年岁月,对于剑气剑意,实在太过熟悉。

　　这只正阳山搬山猿活得太久,所以太过见多识广,见识过擅长养育上乘飞剑的剑仙,拥有数十把玲珑袖珍的飞剑,皆微小如细发牛毛;也见识过大如山峰的本命飞剑,一剑劈下,江河断绝。

　　老猿凝神思量之后,这才继续前行。入山后先是杂草丛生,然后是一片竹林,地上多是去年秋冬积攒下来的枯叶,只不过由于靠近小镇,竹林并不显得荒芜杂乱。一路循着不易察觉的脚印,老猿发现自己即将走出竹林。

　　老猿并未直接走出竹林,而是环视四周,并未看到地上有少年的脚印,视线上移,四周青竹也无明显印痕,但是老猿依旧没有径直往山上追赶,而是拔地而起,一脚踩在一竿粗壮青竹的上端,微微加重力道,身体向山上那边倾斜,竹子随之弯曲,在即将崩断之际,老猿骤然散气,魁梧身躯如同轻飘飘的羽毛,没了重压负担的青竹顿时反弹,恢复笔直。老猿如仙人御风站在修修青竹之巅,身形跟随竹子微微摇曳,环顾四方之后,低头俯瞰四周，终于，老猿发现了蛛丝马迹，扯了扯嘴角，往左手边一路远眺，仔细竖耳凝听后，依稀听到了溪涧流水的声响。

老猿冷笑道："果然，一如既往的狡猾。"

老猿踩踏着一根根青竹，往左手边的小溪奔去，一路上不知踩断了多少根竹子。来到溪畔后，对于陈平安是沿着溪水往深山老林去，还是往下游逃窜，老猿一时间有些拿捏不准。老猿蹲在溪畔，眉头紧皱，有些愤懑，若是在外边天地，只要是稍稍有点灵气的山岳，老猿只要随手一抓，就能将那失了靠山的土地神强行敕令而出，一问便知少年的去向了。这也算是搬山猿的本命神通之一，否则其他修士，任你术法通天，威名赫赫，也绝对不能轻易对一方水土的神祇指手画脚。大道殊途，这就像世俗王朝的官场衙门，兵部尚书也很难对一个小小户部员外郎呼来喝去，要员外郎做这做那，最重要的是这位兵部尚书和员外郎，还不在一国庙堂之上。

老猿听着水流声，陷入沉思。按照常理而言，那少年八成是从小上山入水磨砺出来的身手和体力，说不定还研习过粗浅的呼吸吐纳之术，这才有了异于常人的体魄，身轻骨硬，气血强壮，以至于能够跟自己在巷弄屋顶玩猫抓耗子的游戏。这样的话，去熟稔道路的密林深处躲藏，合情合理。若是纯粹的少年心性，先前不过是凭借一腔热血想要报仇，尝到过轻重厉害之后，逐渐冷却，自然而然开始后怕，便跑去南边的铁匠铺子，寻求阮师的庇护，也在情理之中。前者不过是耗时，后者耗力耗神不说，甚至还会消耗正阳山的香火情。

老猿顺乎本心，脱口而出道："这少年必须死。"说完这句话后，老猿再无半点疑虑，选择往溪水下游追踪而去。

小镇南边，有一条黄泥小路，蜿蜒曲折，两边都是小镇百姓的稻田庄稼地。小路半道，有座白墙黑瓦的破败小庙。说是庙，其实就是一个供百姓歇脚休息的地儿，尤其是农忙时节、酷暑时分或是暴雨天气，有没有遮阴挡雨的地方，是天壤之别。此时陈平安和宁姚就在此商议休息。

宁姚天生剑心通明，夜间视物，轻而易举，她发现破败墙壁上满是稚童的炭笔涂鸦，大多是人名，低处多半已经斑驳不清，或是被人涂抹篡改，或是重重叠叠，只是高一些的地方，还有一些清晰可见的名字，宋集薪，稚圭，赵繇，谢实，曹曦……很长一大串，估计是当年骑在脖子上，甚至是站在小伙伴的肩膀上写的，宁姚甚至看到了刘羡阳和陈平安、顾璨三人的名字，聚在左上角最高的地方，显得不太合群。

宁姚收回视线，问道："不管怎么说，第一步是做到了，已经迫使老猿第一次换气。接下来你真要去小镇取回木弓？会不会太冒险了？万一老猿很谨慎，没有上山找你的麻烦，你岂不是羊入虎口？"

陈平安一直在默默吸气吐气，呼吸轻重长短并无定数，一切只看感觉，追求"最舒服"的状态，闻声后眼神坚毅道："没办法，木弓必须拿回来，要不然我们之前就白费功夫了！而且我在泥瓶巷那边，对老猿射出过当头一箭，确实像宁姑娘你所说，哪怕是那么近的距离，只要没有射中老猿眼珠，造成的伤害，都可以忽略不计。"

宁姚有些恼火："早说了，你那些雕虫小技不管用！先前你不信，又不听劝，行，我便由着你，但是现在你既然信了，总该按照我的法子来了吧？"

其实对于怎么对付正阳山老猿，当时在廊桥商议此事的少年少女，最早是决定各做各的，陈平安只是让宁姚等他回小镇找完三个人，但是后来陈平安突然改变主意，在宁姚走到廊桥北端下台阶之前，赶上了她。之后两人出现过巨大分歧，佩刀又佩剑的宁姚，一开始很坚定，你陈平安并非修行中人，甚至连拳把式也不会，就在一边看戏好了，最多帮忙摇旗呐喊，让她来宰掉老猿，为刘羡阳报仇，一泄心头之恨。但是当陈平安问她如何斩杀老猿时，宁姚死活不愿意说，只说她有那压箱底的本事。行走天下，上山下山，大道独行，没点家传的杀手锏怎么行。陈平安没有答应。这才有了之后陈平安的三次找人。

陈平安站起身，扭了扭腰，几乎没有妨碍凝滞了，道："我休息得差不多了。"

宁姚惊讶道："杨家铺子的东西这么有用？"

陈平安出现了片刻的黯然神色，只是很快便点头笑道："很有用的。"

宁姚问道："老猿会不会直接看穿你的逃跑路线？"

陈平安想了想，谨慎回答道："说不定可以。"

宁姚用刀鞘在地上画出两个圈和一条直线，问道："这是小庙和福禄街李宅之间的路线，你的木弓藏在哪边？"

陈平安蹲下身，画了一个圈："靠近东边，差不多是这里，距离泥瓶巷不算太远。"

宁姚点头道："好，哪怕老猿直接赶来小庙这边，我也会拖住他的脚步，给你争取到足够的时间。"

陈平安又在那条线中间地段，用手指画出一个小圈："如果真是这种最糟糕的情况，宁姑娘，你能不能把他引到这里？就是我当初入山的地方，这样我拿到了木弓赶过去，不需要多久。"

一袭墨绿长袍的宁姚以刀拄地，傲然道："说不定到时候我就提着老猿的头颅，去你那边了。"

陈平安摇头道："别逞强，要小心！"

宁姚恨不得拿刀鞘使劲敲打那颗脑袋，到底是谁逞强？她瞪眼道："喂！站在你跟前的人，是我宁姚，未来的全天下第一剑仙好不好？！"

陈平安站起身，低头查看了一下腰间的两个布袋子，以防万一，再次系紧后，抬头笑道:"知道了知道了,所以啊,那就怎么都别死在这种小地方,要不然多亏啊。以后等你做成了那么大的大人物,作为朋友,我也好沾沾光。"

宁姚感慨道:"陈平安,你这么婆婆妈妈优柔寡断,劝你以后还是别娶媳妇了,随便找个女子嫁了算了。"

陈平安嘿了一声,也不反驳,刚要出庙,宁姚说道:"我先把你送到小溪那边,之后我往西北方向走一段路程,防止老猿担心那小女孩的安危,出了竹林没多久,因为没有发现你的踪迹,就果断放弃追捕,掉头返回小镇。"陈平安想了想,没有拒绝。

少年少女一起奔向小溪,宁姚无形中吐纳如大江大河,水深无语,暗流涌动。陈平安呼吸则如溪涧流水,细水长流。气象各异。

宁姚突然忍不住问道:"木弓箭头涂抹了你说的那种草药,当真有用?"

陈平安答道:"反正对两百多斤的野猪都有用,对那只老猿应该也有用。"宁姚不再说话。

两人临近小溪,正是当时陈平安上岸的地方。少年少女几乎同时气力爆发脚掌蹬地,高高跳起,跃向对岸。

宁姚落地后握住剑鞘,放缓脚步,陈平安则是冲刺起跳、飞跃过河、落地奔跑,一气呵成,瞬间与宁姚擦肩而过。陈平安刚要转头,宁姚说道:"你先去小镇,不用管我。"

陈平安继续向前,一边跑一边转头提醒道:"我会稍稍绕弯,挑一个僻静巷弄进入小镇,可能会稍微晚一点。"宁姚点了点头,在陈平安身影消失后,不再握住剑柄,开始向西边缓缓行去。

没过多久,宁姚停下身形,眯眼望向上游溪水远处。一道魁梧身影骤然间从溪水大石上激射向北岸,落在她身前二十余步处,盛气凌人。

老猿有些疑惑,四周并无陈平安的隐匿气息。他有意无意地瞥了眼宁姚腰间的白鞘长剑,笑道:"小姑娘,先前去福禄街捣乱的人,就是你吧?"宁姚双手按住刀柄剑柄,默不作声。

老猿好奇问道:"小姑娘,之前在来小镇的路上,虽然你一直藏头藏尾,可我知道你来历不简单,绝不是清风城、老龙城那两个废物之流。只是我很奇怪,你我之间,有何恩怨,何须如此? 或者说你家族师门,跟正阳山有过节?"

宁姚二话不说,腰间刀剑同时出鞘,身形一闪而逝。狭刀先至,对那位正阳山护山老祖当头劈下,老猿竟是随便抬手,以手臂强硬弹开这一刀的锋芒。宁姚借势身形旋转,横剑一扫,扫向老猿的脖子。老猿亦是用手臂蛮横砸开剑锋。

宁姚先手两招未能得逞,并没有近身纠缠,而是与老猿拉开了一段距离,缓缓行走。老猿以强横无匹的肉身,鉴定了两柄兵器的锋利程度后,根本无视手臂外侧被割出的血槽,笑道:"兵器是真不错,而且敢随身带着两把,一看就是山上的千年世家弟子,要不然就是山下一流豪阀的嫡传子弟,我差点就要以为你是藏在暗处的另一名风雷园剑修了。"

老猿随着宁姚看似漫不经心的脚步挪动,跟随她的身形微微转移视线,沉声道:"小姑娘,知道你哪怕接下来受挫,依旧会不死心,那老夫就最后给你一次机会,容你报上师门身世,在这之后你再被老夫击杀,正阳山可不会为此认错,更不会管你来自何方,师从何人。"宁姚对此根本就是置若罔闻,始终在寻找这只老猿的真正软肋。

她毕竟不是那位已经摸到第十境门槛的大骊藩王,能够正面硬扛一只搬山猿。

自认已经退让太多的老猿冷笑道:"如此不识抬举,那就随你去吧。"

老猿一步掠至宁姚跟前,抬臂握拳对着宁姚头颅抡圆砸下。

宁姚举起绿鞘狭刀格挡,刀锋直指老猿手腕,手中长剑迅猛直刺老猿心口,剑尖直指老猿心脏某一点。不料老猿长臂一抡而下的粗糙之势,变为五指灵巧握住刀锋,与此同时,另一只手则无比符合他本性本心,一把攥紧剑尖。显而易见,气势汹汹的杀人为假,诱使宁姚冒失出剑为真。

出身东宝瓶洲剑法圣地的搬山猿,一眼就看出了这把剑的不同寻常。为此老猿不惜第二次更换了一口气机。哪怕剑尖已经推入老猿胸膛肌肤,只差寸余就能刺入心脏。

宁姚见机不妙,果断松开剑柄,一边使劲抽刀,刀口滑过老猿手心,发出一串刺破耳膜的金石之声。

抽刀之后,宁姚身体后仰,脚下不停,往后迅速倒退而去。

果不其然,老猿侧过身,握住剑尖的手往后一甩,长剑被丢掷到数十丈外。

老猿一脚踹向宁姚,宁姚原本握剑抬起的右手被老猿一脚踹中。砰然一声巨响,她整个人被踹得飞出去七八丈远,后背重重摔在地面,翻了几个滚,才用刀尖挂地,刀尖钉入道路一尺深,硬生生止住了倒滑的身形。所幸溪畔小路泥土松软,地上偶有石子也圆润并不尖锐,宁姚后背这才没有落一个血肉模糊的下场。

不给宁姚丝毫喘息机会,巨大的身影从高空坠下。宁姚这一次连拔出狭刀的多余动作也没有,一退再退。

老猿并未追杀宁姚,落地后站在原地,一只脚高高抬起,踩在那柄插入道路的刀的柄上,等到宁姚单膝跪地抬头望来,老猿加重脚下劲道,一脚将整把狭刀踩得深陷地中,刀柄只与地面持平。

老猿脸上有一缕缕紫金气息缓缓流转,深沉夜幕中显得格外耀眼,讥笑道:"刀也练,剑也学,非驴非马,不伦不类,便是这般可怜下场!"

宁姚站起身,强行咽下一口血水:"你就这点本事?"

老猿摇头笑道:"方才只是再给你一次机会罢了。"

宁姚深吸一口气,沉声道:"在我家乡,生死之战,从不讲究父母是谁。只要你有本事堂堂正正杀了我,便是我技不如人,我爹娘将来知晓缘由过程,最多就是来东宝瓶洲找你的麻烦,绝对不会牵连正阳山。所以你大可以放心,放手厮杀便是……"

这是老猿第一次听到少女如此健谈,洋洋洒洒,与印象中那个不苟言笑的帷帽少女大相径庭。所以后脖子发凉的一瞬间,老猿猛然侧过脑袋。一道白虹从他脖子旁边擦过,剑锋带出一条不深的伤口。若是不转头,哪怕无法一口气穿透老猿脖子,也绝对算是重伤了,到时候就是实打实的阴沟里翻船,一步错步步错。一想到自己一旦为此过早展露真身法相,便失去了道义上的制高点,导致与齐静春和阮师讨价还价的半点余地也没有,说不得还要连累自家小姐,在此方天地独自承受各种危机,这只正阳山老猿终于第三次愤怒了。

飞剑并未入鞘,而是环绕宁姚四周,飞快旋转,邀功讨好主人。老猿看到这一幕后,怒极反笑,哈哈笑道:"好好好,刚好跟宋长镜那一架打得不爽利,接下来就陪你好好耍一耍!就是你晓得你这几斤皮肉,经得起几下重捶?!"

宁姚仔细观察老猿脸上紫金之气,双眉微皱,比起预料之中的事不过三,老猿哪怕三次运用神通术法,分明还留有一定的余力,不至于使得几大主要窍穴的堤坝崩溃,被迫施展真身。况且折寿一事,对上五境之下的人间修士极为致命,对一只搬山猿来说当然也很肉疼,但同时又没有别"人"那么致命。

宁姚手指微动,长剑随之轻灵旋转。她笑了笑:"难怪我爹说你们东宝瓶洲的正阳山,不值一提,素来口气大剑道低,人傻胆大剑气浅。"

老猿须发皆张,怒喝一声:"找死!"往不知天高地厚的宁姚扑杀而去。

宁姚没有恋战,而是往北方奔去。一路上险象环生,幸亏那柄飞剑得了"气冲斗牛"匾额的其中两字,剑气与神意同时暴涨,并与她心有灵犀,能够心意所至,剑尖所指,且长剑本身就像是一个不讲规矩的存在,这才使得老猿雷霆万钧的攻势次次被阻挠,帮助她在毫厘之间侥幸逃生。

若是一名剑修千辛万苦蕴养出来的本命之物,如此契合心意,老猿不会有任何惊讶,可是老猿清清楚楚感知到那柄出鞘长剑,绝非古怪少女的本命飞剑。少女更像是那寻常武夫行走江湖,拿着把称手的"神兵利器",只要求锋刃足够锐利就行,根本不曾走那温养剑心、孕育剑灵的剑修大道。但是少女的古怪之处在于,她又不全然是武夫路数,因为一心淬炼体魄的武道宗师,追求的是"天地崩坏我身不朽",若是被兵器喧宾夺主,就沦为旁门左道的一种了。

一路厮杀,老猿之所以没能擒拿下宁姚,除了飞剑捣乱之外,再就是宁姚所学驳杂,剑修、武夫、练气士,三者兼备,气息精纯且悠长。老猿实在想不透东宝瓶洲哪家宗门,能调教出这么个稀奇古怪的晚辈,所以出手越发小心,想要确定其根脚来历。反正只要不靠近那座小镇,不管那边如何鱼龙混杂,老猿在这边都不会有任何后顾之忧。

四处逃窜的宁姚脸色越发苍白。

"强弩之末!"老猿狞笑道,"且不说你能否支撑到逃回小镇,就算侥幸成功,有人接应,可你当真以为老夫杀你不得?"

老猿一个旱地拔葱,不与飞剑斤斤计较,直接跃过宁姚头顶,落地后转身拦阻了宁姚向北的去路,同时一拳将那柄飞剑砸出去百余丈。只是死缠烂打的飞剑,嗖地一下转瞬即至,又刺向老猿头颅,当老猿试图找机会攥紧飞剑,将其禁锢在手心时,飞剑又未卜先知地狡黠退去,绝不恋战。飞剑来去如风,防不胜防,老猿再皮糙肉厚不怕受伤,也略显狼狈。

宁姚不愿笔直向前与老猿交锋,便路线倾斜,向东北方向奔跑。老猿跟着横移,始终对她造成震慑。

老猿拍苍蝇似的,一掌拍掉从侧面急掠而至的飞剑,把那柄飞剑打得钉入地面两尺。飞剑好似女子扭动腰肢一般,好不容易才把自己从泥地里拔出来,在空中悬停,剑尖剧烈颤抖,像是愤怒的野猫崽子,很快就又气势汹汹地掠向老猿。老猿不厌其烦,忍不住出声问道:"这把飞剑为何能够无视此地戒律?你与齐静春或是阮邛,到底是什么关系?!"

宁姚差点就被老猿一掌按在额头之上,身体向后仰去的同时,伸手握住飞剑剑柄,然后被硬生生扯出老猿那一掌范围,整个人就像被人拖拽着条胳膊,往后滑去。

被飞剑拉出一段距离后,宁姚不知为何并未借此机会,一直退入小镇,而是停下身形,站直身体后,歪了歪脑袋,吐出一口鲜血。飞剑悬停在她身侧,嗡嗡作响,像是一个疑惑不解的稚童,在那边跟长辈喋喋不休,聒噪不停。宁姚右手按住左侧肩头。

老猿蓦然放缓脚步,大笑道:"果然如此,认你做主人的这把飞剑,确实可以不按照规矩来,但飞剑终究只是飞剑,再通玄有灵性,仍是不如小姑娘你来指挥它。可惜你的身体和魂魄在小镇受过重创,并未痊愈,以至于根本就无法承受对它的驾驭,故而一直断断续续,进攻由它自主行事,反正你也没想过要真正重创老夫,只是用来保命的防御招式,所以不得不由你的心意来控制飞剑。"

宁姚终于再次开口说话:"你话真多。"

她嘴唇猩红,脸色雪白,一袭墨绿色长袍。大半夜的,就像是一个夜行村野的女鬼精魅。

老猿一步一步向前行去,啧啧道:"空有一把好剑,奈何体魄孱弱。弱干强枝,真是可怜!你跟那小巷少年想尽办法要老夫换气,以便引来这方天地的反扑。小姑娘,现在你不妨猜猜看,等老夫这第三口气息用完,换上下一口新气,到底会不会惹来天地震怒?而老夫又到底能否扛得住那一场海水倒灌?"

宁姚突然笑容玩味,脚尖轻点,向后一跃,高不过一丈,远不过半丈。本想追击的老猿有些莫名其妙,生怕有诈,便继续慢步前行,打定主意静观其变。

身体腾空的宁姚又脚尖一点,这一次脚尖力道稍大,脚踝也有拧转,所以并非笔直后仰跳去,而是向右侧蹦跳而去。原来不等她身形下坠,飞剑就掠至她位于空中最高处的脚下,于是宁姚每次都精准借力,继续向后且向高躲去。就连饱经沧桑的老猿也看得有些发愣,眼前这一幕,古怪而滑稽。

宁姚仿佛一头跳格子的小麋鹿,接连蹦蹦跳跳,充满轻盈灵动的气息,很快就消失在夜空当中。大概是担心老猿在半途发力偷袭,宁姚的蹦跳显得极其没有章法,忽左忽右,忽高忽低,忽前忽后。老猿扯了扯嘴角,眼神复杂道:"好一个羚羊挂角。"不过老猿也没有眼睁睁看着她远遁,脚尖一挑,随意挑起一颗石子,握在手心,朝那空中迅猛砸出。随后一颗颗石子被老猿飞快挑出地面,最后在老猿手中以风雷滚动之势,激射而去。虽然大部分石子都落了空,但是仍有七八颗石子对宁姚造成了极大的威胁,使得她不得不驾驭飞剑击碎飞石。夜空中一声声轰然作响,如春雷绽放。

老猿眼神阴沉。那少女要么是失心疯,要么是一根筋缺心眼,明明可以一口气驾驭飞剑,拔高到飞石势弱的高空,她却偏偏大致维持在一个高度上,如同轻骑游弋在沙场边缘地带,诱使敌方弓弩手不断消耗箭矢和膂力。

不知不觉已经临近小镇西边。老猿粗略掂量了一下残余气息,所剩不多,专门挑起两颗大如稚童拳头的石子,一手一颗,一脚前踏,一臂抢出,鼓胀的肌肉高高隆起,令人触目惊心,手中飞石破空之处,竟然呲呲作响,夹杂着一长串火星,异于往常,如一条纤细火龙冲天而起。

老猿大喝道:"给我下来!"

高空处,亮起一阵绚烂的电光,之后才是春雷炸响。宁姚闷哼一声,整个人开始摔落下坠。歪歪扭扭像醉汉一般的飞剑,不断哀鸣呜咽,但依旧拼命急急掠向主人。

老猿看也不看宁姚和飞剑,反而眯眼盯住小镇西边屋顶那边,当一抹黑影出动之时,老猿重重踏出另一只脚,手中仅剩的一颗石子呼啸而去,痛快大笑道:"救人者先死!"

宁姚呕血喊道:"别出来!"

本就伤势不轻的宁姚不忍心去看,那一刻,她有些绝望,艰难握住剑柄,当一条手臂支撑不住之时,赶紧换手握剑,如此反复,不断减缓下坠速度。

宁姚没有想到,竟然是她的自作聪明,害死了陈平安。

陈平安穿着草鞋,背着箩筐,系着鱼篓,如风一般,每天都来去匆匆,忙着赚钱忙着熬药。宁姚觉得这样的少年就这样死了,这样不对!

摇摇晃晃落地后,她双指并拢作剑,抵住额头眉心处,咬牙切齿道:"出来!给我斩开这方天地!"有一条细微金线从宁姚眉心,由上往下,渐次蔓延。如仙人开天眼!

古老拱桥之下，如今的廊桥之中，有一把剑尖指向水潭不知几千年的生锈老剑条，如从沉睡中醒来的人，打了一个哈欠。锈迹斑斑的剑尖轻轻晃了一晃，于是廊桥也晃了一晃，整条溪水也晃了一晃，整座小天地也跟着晃了一晃。

一座深山当中，风尘仆仆的齐静春和数人结伴出山，这位悠悠走在山路上的教书先生，一脚抬起后，刚要猛然踩下，笑了笑，缓缓落脚。

杨家铺子后院的杨老头，坐在油灯旁打着盹，惊醒后，用老烟杆磕了磕桌面。

大骊藩王宋长镜，没来由地在衙署跳脚骂娘。

铁匠铺一间铸剑室，负责捶打的阮邛竟然一锤落空，握着剑条的马尾辫少女阮秀满脸震惊。

被所有人当作傻子的杏花巷少年马苦玄，原本躺在屋顶看着夜空，突然坐起身，杀气腾腾。

就在此时，有一个熟悉嗓音火急火燎地响起，愈来愈近："宁姑娘，傻乎乎站着干吗?! 跑啊! 我又没死，那是我脱下来的一件衣服! 老畜生脑子不好使，你咋也傻了?"

宁姚已经有些神志不清，在敕令仪式即将大功告成之际，突然感觉到整个人腾云驾雾一般，给人扛在肩头就往小镇巷弄里跑去。

宁姚顿时清醒过来，身体跟着某个少年的肩头，不停颠簸起伏，有些难受，更是难堪。她完全蒙了："唉?"

陈平安扛着她一路撒腿狂奔，跑得竟是比之前上山还要快，像是个抢了黄花大闺女的采花贼。宁姚内伤不轻，给颠簸得难受，但也顾不得什么颜面，若是这时候给老猿一拳捶到身上，估摸着她和陈平安就真要"殉情"了。

宁姚额头满是汗水，问道："你怎么活下来的? 没有被石子打中? 你怎么知道老猿的后手，是针对你而不是我?"

问了一大串问题后，宁姚猛然惊醒："先别说这些，趁着老猿需要换气的工夫，能跑多远是多远! 我已经让那把剑尽量多纠缠老猿，但是估计它撑不了太久。"陈平安轻轻点头，健步如飞，在大小巷弄熟稔穿行，如一尾鱼游走于溪底。

远离小镇西边那条小街后，陈平安依旧脚步不停，抽空小声解释道："先前在泥瓶巷那边，老猿被我骗去一栋破房子的屋顶，然后他就掉坑里去了。之后我偷偷丢了一块小破瓦在窟窿旁边的屋上，果然老猿以为是我不小心，泄露了脚步声，他突然砸出一块瓦片来，连墙壁带隔壁屋顶一起给打穿了，吓得我出了一身冷汗。

"刚才我其实就猫在那边屋顶，没敢露头，是怕你分心，也想着能不能给老猿来一箭，然后看到老猿把你砸下来的那颗石头，跟一条火龙似的挂在天空，估摸着只要抬头，咱们小镇谁都瞧得见，我哪敢掉以轻心。当时我脑子里多转了一个弯，想着如果换成是我的话，肯定用你当诱饵，先打躲在暗处的，再回头收拾明处的，一个鱼饵穿上两条鱼，多好，对吧？所以我就先脱了刘羡阳那件衣服，抛出去后，才敢去救你。"

宁姚眼睛一亮，啧啧称奇，然后莫名其妙开始秋后算账了："陈平安，这些弯弯肠子，你跟谁学的?！道貌岸然，肯定没表面那么老实。说！陆道人救我的那次，在泥瓶巷你家祖宅，你除了摘掉帷帽，到底有没有趁机占我便宜?"

陈平安一阵茫然，就像小时候被牛尾巴甩在脸上差不多："啥?"

宁姚倒是没继续兴师问罪，反而自顾自笑起来。陈平安是财迷，绝对不是色坯。宁姚对此深信不疑，就像她始终坚信自己将来一定会成为大剑仙，不是什么凤毛麟角、屈指可数，而是唯我一人的那种。

宁姚低声道："放我下来！"

陈平安问道："你能自己走路了?"

宁姚无奈道："暂时还不能走，可你要是再这么跑下去，我的心肝脾胃都要被你颠出来了。到时候没被老猿用拳头砸死，结果挂猪肉一样死在你肩头，老猿还不得被咱们活活笑死。"

陈平安放缓脚步，头疼道："那咋办？就近找个地方藏起来？我本来是想离开小镇的，那个地方不容易被人找到。"

宁姚突然想起一事，好奇问道："你那件自制的'木瓷甲'呢？怎么没穿在身上了?"

陈平安苦笑道："对付老猿，意义不大，反而会影响我的跑路速度，就干脆脱掉了。也亏得如此，不然我都不知道怎么带你离开那边，扛不能扛，背也不能背，抱更不能抱，想想都头疼。"

宁姚叹了口气，下定决心道："陈平安，先放我下来，然后背我去你说的那个地方。"

陈平安自然没有异议，毫不拖泥带水地照做了，背起宁姚继续奔跑，并问道："宁姑娘，你的刀呢？怎么只有刀鞘?"

抱住陈平安脖子的宁姚没好气道："埋土里了。"陈平安也就不再多问，跑向小镇外一个人迹罕至的地方。

荒郊野岭，周围是一座座早已没有后人祭拜的坟茔，坟头杂草丛生，茂盛得像个菜园子，时不时响起几声夜鸮的叫声，此起彼伏，实在瘆人。好在陈平安对此地，怀有一种同龄人不曾有的情感，倒是没觉得怎么不适。约莫一炷香后，陈平安背着宁姚，穿过无数残肢断骸的倒塌神像，绕到一座巨大的神像背后。泥塑神像倾倒在地，不知为何，已经不见头颅，身长两丈有余，可想而知，这尊塑像完完整整端坐于祠堂寺庙当中时，是何等威严凛凛。

陈平安蹲下身，试图先把宁姚放下来。结果等了片刻竟然没动静，吓得陈平安以为宁姑娘已经死在半路上了。正当陈平安被雷劈了似的呆滞当场，一个字也说不出来的时候，这一路上舒舒服服大睡过去的宁姚，终于醒了过来，下意识用手背抹了抹嘴角，迷迷糊糊问道:"到了?"

蹲在地上的陈平安在这一刻,连自己也想不通,为什么差点眼泪都要流出来了。他赶紧深吸一口气,收敛起异样情绪,双手轻轻松开宁姚的腿窝,转头笑道:"这是我去年秋天临时搭的一个小屋,以前经常带着顾璨来这里玩。他嚷嚷着要,我就用柴刀砍了一些树枝搭了个架子,再用树叶草叶盖上去,还挺牢,去年冬天那么大的两场雪,也没压塌。"

宁姚站直身体,回首望去,飞剑并未狼狈返回,这是好兆头,至少说明老猿没有找准两人躲藏地点的方向。

陈平安让宁姚稍等,率先弯腰进入木草搭建的临时小窝,略作收拾,这才开门迎客。

宁姚坐进去,小窝并不显狭窄逼仄,她如释重负。

陈平安没有关上那扇粗糙的柴木小门,而是就坐在门口,背对着她。

宁姚问道:"怎么不关上门?"

陈平安摇头道:"如果老猿找到这里,就没差别了。"

盘腿而坐的宁姚点头道:"也是。"

沉默片刻后,宁姚问道:"你就没有什么想问的?"

陈平安果真问道:"老猿是不是用掉了三口气?"

宁姚嗯了一声:"但是告诉你一个不好的消息,老猿至少还能再坏一次规矩。对付咱们两个伤患,多半是绰绰有余。"

陈平安又问道:"宁姑娘,你觉得老猿为此付出多大的代价了?"

小窝内满是四周渗入的青草芬芳,沁人心脾,虽然地面有些许湿气,但是宁姚觉得已经不能要求更多了。

宁姚仔细想了想:"老猿总计出手三次。从你家泥瓶巷到小镇最西边的第一次,老猿比较含蓄,主要是为了试探你有无靠山,毕竟他当时忌惮有人在幕后布局,害怕有人针对他护送到此的正阳山小主子,所以折寿大概只在三五年之间;之后在溪畔与我对峙,折寿在二十年左右;第三次,估摸着至少五十年,接下来第四次的话,怎么都要一百年起步。"

陈平安眼神熠熠,弯腰伸手拔出一根草,掸去泥土后,嚼在嘴里,开心道:"就算一百八十年好了,赚大发了!哪怕不考虑云霞山那蔡姓女子的陷害,寻常人也就活个六十年,那我就是多赚了两辈子回来。再说了,老猿将近两百年阳寿,来换我三辈子性命,我觉得他只要一想到这个,气也气死了。"

宁姚皱眉道:"陈平安,你就这么觉得自己的命,不值钱?"

陈平安毫不犹豫道:"跟老猿那种活了千年的神仙妖怪相比,我一个小镇窑工出身的老百姓,自然是不值钱的,承认这种事情,又不丢人。"

宁姚被陈平安这套歪理弄得堵得慌。

陈平安转头一笑:"当然了,想到这些,认命归认命,心里头憋屈还是会有的。你想啊,凭啥都是来世上走一遭,我的命就天生不值钱呢?"

宁姚刚要附和,然后再与他显摆几句既气概豪迈又有学识底蕴的圣贤箴言,不料陈平安很快自己就给出了答案,正儿八经地扪心自问道:"难道是我上辈子好事做少啦?可我这辈子也没来得及做啥好事善事啊,下辈子岂不是还得完蛋,咋办?"

宁姚拿起腿上横放着的空荡荡的绿色刀鞘,用鞘尖轻轻一点陈平安的后背。

陈平安顿时龇牙咧嘴,转头一脸敢怒不敢言的模样。

宁姚瞪眼道:"这辈子还没到头呢,想什么下辈子?!"

陈平安赶紧伸出一根手指,示意宁姚不要大嗓门,宁姚赶紧闭嘴。

陈平安屁股往外边挪了挪,试图远离宁姚与刀鞘。

宁姚欲言又止,最后决定还是把真相告诉少年,嗓音沙哑道:"陈平安,你有没有想过,虽然已经折寿一百八十年,但是这只正阳山的搬山猿,他原本能够活多久?"

背对宁姚望向远处天空的陈平安,只是摇摇头。这种玄之又玄的事情,他如何能够知道?

有些事情,就像福禄街和桃叶巷的青石板街道,陈平安如果不是因为送信一事,这辈子都不会知道原来天底下的道路,不全是泥路。

宁姚叹气道:"这类因天地异象而生的凶兽遗种,窍穴远不如我们人来得别有洞天,虽然因此会修行极难,但好处是精气神的流逝,也更加缓慢,使得它们极为长寿,少则五百年,多则五千年的寿命。搬山猿生性喜动不喜静,若无修行,寿命不会太长,自然不如龟蛟之流,但是搬山猿终究曾经是一方霸主,寿命依旧长达两千年左右,而且这只搬山猿,显然已经修成了道法神通,一旦被他跻身上五境,加上他第九境的体魄,别说两千年寿命,就是三千年、四千年,也不是没有可能。"

宁姚望着那个消瘦背影:"所以别觉得自己活够了。"

陈平安一声不吭。宁姚有些心酸。两两无言,道破天机的宁姚心中逐渐生出一些愧疚,便搜肠刮肚地去酝酿措辞,想着安慰一下那家伙。只是当宁姚想得头都大了的时候,却听到了陈平安的一阵轻微鼾声,宁姚顿时傻眼。

杏花巷深处一栋大宅子,从内到外收拾得干干净净,甚至连院门口的道路,也比别人家门口整洁许多。一个面相与慈眉善目绝对无缘的老妪挑了挑灯芯,让屋内灯火更明亮一些,然后满是宠溺地望向自己的孙子,开始日复一日年复一年的絮絮叨叨:"又大半夜跑到屋顶上去做甚? 老话说春捂秋冻,你总也不听劝。正是长身体的时候,真要冻出病根子来,让奶奶怎么活?"

憨憨傻傻的少年咧嘴一笑。

老妪马婆婆坐下后,哀叹一声,开始念自家那本难念的经:"我的乖孙儿哟,你是不知道,今儿白天,那头白眼狼不知道闻到了啥肉味,突然拎着大包小包的礼物登门。你当时不在家,你是没看到他那副嘴脸,真是孝顺儿子慈祥爹,都快把奶奶我给感动哭喽。"

说到这里的时候,马婆婆满脸讥讽,冷不丁往地上吐出一口浓痰,又有些后悔,便赶紧用脚尖蹂了蹂。马婆婆抬头望向满脸无所谓的少年,气不打一处来,只舍不得打,只好气呼呼道:"没心没肺的崽子,也不知道心疼心疼奶奶。你本名叫马玄,只是有爹生没娘养的,不是命苦是什么,奶奶就给你加了个'苦'字。你要是嫌晦气,以后自己改回来便是,不打紧的,不用在意奶奶的想法。奶奶就是乡野老婆子,是田间的蛤蟆,见识短浅,活该一辈子遭罪吃苦……"马婆婆开始擦拭眼泪。

少年马苦玄伸手放在马婆婆皮包骨头的干枯手背上。

马婆婆看了眼自家孙子,马苦玄眼神中终于带了点情感。她欣慰地笑了,反过来拍了拍马苦玄的手背:"奶奶我啊,是没福气的人。你爷爷有良心没本事,靠不住;儿子有本事没良心,还是靠不住。所以就只剩下你这么个念想了。要是你再没有出息,奶奶这辈子吃过的那么多苦,算是白吃了。吃苦不算什么,别像奶奶这样就成,以后一定要有出息,有大出息,谁欺负过你,你就往死里欺负回来。千万别当好人,坏人呢,偶尔当几次,也没事的,别一门心思吃饱了撑着去害人就行,小心遭报应不是?老天爷是喜欢一年到头打盹,可总还有睁开眼睛的时候不是,万一给抓个正着,哎哟……"

这些陈芝麻烂谷子的说法,马苦玄是从小听到大的,耳朵起的茧子都好几茬了。不过他始终没有缩回手,任由奶奶轻轻握着。

马婆婆猛然问道:"你喜欢稚圭那个小贱婢干啥?"

马苦玄微笑道:"好看呗。"

马婆婆稍稍加重力道在马苦玄手背一拍,大骂道:"没良心的小烂蛆! 连奶奶这里也不肯说实话?"

马苦玄嘿嘿一笑:"奶奶你放心,是好事情。"

马婆婆将信将疑,暂且压下这个疑问,换了个话题:"知道你爹娘为啥不要你吗?"

马苦玄笑道:"那会儿家里穷,养不起我?"

马婆婆骤然提高嗓门,尖叫道:"穷? 咱们马家这七八辈人,可真算不得穷人门户,也就是装惯了孙子,到最后连大爷也不知道如何当了。其实老祖宗留下一条祖训,再有钱也不许把宅子安置在福禄街上,桃叶巷也不许。你那对活该遭天打雷劈的爹娘,他们如果穷的话,能每天穿金戴银? 顿顿吃香的喝辣的? 除了没敢搬到四姓十族扎堆的地儿去摆阔,他们什么享福的好事落下一桩一件啦?"每次说到儿子儿媳,马婆婆真是恨得牙痒痒,冷笑道:"那些个祖辈规矩,就是埋在土里烂成泥的玩意儿,多少年过去了,如今能值几个钱? 孙子,你以后出息了,别太当回事,奶奶活了一大把年纪,见多了有钱人和没钱人,说到底,只有没本事的人,才去当老实人!"

马苦玄笑容灿烂,不知道是觉得有道理,还是认为滑稽可笑。这个少年从小便是这样,什么亏都能吃,什么欺负都能忍,可是有些时候执拗起来,就连他奶奶也劝不动说不动。

马婆婆想了想,起身跑出去看院门闩了没,回到屋子重新落座后,压低嗓音:"孙子,别看奶奶这么多年装神弄鬼,除了当接生婆,就是给人喝一碗符水,要不就是厚着脸皮跟人收破烂,但是奶奶告诉你,那些收回来的老物件,可都是顶天的宝贝……"

马苦玄重新恢复急懒的神态,显而易见,对于奶奶的那一大箱子破烂,他并无兴趣。

马婆婆犹然诉说早年各种坑蒙拐骗的伎俩,得意扬扬。

马苦玄突然问道:"奶奶,泥瓶巷陈平安他爹,是不是死在……"

马婆婆脸色剧变,赶紧伸手捂住自己孙子的嘴巴,厉色道:"有些事情,可以做,不能说!"马苦玄笑着点头,不再刨根问底。

之后马婆婆也没了炫耀过往荣光的兴致,心思沉重,病恹恹的,时不时望向窗外的夜景。

马苦玄笑问道:"奶奶,你在咱们小镇当了这么多年的神婆,杏花巷的街坊邻居,人人都说你老人家能跨过阴阳之隔,接引亡魂回到阳间……"

马婆婆白眼道:"别人信这些乌烟瘴气的,你也信? 奶奶连打雷也怕的一个人,真要见着了鬼魂,还不得自己把自己吓死?"

"奶奶别怕。"马苦玄轻声笑着,"人鬼殊途,神仙有别。大道朝天,各走一边。"

拂晓时分。

草木小窝内的宁姚缓缓睁开眼睛,已不见陈平安身影。她迅速起身,弯腰走出,脚尖一点,跳到那尊侧卧的破旧神像的巨大肩头之上。

远处陈平安正往这边跑来,脚步不急不慢,不像是被追杀。当他看到一袭墨绿长袍的宁姚后,赶紧招手示意她下来。宁姚跳下佛像肩头,站在他身前。

"老猿没找到咱们这边。"说完之后,陈平安面朝那尊没了头颅的神像,双手合十,低头一拜,碎碎念。宁姚依稀听到是恳请不要怪罪她的言语,翻了个白眼,却也没说什么。

之后陈平安神神秘秘低声道:"我带去你看两尊神像,很有意思!"

宁姚问道:"是神仙菩萨显灵,愿意出来见你了? 那岂不是心诚则灵?"

陈平安悻悻然道："宁姑娘你这话说的……"

宁姚一挑眉头。

陈平安以迅雷不及掩耳之势继续道："一听就是读过书的！"

宁姚霎时间就像变了一个人，咳嗽几声，心中默念"矜持矜持"。

陈平安在前头带路，宁姚默默跟在后边。

宁姚下意识伸出一根手指，揉了揉眉心。真是命悬一线啊。

她天人交战许久，深吸一口气，才弱弱说了两个字："谢谢。"

陈平安其实一直眼观六路耳听八方，自然听到了宁姚突如其来的感谢言语。虽然内心深处没觉得她需要跟自己道谢，反倒是自己应该感谢她才对，只不过他实在不知道如何开口，便干脆不搭理这茬了。

陈平安突然停下脚步，怔怔望向南边，自言自语道："如果老猿已经被齐先生驱逐出境，所以才没有追杀我们，该怎么办？"宁姚无言以对。陈平安继续前行，看不出异样。

宁姚加快脚步，跟他并肩而行，忍不住问道："陈平安，你没事吧？"

陈平安摇头道："没事。我知道有些事情，就是这样的，没办法就是没办法。"

陈平安没有读过书，所以不知道那句话的意思，如果换一个说法，叫作人力终有穷尽之时。

宁姚突然停下脚步，等到陈平安疑惑着转身后，她指了指自己眉心处的红印："知道你好奇，但是没好意思问，我不妨跟你说实话好了。这便是我宁姚的杀手锏。正阳山老猿厉害吧？把你我撵得比丧家之犬还凄惨，对不对？可我眉心窍穴内，放着我娘赠送给我的一样十岁生日礼物，是我的本命之物，它只要出现，别说老猿要死，就是……"

说到这里，宁姚掐断了话头，直接跳过："之所以跟你说这些，我是想告诉你，天地大得很，别小看自己，也别气馁。你现在不是已经习武了吗？不如连剑术也一起练了！"

陈平安问道："你会教剑术？"

宁姚理直气壮道："我天资太好，学剑极早，境界攀升极快，但是教别人剑术，半点不会！"

陈平安挠挠头。

宁姚想了想，正色道："那柄飞剑我就算想送给你，它也不会答应的，而且我也不愿如此辱它。在我家乡，认为世间有灵之剑，皆是我辈同道中人。"

宁姚最后摘下腰间雪白剑鞘："但是这个剑鞘我可以送给你！"

陈平安一头雾水："为啥？"

宁姚使劲拍了拍陈平安肩膀，语重心长道："连剑鞘也有了，距离剑仙还会远吗？"

陈平安傻乎乎接过空荡荡的剑鞘，瞠目结舌道："说啥？"

宁姚大步前行。她当时只觉得自己做了一件极其潇洒的事情，仅此而已。

陈平安小心翼翼拎着剑鞘，心想自己上哪儿去找把剑来？

陈平安领着宁姚来到一尊五彩神像前，神像约莫比青壮男子高出一个脑袋，原本生有三双手臂，如今只剩下最高处高高举起的握拳一臂，以及最低处的握手一臂。之所以单臂却能握手，原来是神像十指交错，故而哪怕另外那条胳膊被齐肩断去，手掌和手腕仍得留下。

五彩泥塑神像为一尊披甲神人，大髻，铠甲铮铮，鳞片连绵。甲片边缘饰有两条珠线，联珠颗粒饱满，比起刘羡阳家祖传瘊子甲的丑陋不堪，仅就卖相而言，实在是稚圭和马婆婆的差距。

神像踩踏在一座四四方方的漆黑石座上，相比昨夜两人寄居处的那尊无头神像，这尊彩绘神像虽然断臂极多，且彩塑斑驳，但是仍然流露出一股神采飞扬的精气神。最重要的是，泥像神人的腰腹处，双手交缠在一起，姿势极其古怪。

宁姚一眼就看出了端倪，明白了陈平安为何要急匆匆带自己来到此地。她点头道："的确有些像《撼山谱》上的那个立桩拳架子，只不过跟拳谱上的剑炉，有点不同。"

宁姚思量片刻，问道："附近找得到其余断臂吗？"

陈平安蹲在地上，一脸惋惜地摇头道："找过了，啥也没找到，估计早就被来这里捉迷藏的孩子踩烂了。这么多年下来，这些土木神仙泥菩萨，估计什么苦头都吃过了。你瞅瞅这位，最高的那颗拳头，手腕那里缺了一大块，旁边还有很多条裂缝，明显是给人用弹弓或是石子糟蹋的。小镇的孩子都这样，大人越不让来这边玩，就越喜欢偷偷来这里捉蟋蟀、挖野菜，尤其是每年下雪的时候，经常是几十号人在这边打雪仗，热闹得很，玩疯了之后，哪里顾得了什么。小时候还喜欢攀比，看谁爬得更高，还有人喜欢爬到神像头顶上去撒尿，比谁尿得更远。所以你想啊，一年年下来，就没个齐全的泥像了。其实我小时候那会儿还有几个木雕的神像，后来听说有懒汉嫌弃上山砍柴太累，就盯上了它们，刚入冬那会儿，就偷偷给拉回家劈成柴火烧掉了。"

陈平安一直在那儿嘀嘀咕咕，有些低沉感伤："我当时被姚老头嫌弃烧窑没悟性，被赶到山上烧炭去了，我如果在镇上，知道有人这么做，一定要劝一劝，实在不行，我可以答应帮他砍柴去。土木神仙泥菩萨，虽说从来不显灵，可那好歹也是菩萨神仙啊，结果被劈砍成柴火，这种缺德事情，怎么可以做呢……"

宁姚和陈平安此刻关注的侧重点，截然不同。宁姚一手捏着下巴，一手托着手肘，那双眼眸流光溢彩，缓缓道："如果我没有猜错，你家拳谱的剑炉正是脱胎于此，不过不是现在你看到的这双手，而是这尊道门灵官像之前中间那对手臂，就是由消失的那双手掐诀而出的剑炉。虽然我不知道为何撰写拳谱之人只选其一，并没有选择现在咱们看到的这个手势，但是我可以确定一点，剑炉，或者说灵官指剑掐诀，说不定有大小之分。"

陈平安听得云里雾里，但是不忘反驳提醒道："拳谱是顾璨的，我是代为保管。"

宁姚没跟陈平安计较，伸手指了指这尊道教灵官的剑炉架子，解释道："看到没，拳谱上是右手尾指突出，而这里是九指分别纠缠、环绕、相扣，只伸出左手一根食指而已，一枝独秀。为的就是掐指成剑诀，最终用以滋养食指。"

宁姚自顾自说道："我行走你们这座天下多年，也见过不少寺庙的四大天王，和各路道门灵官，这尊泥像……"

陈平安静待下文，结果等了半天也没等到答案，只得开口问道："有什么奇怪的地方吗？"

宁姚点了点头，一本正经道："是最矮的。"

蹲在地上的陈平安什么话都没有说，只是朝她伸出大拇指。

宁姚转头问道："你见过比你们披云山还高的道门灵官神像吗？"

"当然没见过啊。"陈平安愣了愣，疑惑道，"披云山是我们这边的？"

宁姚恍然，解释道："就是你们这里最高的那座山。很久很久以前，据说曾经有位得道高人，在披云山那边埋下一方天师印，用以镇压此方天地的龙气。"

陈平安眼睛一亮："知道大致方位吗，咱们能不能挖？"

宁姚笑眯眯道："怎么，想挖了卖钱啊？"

被识破心思的陈平安微微赧颜，坦诚道："倒也不一定要卖钱，只要是好东西和值钱物件，留在家里当传家宝也是好的嘛。"

宁姚用手指凌空点了点这个掉到钱眼里的家伙，没好气道："以后你要是能够开宗立派，我估计有你这么个燕子衔泥、持家有道的掌门宗主，门下弟子客卿肯定一辈子吃穿不愁，躺着享福就好了。"

陈平安没想那么远，至于什么开宗立派，更是听也听不懂。

他站起身问道："不管大小，眼前也算是剑炉的一种？"

宁姚点头道："大小剑炉，分左右手，真正滋养的对象，绝对不是左手食指和右手尾指，而是一路逆流而上，直到……"

宁姚说到这里的时候，闭目凝神，她甚至不用掐诀立桩，就能够心生感应。她睁眼后弯曲手指，对着自己指了指后脑勺两个地方，分别是玉枕和天柱两处窍穴，确实是比较适合温养本命飞剑的场所。她笑道："左手剑炉对应这里，右手则是指向此处。"

陈平安茫然道："宁姑娘，其实我一直想问，这剑炉说是拳谱的立桩，可手指这么扭来扭去，这和练拳到底有啥关系？能长力气吗？"

宁姚有些傻眼。要是非让宁姚具体解释武学或是修行的门门道道，那就真是太为难她了，更别提让她说出一路上大大小小的坑坑坎坎如何顺利跨过。毕竟对于宁姚来说，这些最没劲的道理，还需要说出口吗？不是自然而然就该熟门熟路的吗？

于是她板起脸教训陈平安道："境界不到，说了也是白说！你问这么多干什么，只管埋头苦练便是！怎么，吃不得苦？"

陈平安将信将疑，小心翼翼说道："宁姑娘，真是这样？"

宁姚双手环胸，满脸天经地义的正气表情，反问道："不然咧？！"

陈平安便不再追问此事，仰头望向被宁姚称为道门灵官的彩绘神像，道："这就是陆道长他们家的神仙啊。"

宁姚无奈道："什么叫陆道长他们家的神仙？第一，道家道家，虽然有个'家'字，但绝对不是你们小镇百姓人家的那个家，道家之大，远远超出你的想象，甚至连我也不清楚道门到底有多少道士，有多少支脉流派，只听我爹说过，如今祖庭分上下南北四座……算了，跟你说这些就是对牛弹琴。第二，神仙神仙，虽然你们习惯了一起念，甚至全天下的凡夫俗子都这样，可归根结底，神和仙，走的是不一样的路。我举个例子好了，人争一口气佛争一炷香，这句话你听过吧？"

陈平安点头道："以前杏花巷马婆婆经常跟顾璨他娘吵架，我总能听到这句话。"

宁姚此时颇有一些指点江山的意味："佛争一炷香，为啥要争？因为神确实需要香火，没有了香火，神就会逐渐衰弱，最终丧失一身无边法力。道理很简单，就跟一个人好几天不吃五谷杂粮一样，哪来的气力？世俗朝廷为何要各地官员禁绝淫祠？怕的就是人间香火杂乱，使得一些本不该成神的人或什么，坐拥神位。退一步说，哪怕他们擅自成神之后，是天性良善之辈，愿意年复一年荫庇当地百姓，从不逾越天地规矩，可对自诩为'真龙之身'的皇帝君主而言，这些不被朝廷敕封的淫祠，就是在祸乱一方风水，无异于藩镇割据，减弱了王朝气运，是挖墙脚的行径，会缩短国祚的年数。毕竟卧榻之侧岂容他人酣睡？

"至于仙，很简单，你看到的外乡人，十之八九都算是，就连正阳山那只老猿，也算半个仙。他们都是靠自己走在大道上，一步步登山，通往长生不朽的山顶。修行之人，也被称为练气士，修行之事，则被称为修仙或是修真。"

陈平安问道："那么这尊道门灵官到底是神还是仙？按照宁姑娘的说法，应该算是道门里的仙人吧？"

宁姚脸色肃穆，轻轻摇头，没有继续道破天机。

她突然皱了皱眉头，一颗石子莫名其妙激射而至，重重砸在灵官神像高出头颅的那只拳头上，砸出许多碎屑来。宁姚挥了挥手，驱散头顶那些泥屑尘土。

陈平安站起身，顺着宁姚的视线，转头望去，结果看到一个意料之外的身影。有个黝黑精瘦的矮小少年，蹲在远处一座倒地神像上，一只手不断抛出石子、接住石子。

陈平安转身跟宁姚并肩而立，轻声道："他叫马苦玄，是杏花巷那个马婆婆的孙子，很奇怪的一个人，从小就不爱说话。上次在小溪碰到他，他还主动跟我说话来着，他明显早就知道蛇胆石很值钱。"

名叫马苦玄的少年，站起身后继续掂量着那颗石子，朝宁姚和陈平安灿烂一笑，开门见山道："如果我去福禄街李宅，跟正阳山那只老猿说找到你们两个了，我想怎么都可以拿到一袋子钱。不过你们只要给我两袋子钱，我就假装什么都没有看到。事先说好，只是做买卖而已，别想着杀人灭口啊，地上这么多神仙菩萨可都看着咱们呢，小心遭报应。"

恼羞成怒的宁姚正要说话，却被陈平安一把抓住手臂。陈平安向前踏出一步，对马苦玄沉声问道："如果我愿意给钱，你真能不说出去？"

马苦玄微微一愣，好像完全没想到这对少年少女，如此好说话，竟然还真跟自己做起了生意。不过他也懒得继续演戏，掏出一只华美精贵的钱袋子，随手丢在地上，笑道："我已经在李家拿到报酬了，只不过我可不是为了钱。泥瓶巷陈平安，宋集薪的隔壁邻居，对吧？你要怪就怪你身边的家伙，太惹人厌了，她昨天坏了很多人的大事。"马苦玄扯了扯嘴角，伸手指向自己："比如我。"

陈平安环顾四周。

马苦玄望向宁姚，笑道："放心，那只老猿暂时有点事情要处理，我就趁着这个机会，想跟你讨要一样东西，你知道是什么，对不对？"

宁姚冷笑道："小心有命拿没命用。"

马苦玄乐呵呵道："你又不是我媳妇，担心这个做啥。"

陈平安实在无法想象，这么一个满身鬼气森森的家伙，怎么会有人觉得他是个傻子？

宁姚脸色阴沉，碰了碰陈平安肩头，轻声提醒道："不知为何飞剑到了这边周围，便进不来了。"

马苦玄微微转移视线，对陈平安咧嘴笑道："昨天屋顶一战，很精彩，我凑巧都看见了。哦，对了，你可以摘掉绑在小腿上的沙袋了，要不然你是追不上我的。"

陈平安果真蹲下身，缓缓卷起裤管，视线则一直放在马苦玄身上。直到这个时候，宁姚才惊讶地发现，原来陈平安小腿上还绑着一圈不厚不薄的沙袋。

陈平安跟宁姚解释了一句："很小的时候，杨家铺子的杨爷爷就曾经叮嘱过我，死也别取下来。原本是打算用来对付老猿的第四口气，现在想了想，也差不多了，因为我总觉得这个叫马苦玄的家伙，和老猿一样危险。"

马苦玄轻轻跳下神像，瞥了眼一袭墨绿长袍的英气少女，自言自语道："本来以为好歹等我出了小镇，才会遇到第一个大道之敌，没想到这么快就碰上了。哈哈，真是运气来了挡都挡不住啊。"

宁姚突然问道："陈平安，那家伙小时候也给牛尾巴甩过？"

　　陈平安站起身，轻轻跺了跺脚，左右双脚各数次，认真想着宁姑娘的问题，回答道："马婆婆很有钱，所以我记得这个马苦玄家的黄牛，体形格外大，那牛尾巴甩起来，很吓人的。"

　　在陈平安站起身的时候，马苦玄却又蹲下身，抓起一把石子放在了左手心。

　　最后，泥瓶巷少年与杏花巷少年，两个同龄人，遥遥对峙。

　　陈平安左右脚尖先后不易察觉地踩了踩地面，似乎还在适应变轻了的双腿。

　　他留意到马苦玄总共捡了五颗石子，四颗握在左手，一颗握在右手。

　　马苦玄神色自若，望向刀鞘剑鞘皆空的外乡少女，笑道："说好了，现在是我和陈平安单挑。按照我奶奶小时候讲的故事，在演义小说里，两名大将于阵前捉对厮杀，谁喊帮手谁就不是英雄好汉。若是能够阵斩敌人，军心大振，一场仗就算赢了……"

　　宁姚看着这个马苦玄就心烦，她就没见过这么欠揍的家伙。泥瓶巷的宋集薪城府也深，也喜欢掉书袋，成天摆小夫子的做派，可人家好歹瞧着就是一副读书种子的模样。眼前这个矮小精瘦的少年，肌肤不比陈平安白，眼睛却格外大，整个人给人的感觉就是很怪，尤其是加上这种蹩脚拗口的酸文，就像老妪涂抹了半斤脂粉在那张老树皮上，故做娇羞状，真是惨绝人寰。

　　陈平安没有跟杏花巷的同龄人放狠话，微微弯腰，骤然发力，笔直前冲，势若奔马。真快！

　　看着陈平安疾奔而去的背影，几乎一个眨眼就与自己拉开了两丈多距离，饶是见多识广的宁姚也难免感慨。这不是说陈平安放在全天下的同龄人当中，能够飞奔快过狐兔，这件事情本身如何了得，而是在此方天地这座牢笼里，陈平安能够只依靠十数年如一日的水磨功夫，就把自己的体魄硬生生打熬到这个地步，这才是最让宁姚佩服的地方。宁姚想了想，难道能吃苦，也是一种天赋？

　　两个少年之间的距离瞬间只剩一半。陈平安甚至已经能够清晰看到，马苦玄脸色的一连串细微变化，片刻惊讶后，转为惶恐，又迅速恢复镇定，然后毫不犹豫地迅猛抬臂，整条纤细手臂，绽放出一股惊人的爆发力。

　　一直死死盯住马苦玄右手动静的陈平安，不再直线前冲，而是刹那之间折向了右边。

　　马苦玄那条胳膊竟然出现微妙的停顿，手腕一抖，目标正是偏离直线的陈平安。

　　激射而出的石子来势汹汹，虽然不如正阳山搬山猿那般恐怖，但是仍然不容小觑。本该手忙脚乱的陈平安并未停步，腰杆一拧，上半身侧过，那颗石子正好从眼前一闪而逝，陈平安额前的发丝被那股清风裹挟得随之一荡。

　　马苦玄握有剩余石子的左手轻轻一甩，其中一颗石子刚好落入右手手心。

　　这个杏花巷的矮小少年，好像并不觉得第二次出手就能够解决掉陈平安，故而没有停留在原地,而是开始跑向右手边,与此同时,甩手丢出第二颗石子。

陈平安一个毫无征兆的骤然弯腰,双手几乎能够触及地面,那颗石子从他后背迅速划过,擦破了他的单薄衣衫,所幸只是擦伤,虽然看上去皮开肉绽很吓人,其实伤口不深。

此时两人间距又被拉近一半。

虽然马苦玄也意识到应该要拉开距离才对,但是陈平安的埋头冲刺,实在太过风驰电掣,衬托得马苦玄匆忙之间的转移阵地,仿佛是老牛拉破车,所以当陈平安那张黝黑脸庞越发靠近,他那坚毅明亮的眼神便显得尤为刺眼。与此相反,马苦玄明显出现了一抹迟疑神色,是放弃丢掷石头的举动,果断撒腿撤退,还是孤注一掷,在第三颗石子上分出胜负?马苦玄犹豫不决,和陈平安的一往无前,形成鲜明对比。

此时此刻的陈平安,哪里有半点泥瓶巷滥好人的样子?

马苦玄在这种事关生死的紧要关头,后撤一步,再次挥动手臂。显而易见,马苦玄相信自己手中的石子。

这个别说打架,从来就没跟人吵过架的孤僻少年,从小到大就不喜欢跟同龄人待在一起,比起陈平安或是顾璨,更像是一只独来独往的野猫崽子。他喜欢有事没事就抓一把石子,一边走一边丢,当然力道都很轻,看似漫不经心的玩耍,没有人当回事。只是马苦玄在廊桥底下岸边,四下无人的时候,就会独自打水漂,稍稍薄一些的石子,往往能够在水面上打出十数个涟漪之后,撞在对岸石拱桥的内壁上,砰然粉碎,臂力之大,手劲之巧,可想而知。

马苦玄也时常会蹲在青牛背上,用石子去砸水中的游鱼。不管能否击中,反正他丢入水中的石子,几乎没有水花。而杏花巷的那栋祖宅,院子里,或是屋顶上,经常会躺着几只鸟雀的尸体,血肉模糊。

两人相隔不过十数步而已,之前两次躲避掉马苦玄的石子,陈平安的身形脚步更偏向于敏捷轻灵,并没有任何泄露出筋骨强壮的地方,他就像一片轻飘飘的叶子。但是即将和马苦玄对撞的时候,陈平安终于展露出"重"的一面,接连三大步,既快又猛,充满张力,落地如铁锤砸剑条,抬脚则如拔起一座山峰的山根。三步,近在咫尺。马苦玄仍是没能来得及丢出石子,按理来说,大势已去。但是陈平安没来由心头一震,不过仍是没有任何退缩,因为形势紧迫,已经容不得他悬崖勒马,不如纵身一跃,冒险一搏。

马苦玄嘴角扯起,笑意玩味,左手松开,丢掉剩余石子,抬起的右手本就握拳,所以顺势就是一拳砸出去。

他一开始就给陈平安挖了个陷阱,所谓的狐疑不决,故意给陈平安近身的机会,甚至为何要选择以石子来作为进攻手段,全是这个杏花巷傻小子的缜密谋划罢了。为的就是示敌以弱,把能够从老猿手底下溜走的泥鳅少年,勾引到自己身边,让陈平安自己送上门来!

一臂之距,即是一拳之距。

陈平安是个不算太明显的左撇子,于是左手握拳,与马苦玄的右手拳头,硬碰硬撞在一起。在拳头相撞的瞬间,几乎同时,两个少年分别向对方一脚踹去。

陈平安和马苦玄同时倒飞出去,狠狠摔在泥地上。两人又隔开二十余步,马苦玄爬起身,单膝跪地,大口喘息。他抬起手臂,松开拳头,因为手心那颗石子一直没有丢出去,所以此时他手心虽然称不上血肉模糊,但也已经猩红一片,触目惊心。马苦玄咧咧嘴,揉了揉肚子,眼神炙热,对陈平安大声笑道:"陈平安!敢不敢再来?!"

陈平安的左手更惨,因为之前在小巷袭杀云霞山蔡金简时,手心被碎瓷划破,创口极深。这段时日,虽然一直敷着从杨家铺子传下来的秘制草药,但是伤筋动骨一百天,他体魄再健壮,终究不是那种生死人、肉白骨的修行神仙,所以跟马苦玄互换的这一拳一脚,陈平安更加吃亏。陈平安包扎有棉布条的左手,已经不由自主地微微颤抖,鲜血渗出棉布,一滴一滴落在脚边野草上。

陈平安刻意深吸了一口气,于是清晰感受到从腹部传来的刺痛,他要确定这种程度的疼痛,对自己接下来的行动到底会造成多大的影响。这是习惯使然。

陈平安是穷苦出身,正因为拥有的东西太少,所以格外斤斤计较。反观宋集薪、卢正淳那样的富贵子弟,绝对不会在意口袋里有几枚铜钱。这是大行不顾细谨,陈平安当然不行。所以陈平安给人的印象,一直是跟拘谨、温吞和隐忍这些词语沾边,理所应当的朝气蓬勃,反而不多。至于眼前那个莫名其妙跑出来,要跟陈平安、宁姚打生打死的马苦玄,大概属于不可理喻的怪胎,宁姚至少还可以用锋芒毕露来形容,马苦玄这种就完全让人摸不着头脑了。

陈平安没有转头,背对宁姚轻轻摆了摆手,示意自己没事。

马苦玄缓缓站起身,起身前抓了一丛杂草,随意擦去手心血迹。陈平安跟着起身。

马苦玄率先发力,最初所站位置被踩出两个泥坑。这个瘦猴一般的精瘦少年快得让人匪夷所思,高高跳起,一只膝盖撞向迎面而来的陈平安。陈平安一拳砸得马苦玄膝盖下坠,但是被空中身体前倾的马苦玄闪电一拳砰然砸在额头。马苦玄原本弯曲蜷缩的双脚,瞬间舒展开来,在身体后仰的陈平安胸口重重一踩。陈平安就像被大锤当头一捶,加上同时被当胸一撞,近乎笔直地后仰倒地。

马苦玄的身体在空中翻滚一圈,落地后继续狞笑着前冲,很快就飞奔至才半蹲起身的陈平安身前,紧接着就是一脚。陈平安双臂交错格挡在身前,左臂在外右臂在内,死死护住心口和脸庞。

陈平安被这一脚踢得倒飞出去,不过重心极低,又护住了要害,所以并没有出现鲜血淋漓的场面。

陈平安一路打滚。马苦玄得势不饶人，继续前冲。

陈平安停下后滚势头的瞬间，不知不觉，有意无意，整个人变成了单膝跪地、弯腰助跑的姿势。马苦玄神情一滞。下一刻，陈平安如同一支由强弓拉满激射而出的箭矢，瞬间来到马苦玄身前，速度之快，与之前相比，判若两人。

示敌以弱。陈平安也会。

马苦玄这次根本来不及出拳，就被陈平安用肩头撞向胸口，马苦玄踉跄后退，腹部又传来一阵绞痛，本能地低头弯腰，左耳太阳穴那边就被陈平安用手臂横扫而中，势大力沉。之前占尽上风的杏花巷少年，以一种诡谲姿势双脚腾空侧飞出去。

陈平安猛然抓住马苦玄双脚脚踝，带着马苦玄旋转一周，怒喝一声，将才九十多斤重的矮小少年狠狠摔向远方！马苦玄刚好撞向一尊碎了半边身躯的坐姿神像。神像高一丈半左右，如果没有意外，马苦玄这一下注定会很凄惨。可是马苦玄愣是不靠外物，亲自造就了一个"意外"。他两只脚先后踩中神像的头颅，然后瞬间弯曲瞬间绷直，整个人借着巨大的反弹力道，向着远处地上的对手激射而去，跟陈平安之前的暗算有异曲同工之妙。但是马苦玄突然惊骇瞪眼。只见陈平安站在原地，高高举起一臂，不知何时，他手中多了一柄凭空出现的短刀，刀尖就直直指向飞速冲来的马苦玄。世人所谓的"自己找死"，说的大概就是这种情况了。

哪怕陈平安握刀的手在剧烈颤抖，但是也已经足够一刀捅透马苦玄的身体了，区别只在切入口是手臂、头颅还是胸膛而已。

马苦玄哪怕深陷绝境，惊惧异常，却丝毫没有放弃的心境，艰难扭转身躯，哪怕只有一丝一毫，也要让自身要害偏离那刀尖。

就在此时，一道修长身形出现在两个少年之间。是个中年男人，背负长剑，腰间悬佩虎符。不见他如何出手，马苦玄就倒转乾坤似的，不但双脚落地，还身姿笔直地站在了男人身边。然后负剑男人转头望向后撤一步的握刀少年，眼神中带着毫不掩饰的赞许激赏，轻声笑道："你们两个这次交手，打得都不错。"

陈平安嘴角渗着血丝，又后退了一步。男人一笑置之，提议道："我出手救下马苦玄，算是欠你一个人情，所以出去之后，我会说服正阳山搬山猿放弃对你们两个的追杀，如何？"

宁姚来到陈平安身边。

这个来自真武山的兵家修士，深深看了眼宁姚，然后对陈平安说道："你没有讨价还价的资格，答应就点头，不答应就继续沉默便是。如果觉得不公平、不甘心，再如果你还能侥幸从老猿手底下逃生，那么以后离开小镇，可以去真武山找我，讨要你以为的公道。"

陈平安收起宁姚借给自己的压衣刀，藏入右袖之中，对那个真武山的男人点头道：

"如果有机会,我会的。"

马苦玄刚要说话,男人漠然道:"死人更没资格跟活人撂狠话。"

马苦玄死死抿起嘴唇,果真低头不语。

一大一小,这对真武山师徒,渐渐远去。

陈平安一屁股坐在地上。宁姚赶紧蹲下身,忧心忡忡道:"咋样?哪里伤得最重?陆道长那服药方子,你是不是也用得着?"

鼻青脸肿一身内伤的陈平安满脸苦涩道:"不打紧,还知道哪里疼,说明伤得不算厉害。对了,如果老猿这个时候赶过来……"

"来就来!"宁姚干脆也坐在地上,眉眼飞扬,"刚才有你在,等下有我在,怕什么!"

陈平安没说出口的后边半句话,只得偷偷咽了回去。

宁姚突然灿烂笑起来,伸出双手,对陈平安竖起大拇指:"帅气!"

在这之前,这辈子从没觉得自己了不起的陋巷少年,使劲忍住嘴角的笑意,故意让自己更云淡风轻一点,但其实谁都看得出来他的开怀。春风少年很得意。

第二章
先　生

　　行走在狐兔出没的荒丘野冢之间，负剑男人突然在一座墓碑前停下脚步，走到一座不起眼的小土包前的墓碑旁边，蹲下身伸手拔去缠绕石碑的藤草，露出石碑本来的面容。石碑上字迹模糊，只能依稀辨认出小半文字，男人叹了口气："神道崩坏，礼乐鼎盛。百家之争，就要开始了。"

　　男人起身后，看到那个尚未进入真武山正式拜师祭祖的徒弟，正面向来时的方向。马苦玄的嘴角、耳朵和鼻子都在淌血，使得那张黝黑脸庞，显得格外狰狞恐怖，他抬起手臂胡乱擦拭一番，继续盯着那边。

　　男人说道："马苦玄，按照你之前给出的理由，你是因为得知那外乡少女，在巷弄以一手飞剑术，联手大隋皇子和宦官，杀了你生平第一个师父，所以心结难解，必须要在离开小镇之前报这个仇，我觉得这是说得通的，便没有阻拦你，由着你生死自负。毕竟修行中人，能够遇上这种大道之敌，既是危机，也是机遇。"接着男人加重语气，绝不因眼前弟子的天赋卓绝而偏爱，沉声道："但是你盯上泥瓶巷的同龄人，为什么？我之前已经跟你说过，我真武山兵家修士，尤其是剑道中人，绝不可以滥杀无辜！"

　　马苦玄答非所问："兵家修士，是不是最能够不在乎什么因果报应、气数气运？"

　　男人点头道："遍观千年史书，能够以一己之力，挽狂澜于既倒的，大多是我们兵家圣人。并非是我身为兵家修士，才刻意为先贤歌功颂德。"

　　男人盯着马苦玄，没有打算轻易放他一马。如果马苦玄嗜杀成性，仗势欺人，那么他为真武山收取这种弟子做什么？

兵家修士在世俗王朝，靠的是沙场厮杀来提升境界，本就最为接近生死一线，一旦守不住本心，极易堕入魔道。试想一下，一个手握兵权的修行中人，屠城灭国，何其容易？

兵家与儒家，是支撑起山下王朝世道太平的两大支柱，一旦某位受人崇敬的兵家修士，自己立身不正，那么此人的境界修为越高，庙堂地位越高，对于整个世俗王朝的冲击，自然就会越大。在历史上，前车之鉴，历历在目。得民心何其难，失民心何其易。虽然这句话是儒家圣人所言，但是兵家修士不乏饱读诗书的儒将，故对此深以为然。

马苦玄兴许是感受到了气氛的凝重，可是没有急于辩驳。他伸出手，手心轻轻覆盖在耳朵上，牵扯到伤处，顿时龇牙咧嘴，倒吸了一口冷气，缓了缓，收回手后，看着手心的一摊血迹，说道："那家伙叫陈平安，他爹在他很小的时候就死了，那个男人生前是小镇有名的窑工，手艺很好，人也老实，后来突然就暴毙了，尸体也没找着。虽然我奶奶一直不愿意承认，但我记得很清楚，那是一个电闪雷鸣的大雨夜，我被打雷声吵醒了，然后发现我奶奶没在身边，刚推开门缝，就看到我爹鬼鬼祟祟跑回来，又惊喜又害怕，很奇怪的样子，我娘使劲拍打着我爹的后背，笑得合不拢嘴，高兴坏了。"

马苦玄下意识皱着眉头，使劲去回忆那些儿时的惨淡画面："只有我奶奶没笑，好像不太高兴，反而对我爹一顿发火：'你以为那孩子他爹死了，你就能有机会娶到她？也不撒泡尿照照自己的德性！泥瓶巷那一支陈家，好几辈人都是一根独苗，你就不怕害了一个人，最后害得人家一家三口全活不下去？到时候这支陈家就这么断子绝孙了，不怕遭到人家祖上阴神的报应？退一万步说，那女子的性情，你当真不清楚，愿意改嫁给你？'我爹当时就嬉皮笑脸，估计是觉得做也做了，很快就能拿到报酬，在自家人面前，就不惺惺作态假装后悔愧疚了。我奶奶最后指着我娘的鼻子痛骂，我娘也不是好脾气的，婆媳差点在正堂打一架。我爹就是那种喜新厌旧的人，他那一辈的小镇邻居，都不喜欢他，那个时候他当然帮着媳妇不帮老娘，最后我奶奶就坐在地上，狠狠捶胸，一边哭一边对那块匾额诉苦，说马家招了这么个扫把星女人进家门，你们死不瞑目啊。"

男人顺着马苦玄的思路，问道："你是想把虚无缥缈的善恶报应，上一辈人作下的孽，全部拢到自己身上，希望你奶奶和你爹娘能够善终？"

马苦玄咧嘴："我对爹娘实在没啥感情，只有奶奶放心不下。可我奶奶不愿意跟我一起去真武山，她说她这辈子是一定要葬在爷爷旁边的，若是去了那啥不知道几万里之外的真武山，一来要劳烦我这个孙子搬个坛子回家一趟，二来她听说人死之后、入土之前的阳间路，会走得极为坎坷。她说活着的时候已经吃够苦头了，可不想死了之后还要吃苦。"

男人说道："情有可原，但是占不住理。只此一次，下不为例。"

马苦玄撇撇嘴，脸色冷漠，不摇头不反驳，却也不点头不答应。

男人笑了笑,在马苦玄伤口上撒盐道:"被同龄人按在地上揍的感觉如何?"

马苦玄愤怒道:"如果不是那娘们偷偷给了陈平安一把刀,我会输给他?! 我从头到尾,就只出了七分力气! 如果不是觉得要玩一下猫抓耗子……"

男人轻轻讥笑道:"玩猫抓耗子? 得了吧,还不是想着以七分实力打死陈平安外,同时还能让那少女掉以轻心,一箭双雕,想得倒是挺美。"

马苦玄脸微红,硬着脖子愤懑道:"你到底是谁师父?!"

男人哈哈大笑。

两人重新上路走向小镇,马苦玄问道:"比起那座正阳山,真武山是高还是低?"

男人笑问道:"是想听真话还是假话?"

马苦玄眼珠子一转:"假话呢?"

男人答道:"那就是差不多高。"

马苦玄哀伤叹气,觉得自己真是遇人不淑,认了两个师父,一个莫名其妙横死在小镇骑龙巷,一个本事不大、规矩极多。

男人笑道:"在明面上,正阳山虽然是剑道根本之地,但是在东宝瓶洲修士的心目中,地位远远不如他的死敌风雷园,所以正阳山不被视为一流宗门势力。当然,这只是明面上的假象。其实正阳山的底蕴极深,只是当年那桩恩怨发生后,风雷园有一人的剑道造诣,远超同辈,过于惊才绝艳,才使得正阳山不得不数百年忍辱负重……"

马苦玄没好气道:"不管你怎么吹捧正阳山,也改变不了真武山不如正阳山的事实。"

男人笑道:"马苦玄你想岔了,正阳山与我们真武山的差距,大概算是还隔着一座正阳山吧。"

马苦玄愣了愣,听出男人的言下之意后,随即笑道:"这还差不多!"

男人提醒道:"宗门是宗门,自己是自己。"

马苦玄笑道:"你也想岔了! 我的意思是既然真武山这么高,那我以后习武大成,想要找人切磋,就省时省事了,不至于身边全是一群绣花枕头和酒囊饭袋!"

男人一笑置之:"这种豪言壮语,换成泥瓶巷少年来说,是不是更有说服力?"

马苦玄怒道:"有你这么当师父的吗? 小心以后你给人打死,我不帮你报仇!"

男人伸手绕到后背,拍了拍剑鞘,微笑道:"除了这把剑,师父孑然一身,身死即道消,你报仇有何用?"

马苦玄疑惑道:"不是还有真武山这个师门吗?"

男人卖了一个关子:"真武山不同于东宝瓶洲其他宗门,你上山之后就会明白。"

男人腰间那枚虎符轻轻一跳,男人按住虎符片刻,很快沉声道:"你我速速返回小镇! 我兵家修士,趋吉避凶,预知前程,几近本能。"

马苦玄白眼道:"小镇那边就算翻了天,外乡人和小镇百姓杀得血流成河,关我屁事。我们可说好了,我可以答应不会草菅人命,但也绝对不做什么行侠仗义、扶危救困的事。"

男人脸色凝重,一把抓住马苦玄的肩头,命令道:"不要说话,屏住呼吸!"

两人身形一闪而逝,下一刻已经出现在十数丈外,如此循环,如少年马苦玄在溪水上打出的一连串水漂。

陈平安除了后背被马苦玄那颗石头擦出来的伤口,其实外伤不算多,但这绝不意味着他就很好受。最麻烦的还是左手手心,下水摸石抓鱼,延缓了痊愈的速度,这次跟马苦玄打了一架,拳头碰拳头,更是雪上加霜,以至于撕下旧棉布条的时候,连陈平安也只能打开腰间一只行囊,拿出瓷瓶,喝下里边的浓稠药汤。药汤正是杨家铺子当年开出的药方,别的没用,就是能够止痛。

宁姚拿回那柄造型古朴的压衣刀后,割下自己内衫的一大截袖口,撕成一条条,帮着满头冷汗的陈平安包扎完毕,问道:"杨家铺子的土方子,真有用?"

陈平安轻轻晃了晃左手,挤出一丝笑意:"很有用。刚才是真疼,我以前就这么疼过两次。"

宁姚骂道:"手心都能瞧见肉里的白骨了,能不疼?你真当自己修成了金刚不败的罗汉金身啊,还是无垢之躯的道教真君?让你逞强!跟那个马苦玄死磕,他不是说单挑吗,可以啊,他单挑我们两个,没毛病啊。连我堂堂宁姚都不嫌丢人,你倒是逞英雄上瘾了,不然等下你单挑正阳山搬山猿,我继续帮你拍手叫好?"

陈平安刚打算跟她掰扯掰扯自己的看法和道理,宁姚蓦然瞪眼,他立即点头道:"宁姑娘说得对。"

宁姚气得斜眼道:"口服心不服,以为我不知道?"陈平安嘿嘿一笑,眼睛一直偷瞥她手里的那把压衣刀,初看袖珍可爱,细看则锋芒冷冽。陈平安觉得这把压衣刀,和它的主人,好像恰恰相反。

宁姚让陈平安抬起右手,将压衣刀轻轻放回绑缚在手臂上的刀鞘,警告道:"不许得寸进尺,不许对这把刀有任何非分之想!"

陈平安无奈道:"宁姑娘你想多了。"

宁姚突然伸手指向最早的那尊断臂灵官神像:"那块乌漆墨黑的石座,知道是什么石头打造而成的吗?"

陈平安点头道:"知道啊,宁姑娘你算问对人了。咱们只要沿着小溪一直进山,得走很远,我估摸着至少要走大半天,才可以看到一片黑色石崖,全是这种石头,硬得很,用锤头也砸不下一点点碎石,更别提用柴刀砍,石崖那边还有好几条陷下去的长条状凹槽，里边有点坡度，也不平整。姚老头每次经过那里，都会让拿出柴刀去磨一磨，还真别说，磨过之后，柴刀真的会铮亮铮亮的，跟之前很不一样。"

宁姚揉了揉额头，哭笑不得道："用来磨砍树劈柴的柴刀……"

陈平安眼睛一亮："值钱?!"

宁姚没好气道："再值钱，那结成一片的整座石崖，你弄得来一丁点儿吗？我告诉你，寻常神仙也做不到！除非是杀力巨大的大剑仙，加上愿意舍弃一把神兵才能够裂出大概两块三尺长的石条。石条会被剑修专门取名为'斩龙台'，每一块当然价值连城。"

陈平安陷入沉思。

宁姚突然也眼前一亮："灵官神像脚底下那儿，不就有现成的磨剑石吗？这么大，刚好能劈成两块斩龙台。"

陈平安火烧屁股一般，赶紧劝说道："宁姑娘，咱们可不能拆了搬回家！那位灵官老爷已经够憋屈的了，咱们要是再把他的立足之地也给抢走……"

宁姚猛然起身，冷哼一声："抢?! 我是那种人吗？"

然后陈平安跟着宁姚一起走向那尊道门灵官神像，站在泥塑彩绘神像之前，宁姚向前踏出一步，双手分别按住刀鞘和剑鞘，英姿勃发，她仰头喊道："我叫宁姚！今天你只要将脚下这三尺立足之地，赠送给我，那么将来我宁姚成就剑仙之境，一定偿还你百倍千倍！"

陈平安张大嘴巴，心想：这也行？

果不其然，泥塑神像毫无动静。

宁姚没有善罢甘休，继续说道："不愿意给是吧，那我宁姚跟你借总行了吧？有借有还的那种。"宁姚不忘转头对陈平安眨眼："我这是借，不是抢，明白不？"

陈平安使劲摇头，实诚回答道："不明白！"

宁姚正要好好跟榆木疙瘩陈平安解释"抢"和"借"的截然不同，陈平安突然喊道："小心！"说话的同时，陈平安身形已动，一把将宁姚扯到自己身后。

原来那尊灵官神像，经历过千百年的风吹日晒后，终于在这一天轰然倒地，向前扑倒在地，碎得很彻底，并未呈现出这里一条腿、那里一条胳膊的残骸姿态，就连原本栩栩如生的大髯头颅也一并化为齑粉。从土里来，往土里去。仿佛人间这一遭，算是真正走完了。而这桩风波的玄妙出奇之处在于，灵官神像的高度要超出少年少女和神像石座之间的那点距离不少，照理说陈平安和宁姚哪怕没有被压塌下，至少也会被砸得不轻。可偏偏到最后，泥塑神像化为尘土，最远也只到了他们两人的脚边。

见多识广的宁姚咽了咽口水，有点心虚，低头望着那些飞扬尘土，嘀咕道："你也忒小气了吧，不借就不借，还要跟我拼一个玉石俱焚？"

陈平安突然摇头道:"这叫菩萨点头,是答应你了。"

宁姚跟陈平安并肩而立,看着那些碎屑尘土,再看看更远处那一方光秃秃的黑色斩龙台,最后转头看着陈平安,试探性问道:"你确定?"

陈平安笑道:"我确定!"

宁姚信了,毫不怀疑。连她自己也不知道为什么。最后在陈平安的带领下,宁姚一起帮着将那些泥屑碎屑,移入旁边早就挖好的一个坑,以土覆盖。

陈平安低头默念道:"不论人神,入土为安。"

宁姚也跟着低头小声道:"入土为安。"

做完这一切,宁姚好奇问道:"陈平安,这是你们小镇的风土习俗?是祖辈传下来的规矩讲究?"

陈平安摇头道:"不是啊,是我自己这么觉得的。"

宁姚一挑眉毛。

陈平安笑问道:"宁姑娘,你有没有觉得做完这些后,心里很舒服?"

宁姚摇摇头:"没感觉。"

陈平安挠挠头,望着那块黑色石座,问道:"它叫斩龙台?"

宁姚嗯了一声:"武道中人,可能会称其为磨刀石,或者磨剑石,山上剑修才会将其喊作斩龙台。"

宁姚转头望向西南方向,眼神恍惚,小声道:"我家乡那边也叫磨剑石,每个人都会有一块,大小不一,一般只有拳头那么大,甚至有些家道衰落、修为低下的剑修,只剩下一粒拇指大小的磨剑石,一样看得比身家性命还重。我家也有,很大……"

陈平安轻声问道:"有多大?"

宁姚呢喃道:"比你家泥瓶巷宅子还大吧。"

陈平安满脸震惊,然后无比羡慕道:"宁姑娘,那你家是真有钱!而且这么大一块磨剑石,还不用怕被人偷,多好。不像我,好不容易攒下一点铜钱,藏哪儿都睡不安稳。"

原本有些伤感的离乡少女,忧愁顿消,她笑道:"这块磨剑石,一人一半!"

陈平安摆摆手:"我要它做什么,我家柴刀倒是有,可哪里需要用上这么金贵的磨刀石,每磨一次刀,我就要心疼一次,何必呢。所以宁姑娘你全拿去好了。对了,你不是想着求阮师傅帮你铸剑吗?可以用另外一半作为铸剑的钱……"

宁姚无奈道:"陈平安,你是真傻啊还是缺心眼啊?"

陈平安想了想,笑道:"宁姑娘,你就当我是滥好人吧。"

宁姚突然伸手指向陈平安,一脸恍然大悟的表情,眯眼笑道:"陈平安,老实交代,你是不是图谋不轨,心想着以后把'宁姑娘'变成自己媳妇,那还不是所有东西都是自己的了?这小算盘打得噼里啪啦的,厉害啊!"

陈平安欲哭无泪,嘴角抽搐,宋集薪以前说过一句什么话来着,欲加之罪何患无辞?

宁姚哈哈大笑:"看把你吓的,我开玩笑呢。"

陈平安叹了口气,感觉自己有点心累啊。

宁姚突然正色道:"小心!我那把飞剑已经在返回途中了!"

陈平安如临大敌。

临近小镇,真武山兵家修士松开马苦玄肩头,马苦玄有些头晕目眩,晃了晃脑袋,问道:"知道是谁出了问题吗?难不成是我爹或者大伯,家里的宝贝给外边的人看上眼,一个不愿意给,一个强行索要,结果就跟刘羡阳差不多,惹出大麻烦来了?"

负剑男人带着马苦玄快步前行,摇头道:"正阳山搬山猿之所以悍然出手,不惜破坏规矩,那部剑经本身珍贵是一部分原因,但最重要的原因,仍是正阳山和风雷园的陈年旧怨。如果不是风雷园陈松风前后脚就来到小镇,那头搬山猿绝不至于出手行凶。所以说小镇这边,修行之人即便出手,也不敢太过明目张胆,坐镇此地的齐先生终究……"

男人突然停下言语,望向街道远处一座屋顶,屋顶上蹲着一只通体漆黑如墨的野猫。野猫看到马苦玄后,立即尖叫起来。等到马苦玄发现它后,野猫就开始撒腿奔跑,跑向杏花巷那边。马苦玄刹那间脸色苍白,疯了一般跟着屋顶上的野猫一起狂奔。

男人想通其中关节,叹息一声,不急不缓跟在马苦玄身后,始终没有被马苦玄拉开距离。

马苦玄一路跑回那条熟悉至极的巷弄,当他看到自家院门大开的时候,可谓胆大包天的他竟然在门外停步,再也不敢跨过门槛。马苦玄知道,自家院门一年到头,几乎就没有这么长久开着的时候,因为奶奶常念叨一个道理:杏花巷就数没出息的穷光蛋最多,偏偏人穷志短、马瘦毛长,咱们家又容易让人眼红,所以家门一定要记得关严实,否则会遭贼惦记。

马苦玄红着眼睛走入院子,正屋大门也没有关。他看到一个熟悉的瘦弱身影倒在地上。那只黑猫蹲在门槛上,一声声叫喊着,惊吓瘆人。

"不要过去!"负剑男人伸手按住马苦玄的肩头,叮嘱道,"事已至此,稳住心神!"

马苦玄强忍住眼泪,不断深呼吸,放缓脚步,轻轻喊道:"奶奶?"

兵家剑修率先一步掠至马婆婆身旁,双指并拢在她鼻尖一探,已无气息。

那只黑猫吓得赶紧跑入屋内,一闪而逝。

负剑男人略作思量,抬起头对站在门外的马苦玄沉声道:"停步!你天生阳气极重,再靠近一步,你奶奶哪怕还剩一些魂魄滞留屋内,也会被你害得灰飞烟灭!"

马苦玄整张黝黑脸庞使劲皱着,竟然强忍住让自己一点哭声也没有发出。

男人下定决心,握住腰间那枚虎符后,沉声道:"齐先生,此事不容小觑,你有你的规矩,我也有我的苦衷,希望齐先生接下来莫要插手此事。"

说完这些之后,男人气势浑然一变,衣袂鼓荡,头发飘摇,默念了一串晦涩难懂的口诀后,最后以五字收官:"真武山有请!"

马苦玄痴痴转头望去。只见一尊高达丈余的金甲神人从天而降,双拳在胸口一撞,声响如雷,道:"真武后裔,有何吩咐?"

"此地术法禁绝,我又不擅长拘押魂魄之事,所以请你帮忙巡视此屋四周,如果发现这位老妇的游荡魂魄,就将其收拢起来,记得切莫伤及根本。"

那名金甲神人沉默片刻,仍是点头道:"得令!"

金光消散,不见神将。

窑务督造官衙署,龙尾郡陈氏子弟陈松风,正在一间宽敞屋内埋头翻阅档案。他脚边搁着一口朱漆木箱,里边堆了大半箱子的泛黄古籍。女子陈对从木箱里随手拎了本出来,站在不远处的临窗位置,一页页缓缓翻阅过去。

衙署老管事正坐在屋内一把椅子上喝茶,风雷园剑修刘灞桥坐在对面跟老人客套寒暄。精神矍铄的老管事笑道:"也亏得事情巧了,李家宅子那边的李虹,亲自登咱们衙署门,开口讨要咱们小镇几支陈氏的档案,而且只要最近三四百年的户籍档案,王爷点头答应了,我便叫李虹让人带走了箱子上边的那七八十本籍书,下边剩下的籍书,年岁更大,刚好是陈公子你们想要的老皇历。话说回来,若非每年衙署要求在夏秋时节,各晒书一次,这些早就给虫子蛀烂吃光喽。"

站在窗口的陈对头也不抬,淡然问道:"听说小镇如今姓陈的人,都给福禄街、桃叶巷的四姓十族当了奴仆丫鬟,有些个陈氏人,甚至都当上了这些高门大户的家生子,世世代代给人下跪磕头不说,见着了小镇普通百姓,还会趾高气扬?"

老管事有些尴尬,陈对口口声声说着的"四姓十族"或是"高门大户",可是真正传承千年的世族豪阀,龙尾郡陈氏的嫡长孙,就坐在那边跟个下人似的,一声不吭埋头查阅档案,而这位同样姓陈的女子,竟然能够如此心安理得,那么她真实身份的悠久清贵,老得成了精的管事用膝盖想想都知道。

虽说老管事没有养着什么姓陈的婢女杂役,可是跟那些作为小镇地头蛇的大姓人家,关系一向不差,不想在这件事情上,因为自己的应对不妥,给所有人惹来一条来势汹汹的过江龙。于是小心斟酌一番措辞后,他放下手中那只冰裂纹的水润茶盏,缓缓道:"陈小姐,这也是没法子的事情。依着咱们衙署一位老前辈早年的说法,这座小镇最早有两支远祖不同的陈氏,其中一支很早就举族迁出小镇,没有嫡系后人留在小镇,只是依稀听说这支陈氏,当初搬离小镇的时候,是专门留了守墓人的,只是太过久远,那个负责为那支陈氏扫墓上香的姓氏家族,已经无法考据。至于另外那支陈氏呢,很久之前也在大姓之列,名次还很靠前,只可惜世事无常,里里外外折腾了几次,就逐渐没落了。尤其是近几百年,就像陈小姐你所说的,确实是一代不如一代,这会儿已经没有自立门户的陈氏人了……不对,我想起来了,还真剩下一根独苗,应该是现如今小镇所有陈氏子弟当中,唯一一个没有依附四姓十族的。那孩子他爹,烧瓷手艺精湛,还受到过前两任督造官大人的嘉奖,所以我才记得清楚。只是他死得早,如今他孩子过得如何,我可就不知道。不过话说回来,就只说我看到的、听到的,小镇这边对陈氏后人总体上都还算不错,尤其是宋、赵两大姓,府上大管事都姓陈,名义上是主仆,其实跟一家人差不多了。"一口气说完这些陈芝麻烂谷子的旧事,老管事转身拿起茶盏喝了口茶水。

陈对笑着点头道:"薛管事是明白人,难怪衙署上下运转自如。"

老管事笑逐颜开道:"陈小姐谬赞了,像我们这种人,只是知道自己的那点斤两,所以唯有尽心尽力而已。劳碌命,劳碌命罢了。"

陈对一笑置之,转移视线,望向正襟危坐的陈松风,冷声道:"实在不行,就把箱子翻个底朝天,从最下边那些籍书看起。薛管事刚才的话,你没听到吗? 小镇千年以来,档案籍书只与其中一支陈氏有关。如果我没有记错,小镇这一支陈氏,与你们龙尾郡陈氏可算同一个远祖。怎么,翻来覆去,一本本族谱从头到尾,那些个名字不是奴仆就是丫鬟,好玩吗?"

陈松风额头渗出细密的汗水,嘴唇微白,竟是不敢反驳一个字,连忙从椅子上起身,去弯腰翻箱子搬书。衙署老管事立即绷直腰杆后背,再无半点忙里偷闲的轻松意味。

刘灞桥实在看不下去,陈松风性子绵软不假,可好歹是龙尾郡陈氏的未来家主,不管你陈对什么来历背景,是不是同宗同族,至少也应该给予必要的尊重,所以刘灞桥沉声道:"陈对,我没有眼瞎的话,应该看得出陈松风现在是给你帮忙,你就算不领情,也别说话这么难听!"

陈松风赶紧抬头对刘灞桥使眼色,后者睁大眼睛瞪回去:"连皇帝也有几个穷亲戚,怎么,有人例外啊?! 好,就算某人例外,就能看不起人啊?"

直来直去,这就是风雷园刘灞桥的本性本心。

陈松风满脸苦涩。

老管事低下头喝茶,视而不见,听而不闻。

陈对愣了一下,微笑道:"有道理。"

这下子轮到刘灞桥有些不适了。

陈对把手中籍书放在桌上,打算出门透透气,薛管事当然要尽到地主之谊,只不过被这个陈氏女子婉言谢绝了。

陈对走出衙署偏厅，站在走廊里往远处望去。衙署大堂外有个占地不小的广场，有一座牌坊正对着大门，写着一个大大的古体字，山岳的"嶽"，上"山"下"獄"。这并不罕见，每一个世俗王朝和邦国都按律，在辖境内敕封五座山为五岳，东南西北中，山门必然会有开国皇帝御笔亲题的两个字，那个榜书岳字，必然是以古体写就。后世文人骚客和修士仙师，对此解释有千百种，至于真正的缘由，恐怕早已湮灭在历史的尘埃中了。

陈对看到一大一小两个背影，坐在牌坊的白石台阶上窃窃私语。她犹豫了一下，缓缓行去。为了不落下一个偷听的嫌疑，陈对在走上两人身后台阶的时候，故意轻轻咳嗽了一声，不承想两人一个说得起劲，一个听得认真，仿佛对陈对的出现浑然不觉。陈对对此也不以为意，她大大方方坐在台阶的最远处，她虽然闲散，随意而坐，但是坐姿无形中散发出来的韵味，仍然给人一种端庄的感觉。

一大一小，用的是东宝瓶洲的正统雅言官话，陈对听得懂，否则她也不会来到这座小镇。不过雅言她说起来比较生涩，所以与陈松风、刘灞桥一路行来，就很沉默寡言。当然，她不想说话的主要理由，还是觉得跟陈松风、刘灞桥说不到一块去，遂不愿意开口。

刘灞桥表面上玩世不恭，但骨子里专注于剑道，看似有趣其实乏味；陈松风则一心想要重振家风，看似质朴其实多思。两个所谓的东宝瓶洲顶尖俊彦，都跟她不是一路人。道不同不相为谋，就是如此。

少年瞥了眼约莫比自己大十岁的女子，印象实在一般。

陈对安安静静坐在那里，没有开口说话的迹象。不过之前惊鸿一瞥，发现小女孩捧着一只光泽晶莹的翠绿葫芦。陈对眼光何其老辣，一看就知道不是俗物。

衣衫富贵的少年和瓷娃娃似的精致小女孩，正是泥瓶巷宋集薪和正阳山陶紫。

宋集薪之前和宋长镜去李宅慰问，一眼看到小丫头陶紫就喜欢上了，因为他从小就喜欢精致华美的事物，粗犷质朴之物，则不入其法眼。陶紫跟宋集薪也很有眼缘，两人莫名其妙就成了好朋友，关键是年龄悬殊，还能聊到一块去。宋集薪甚至都没觉得自己敷衍应酬，以至于他最后请求叔叔宋长镜强行让李家放行，带着陶紫来督造官衙署这边玩耍。宋集薪不管李家人如丧考妣的凄惨模样，牵着陶紫的手就离开了李宅大门。与此同时，让人捎话给小宅里的婢女稚圭，让她找出箱子里的翠绿葫芦，送给陶紫当见面礼。

陶紫跟宋集薪亲昵得很，撒娇问道："搬柴哥哥，你刚说到了十二脚牌坊里的学宫书院坊，我来这里之前，听爷爷跟人聊天的时候说起，你们大骊的那座山崖书院，如今混得很惨啊，你知道他们山崖书院的牌坊上写了啥吗？"

因为宋集薪名字里的后两个字，陶紫给他取了个"搬柴哥哥"的绰号，宋集薪对此无所谓，此时不再关心那个外乡女子陈对的去留，低头对陶紫笑道："不知道啊，我这辈子还没走出过小镇子，书读得也不多，跟你聊了这么久，肚子里差不多已经掏空啦。"

陶紫叹了口气："不知道猿爷爷在外边找人找得怎么样了。"

宋集薪笑了笑，低头拍了拍锦袍下摆，那一刻，眼神复杂。

远处陈对突然柔声问道："小姑娘，你这只葫芦会不会在某些时候，自己发出声响？"

陶紫转过头，双手高高举起葫芦，笑得眯起眼，炫耀道："是搬柴哥哥送给我的哟。"

答非所问。陈对只得一笑置之。

宋集薪随口说道："每逢雷雨天气，会嗡嗡作响。"

陈对点头道："果然是养剑葫。"

宋集薪有些疑惑。正阳山陶紫争先恐后道："我知道我知道，我们家就有三只养剑葫。我爷爷有一只，灰不溜秋的，丑死了。太白峰刘爷爷的那只最可爱，小小的，巴掌大小，嗖嗖嗖，会飞出几十把小飞剑。苏姐姐那只不大不小，紫金颜色，可惜苏姐姐平时不太愿意拿出来，我求了好多次才摸了摸，苏姐姐很快就藏起来啦。"

陈对解释道："小丫头，你可不好埋怨你家苏姐姐，紫金养剑葫，在养剑葫里十分稀少罕见，可以排入前三名，估计整座东宝瓶洲，也就她手上那么一只，而且紫金葫芦相比其他养剑葫，虽然养剑极优，但缺点是太脆，很容易被利器磕破。"

陶紫重新抱住翠绿葫芦："那我这只呢？"

陈对笑了："也很珍贵就是了。"

陶紫扯了扯宋集薪的袖子，怯生生道："搬柴哥哥，你要收回去吗？"

宋集薪揉了揉陶紫的脑袋，满是宠溺眼神，哈哈笑道："别说是这只小葫芦，就算我手上还有，也愿意一并送给你。"

陈对想起一桩趣事，说道："相传历史上，天材地宝楼有一次举办拍卖会，最后压轴之物，正是一棵从未出现过的养剑葫芦藤，上边结有六个小葫芦果子。据说是道祖成仙之前，亲自在咱们这座天下种下的幼苗，不知道过了几千年，才结出那一串小葫芦，大小不一，颜色各异，十分神奇。"

宋集薪由衷感慨道："大千世界，无奇不有。"

荒郊野岭的边缘地带，一柄飞剑老老实实悬停在空中，如家教良好的小家碧玉，见着了自家制定家法的长辈，只能眉眼低敛，乖乖束手而立。

飞剑身边站着一个风尘仆仆的中年儒士，儒士双鬓霜白更胜，若是赵繇、宋集薪两个读书种子在场，就会发现短短一旬时光，这个学塾先生的白发已经多了许多。

飞剑剑尖所指，则是沉默不言的正阳山搬山猿。搬山猿浑身上下隐隐散发出一种一言不合就要分生死的暴躁气势。

搬山猿终于忍不住沉声问道:"方才为何真武山的人去得,我就去不得? 齐先生你是不是也太势利眼了?"这种当面质问,可谓极其不客气,但是搬山猿仍然没有觉得有丝毫不妥。真武山虽然是东宝瓶洲的兵家圣地,可向来一盘散沙,宗门意识并不强,身负大神通的修士武夫,更多像是在真武山挂个名而已。真武山的规矩,又是出了名的大而空,谈不上约束力,何来的凝聚力?

满脸疲倦的齐静春先对飞剑说道:"去吧,你家主人已经无事了。"那柄飞剑如获大赦,剑身欢快一跳,掉转剑头,一掠而去。

搬山猿自以为猜出事情缘由,怒气更盛:"那少女果然是你齐先生挑中的晚辈。若是齐先生早就对刘氏剑经心动,大可以与我明言! 只要不落入风雷园之手,被齐先生你的不记名弟子拿去,便拿去了。可是齐先生你偏偏如此藏藏掖掖,怎么,既想着当婊子,又想要立贞节牌坊? 好处由你齐静春偷偷拿走,恶名却要我正阳山来背?!"

若说之前指责质问是生气使然,所以口不择言,那么现在搬山猿这番辱人至极的言语,无疑是撕破脸皮的意思。

齐静春脸色如常,缓缓道:"我齐静春,作为负责看管此地风水气运一甲子的儒家门生,有些话还是应该与你解释一下。首先,我与那少女并无瓜葛渊源,只是见她天资极好,'气冲斗牛'四字匾额,蕴含着东宝瓶洲一部分剑道气数,当少女站在匾额下的时候,四字便主动与她生出了感应,可惜少女当时佩剑材质,不足以支撑起四字气运,我便顺水推舟地摘下其中两字,放入她剑中。我与这个少女的关系,到此为止。并非你所揣测的那般,是我选中的不记名弟子。"

齐静春自嘲笑道:"若是真舍得脸皮去监守自盗,作为一家之主,往自己怀里搂东西,外人岂能察觉到丝毫? 一部梦中杀人的剑经罢了,需要我齐静春谋划将近一甲子,才动手谋夺吗?"

搬山猿作为正阳山的顶层角色,见识过太多伏线千里的阴谋诡计,更领教过许多道貌岸然的高人仙人的厉害手腕,哪里肯轻易相信先前齐静春的说辞,不过比起先前的言辞激烈,平缓许多,只是冷笑道:"哦? 那是我以小人之心度君子之腹喽?"

齐静春看了眼搬山猿:"我之所以来此拦你一拦,而对真武山之人放行,其实道理很简单,很多人笑称真武山有'两真',真君子和真小人,故而这个兵家剑修与我说了什么,我便可以信他什么。而你不一样,你重伤刘羡阳,坏其大道前程,却故意留其性命,以防自己被我过早驱逐出境,你这种人……"说到这里,齐静春笑了笑:"哦,差点忘了,你不是人。"

搬山猿眯起双眼,双拳紧握,关节咯吱作响。如果是死敌风雷园,或是看不惯正阳山的修士,对他这只护山猿进行冷嘲热讽,拿"不是人"这个说法来嘴上占便宜,活了千年的搬山猿根本不介意。但是眼前这个中年儒士,以平淡温和的语气说出口,搬山猿却莫名其妙感到了莫大羞辱。

齐静春对于搬山猿的暴怒,浑然不觉,继续说道:"拦下你,是为正阳山好。当初少女差点就要祭出她的本命之物,你来自正阳山,跟剑气剑意打了一千年的交道,难道感受不到那股压力?"

"小女娃娃那会儿不过是垂死挣扎,那一点道法神通,齐先生也好意思拿来吓唬人?"老猿哈哈大笑,故作恍然大悟道,"之前有人说齐静春你的那位恩师,晚节不保,神像一次次位置下降,最后被搬出文庙不说,还给人砸得稀巴烂。我当时还不信来着,心想堂堂儒教文庙第四圣,便是万一真有机会见着了传说中的道祖佛陀,也是勉强能够说上几句话的读书人,只是现在看来,从你恩师到你齐静春的这条儒家文脉,传了不过两代,就要断绝!君子之泽五世而斩,是谁说的?为何偏偏你这支文脉如此不济事。难不成你恩师,确实如某些书院所传那般,哪里是什么继往开来的儒家圣贤,根本就是一个千年未有的大骗子?"

齐静春虽然微微皱眉,但始终安静听完搬山猿的言语,从头到尾,不置一词。

老猿放肆大笑,一脚踏出,伸出手指,指向那个被人痛打落水狗的读书人,狞笑道:"齐静春,你们儒家不是最恪守礼仪吗?我就站在这规矩之内,你能奈我何?!"

齐静春转头望向小镇那边,轻轻叹息一声,重新望向这只搬山猿,问道:"说完了?"

搬山猿愣了愣,从头到脚打量了齐静春一番,收起手指,龇牙道:"没劲,泥菩萨也有火气,不承想读书人脾气更好,骂也不还口,不晓得是不是打不还手?"

齐静春微笑道:"你可以试试看。"

搬山猿似有心动,不过总算没有出手。

搬山猿问道:"齐静春,你一定要拦阻我进去?"

齐静春答道:"后果之重,一座正阳山承受不起。"

搬山猿沉声问道:"当真?"

齐静春没有故弄玄虚,也没有一气之下就给搬山猿让路,仍是耐着性子点头道:"当真。"

搬山猿揉了揉下巴,最后瞥了眼齐静春身后的远处,冷哼道:"算那两个小家伙运气好,转告他们一句,以后别给我碰上!"搬山猿转身大步离去,背对着齐静春,突然高高抬起一条胳膊,竖起一根大拇指。只是大拇指缓缓掉转方向,朝下。

齐静春抬头看着灰蒙蒙的天色,天雨将落。

耳畔突然响起来自小镇那边的一个嗓音,是那个真武山兵家修士的请求,希望他能够网开一面,准许他请下真武山供奉的一尊神祇,齐静春点头轻声道:"可。"

当齐静春说出这个字后,此时若是有人恰好抬头,就可以看到天穹之顶,骤然出现一点米粒之光,然后一根极其纤细的金线从天而降,转瞬之间落在小镇内。

"齐先生?"齐静春背后响起一个少年的喊声。齐静春转身望去,一对少年少女快步跑向自己。

看到那个一袭墨绿长袍的外乡少女宁姚,齐静春有些唏嘘感慨,当初读书种子赵繇对其一见钟情,他就点拨过一句话,将宁姚形容成无鞘的剑,最伤旁人心神。少年赵繇到底不知情为何物,不理解这句话的深意,仍是深陷其中。齐静春不便一语道破天机,不好说宁姚一颗问道之心,最是无情。此无情,绝非贬义,而是再大不过的褒义。世间情爱,男女之情,到底只是其中一种。

山下世俗市井当中,兴许此情可以感人肺腑,可以让痴男怨女不惜生死相许,但是在山上修行,要复杂得多。

齐静春看到陈平安后,笑容就要自然许多,温声打趣道:"接连几场架,打得惊天地泣鬼神了。"陈平安有些难为情。

齐静春开门见山道:"跟你说两件事情,一件事是正阳山的搬山猿撤退了,很快就要离开小镇。"

陈平安没有任何犹豫,直截了当问道:"老猿从小镇东门走?"

齐静春伸出手掌轻轻下压了两下,笑道:"先听我把话说完,刘羡阳活下来了。"

陈平安身体紧绷,小心翼翼问道:"齐先生,刘羡阳是不是不会死了?"

齐静春点头道:"有人出手相助,刘羡阳性命无忧,毋庸置疑,不过坏消息是他身体遭受重创,以后未必能够像以前那样行动自如。"

陈平安咧嘴一笑。

这些天陈平安的心神,就像一张弓弦始终被拉伸到满月状态,一刻也没有得到舒缓,在听到刘羡阳活过来之后,突然一松,整个人就后仰倒去,彻底昏死过去了。宁姚赶紧抱住陈平安。

齐静春解释道:"陈平安先前被云霞山蔡金简一指开窍,强行打烂心神门户,其实精气神一直在流散外泄,结果刘羡阳刚好在这个时候出事,他就只好拼了命激发潜力,这就是所谓的破罐子破摔了。他原本能剩下半年寿命,如今估计最多也就一旬吧。"这意味着陈平安从泥瓶巷开始,到小镇屋顶,再到深山小溪,最后到这荒郊野岭,每次奔跑,都在大幅度持续减寿。陈平安对此心知肚明。

宁姚问道:"齐先生你只需要告诉我,怎么救陈平安!"

齐静春心中叹息。这正是道心的玄妙之处。宁姚并非对陈平安没有情感,否则也不会并肩作战到这一步。

正常人听闻噩耗后,必然会有一个惊慌、悲伤、同情的过程,快慢、长短、深浅不同而已。但是宁姚丝毫也没有。她一下子就跳到了自己最想要的"结果",我该如何救人。

世间修行,修力可见,步步为营,只需要往上走,差异只是每一步的步子,各有大小。修心则缥缈,四面八方,处处是路,仿佛条条道路都能证得大道,但又好像条条道路都是旁门左道,谁也给不了指点。在修心一事上,身怀道心之人,可一步登天。所以宁姚可以大大方方、眼神清澈地望着陈平安,直截了当问他是不是喜欢自己。

齐静春想起了那个头顶莲花冠的年轻道士陆沉,心情越发凝重。

宁姚蹲下身,动作轻柔地把陈平安背在身上,问道:"齐先生你倒是说啊。不过事先说好,我觉得杨家铺子的老掌柜,救死扶伤的本事很不咋的,倒是陈平安认识一个铺子里的老人,挺厉害的。"

齐静春看着满脸认真的宁姚,问了一个奇怪的问题:"世间何事,最为逆天而行、逆流而上?"

宁姚想也不想,大声道:"一人一剑杀光妖族!"

齐静春哭笑不得,有些无奈道:"是修行。"

宁姚仔细一想:"其实是一样的。"

齐静春指向两人之前所处的位置,又点了另外一处:"剑炉可滋养体魄,千秋可壮大神魂,只不过对于陈平安来说,至多是勉强维持一个收支平衡,运气好,说不定小有盈余。所以等他醒来后,帮我告诉他,以后练拳,哪怕不追求其他,只为活命,也一定要下苦功夫。"

宁姚松了口气,其实她比陈平安好不到哪里去,只是底子要好太多,才不至于昏厥过去:"齐先生,那现在我是带着陈平安去泥瓶巷养伤,还是先去刘羡阳那边看看情况?"

齐静春笑道:"如今已经都可以了。"

宁姚想了想:"我背后这家伙,肯定希望睁开第一眼,就能看到刘羡阳,所以我去阮师那边好了。"

齐静春点头道:"我陪你们走一段路程。"

两人并肩而行。春风拂面,读书人双手负后,宁姚背着陈平安。

宁姚走着走着,突然问道:"齐先生,作为这座小洞天的主人,你有没有因为近水楼台,收取几个天赋好的弟子?"

齐静春笑着摇头:"没有,只收了个不算弟子的书童。以前是为了避嫌,现在回头来看,确实错过了几个好苗子。"

宁姚又问:"齐先生,你在这里,是不是什么事情都知道?"

齐静春笑道:"只要是我想知道的,都可以知道,不过未必全是真相。毕竟有些事情,差之毫厘谬以千里。"有句话齐静春没有说,从离开小镇起,他就失去了那份"心镜照彻天地"的神通。因为有人取走了那块镇圭,那是儒家亚圣之一留在小镇的信物,也是大阵枢纽之一。

宁姚犹豫了一下,仍是忍不住问道:"齐先生,你如今是啥境界,有没有跻身上五境啊？还有，先生你坐镇这方天地，真的能够天下无敌吗？当然，先生如果觉得不方便，可以不回答，我就随便问问。"

齐静春果然不回答。宁姚翻了个白眼，不再说话。

齐静春有意无意放慢脚步，转头望去。陈平安眨了眨眼。齐静春也眨眨眼。齐静春会心一笑，不露声色地悄悄加快脚步。君子有成人之美。

一起走出很远后，齐静春停下脚步，笑道："我就不送了。"站在原地，满鬓霜白的他，望着渐行渐远的身影，沉默不言。

齐静春走出一步，瞬间来到那块斩龙台附近。

儒家圣人，皆有一个本命之字，独占魁首。

世间任你是谁，只要写到、用到、念到此字，便能够为那位儒家圣人增加一丝道行修为，积少成多，滴水穿石。

齐静春是个例外。不是一字没有，而是有两个。且字之意味极其悠长，境界极其深远。

静。静心得意。

春。天下迎春。

所以他才会被贬谪到这方小天地，与外边大天地完全隔绝。

虽然齐静春不过是儒家三学宫七十二书院的书院山主之一，但是他确实不能以常理待之。

这个面对正阳山搬山猿屡屡挑衅羞辱却没有任何反应的窝囊读书人，闭上眼睛，默想"静"字第三笔，然后伸出并拢的双指，在空中轻轻往下一划。那块坚不可摧的斩龙台，瞬间被对半切割成两块。

齐静春一挥袖，两块齐整大石，一块落在阮邛的铁匠铺子，另一块则出现在泥瓶巷一栋小宅里。

做完这一切，齐静春陷入了沉思，如围棋国手陷入长考。先是站在细密雨幕当中，最后已是大雨滂沱，电闪雷鸣，他也未回过神来。一直被小镇百姓喊作先生的齐静春，在想自己的先生。

杏花巷马家祖宅，逛遍小镇的金甲神人走回院子，奇怪的是这么大一尊真神，行走四方，竟然无人察觉。

少年马苦玄蹲在门外台阶上，看到这尊金甲神人后，满脸希冀神色，真武山兵家修士问道："如何？"

神人一身金色甲胄，宝相庄严，只见其嘴唇微动，马苦玄却听不见任何声音，便火急火燎地望向屋内的剑修，后者叹气道："他说你奶奶生前造孽太多，死前三魂七魄就已经同身躯一般，如风烛残年，所以你奶奶死后，是命魂同时腐朽。小镇此处又异于别处，天生抗拒鬼魅阴物,所以他并未找到你奶奶的残余魂魄。"

马苦玄脸色狰狞,仰起头对着那尊神将咆哮道:"我不管你用什么法子,快去给我把奶奶的魂魄找回来!"

真武山剑修脸色剧变,生怕马苦玄惹恼了这尊姓殷的真神,正要出声阻拦马苦玄,金甲神人不知为何,竟然以东宝瓶洲正统官话开口说道:"非不为,实不能也。"说完这句话后,笼罩在金光之内的威武神将望向屋内的真武山剑修,后者深吸一口气,双手做捧香状,对着院中神将拜了三拜。每拜一次,就有一股如发丝粗细的淡金色气息,从真武山剑修泥丸穴中飘出,然后被金甲神人轻轻吸入鼻中。三次过后,神人拔地而起,化作一道璀璨光柱离开此方天地。真武山剑修脸色惨白,搬了把椅子坐下,轻轻吐出一口浊气。这便是市井俗语"请神容易送神难"的真正缘由。

马苦玄脸色冷漠地收回视线后,转身走入屋内,坐在那具冰冷尸体旁边,伸手抓住马婆婆的干枯手掌,死死盯着她那张脸庞,长久不说话。

负剑男人摘下腰间那枚虎符,色泽比起之前已经略显黯淡,缓缓收入袖中。

负剑男人休息片刻,起身后没有走到马苦玄身边,而是坐在门槛上,背对着他,缓缓道:"你奶奶应该是在门口,被人扇了一耳光,力气极大,整个人被飞摔入屋内致死。接下来有些话,可能你不爱听,但是你至少应该知道实情。出手之人多半是练气士,出手不知轻重,加上你奶奶身子骨并不结实,所以就死了。既然是练气士出手,那么多半与泥瓶巷陈平安和那个外乡少女有关,或是先前在廊桥那边,被你故意坏了水观心境的年轻女子,为了报复出手。前者可能性很小,后者可能性极大,所以,你去乱葬岗那边杀陈平安,是出于对你奶奶的孝顺,去了却因果,但是你绝对没有想到,你这一出门,刚好就有人登门寻衅。"

马苦玄颤颤巍巍伸出一只手,用手背轻轻贴着奶奶的脸颊,奶奶的脸颊高高肿起,已经呈现出乌青色。

他轻声道:"所以是我害死了我奶奶,对吧?"

负剑男子道:"按照世俗眼光来看,是也不是。若是按照……"

马苦玄不愿再听此人说话,站起身狞笑道:"屠城灭国做不得,滥杀无辜做不得,这些事情做不得,那些事情做不得! 那么报仇杀人,到底做不做得?!"不等男子给出答案,马苦玄继续道:"如果连这也做不得,那我当兵家修士有什么用? 我为何不干脆当个随心所欲的大魔头? 为何当时不答应那对道士道姑,去那什么宗?!"

男人犹豫片刻,说道:"只要你自己能够承受所有后果,就行。

"就像今天这样。

"还有,其实有些话我之前可能没有说透彻,例如这杀人,其实每个人都各自有一条线,你能杀多少人,我能杀多少人,绝对是不一样的。不只是因为我比你实力强、境界高,一个人的心性也是很重要的。可能我杀了一百人,全是该杀之人,而你只杀了两三个,便有不该杀之人。"

马苦玄突然嗤笑道:"杀不杀人,如何杀人,我问你作甚,难不成还需要你帮忙不成! 差点忘了,我现在还不是正式的真武山弟子!"他低头看了眼奶奶的面容,然后转头对正堂八仙桌那边怒吼道:"滚去带路!"

一只黑猫从八仙桌底下飞快蹿出,马苦玄跟随着它一起奔向屋外。男人不以为意。要知道男人所在的国家,一百五十年前陷入动乱,山河破碎,战乱频仍,惨绝人寰的程度,冠绝东宝瓶洲。原本一千万户人,等到新王朝结束那场浩劫,仅剩八十万户不到。以至于最后许多年纪不大的稚童,觉得天底下所有的人死后,都是不需要收殓下葬的。男人就是这些孩子里的一个。

男人缓缓起身,相比提醒马苦玄那个凶手已经被赶出小镇,他更想去阮师那边询问一个问题。为何佛家在东宝瓶洲,已经式微千年,只有一些小国才会将其奉为国师,在这座小镇之上,也是势力最弱,可是因果循环,却如此明显。

这个兵家剑修远远跟在马苦玄身后。不过哪怕马苦玄当下已经是真武山弟子,男人也不会过多插手马苦玄的私人恩怨。沙场之上同生共死,修行路上生死自负。当然,事无绝对。就像马苦玄之前差点死于陈平安之手,男人就出手救下了马苦玄。原因有两个:一个是内心深处不希望马苦玄这样的天才,过早夭折,希望马苦玄能够在真武山砥砺一番,无论是天赋还是性情,都更上一层楼,希望他能够成为兵家代表人物之一,在接下来的大争乱世之中,大放异彩。另一个是齐先生主动开口,说马苦玄和陈平安两个少年,分出胜负就行了,切莫分出生死。当时他以为齐先生是担忧陈平安会毙命,事后才发现根本不是那么一回事。

男人远远跟在马苦玄身后,发现马苦玄在经历过初期的热血上头后,脚步越来越慢,越来越轻松自如,最后就像是寻常少年在逛街。那只黑猫从一处屋顶跳到马苦玄肩头,再跳到地上,转头之后,飞奔离开,似乎是在告诉马苦玄已经找到目标。在这之后,马苦玄开始慢跑,再一次变了气质。

春雨细微,不过是让街上行人脚步匆匆,远未到檐下躲雨的地步。

一对衣衫华贵的年轻男女正从骑龙巷走向大街,似乎各有机缘,满脸喜庆,只是一个少年教会了他们何谓福祸相依。少年从两人身后五十余步处开始奔跑,二十步的时候大声喊了一声"喂",等到那个年轻男人转头望来,看到的是马苦玄毫不留力的迅猛一拳。

当头一拳。年轻男子整个人飞出去,重重摔在街上后,身体微微抽搐,没有半点挣扎起身的迹象。一拳之后,双脚落地的马苦玄,刚好与年轻女子并肩而立。

马苦玄身形一拧,左手闪电般挥向女子脖颈,比他个头还要高出半个脑袋的修行女子,砰然一声,就被马苦玄这一臂砸得扑倒在地。女子脑袋轰然撞在泥泞地面上。

马苦玄伸出一只脚,踩在女子额头上,凝视着那张晕乎乎的脸庞,弯腰低头,用雅言官话说道:"我知道凶手不在小镇了,但是没有关系,我自己可以查。"

容颜极好的年轻女子,眼眶里满是血丝,鼻子耳朵也都渗出了血丝,满脸惊恐地望向居高临下的马苦玄。

马苦玄脸色狰狞:"我马苦玄坏了你的修道心境,你之后报复,就算把我乱刀剐死,我认命便是,绝不怨恨你。甚至哪怕你报仇不成,我心情好的话,还会放过你,愿意陪你多玩几次。在我看来,世道就该是这么清清爽爽的。"

女子估计是自家宗门的天之骄子,哪里见识过这种场面,吓得梨花带雨,估计连凶神恶煞的马苦玄说了什么都记不清,只是求饶道:"放过我,求你放过我,你奶奶不是我杀的,我一点都不知情啊……"

马苦玄逐渐加重脚底板的力道,把女子脑袋一侧缓缓压入泥泞当中:"知道我最恨你们什么吗?是造孽之后,还能这么不当回事!半点愧疚也没有,半点也没有啊……"马苦玄言语带着哭腔,眼神中带着刻骨的恨意。

那女子艰难伸手,抱住马苦玄的脚踝,眼中满是哀怜乞求之色:"放过我,我爷爷是海潮铁骑的统帅,我是他最疼爱的孙女,我可以赔偿你,你想要什么,我都可以答应……"

马苦玄皮笑肉不笑道:"哦?这么巧,我是我奶奶马兰花的孙子!"

马苦玄突然抬起脚些许,然后鞋底板在女子精致脸颊上擦了擦:"海潮铁骑是吧?等着,我陪你们慢慢玩。"

马苦玄收起脚,分别扭头看了左右两个方向,左手边,真武山男子站在远处,负剑而立;右手边,有一个撑着油纸伞的儒雅公子哥,站在倒地不起的可怜虫身边,望向马苦玄。马苦玄的直觉告诉自己,那个撑伞的家伙,其实就是在等自己杀了脚边的女子。

马苦玄突然蹲下身,那个女子试图逃避,却被浑身湿漉漉的马苦玄一把按住脖子。女子不敢动弹之后,马苦玄松开手,用手掌一下一下拍打着女子的脸颊,笑道:"记住喽,我叫马苦玄,以后我一定会去找你的。还有那个不在小镇的家伙,你一定要好好感谢他,要不然我们关系也不会这么好。"马苦玄最后吐了一口唾沫在女子脸上。

马苦玄起身走向真武山男子,低声问道:"那人是谁?"

剑修淡然道:"是儒家七十二书院之一、观湖书院的未来山主,叫崔明皇,身世显赫。这次是来取回压胜之物的,城府很深,以后要小心,如果没有意外,你已经被他盯上了。"

马苦玄皱眉道:"这个人,跟学塾齐先生给人的感觉,很不一样。"

剑修哑然失笑道:"你以为有几个读书人能够像齐先生这般,恪守本心?"

剑修犹豫了一下,还是解释道:"外界都传齐先生在他恩师败落之后,境界跌落,心境破碎,所以才答应被贬谪到这方小天地,虽然时时刻刻要承受天道威压的侵蚀,可是能够为所欲为。我看啊,未必。"

马苦玄对这些不感兴趣,转头望去,看到崔明皇蹲在女子身边,应该是在好言安慰。

马苦玄收回视线,与负剑男子并肩而行,他脚步沉重,返回杏花巷。

剑修开口说道:"你身体受伤不轻,千万别留下暗疾,否则会妨碍以后修行。"

马苦玄伸手抹去满脸雨水,突然问道:"我们这座小镇,对那些外人来说算什么?"

剑修回答道:"就像小镇外的那条小溪吧,鱼龙混杂,有不过膝盖的浅水滩,也有深不见底的深水潭。"

马苦玄问道:"以前外乡人来此历练寻宝,淹死过人吗?"

剑修笑了笑,摇头道:"以前几乎不会,多是和气生财,皆大欢喜。这一次是例外。"

杨家铺子,有个英气少女背着少年快步跨过门槛,对一个中年店伙计问道:"杨老先生在不在?"

那人眼见宁姚气度不凡,不敢怠慢,点头道:"在后院刚收拾完药材,你们有事?"

宁姚点头沉声道:"我们跟杨老先生熟悉,要跟他求一服药。"

伙计犹豫片刻,没有纠缠,领着他们来到后院正屋,一个老人正在用老烟杆子轻轻磕着桌面,屋子角落远远站着一个邋遢汉子,正是小镇东边的看门人、光棍郑大风。可能是一物降一物,郑大风碰到了杨老头,便是大气不敢喘的模样,再无平时油滑无赖的欠打德行。

杨老头挥了挥烟杆,郑大风赶紧溜出屋子,带着店伙计一起离开。

杨老头望着宁姚背后的熟悉少年陈平安。陈平安此时嘴唇发白,浑身颤抖,双手几乎是拼死环住宁姚的脖子。

杨老头不紧不慢地站起身,一手负后,一手持烟杆,来到宁姚身前,与陈平安对视,沙哑道:"与你说过多少次了,越是命贱福薄,就越要惜命惜福。怎么,稍稍遇到一些挫折,就要死要活,那你当初怎么不跟着你娘亲一起走,岂不是更省事一些? 你姚师傅是对的,他生前总念叨三岁看老三岁看老,你是个活不长久的,哪怕教了你好手艺真功夫,也是浪费,一样要早早丢到土里去。"

宁姚目瞪口呆,在她印象中,杨老头应该是一个慈眉善目的老人,成天笑眯眯的。谁承想是这么个尖酸刻薄的老头子。

杨老头讥讽道:"是不是很疼?"陈平安微微点头,早已说不出话来。

在宁姚后背醒来时,大概是药效退去,疼痛就已经开始发作,只是陈平安觉得可以撑一撑,等到宁姚背着他到廊桥附近时,他知道无论如何也撑不下去了,于是宁姚甚至顾不得取回溪边道路上的那柄刀,就赶紧背着他赶往杨家铺子。

杨老头笑呵呵道:"疼啊,那就乖乖受着。"然后杨老头瞥了眼宁姚,没好气道:"让他自己坐在长凳上!"杨老头随即嘀咕道:"给个小娘们背着,也不嫌碍碜。"

宁姚强忍住怒气,小心翼翼地让陈平安坐在长凳上,只是她刚一放手,陈平安就摇摇欲坠。宁姚刚要伸手搀扶,陈平安虽然口不能言,仍是用眼神示意不用她帮忙。

杨老头抽了一口自制旱烟,看着陈平安的身体和气象,啧啧道:"真是个名副其实的破落户了。好嘛,问心无愧倒是问心无愧了。"

杨老头对陈平安的刺骨疼痛根本无动于衷:"刘羡阳是什么好命,你是什么贱命,这么多年心里就没个数?他死一次,差不多都够你死十次了,知道不?"

宁姚实在受不了杨老头阴阳怪气的言语,沉声道:"杨老先生,能不能先帮陈平安止痛?"

杨老头身形佝偻,转头斜眼看着宁姚,云淡风轻问道:"你男人啊?"

宁姚怒目相向。杨老头不再理睬宁姚,转回头,看着陈平安。

杨老头自顾自陷入沉思,最后撇撇嘴,叹了口气,用老烟杆在陈平安肩头一点,手臂和腿上各点了两下。刹那之间,陈平安以侧卧之姿,手肘抵住脑袋,卧在了长凳之上。

杨老头轻喝道:"睡去!"陈平安瞬间闭眼睡去,立即鼾声如雷。

衙署牌坊下。

陈对聊了天南地北许多奇人趣闻逸事,正阳山小女孩陶紫听得津津有味,啧啧道:"姐姐,你懂得真多。"

陈对微笑道:"等你长大了,也会知道很多事情。"

宋集薪半真半假道:"平时相处,感觉你也挺正常一人啊。"

陈对长眉微挑,问道:"你的意思,是说在你们大骊藩王宋长镜面前,就要低眉顺眼,卑躬屈膝?"

宋集薪哈哈大笑,伸手指着陈对:"姑娘你这说话的路数,要是被咱们小镇学塾的齐先生听见了,先生他一定会皱眉头的。知道吗,你这叫非此即彼,很不讲道理的,乍一听好像蛮有道理,其实根本经不起推敲。我真正的意思,当然是你可以不用对宋长镜谄媚相向,也不应当如此。但是他宋长镜好歹是大骊最大的一条地头蛇,还是首屈一指的武道大宗师。你作为一个外人,入乡随俗,对一栋屋子的主人稍稍客气点,难道不应该吗?为何非要摆着一张臭脸装大爷,你说装也就装了,装完被宋长镜打得半死,还敢当着他的面放狠话,我真不知道该怎么说你好。"最后宋集薪指了指自己,自嘲道:"连我这种嘴贱心肠坏的人,也晓得审时度势,看碟下菜。"

陈对犹豫了一下,说道:"算是同类相斥吧,我也是习武之人,对于你们东宝瓶洲的武夫,实话实说,一直不是特别瞧得起,当然最后证明我是错的,大错特错。"

宋集薪讶异道:"你倒是够实在的。"

陈对淡然道:"习武之人,不认拳头,能认什么?"

宋集薪突然问了一个尖锐问题:"你们这些来小镇寻找宝物机缘的外乡人,好像讲的道理跟我们认为的不太一样。是因为你们拳头硬?"

陈对摇头笑道:"根本不用我解释什么,以后只要你走出小镇,很快就会变成我们这样的人。等你哪天自己踏上修行之路,自然而然就会明白,否则我说破嘴,你也不理解。"

宋集薪感慨道:"变成你们这样的人,那多没意思啊。"

陶紫插科打诨道:"那就去我们正阳山玩,可有意思了。"

宋集薪摸了摸她的小脑袋,漫不经心道:"好啊。"

陈对转头望去,有些本能的紧张。

只见白袍玉带的大骊藩王宋长镜站在牌坊那边,对宋集薪说道:"回泥瓶巷收拾收拾,准备离开这里。"

宋集薪笑道:"得嘞,这就要背井离乡喽。"

陶紫恋恋不舍,问道:"背井离乡,是背着一口水井离开家乡吗?"

宋集薪哈哈笑着,起身道:"走,先把你送回李家宅子,这叫有始有终。"

宋集薪牵着陶紫走向衙署大门,转头问道:"门外这条福禄街上不会出现刺客吧?"

宋长镜笑道:"这得问你的邻居朋友。"

宋集薪撇撇嘴,转身看了眼天色,乌云汇聚,有点下雨的迹象。他的心情一下子就变得极差。

把正阳山陶紫送回去后,宋集薪惊讶地发现宋长镜竟然就站在那棵子孙槐之下,他快步走去,好奇问道:"这么着急离开?"

宋长镜点头道:"临时收到个消息,外边有点事情,需要亲自去解决,所以直接乘坐马车去泥瓶巷,收拾完东西就走。"宋集薪举目望去,果然衙署门外停着三辆马车,这应该是他平生第一次坐马车。

宋集薪弯腰坐入最前边一辆马车车厢,宋长镜紧随其后,盘腿而坐。宋集薪环顾四周,空落落的,就只有自己屁股底下的那个草编蒲团,完全没有想象中的豪奢气派,更不会给人别有洞天的惊艳。这让宋集薪有些失望,原本他还很期待看到稚圭登上马车后的惊讶。

密集的马蹄在青石板街道上,嗒嗒嗒嗒踩出清脆声响,三辆马车先后驶出福禄街。

宋长镜掀起帘子,望向车窗外的小镇景象,从今往后,大骊王朝就要彻底失去这座小洞天名义上的掌控权了。不过反过来想,大骊开国以来,正是靠着这座小洞天带来的巨大收益,才一步一步从偏居一隅的小小割据势力,变成如今东宝瓶洲北部最大的世俗王朝,没有之一。

千里河山小洞天。以后恐怕只能在大骊皇宫秘史里去找了。

宋长镜收起思绪,随口问道:"不跟那陈平安道一声别?"

驶出福禄街后,道路不平,宋集薪身体开始跟随马车轻轻摇晃,摇头道:"那家伙能不能活下来,还不好说,万一只等到一具尸体,多恶心。他陈平安没爹没娘的,如今连好朋友也死翘翘了,那可不就得由我这个邻居,来给他处理后事?"宋长镜嗯了一声。

宋集薪问道:"那个正阳山的小女孩提到过一个人,叫马苦玄,是杏花巷的,跟我差不多岁数,好像他开价一袋子供养钱,把陈平安和那少女的藏身之地卖给了正阳山。你知不知道这家伙到底是什么来历?以前我只听说是个傻子,不承想隐藏得这么深。"

宋长镜想了想:"之前潜伏在宋家的刺客,在骑龙巷刺杀过那个大隋皇子,原本已经被找到一点蛛丝马迹,其中涉及这个名叫马苦玄的少年。这些年里,那名刑徒出身的刺客,私底下多次和马苦玄接触,有可能是师徒关系。如今真武山横插一脚,只能暂且搁置,毕竟大骊军伍当中,就有许多真武子弟,而且官位都还不低。"

宋集薪笑道:"叔叔,你也有说'只能'的时候?"

宋长镜不以为意道:"谁让本王还有个尾大不掉的身份,狗屁大骊藩王。"

马车临近泥瓶巷的时候,宋集薪有意无意道:"陈平安,真的就只是陈平安?"

宋长镜哑然失笑:"在让你搬去泥瓶巷之前,衙署早就彻彻底底查过了,陈平安他家祖宗十八代,很清楚的脉络,没有任何问题,跟'富贵权势'四个字,不沾边。怎么,那个陈对吓到你了?放心,本王已经大致猜出她的身份了。她那一支陈氏,跟陈平安祖上留在小镇这一支,没有半点渊源,所以放宽心吧,陈平安就只是陈平安。勉强扯得上亲戚关系的,是那个陈松风所在的龙尾郡陈氏,但是你想一想,几百年没联系的亲戚,还算亲戚吗?再者,小镇陈氏这一支,已经落魄到只剩下一个人不是奴仆丫鬟,穷在闹市无人问,富在深山有远亲。你好歹读了些书,连这个道理也不懂?"

宋集薪仍不死心:"那祖宗十八代之前的十八代呢?就没有出现过一个惊才绝艳的大人物?一个也没有?"

宋长镜笑道:"原来你是希望陈平安身世特殊一些?"

宋集薪没有掩饰自己的心思,点头道:"如果他跟寻常人不一样,我心里也会好受一些。"

宋长镜越发好奇,打趣道:"那家伙到底怎么欺负你了,让你有如此执念?可是按照我对那少年的了解,不像是个……"

宋集薪冷笑着打断大骊藩王的言语:"小地方的人,眼界兴许不高,眼窝子会浅,但是绝对不能就觉得他们傻。好也好得赤子之心纯朴善良,坏也会坏得头顶生疮脚底流脓,还有些人,则真的会蠢得无药可救,甚至是又蠢又坏。"

宋长镜更加疑惑不解:"那陈平安属于哪一种?"

宋集薪叹了口气,懊恼道:"他哪一种都不算,真是个傻子,所以我才觉得特别憋屈啊。"

宁姚蹲在长凳前,端详陈平安的熟睡脸庞,内心充满震撼。此等神通,妙不可言。

陈平安的奇怪睡姿,使得他从头到脚,流露着一股返璞归真的意味。

虽然说不清道不明,但是对于一门神通术法的好坏,宁姚天生拥有极其敏锐的直觉。

宁姚转头好奇问道:"你才是陈平安修行的领路人?"

杨老头吧嗒吧嗒抽着旱烟,跷着二郎腿,望向屋外晦暗雨幕,笑道:"修行?这就算修行了?怎么,如今外边天地,又多出一个有资格立教称祖的家伙了?才害得世风日下,修行路上的光景,一年不如一年?不至于吧,那几位可不是吃素的,既然自己已经当了饕餮,就只能在这条不归路上,继续走下去,决不允许外人来分一杯羹。"

宁姚一头雾水:"杨老前辈,你在说什么?"

杨老头愣了愣:"你家长辈没跟你说过那些老古董的陈年旧账?"

宁姚摇摇头:"我祖父那一辈人,走得早,我爹娘又不爱说其他几座天下的故事,生怕我离家出走。"

杨老头扭头望去,仔仔细细打量了一下宁姚,最后冒出一句话来:"那道城墙上,如今刻下多少个字了?"

宁姚老实回答道:"我祖父那一辈,出了很多英雄人物,所以短短百年之内,就新刻了两个字,如今总计十八字。"

杨老头唏嘘道:"都已经十八个字了啊。道法,浩然,西天,六字之后,还多了哪些?"

宁姚沉声道:"雷池重地四个字,剑气长存又是四个字,齐,陈,董。"

杨老头皱眉问道:"小姑娘,还剩下个字,被你吃啦?"

宁姚没好气道:"忘了!"

杨老头没有打破砂锅问到底,换了个问题:"还是老规矩,每斩杀一个飞升境妖族,才有资格在城墙上刻下一字?"

宁姚皱眉道:"你为何如此了解我家乡那边的情况?"

杨老头笑道:"很久以前有个外来剑修,有写游记的习惯,一路风土人情,都被他写了下来,最后死在咱们小镇附近,我就把那本厚厚的游记拿回来,没事情的时候翻一翻。"

宁姚怀疑这个说法的真实性。

杨老头好像后背长了眼睛:"信不信由你。"

宁姚观察陈平安的状态,有点像是道家的坐忘或是佛门的禅定,问道:"他怎么了?"

杨老头缓缓道:"小死。"人睡为小死。

宁姚有些无奈,杨家铺子这个老人,说话要么刺耳难听,要么稀奇古怪。

杨老头自言自语道:"小姑娘,我问你,当一个人在心中默念的时候,所谓心声,到底是何人之声。"

宁姚愣了愣,陷入沉思。很快就自然而然地闭目凝神,之后昏昏欲睡,最后她竟是猛然一点头,酣睡过去。

杨老头站起身,绕过宁姚,来到陈平安身前,用烟杆指着宁姚,对陈平安说道:"瞧瞧人家,一个点拨,几句话的事情,就能一举破境,再看看你,屁本事还没有,就喜欢犟,你跟谁犟呢,老天爷打盹多少年了,乐意搭理你这么个家伙?"

杨老头回到原位坐着,望向屋外渐渐壮大的雨幕,急骤雨点敲在院落地面上,噼里啪啦作响。杨老头神色有些伤感:"这么多年过去了,挑来选去,找了那么多人,不承想反倒是最不抱希望的一个,命最硬。"

一个干瘦干瘦的孩子,背着一大背篓的野菜,手里用狗尾草穿着七八条小鱼,走在巷弄里。孩子打开自家院门,刚走入院子,隔壁那边马上就有个身穿绸缎衣衫的小公子哥踩上凳子,再娴熟地爬上不高的院墙,蹲在那里,全然不顾会脏了昂贵衣衫,笑道:"喂,姓陈的,又上山下水刨食啦?你靠山吃山、靠水吃水的本事,真不小,以后能带我一起耍耍不?我打赏给你铜钱哦?"

干瘦孩子笑了笑:"不用给钱。"

满身富贵气的小公子撇嘴道:"不要拉倒,我还不乐意去呢。"

孩子把那些小鱼从狗尾草上一条条摘下,大的有巴掌那么长,小的不过拇指长短。孩子踮起脚把鱼放在自家窗台上曝晒,晒干就能吃,不用撒盐,也不用开膛破肚,挤掉内脏,并非孩子怕麻烦,因为若是那么做了,就剩不下几两肉了,反正不弄,吃起来也嘎嘣脆,很香。

院墙上那个小公子说完话后,其实有些后悔,事实上他一直都很羡慕身为同龄人的邻居,每次回家都不空手,野兔泥鳅啊,溪鱼野果子啊,看得他很心动,不是嘴馋,只是眼馋而已。但是要强的他并不愿意改口,加上看到隔壁姓陈的动作轻快、无忧无虑的模样,他便有些闷闷不乐。

你说你陈平安,每天穷得揭不开锅,睡着一间四面漏风的破房子,一年到头连一串糖葫芦也吃不着,你还乐呵个啥?墙头上名叫宋集薪的小公子哥,对此完全无法理解。

有一天,衣食无忧却只能生活在泥瓶巷的宋集薪回到家的时候,鼻青脸肿,满身泥土。

第二章 先生

049

刚刚做了他贴身婢女的稚圭,问他怎么了,宋集薪死活不说,回到自己屋子后,关上门,躺在床上。他今天跟人吵架,甚至还打架了。有一些恶毒言语,到现在还萦绕耳畔,让他这个自尊心极强的孩子心如刀割,脸色时而哀伤,时而狰狞。

"你不就有点臭钱吗?得意个什么劲儿?你连陈平安也不如,人家虽然死了爹娘,可好歹知道自己爹娘是谁,你知道自己爹娘是谁吗?"姓宋的孩子,在床上翻来覆去,怎么也睡不着。

第二天,宋集薪没有像往常那样,蹲在墙头上跟邻居聊天,而是破天荒登门串户,走到了陈平安屋子里。他跟陈平安说了一句话后,没过多久,陈平安就离开了小镇,违背娘亲去世时他立下的誓言,小小年纪就去龙窑当起了学徒。

有一个身影,鬼鬼祟祟地站在铺子正堂后门那边,杨老头瞥见后,也没说什么,只是转过身,嫌弃碍眼。那个身影看到杨老头的动作后,格外受伤。更让他受伤的是一个自己应该称呼为嫂子的妇人。妇人一手撑伞,一手狠狠推他的脑袋,大踏步走向后院正屋那边,看到杨老头后,立即就要扯开嗓门喊话。

杨老头叹了口气,赶紧起身走出屋子,关上门。站在台阶上,看着那个摆出兴师问罪架势的妇人,杨老头连抽旱烟的兴致都没了。

妇人停下脚步,单手叉腰骂道:"干啥咧,你防贼呢?!杨老头,你好歹是我家汉子的师傅,怎么尽做这些缺德事?李二铺子伙计做得好好的,你凭啥让他卷铺盖滚蛋?杨家铺子是你开的?啊?李二是睡了他师娘啊,还是睡了他师父的闺女啊?!"

被从街上堵回来的郑大风,缩着脖子,躲在后门那边,恨不得挖个洞把自己埋了。师父是什么性子,李二他媳妇又是什么德行,他怎么会不清楚,所以他觉得自己这次不死也得掉层皮。

杨老头面无表情:"说完了?说完了就回家叫春去,听说小镇最西边的猫叫声,一年到头就没断过,白天叫晚上也叫,好些人给吵得搬了家……"

妇人好像被说中伤心处,嗓音不由得往上高涨:"老不死的东西,你还好意思说回家!你徒弟没了营生活计,成天就知道瞎逛荡,前两天咱家屋顶塌了,连修修补补的钱也拿不出来,害得我只好带着金山银山回娘家去,受尽了欺负!要不是李二给你赶出铺子,我们一家四口人会这么惨?杨老头,赶紧掏出棺材本来,给咱家修房子,要不然我今天跟你没完!"

杨老头视线冷冷地望向躲躲藏藏的郑大风。

郑大风哭丧着脸道:"师父,李二按照您老吩咐,去办那件事情了,一时半会肯定回不来。"

杨老头脸色阴沉,郑大风连下跪磕头的心都有了。

妇人丢了油纸伞，一屁股坐在雨地上，号啕大哭："老不死的东西，喜欢扒灰啊，连自己徒弟的媳妇也不放过啊。"

杨老头从屋檐下搬来一条小板凳，慢悠悠坐下，从腰间袋子里拈出烟丝，碾成一团放入烟斗当中，抽起了旱烟，仰头看着天空，根本不理睬妇人。

郑大风看着妇人在院子里撒泼打滚，下这么大雨，妇人又是好生养的丰满身段，衣衫又单薄，以至于杨家铺子好多伙计都赶来凑热闹，一个个偷着乐，大饱眼福。

妇人哭得撕心裂肺，只是骤然停歇，像是给人掐住了脖子，她揉了揉眼睛后，赶紧起身，拿起油纸伞就跑了。妇人一边跑一边喊道："有鬼啊！"

杨老头扯了扯嘴角，道："香台上的老鼠屎，神憎鬼厌。"

惹祸精妇人一走，没了春光乍泄的风景可看，杨家铺子的人群很快也就散了。

郑大风缩头缩脑跑到正屋檐下，蹲在远处，不敢离杨老头太近。同样是徒弟，他和李二在这个师父面前，待遇是云泥之别。郑大风也怨师父偏心，只不过有些事情，实在是不认命不行。

郑大风怯生生问道："师父，齐静春是铁了心要不按规矩来，到时候咱们何去何从？"

杨老头一言不发，抽着旱烟，一只黑猫不知何时从何处到来，蹲在他脚边不远处，抖了抖毛皮，溅起许多雨水。

郑大风忧心忡忡道："真武山那厮竟然请神下山，会不会有麻烦？毕竟现在有无数人盯着这边呢。"杨老头依然不说话。

习惯了自己师父的沉默寡言，郑大风也不觉得尴尬，胡思乱想着，又想起了齐静春，咒骂道："他娘的你齐静春当了五十九年的孙子，还差这几天工夫？读书人就是死脑筋，不可理喻！"

杨老头终于说话了："你不读书也是死脑筋。"

郑大风不以为耻，转头谄媚道："要不要给师父您老人家揉揉肩敲敲腿？"

杨老头淡然道："我没什么棺材本，你就死了这条心吧。"

郑大风赧颜道："师父你这话说的，伤人心了啊，我这个做徒弟的，本事不大，可是孝心足啊，哪里会惦记那些，我又不是李二他媳妇。"

杨老头嗯了一声，道："你比她还不如。"郑大风整张脸都黑了，耷拉着脑袋，霜打茄子似的，没有半点精气神。不过他猛然间满脸惊喜，才发现师父今天说的话，虽然还是不堪入耳，可好歹说了这么多，难得难得，等回到东边屋子那边，可以喝一壶酒庆祝庆祝了。

郑大风心情愉悦了几分，随口问道："师兄拦得住那家伙？"

这次不等杨老头拿话刺他，郑大风自己就扇了自己一耳光："师兄拦不住才有戏，要真拦下来,以后就真要喝西北风了。"

杨老头莫名其妙问道:"郑大风,你知道自己为什么没大出息吗?"

郑大风愣在当场。心想师父这个问题大有玄机啊,自己必须小心应对,好好酝酿一番。

不承想杨老头已经自顾自给出了答案:"人丑。"

郑大风双手抱住脑袋,望向院子里四溅的雨水,这么个老大不小的汉子,欲哭无泪。

衙署管事都不用怎么察言观色,就知道自己不适合继续待下去,随便找了个由头离开了屋子。

陈松风继续埋头查阅档案,只是相比陈对在场时的战战兢兢,总算恢复了几分世家子弟的潇洒气度,但他越是如此,一旁看在眼里的刘灞桥就越觉得气闷,一肚子憋屈想要吐,只是性子耿直是一回事,口无遮拦又是一回事,刘灞桥便想着也出去散散步,眼不见心不烦。

陈松风突然抬头笑道:"灞桥,终于坐不住了?"

刘灞桥刚从椅子上抬起屁股,闻言后一屁股坐回去,气笑道:"哟呵,还有心情调侃我,你小子胸襟气度可以啊。"

陈松风放下手中一本老旧籍书,苦涩道:"让你看笑话了。刚才为我打抱不平,我并非不识好歹,只是……"

刘灞桥最受不了别人的苦情和煽情,赶紧摆手道:"别别别,我就是瞧不上你家远房亲戚的欺软怕硬,我说她几句,纯粹是我自己管不住嘴,你陈松风不用感恩戴德。"

陈松风后背向后仰去,慢慢靠在椅背上,轻轻呼出一口气。这要是在龙尾郡陈氏家门,这个透着一股懒散的坐姿,一旦被长辈发现,无论嫡庶子,小孩子一律要挨板子,成年人则要挨训。豪阀世族的读书人,虽然往往被武人讥讽为道貌岸然、装腔作势,可规矩就是规矩,打从娘胎生下来,就走在既定的道路上,大大小小的士族子弟,无一例外,从小耳濡目染。当然,也有盛产清谈名士和荒诞狂士的南涧国,以言行不拘泥于礼仪著称于世。

刘灞桥问道:"你和陈对到底什么关系,至于如此畏惧她?如果涉及家族机密,就当我没问。"

陈松风站起身,关上屋门,坐在原本管事的椅子上,轻声反问道:"刘姓少年的买瓷人名分,几经波折,最后辗转到我龙尾郡陈氏手中,你就不好奇是为何?"

刘灞桥点点头。恐怕搬山猿打破脑袋也想不到,因为那部剑经闻风而动的竞争对手,竟然不是死敌风雷园,而是横空出世的龙尾郡陈氏。

陈松风面容疲惫，应该是一路行来长期郁结，多思者心必累，终于忍不住要找个人吐吐苦水了，加上他深信刘灞桥的人品性情，所以缓缓说道："虽说我们陈氏与你们风雷园关系更近，但陈氏子孙恪守祖训，不掺和山上山下的恩怨，已经坚守这么多年，难道一本对于陈氏子弟来说十分鸡肋的剑经，就能够让我们为此破例？陈氏是书香门第，不是修行世家，蹚这浑水，有何意义？"

刘灞桥顺着这个思路往下想了想："是那个陈对的家族，想要将这部剑经收入囊中？难不成她家是哪个不出世的剑修豪族？"

陈松风摇头道："并非如此。先前你也听薛管事提及，小镇陈氏分两支，陈对就属于最早迁出去的那一支，走得很彻底，干脆连东宝瓶洲也不待了，直接去了别洲，经过一代代的繁衍生息，开枝散叶，陈对所在家族，如今已经被誉为'世间坊楼之集大成者'。当然，这些消息，在东宝瓶洲从未流传，我们龙尾郡陈氏也只是因为与他们有丁点儿渊源，才得以知晓内幕。"

刘灞桥嗤笑道："是那娘们吹牛不打草稿，还是欺负我刘灞桥没学问？她家能有功德坊？"

陈松风伸出两根手指。

刘灞桥白眼道："听清楚了，我说的是功德坊，不是功名坊！"

陈松风没有收起手指。

刘灞桥有些吃瘪，继续不服气地问道："那学宫书院坊，她家能有？！"

刘灞桥所谓的学宫书院坊，自然是儒家正统的三学宫七十二书院，绝非世俗王朝的普通书院。偌大一座东宝瓶洲，不过山崖、观湖两座书院。

陈松风缓缓收起一根手指，还剩下一根。

刘灞桥佯装要起身，双手撑在椅子把手上，故作惊慌道："我赶紧给那位姑奶奶道歉去，我了个乖乖，就这种蛮横不讲理的身世，别说让你陈松风翻几本书，就是让你做牛做马也没半点问题嘛。"陈松风笑而不语。

这大概就是刘灞桥的独有魅力，能够把原本一件憋屈窝囊的糗事，说得让当事人完全不生气。

刘灞桥扭了扭屁股，双臂环胸，好整以暇道："好了，知道那位姑奶奶的吓人来历了，你接着说正题。"

陈松风笑道："其实答案薛管事也说了。"

刘灞桥灵光一现："刘姓少年的祖上，是陈对那一支陈氏留在小镇的守墓人？"

陈松风点头道："孺子可教。"

刘灞桥咦了一声："不对啊，刘姓少年家祖传的剑经，不是出自正阳山那个叛徒吗？当然了，也算是我们风雷园的祖师之一，但不论如何，时间对不上，怎么能够成为陈对家族的守墓人?"

陈松风解释道:"我可以确定,刘家最早正是陈对家族的守墓人,至于后来躲去你们风雷园的那位剑修,最后又为何来到小镇,成为刘家人,还传下剑经,估计有一些隐晦的内幕吧。所以最后传家宝成了两样东西,剑经加上瘊子甲。至于陈对,她其实志不在宝物,只是来祭祖罢了。除此之外,如果刘家人还有后人,无论资质如何,她都会带回家族倾力栽培,算是回报当年刘家老祖的守墓之功。"

刘灞桥一脸匪夷所思:"那么大一个家族,就让一个年纪轻轻的女子来祭祖?然后搞得差点被那个大骊藩王一拳打死?陈松风,我读书不少的,虽然多是一些床上神仙打架的脂粉书,可确实由此领悟到了好多人情世故,所以我觉得那娘们肯定是个冒牌货!"

陈松风摇头苦笑道:"那你是没有看到我祖父见到她后,是何等……客气。"

为尊者讳,所以陈松风实在说不出口真相,只能以"客气"二字含糊形容。

家族为陈对大开中门,家主对她一揖到底,举族上下将她奉为上宾,接风宴上让她来坐主位。这一切对陈松风的冲击之大,可想而知。

刘灞桥疑惑道:"那刘姓少年,不是差点被那只老猿一拳打死吗?"

陈松风叹了口气:"你自己都说了,是差一点。"

陈松风起身来到窗口,窗外暂时斜风细雨,只是看天色,像是要下一场滂沱大雨。

陈松风轻声道:"那位阮师,好像与陈对的一个长辈是旧识,曾经一起行走天下,属于莫逆之交。"

刘灞桥试探性问道:"你是说阮邛能够接替齐静春,坐镇此地,陈对家族是出了力的?"

陈松风淡然道:"我可什么都没有说。"

刘灞桥啧啧称奇。

难怪陈对面对宋长镜,也能如此硬气。远在天边的家族威势,近在眼前的圣人庇护,她能不嚣张吗?

刘灞桥突然问道:"说说本命瓷和买瓷人的事情吧,我一直挺感兴趣的,只可惜咱们风雷园不兴这一套,直到这次被师父强行拉来当壮丁,才粗略听说了一些。好像现如今咱们东宝瓶洲,有几个声名赫赫的山顶人物,最早也是从这个小镇走出去的?"

陈松风略作犹豫,还是选择知无不言言无不尽,泄露天机道:"有些类似俗世的赌石。每年小镇有三十余婴儿诞生,三十座龙窑窑口按照交椅座位,依次选择某个孩子作为自家龙窑的'瓷器'。打个比方,今年小镇生下三十二个孩子,那么排名最前面的两座龙窑,就能有两个瓷器,如果明年只有二十九个新生儿,就意味着排名垫底的龙窑,只能一整年没收成了。

"所以小镇土生土长的人,都有自己的本命瓷。如今在本洲风头无两的曹曦、谢实二人,一个有望成为天君的道教真君,一个杀力无穷的野修剑仙,也不例外。虽然小镇这个鱼塘相比外边,已算是极其容易出蛟龙,但是化龙的代价巨大。这些'瓷器',在成功跻身中五境后,生前不登上五境,是注定没有来生的,魂飞魄散,生生世世,万事皆休,恐怕连道祖佛祖也奈何不得。而在这期间,就会被买瓷人抓住致命把柄,生死操控于他人之手,任你是曹曦、谢实这般人物,一样如此。

"话说回来,等到成为曹曦、谢实这样的通天人物,买瓷之人自会恨不得把他们当祖宗供奉起来,哪里敢以瓷器主人自居。毕竟是互利互惠的事情,任何一个家族,能够拥有曹曦、谢实这样的战力,睡觉都能踏实。理由很简单,平时小事,兴许请不动他们的大驾,但是面临家族存亡之际,他们肯定要来助一臂之力。不愿为我的家族作战,可以,那我就打碎你的本命瓷,大伙儿一起玉石俱焚便是。"

刘灞桥听得叹为观止,难怪大骊王朝在短短两三百年间迅猛崛起,已经形成了吞并一洲北部疆土的恢宏气势。刘灞桥听得入神,干脆盘腿坐在椅子上,用手心摩擦着下巴,问道:"我知道小镇女孩六岁、男孩九岁是一个大门槛,与我们修行是一个道理,在那个时候就能够知晓未来修行成就的高低了。如果说在那个时候,买瓷人来小镇带走大道可期的孩子,那么那些不成器的'瓷器'呢?那些赌输了的小镇孩子,他们不值钱的本命瓷,各大龙窑又该如何处置?"

陈松风轻声道:"会被拿出龙窑,当场敲碎丢弃,小镇外有一座瓷山,就来源于此。"

刘灞桥心中隐隐不快,问道:"那些孩子的下场如何?"

陈松风摇头道:"不曾听说过,估计不会好到哪里去。"

刘灞桥叹了口气,抬手狠狠揉了揉脸颊。这一桩由各方圣人亲自敲定规矩的秘事,绝不是他小小风雷园剑修能够指手画脚的。可他就是觉得有些不痛快。

长久沉默后,刘灞桥轻声道:"如此说来,从这里走出去的家伙,人人都是过河卒。"

陈松风跟着说道:"修行路上谁不是?"

刘灞桥心有戚戚然,点头道:"也是。"

屋门吱呀一声轻轻打开,脸色微白的陈平安蹑手蹑脚跨过门槛,转身轻轻关上木门。他也学着杨老头搬来一条小板凳,坐在台阶上,雨点大如黄豆,天色昏暗如深夜,只是不知为何,这么大一场暴雨,落入屋檐下的雨点反而不多,杨老头坐了很久,衣衫上也不过是有些许水汽而已。陈平安十指交错,安静地望向院子里积水而成的小水塘。

杨老头抽着旱烟,大团大团的烟雾弥漫四周,只是檐下烟雾与檐外雨幕,井水不犯河水。好像天地间存在着一条看不见的线。

杨老头不讨厌陈平安的最大一个原因,就是他不管什么时候,都不会胡乱嚷嚷,不会吵到自己。能不说话烦人,就绝不开口。陈平安这一点,跟徒弟李二很像。郑大风就差太远了。

陈平安轻声道:"杨爷爷,这么多年,谢谢你。"

杨老头皱眉道:"谢我?如果没有记错,我可从来没有白白帮过你,哪次缺了报酬?"陈平安笑了笑。

就像杨老头当年答应陈平安上山给杨家铺子采药,然后低价购买的同时,药铺里许多草药也低价卖给陈平安。看似公平,其实陈平安心知肚明,这就是最实实在在的帮忙。还有,一支自制的竹烟杆子,值得了几个钱?但是陈平安能够这么多年坚持下来,一年到头无病无灾,很大程度上,靠的都是杨老头当年传授的那套呼吸法子。

杨老头抬起头,望向天空,讥笑道:"别人施舍一点小恩小惠,就恨不得把他当作救苦救难的菩萨,尤其是大人物从牙缝里抠出一点渣滓,就格外感恩戴德,甚至自己都能被自己的赤子之心感动,觉得自己这是知恩图报,所以是醇儒忠臣、是某某某的得意门生,美其名曰士为知己者死,一群忘本的混账王八蛋,当初就不该让他们从娘胎里爬出来……"

陈平安挠挠头,有些忐忑,不知道杨老头是不是在说自己。

杨老头收回视线,漠然道:"不是说你。"

陈平安突然看到一个熟悉的身影,于是有些发愣。正堂后门有回廊屋檐,一个双鬓霜白的中年儒士撑伞而至,一手持伞,一手拎着长凳,穿过侧门后,将长凳放在廊中,坐下后把油纸伞斜靠在凳子旁,然后双手拍了拍膝盖,端正坐姿,最后笑望向后院正屋檐下的杨老头和陈平安,温声道:"山崖书院齐静春,拜见杨老先生。"

齐静春脚上的靴子已被雨水浸透,沾染淤泥,袍子下摆也是如此。

杨老头意态闲适,用烟杆指向那位此方圣人:"你来的第一天,我就知道是个不得志的,不过这么多年处下来,没听到你半句牢骚,也是怪事。你齐静春可不像是唾面自干的人物。所以这次你失心疯,估计外边有些蒙,我倒是半点也不奇怪。"

齐静春伸手拍了拍肚子,微笑道:"牢骚有啊,满肚子都是,只是没说出口而已。"

杨老头想了想:"你的本事我不清楚,不过你家先生,就凭他敢说出那四个字,在我眼中就能算这个。"杨老头伸出大拇指。

齐静春苦笑道:"先生其实学问更大。"

杨老头讥笑道:"我又不是读书人,你先生学问就算已经大过了至圣先师,我也不会说他半句好。"

齐静春正色问道:"杨老先生,你是觉得我们先生那四个字,才是对的?"

杨老头哈哈笑道:"我没觉得对,只是之前世间所有衣冠之辈,皆信奉之前四字,看得我心烦,所以有人出来唱反调,我便觉得解气,仅此而已。你们读书人自己打擂台,打得斯文扫地,满地鸡毛,我高兴得很!"

齐静春失声而笑。

齐静春刚要说话,已经会意的杨老头摆手道:"客套话莫要说,我不爱听,咱们就不是一路人,一代代都是如此,别坏了规矩。再说了,你齐静春如今就是过街老鼠人人喊打,我可不敢跟你攀上交情。"

齐静春点点头,起身跟陈平安招手道:"实在是闲来无事,便用你送去的蛇胆石,又刻了两方私章,一隶书一小篆,送给你。"

陈平安冒雨跑过水塘似的院子,站在齐静春身前,接过一只白布袋子。

齐静春微笑道:"记得收好。以后看到了心仪字画,例如一些觉得气象不俗的山河形势图,可以拿出印章往上一盖。"

陈平安迷迷糊糊点头道:"好的。"

杨老头瞥了眼陈平安手中的袋子,问道:"那个'春'字呢?"

齐静春笑道:"早先刻了一方印章,送给了赵家一个孩子。"

杨老头笑道:"你齐静春是散财童子啊?"

齐静春对于杨老头的调侃,不以为意,告辞离去。

看到陈平安像一根木头似的杵在原地,杨老头气笑道:"白拿人家东西,就想着蹦蹦跳跳回家钻被子里偷着乐呵? 不知道送一送齐先生?"

陈平安赶紧跑向正堂后门,杨老头笑骂道:"带上伞! 你现在这身子骨,经得起这风吹雨打?"

陈平安跟店铺伙计借了一把伞,跟上齐先生,一起走在大街上。

杨老头始终坐在檐下抽着旱烟,烟雾缭绕。想起那两方私印,虽然犹在袋中,可是杨老头察觉得到其中端倪,所以才有"春"字一问。方寸之间,大为壮观。

没过多久,陈平安就回到了院子,杨老头问道:"最后说了啥?"

陈平安叹了口气,坐回小板凳上:"齐先生说了一句话,说'君子可欺以其方'。"

杨老头闷闷道:"立在文庙里的那帮老头子,脑子坏了吧,明摆着有人在针对山崖书院和齐静春,还一直袖手旁观,真当自己是泥塑木雕的死东西啦?"

陈平安没听清楚,问道:"杨爷爷,你说什么?"

杨老头默不作声。

好一个不做圣贤做君子。

第三章
树 倒

　　宁姚悠悠然醒来,之前她睡得无比香甜酣畅,睁眼后发现自己坐在凳子上,有些茫然,发呆片刻后,起身推开屋门,看到门外廊中坐着一老一小,两只闷葫芦,也不说话。听到宁姚的脚步声后,陈平安扭头笑道:"醒了啊,看你睡得沉,之前就没喊你。"

　　宁姚点点头,对此并不上心,询问道:"杨老前辈?"

　　杨老头没好气道:"咋的,还怕陈平安在你睡着的时候揩油啊。放心,我帮你盯着呢,他小子只有贼心没贼胆。"

　　陈平安赶紧解释道:"宁姑娘,你别听杨爷爷瞎说,我保证贼心也没有!"

　　宁姚双手做了一个气沉丹田的姿势,告诉自己:"大人有大量。"

　　杨老头斜瞥一眼陈平安,幸灾乐祸地乐呵呵道:"七窍通了六窍,一窍不通啊。"

　　雨已经很小,杨老头直截了当道:"回头把那袋子供养钱拿过来,然后这小丫头片子,还有你接下来的用药,就算一起付清。"

　　宁姚皱眉道:"杨家铺子什么药材,这么贵?!"

　　杨老头淡然道:"人快饿死的时候,我手里的馒头,能值多少钱?"

　　宁姚沉声道:"你这是趁火打劫!"

　　杨老头抽旱烟很凶,以至于整个上半身都笼罩在淡淡的烟雾当中。"云海"中传出老人沙哑冷漠的嗓音:"漫天要价坐地还钱,那是低劣商贾的勾当,我做不来。我这边的规矩,说一不二,只有一口价,你们爱买不买、爱卖不卖。"

　　宁姚还要说话,却发现陈平安在扯自己的袖子,偷偷使眼色,最终她还是咽下了那口恶气。

这座小洞天出产的那些药材草药,品质的确上佳,可这座享誉东宝瓶洲的骊珠小洞天,从来不以天材地宝出名,而是因为那些"瓷器"和机缘宝物名动天下,所以就算杨家铺子的药材堆积成山,也值不了几枚金精铜钱。

杨老头摇了摇烟杆:"雨也停了,你们俩别在我这儿眉来眼去,也不害臊。"

陈平安拉着宁姚的手臂走下台阶,穿过铺子正堂来到大街上。陈平安笑问道:"是不是想不通?没事,杨爷爷就这样,不爱跟你讲人情,做什么事情都很……公道,对,就是很公道。"

宁姚冷笑道:"公道?人人心中有杆秤,他凭什么就觉得自己公道了?就凭年纪大啊?"

陈平安摇头道:"我没觉得花出去一袋子铜钱,是当冤大头啊。"

宁姚瞥了眼陈平安:"这句话,你要是在外边混过十年,还能够拍胸脯重复一遍,就算你赢!"

陈平安笑道:"那就到时候再说。"

宁姚叹了口气,真是拿他没辙:"接下来去哪儿?"

陈平安想了想:"去铺子那边看看刘羡阳咋样了,顺便把你的那把刀从地底下拔出来。"

宁姚雷厉风行道:"那就带路。"之后突然问道:"你身体没事了?"

陈平安咧咧嘴:"大问题没有,但是除了练拳之外,接下来每天跟你一样,得煎药吃。杨爷爷说如果效果不好,可能还得再花钱。"

宁姚疑惑道:"你真信啊?"

陈平安笑着摇头,好像根本就懒得跟她计较这类问题。

走出小镇后陈平安便卷起袖管,摘下了那柄压衣刀,还给了宁姚。宁姚藏好压衣刀,又去取回那柄被搬山猿踏入地下的狭刀,至于那把送出去的剑鞘,被陈平安暂且寄放在她这边,她将其悬挂腰间,于是那柄飞剑就有了栖身之处。

当陈平安和宁姚走到廊桥南端时,看到一个梳着马尾辫的青衣少女坐在台阶顶,双手托起腮帮凝视远方,留给两人一个背影。

杨家铺子后院,独自一人的杨老头收起烟杆,挥了挥手,把身边那些烟雾驱散后,说道:"放心,事成之后,答应会给你一个河婆的不朽之身,至于将来能否真正成就神位真身,提拔为一方江水正神,得看你自己的造化。"

杨老头最后拿烟杆轻轻一磕地面,抬头望向小镇老槐方向,啧啧道:"树倒猢狲散喽。"

三辆马车依次驶向泥瓶巷。

大骊藩王宋长镜实在想不明白，自己这个侄子，为何偏偏要跟一个陋巷少年较劲，竟然连心结都有了。

宋长镜笑道："反正你和陈平安之间的这笔糊涂账，本王既然已经插手一次，就不会再搅和了，你自行解决。"

最后宋长镜提醒道："你和正阳山可以有私交，但是不要牵扯太深。"

宋集薪乐了："私交？是说那个小闺女吗？哈哈，好玩而已，谈不上什么交情。"

宋长镜笑道："只是好玩而已，就随手送出去一个养剑葫？"

宋集薪悻悻然不再说话。

马车进不去小巷，宋长镜也不愿下车，宋集薪便独自下了车，发现下雨了。目前仍是春雨淅沥，细雨朦胧，但是有越下越大的趋势。他快步跑入泥瓶巷，来到自家院子，推门而入后，看到稚圭坐在正屋门槛上发着呆。

宋集薪笑着喊道："走，公子带你去大骊京城长见识去！"

稚圭回过神："啊？这么快就走？"

宋集薪点头道："反正东西早就收拾好了，我屋子里两只大箱子，加上你那只小箱子，咱们家能搬走的想搬走的，都没落下啥了，早走晚走没两样。"

稚圭把下巴搁在膝盖上，伤感道："对啊，这里是咱们家啊。"

宋集薪叹了口气，陪她一起坐在门槛上，伸手抹去额头的雨水，柔声道："怎么，舍不得走？如果真舍不得，那咱们就晚些再走。没事，我去跟那边打招呼。"

稚圭突然笑了，伸出小拳头使劲摇了摇："不用！走就走，谁怕谁！"

宋集薪提醒道："那条四脚蛇别忘了。"

稚圭顿时大怒，气呼呼道："那个挨千刀的蠢货，昨天就偷偷溜进我箱子底下趴着了，害我找了大半天，好不容易才给我找到。箱子底下好几只胭脂盒都脏死了！真是罪无可赦，死罪难逃！"

宋集薪开始有些担心那条四脚蛇的下场，试探性问道："那蠢货该不会被你……宰掉了吧？"

稚圭摇摇头："没呢，暂且留它一条小命，到了京城再跟它秋后算账。对了，公子，到了京城那边，咱们多养几只老母鸡，好不好？至少要五只！"

宋集薪奇怪道："鸡蛋够吃了啊，为什么还要买？你不总嫌弃咱家那只老母鸡太吵吗？"

稚圭一本正经道："到时候我在每只老母鸡脚上系一根绳，然后分别系在那只蠢货的四条腿和脑袋上。只要一不开心，我就可以去驱赶老母鸡啊。不然那条四脚蛇蠢归蠢,跑得可不慢,以前每次都累死个人,只会更加生气……"

听着自家婢女的碎碎念,宋集薪满脑子都是那幅行刑的画面,自言自语道:"岂不是五马分尸……哦,不对,是五鸡分尸。"宋集薪捧腹大笑。

稚圭习惯了自家公子天马行空的思维方式,见怪不怪,只是问道:"公子,箱子那么重,我们两个怎么搬啊? 而且还有些好东西,该扔的也没扔。"

宋集薪站起身,打了个响指:"出来吧,我知道你们躲在附近,劳烦你们把箱子搬到马车上去。"

四周并无回应。

宋集薪沉默许久,脸色阴沉道:"滚出来! 信不信我去让叔叔亲自来搬?!"

片刻之后,数道隐蔽身影从泥瓶巷对面屋顶落入小巷,或是从院门外的小巷当中悄然出现。总计五名黑衣死士,在首领推门之后,鱼贯而入。

为首一人犹豫了一下,抱拳闷声道:"之前职责所在,不敢擅自现身,还望殿下恕罪。"

宋集薪面无表情道:"忙你们的。"

那人始终低着头:"属下斗胆恳请殿下,帮忙在王爷那边解释一二。"

宋集薪不耐烦道:"这点鸡毛蒜皮的小事,我叔叔会跟你们计较?!"

五人身形纹丝不动,站在院子里淋着小雨,死也不肯挪动脚步。

宋集薪妥协道:"好吧,我会帮你们说明情况。"那五人这才进入屋子,三个黑衣人轻而易举地分别扛起箱子,首尾两人空手护驾,缓步走入泥瓶巷后,皆是飞奔而走。

宋集薪若有所思。稚圭撑起一把油纸伞,递给宋集薪一把稍大的,锁上正屋门、灶房门和院门后,主仆二人撑着伞站在院门口,宋集薪望着红底黑字的春联和彩绘的文门神,轻声道:"不知道下次我们回来,还能不能瞧见这对联。"

稚圭说道:"走了就走了,还回来做甚?"

宋集薪自嘲道:"也对,混好了,回来都找不着人炫耀;混不好,看笑话的人又不少。"

雨下不停,小巷逐渐泥泞起来,稚圭实在不愿意多待,催促道:"走啦走啦。"

宋集薪点点头,两人一前一后走向泥瓶巷巷口。稚圭走在前边,脚步匆匆。宋集薪走在她身后,脚步缓慢。当经过一户人家院门所对的小巷院墙时,手持雨伞的宋集薪停下脚步,转头望去。他看着并无半点出奇之处的黄泥墙壁,怔怔出神。

前边稚圭转头一看,忍不住埋怨道:"公子,再不走快点,雨就要下大啦!"

伞下的宋集薪看不清表情,抬起手臂做了一个动作后,应了一声稚圭的召唤,终于开始加快前行。

泥瓶巷外街道上的车厢内,大骊藩王宋长镜正在闭目养神。

督造官衙署每日都会建立一份秘档,秘档由九名大骊最顶尖的死士谍子负责观察记录,上边所写,全部是"督造官宋大人私生子"的日常琐碎。今日与婢女去逛了什么街,花了多少钱买了什么吃食货物,清晨朗诵的文章内容是哪本圣贤书籍,何时第一次偷偷喝酒,与谁一起去小镇外放纸鸢捉蟋蟀,因为何事与何人在何地起了争执,等等,事无巨细,全部记录在案。然后每三个月一次寄往大骊京城,被送到那座皇宫的御书房桌上,最后汇聚一起编订成册,被那个最喜欢舞文弄墨的兄长,亲自命名为"小起居录"。从《小起居录一》,到如今的《小起居录十五》,一个十五岁的陋巷少年,十五年的点点滴滴,被人写成了十五本书。

宋长镜来小镇之前,翻阅过那些全是无聊小事的书册,但是他敏锐地发现其中一本中间少了一页,显然是被人撕掉了。这应该意味着在宋集薪十二岁那年夏秋之际,发生过一场巨大变故。

宋长镜来到小镇之前,以为是一场起始于大骊京城的血腥刺杀,牵涉到了某些连兄长也只能哑巴吃黄连的人物。但是宋长镜后来意识到,恐怕那一页记载的故事,对少年宋集薪来说,绝对不是什么愉快的回忆,而且必然与泥瓶巷陈平安有关。

宋长镜开始梳理思绪,这位难得忙里偷闲的大骊头号藩王,仔细回想两个少年被记录在册的对话细节,以及当时的场景画面。

宋长镜睁开眼睛,掀起车窗帘子,先看到了那名撑伞婢女的纤细身影,然后是侄子宋集薪,主仆二人走向第二辆马车,三只箱子则都已经搬到了最后一辆马车上。

宋长镜轻声道:"动身。"马车缓缓行驶起来。

还没走几步,马车骤然而停,没过多久,宋集薪气急败坏地冲进车厢,满脸愤怒道:"你什么意思?!"

宋长镜问道:"你是说你那辆马车上的尸体?"

宋集薪脸色铁青,死死盯住宋长镜。

宋长镜神色平淡:"知道尸体的身份吗?大骊谍报机构有七个,本王掌控其中三个,主要是用以渗透各国朝堂、刺探重要军情和收买敌国文臣武将。国师绣虎掌握三个,主要是针对王朝内部的朝野舆情和江湖动态,尤其是需要盯着京城的风吹草动。最后一个专门负责对付山上修士,直辖于……某人。这座小镇共有九名大骊谍子,分别来自这七个地方,为的就是保证你的安危,绝对不能出现半点差错。"

宋集薪沉声道:"你到底想要说什么?"

宋长镜笑道:"这里头的弯弯曲曲,那人到底忠诚于谁,一大堆乌烟瘴气的真相,要本王给你讲清楚,估计很难,反正此人是死有余辜。不过你需要记住一点,现如今外人把你当作大骊殿下,视为了不得的天潢贵胄,他们面子上对你敬畏也好,谄媚也罢,你可以全盘接下,但是别忘记他们为何如此。"

宋集薪冷笑道："哦？为何？"

宋长镜微笑道："你以为当真是你有多重要？一切不过是因为本王待在你身边罢了。怕你记不住这件事情，所以借此机会，让你长点心眼。跟死人待在一起，很不好受，但总好过下一次需要本王待在你的尸体旁边。"

宋集薪满脸涨红。

宋长镜瞥了眼宋集薪，语气冷漠道："下车。"

宋集薪瞬间咽回了已到嘴边的话语，沉默转过身，咬牙切齿地恨恨离去。

宋长镜等到宋集薪下车后，一笑置之："就这么点道行，以后到了京城，还不得被那些掉了牙的老虎、狐狸们立马盯上，恨不得从你身上撕下几块肉？"

这位藩王一想到要去京城，其实也很头疼。

车厢内，反倒是那个死人最占地盘。

宋集薪很不适应，倒是婢女稚圭脸色如常。

宋集薪随口问道："对了，稚圭，你带上咱们家的旧钥匙没？"

稚圭疑惑道："没啊，随手放在我屋子里了，我又不想回去。咋了，公子你问这个做什么？再说了，公子你不是也有一串家门钥匙吗？"

宋集薪哦了一声，笑道："我也丢屋里了。"

三辆马车驶过老槐树，驶出小镇，最后颠簸在泥泞不堪的道路上，一路往东。

经过小镇东边那道栅栏门的时候，在自家泥屋躲雨的看门人郑大风，双手笼袖蹲在门口，看着三辆马车，这个老光棍打了个哈欠。

约莫半个时辰后，宋长镜沉声道："停车！"

宋长镜走下马车，后边马车上的宋集薪和稚圭都掀起车帘，两颗脑袋挤在一起，好奇地望向宋长镜这边。宋长镜摆摆手，宋集薪拉着稚圭赶紧缩了回去。

宋长镜往前行去，不远处，有一个其貌不扬的中年敦厚汉子拦在道路中央，那双草鞋和两腿裤管上全是泥浆。

宋长镜一边向前走一边开口笑道："真是没有想到，小镇还藏着你这么一号人物。看来我们大骊的谍子，真是不吃饭光吃屎啊。"

这位藩王原本纤尘不染的雪白长袍，亦是沾满淤泥，靴子自然更是难以幸免。

宋长镜最后在距离那汉子十步外停步："既然没有一见面就开打，那就不妨说说看，你到底是要怎样？"

连自家屋顶都被搬山猿踩破的小镇汉子李二，此时面对这位大骊藩王，哪里还有半点蹲在地上生闷气的窝囊样子，沉声道："宋长镜，只要打过之后，你还能活下来，自然会知道答案！"

宋长镜皱了皱眉头，李二会意道："让马车先行通过便是。"

宋长镜笑着点头，没有转身，始终盯住李二，高声喊道："马车先行，只管往前。"

李二走到道路旁边，让那三辆马车畅通无阻地过去。宋长镜一直等到马车彻底消失于视野，这才望向耐心等候的李二。此人境界比自己只高不低，不过两人差距有限。宋长镜毫无惧意，相反战意昂扬，热血沸腾，扯了扯领口。眼前此人，虽然名不见经传，但绝对是一块砥砺武道的最佳磨刀石。宋长镜的直觉告诉自己，今天是死是活，明天是九是十，全在此一举！

之前在小街上，雨水渐歇，宁姚转头看着气息平稳、神态从容的陈平安，虽然她内心不喜欢杨老头，但不得不承认那个老人，是真正的世外高人。

"杨老头不是一个简单的人。"宁姚停顿片刻，转头望向那座不起眼的杨家铺子。天街小雨润如酥，雨后的药铺，轮廓柔和，水汽朦胧，宁姚自顾自做了一些细微修改："杨老头，很不简单。"

陈平安没有听到两者之间的差别，只是嗯了一声，笑道："以前只是觉得杨爷爷人很好，很公道，现在才知道原来杨爷爷深藏不露。宁姑娘，他应该也算是修行中人吧？"

宁姚说了一句陈平安听不懂的言语："有些像，但其实不一样，不过对你来说，没啥区别。"

现在到了廊桥南端，大难不死的陈平安，再看那个青衣少女，心境也大不一样。

青衣少女听到脚步声后，笑容腼腆地站起身，看到并肩而立的陈平安和宁姚，扎了一根马尾辫的少女略显局促不安。陈平安不敢再把眼前这个名叫阮秀的姑娘，当成普普通通的少女看待，当然，阮秀让他印象最深的形象，依然是"坐吃山空"四个字。

阮秀看了眼一脸冷漠、英气逼人的宁姚，没敢打招呼。宁姚瞥了眼身材娇小玲珑却好生养的清秀少女，不太愿意打招呼。

三人一起走下廊桥台阶，陈平安轻声道："我听齐先生说，刘羡阳没事了。"

阮秀使劲点头道："醒过来了醒过来了，杨家铺子的掌柜看了之后，说是阎王爷开恩，放了刘羡阳一马，他才捡回这条性命。老掌柜还说只要醒得过来，就算彻底没大事了。我怕你着急，就想着第一时间跟你说，可我爹不让我走过廊桥……"阮秀絮絮叨叨，像一只叽叽喳喳的枝头黄雀，说到最后，有些歉意。

阮秀其实有些事情没有说出口，刘羡阳醒过来后，她第一时间就冲出了门。她光顾着要告诉陈平安消息，压根就忘了她爹不许她进入小镇的叮嘱。只是她刚要从北端台阶跑下廊桥，就被她那个神出鬼没的爹拎住耳朵扯回去了。她好说歹说，才让父亲答应她坐在南端台阶等人。

这并非情窦初开，或是什么儿女情长，而是油然而生的善心。当然，前提是陈平安这个家伙，没有让她觉得讨厌，相反还有一些好感，或者说是对陈平安的认同。这一切，是陈平安自身积攒下来的福报，点点滴滴。两人青牛背初见，陈平安愿意为别人下水摸鱼，事后左手伤口疼得抽冷气，也没觉得后悔；之后刘羡阳遭遇变故，陈平安又愿意挺身而出，担当起应该担当的事情……

这一切，是少年陈平安长久以来的坚持，只恰好被阮秀撞见了而已。其实陈平安错过的，更多。比如鱼篓里的那尾金色鲤鱼，那条送给顾璨的泥鳅，还有那条四脚蛇，那些在陈平安眼前飘落的槐叶，等等。所有这些错过的福缘机缘，绝不会因为陈平安是个惜福之人，就被他抓在手里。

陈平安和宁姚、阮秀三人走下廊桥，少年少女都没有意识到，一颗颗高低不同的水珠，悄然落入溪水。那些水珠，或是原本缀在廊桥檐下，或是聚在廊桥栏杆上，或是来自廊桥过道外缘的坑洼里，不一而同。最后它们都落入小溪，融入溪水。与此同时，杨家铺子积水众多、小水塘一般的后院，涟漪阵阵，重新恢复了浑浊泥泞的面貌，就像世间所有的后院。水面之上，立着一个浑身烟气弥漫的模糊身影，依稀可见，是一个面容不清的驼背老妪。

杨老头对此见怪不怪，又抽起了旱烟，问道："你看出了什么？"

那道身影如一株水草，不由自主地"随水"摇曳，沙哑开口道："那小丫头片子，好歹是咱们这儿下一位圣人的独女，身份何等尊贵，为何偏偏钟情于陋巷少年？"

杨老头嗤笑道："就这？"

水上老妪战战兢兢，再不敢开口。

杨老头缓缓说道："你如今既然已经走到这一步，有些规矩就该跟你说清楚，免得以后身死道消，也不晓得怎么回事，还觉得自个儿委屈。"杨老头似乎在酝酿天机，没有急着开口。

雨停之后，院中积水渐渐下潜，老妪身影便越发模糊，可怜兮兮道："大仙，我只想多看孙子几眼。"被打断思绪的杨老头有些不耐烦："你如何想，是你的事情，我懒得管这些。"说到这里，杨老头眼神有些恍惚，自言自语道："算你运气好，若是落入三教之手，你有没有来生都两说，哪来现在的光景。佛家有降伏心猿意马的说法，起念和发愿两事，至关重要。儒家好一些，管得那没么宽泛，只是苦口婆心谆谆教导，告诫徒子徒孙们，一定要讲求慎独，意思就是说别口是心非。道家呢，又把'如何想'的重要性拔高了，不惜视心魔为修行大敌，比佛家还严苛，因此许多人一走岔路，就有了许多所谓的旁门外道。因为道家追求清净，重视扪心自问，一旦被道教祖师爷留下的那些个问题把自己给问住了，就会心乱如麻……"

抽着旱烟的杨老头如云海滔滔里的隐龙，那老妪听得更是如坠云雾。她毕竟是此地土生土长的人物，又没有读过书，自然听不懂这些玄之又玄的学问道理，只能硬着头皮死记硬背。

杨老头突然笑道："你倒是不用记这些，因为我们不管这个。"

老妪呆住。

杨老头重复一遍："我们不管你们怎么想，只看你们怎么做。"

老妪忐忑道："大仙，我记住了。"

杨老头扯了扯嘴角，说道："既然身为河婆，就要负责所有河中事务，既是为自己积攒阴德，也要为自己赢得一方水土的百姓香火。你若是能够让人为你建立祠庙，塑造金身，使得一缕分身立于其中，那就是你的本事。在这之后，就要争取让朝廷容纳你，跻身一国之内山岳江河的正统谱牒，得一个官方认可的身份，做不到的话，至少也要被载入地方县志。要是供奉你的祠庙，最后被当作一座淫祠，给官府奉命铲除，金身推倒，那你的日子就不好过了，比孤魂野鬼还难受。"

老妪壮起胆子问道："大仙，如你先前所说，咱们这儿一律禁绝，那我这小小河婆，除了沾光续命，又能做什么？大仙你所说的祠庙香火、山河谱牒什么的，还有那地方县志……"

杨老头说道："这是以前，以后就不好说了。将来这里，会从一座小洞天，降格成为一块没了门槛的小福地，谁都能来此，再也不用缴纳那三袋子铜钱。这也是大骊皇帝为何如此不择手段的根源所在，有些事情早六十年做，还是晚六十年再做，结果会截然不同。"

老妪一咬牙，问道："大仙，你之所以愿意庇护我，是不是因为我那孙子？"杨老头点了点头，并未隐瞒初衷。

老妪又问："既然如此，大仙为何任由那真武山兵家，带走我家马苦玄？为何不自己来栽培？"

原来这个化身为河婆的老妪，便是被人一巴掌打死的杏花巷马婆婆。

杨老头轻轻一磕烟杆，马婆婆魂魄凝聚而成的水上身影，顿时扭曲不定，哀号不止。这份毫无征兆的疼痛，就像一个凡夫俗子，突然遭受到摧心裂骨搅肺腑的苦痛，马婆婆如何能够承受？

杨老头淡然道："虽然在我眼中，没有好坏之分，没有正邪之别，不以此来称量阴德，可这并不意味着我就喜欢你的所作所为。以前不好与你计较什么，但是以后我就算让你灰飞烟灭，也只是一念之间的事，所以别得寸进尺。"

马婆婆跪倒在地，求饶道："大仙，我不敢了不敢了！"

真武山剑修耗费巨大代价，请下的那尊殷姓真神，面对少年马苦玄的无礼质问，当时连那位兵家剑修也感到心悸，生怕惹来雷霆震怒，为何到最后，殷姓真神却是一本正经地回复马苦玄？甚至是以人间话语回答"非不为,实不能也"七个字？这全然不是人神之间该有的问答。只不过这一点异样,恐怕连那位地位已算超然的剑修也不明就里,只当作是那尊真神自有不为人知的规矩和考量,但是小院里的杨老头心知肚明。马苦玄,才是天命所归,丝毫不比婢女稚圭逊色半点。

王朱,王朱。合在一起即"珠"字。一条真龙,何物最珍贵？珠!

她为何选择依附大骊皇子宋集薪？世间帝王一贯喜好以真龙自居,一人气运能够与王朝国祚挂钩,显而易见,两人算是强强联手,相辅相成。但是话说回来,修行一事,大道漫长,气运、天赋、根骨、机缘、性情,缺一不可,可最后修行路上,既有一步先步步先,也有厚积薄发大器晚成,所以并无绝对。小镇这一辈,除了马苦玄和稚圭,其实宋集薪、赵繇、顾璨、阮秀、刘羡阳,还有那些个各有机缘命数的孩子,可谓皆是天之骄子。哪怕是深不见底的杨老头,也不敢说谁的成就一定会高过谁。

杨老头瞥了眼院中积水,说道:"去吧,你暂时只需要盯着廊桥那边的动静。"

马婆婆惶恐道:"大仙,廊桥那边,尤其是那口深潭,连我也无法靠近,每次只要过去些许,就像在油锅里炸似的……"

杨老头笑了笑:"不用靠近,只要眼睛盯住那座廊桥即可。比如说日后有什么东西从廊桥底下飞出,你看准它的去向即可。"

马婆婆连忙领命离去。院中积水之上,瞬间没了马婆婆如烟似雾的缥缈身影。

"师父！师父!"杨家铺子正堂后门那边,郑大风大笑着喊着,急急忙忙来报喜。

一前一后两人来到后院,前边的郑大风脚下生风:"师兄回了,天大的好消息!"

杨老头望向郑大风身后的敦厚汉子李二,后者点了点头。但是李二欲言又止,满肚子疑问,只是木讷口拙,不知从何问起。到最后,他只是闷声闷气道:"师父,为何收马苦玄为徒弟,而不是那少年？我不喜欢姓马的小子。"

杨老头瞪眼道:"所以你就擅自主张抓起那条金色鲤鱼,卖给陈平安?!"

比起在老人面前束手束脚的郑大风,李二要有骨气得多,坐在先前陈平安坐的板凳上:"咋了？我乐意。师父你不也挺喜欢那孩子的吗?"

如果陈平安在场,一定会感到震惊,因为当初街上遇到的卖鱼中年人,正是李二。

杨老头气得笑道:"结果呢？那只鱼篓和那条金鲤,送到陈平安手上了？嗯?!"

李二闷闷不乐,不吭声。

郑大风在一旁煽风点火:"师兄啊,不是我说你,白瞎了你那只龙王篓啊。给谁不好,偏偏给了大骊的死对头,大隋的那位小皇子。小心以后宋长镜跟你秋后算账。再说了,肥水不流外人田,留给我侄子侄女也好嘛。怎么,师兄你觉得宝贝烫手啊,实在不行,送给我也成啊。"

杨老头视线冷冷抛来,郑大风噤若寒蝉,再也不敢多说半个字,举起双手,老老实实坐在台阶上。

杨老头说道:"带着符南华,一起去老龙城。"

郑大风满脸惊讶,转头望去,只看到杨老头那张面无表情的沧桑脸庞。

这个为小镇看门的光棍汉子,缓缓收回视线后,拍了拍膝盖,苦笑着起身,没有说一个字,走下台阶,走向铺子后门。

背后传来杨老头威严的嗓音:"记住,死也不许泄露根脚!"

郑大风苦笑更甚,点了点头,没有转身,加快了步子。走到正堂后门走廊后,这个汉子转过身,跪下磕了三个响头,沉声道:"师父保重身体。"从头到尾,杨老头一言不发。郑大风黯然离开了杨家铺子。

坐在板凳上的汉子李二,有些替同门师弟郑大风打抱不平:"师父,你对师弟也太……"

杨老头笑道:"不近人情?"

李二点头:"师弟虽然成天没个正行,可是对师父你是打心眼里的好。说实话,这一点我比不上他。"

杨老头对此不置可否:"反正是无根浮萍,连路边野草也比不过,死在哪里不是死。"

李二叹了口气道:"师弟这次离开小镇,肯定走得心里不舒坦。"

"一般而言,想要一脉相承,薪火相传,需要有三名弟子。一个是'能大用',能够光大师门,师父死后,挑得起大梁,镇得住场子,既是面子也是里子。一个是能'续香火',看上去什么本事都不如前者,可是胜在有韧性,天塌下来,就算那个有用的弟子死了,可偏偏是这个人,能保证师门香火不断。鼎盛时分,作用不明显,一到门庭不振的危险时刻,就很重要了。最后一个,必须'有意思',天赋好,根骨好,什么都好,很有意思,甚至不必对师父和宗门如何感恩,做师父的,不会跟这么一个弟子事事讲规矩,俗话说教会徒弟饿死师父,最后这个徒弟,就是如此。"

李二好奇问道:"我,师弟,还有马苦玄,咱仨分别是哪个?"

杨老头笑道:"这么多年过去了,谁说我只有你们三个徒弟的?"

李二愣了愣,笑容有些尴尬:"我忘了这茬。"

杨老头笑问道:"那宋长镜如何?"

李二认真思考片刻,结果只蹦出两个字:"不错。"

杨老头抽着旱烟,吞云吐雾,啧啧称奇道:"那就是很厉害了。"

李二说道:"宋长镜答应……"不等徒弟说完,杨老头一跺脚,天地寂静。

李二笑道:"师父,咱们这些年做事情,可算不上隐蔽,还用在乎这些?"

杨老头缓缓道:"连做做样子也不愿意,你是要造反啊?"

李二反问道:"有两样?"

杨老头抬头看了眼天空，视线透过三层天地，默不作声。

李二心情沉重，问道："师父，我家两个崽儿，真要去那山崖书院？"

杨老头道："既然齐静春愿意拿此作为交换，为何不去？这等好事，说是百年不遇，一点也不夸张。"

李二问道："为何齐静春不一口气送给陈平安？"

杨老头笑道："你以为那就是帮陈平安？嫌弃那孩子死得不够快还差不多。你信不信当时如果你成功送出去龙王篓和金鲤鱼，不出三天，陈平安必然暴毙在小镇某处？"

李二疑惑道："陈平安在六岁之前，就被他爹打碎了本命瓷，于是没了约束，虽说使得这孩子留不住什么大机缘，可这既是坏事，同时也是好事啊。他就像暗室里的一盏灯火，便有了那么多飞蛾扑火的事情发生。在这期间，那可怜孩子捞到手一样东西，不是挺正常的事情吗？"

杨老头解释道："只要是在小镇上，陈平安就不会有什么好运气，机缘太大，那孩子拿不起，留不住，就是两手空空的贫贱命。他能活下来，已经相当不容易了。换成那些个所谓的天之骄子，哪个不死上七八回。"

李二咧嘴笑道："所以这也是师父你愿意帮他一把的原因嘛。师父你能给的，刚好是陈平安唯一能够接得住的。"

杨老头犹豫了一下，吐出一口浓重烟雾："那你知不知道，你试图送给陈平安那份机缘，差点就害死了他。大隋皇子和宦官，宁姚，刑徒刺客，那古怪道人……陈平安差点就死在这条线上。"李二皱了皱眉头。

杨老头换了一个话题："以往负责坐镇此方天地的圣人，往往上任第一件事，就是查看那四件老祖宗留下的压胜之物；第二件事就是来我这边，打声招呼。但哪怕是这些个圣人，其中绝大多数人，也是知其然，不知其所以然。还有两种人，不会来我这边。第一种情况，多是早期岁月，那会儿东宝瓶洲佛家势力昌盛，秃驴和尚还很多，这拨人是不敢来，怕沾因果。另一种情况，就是齐静春这样的，上边根本就是故意不告诉他真相，巴不得齐静春与我起了冲突，大打出手。齐静春今天之所以来，是他自己琢磨出了余味，或是……"杨老头脸色凝重："这种情况可能性太小，后果也太大，无法想象，我希望不是，也……应该不是。"

小天地之中，又别有洞天。

齐静春坐镇一方，杨老头则像是藩镇割据，且没有半点寄人篱下的迹象。

杨老头感慨道："齐静春那位先生之前的一位儒家圣人，说'圣人竭尽目力，以规矩准绳，以为方圆平直'，意思是什么呢，简单说来就是你们这些老百姓啊，要感恩至圣先师的大恩大德，是他老人家花了老大气力，穷尽目力，才订立下这些规矩框架，以供后人在其中行走，不遭灾厄横祸，下辈子才有继续投胎做人的机会。"

李二挠头道："师父你跟我说这些做啥，我也整不明白，郑大风才能跟你聊。"

杨老头笑道："你李二要是能聊，我反而就不开这个口了。一个说，一个听，一个问，一个答，刚刚好。"

杨老头站起身，举目远眺："如果有一天，那孩子能够活着走出小镇，在外边闯荡个几十年后，一定会惊讶，原来当初那个家乡小镇，是如此之大。"

师父站起身了，李二也只好跟着起身，他虽然不会溜须拍马，可规矩还是懂的。

杨老头说道："你也别留在这里了，带上你家那个泼妇，去一个地方。在东宝瓶洲，你这辈子都没希望破境。宋长镜是个小心眼，以后被他压着境界，你不嫌恶心，我这个当师父的还觉得恶心人呢。对了，儿子女儿，你要是真舍不得，可以带走一个，大不了就少分走一点齐静春的馈赠。"

李二问道："师父，要是我媳妇非要两个娃儿一起带走，我咋办？"

杨老头怒道："你家到底谁做主?!"

李二一脸天经地义道："她啊!"

杨老头深吸一口气，挥手赶人："滚滚滚，一家四口都滚，爱咋咋的!"

李二走下台阶，突然转头问道："那师父你?"

杨老头坐回板凳，伸手去摸口袋里的旱烟丝，发现已经空无一物，收回手后，脸色平静道："还能如何，等死而已。"

李二走到那边檐下，没来由转头笑道："我觉得马苦玄带不走那样东西。"

杨老头神色灰暗，自嘲道："他要是带不走，那就真是谁也带不走了。"

小镇四姓十族突然得到消息，三天之内，所有外乡人必须全部撤出小镇，骊珠洞天暂时只许出，不许进。虽然怨气冲天，但是到最后竟然没有一人质疑此事。东行队伍当中，李家老祖不惜亲自出面，暗中护送那位正阳山小祖宗陶紫离去。

第二天，小镇西边极远处，传来一阵阵轰隆隆声响，如地牛翻身，惊天动地。原来是那只正阳山搬山猿，真真正正拔起了一座巨大山峰。

现出千丈真身的老猿，正要将其扛在背上，肩头猛然一倾斜，似有重物压在上面。老猿抬起头，眯眼望去，肩头山巅之上，有"一粒"渺小身影。是齐静春。

老猿大笑道："齐静春! 莫要如此小气，误了大事!"

齐静春沉声道："将这座披云山放回去。"

老猿肩头向上挑起，怒喝一声，猖狂道："不放又如何?!"

下一刻，搬山猿突然双手离开那座山峰底部，一个侧滚，巨大身形压得附近树木倒塌无数。再下一刻，千丈巨猿被人一脚踩得陷入地面。那人才是真正的顶天立地，搬山猿与之相比，仿佛成了别人脚底的蝼蚁。又一脚，将试图挣扎起身的老猿踩得再度深陷地下。再一脚，千丈老猿瘫软在大坑之中，浑身是血，奄奄一息。

那人躬着身，像是脑袋顶住了天穹，俯视着那只搬山猿，讥笑道："要是六十年前的我，出去之后第一件事情，就是一脚踏平正阳山！"

陈平安摇身一变，成了铁匠铺的临时学徒，按照阮师傅的说法，需要有人顶替刘羡阳的活计，挖井、盖房、凿渠，都需要人手，他没有白白养活那位刘大爷的道理。于是陈平安就成了铺子里最忙碌的人，只要是力气活，他还真不输给任何青壮汉子。劳作间隙，陈平安就去那栋屋子看望刘羡阳，从鬼门关转悠了一圈的刘羡阳，不知道是死里逃生后犹然心有余悸，还是被搬山猿那一拳伤到了元气精神，变得有些沉默寡言，病恹恹的，经常躺在床上望着屋顶愣愣出神。除了陈平安能跟他聊上几句之外，刘羡阳几乎没有跟谁说过话，陈平安对此也束手无策。好在刘羡阳虽受伤极重，但是胸膛伤口的痊愈速度，竟然比陈平安的左手还要快上许多。

宁姚仍然住在泥瓶巷的宅子里，那个被她称呼为阮师的男人，出人意料地答应为她铸剑，更意外的是阮师还说此次铸剑，运气好的话，半年就能出炉，运气不好的话，等上十年也未必成功。宁姚对此倒是心宽得很，笑着说自己运气一向不坏，等上半年便是。

宁姚虽然每天住在陈平安的祖宅，但是药罐子什么的，都搬来了铺子这边，省得陈平安来回跑。陈平安则住在刘羡阳家，主要还是怕宅子遭贼。陈平安之前大半夜又去溪里摸石头，结果到最后却是颗粒无收，就是青牛背那边的深坑也摸不上蛇胆石。用宁姚的说法就是蛇胆石这玩意儿，跟人差不多，得有精气神，没有，就是寻常富贵门庭的清供雅玩，也就只能当作一方砚台，可有了精气神，就跟人穿上了龙袍差不多，两者差距，一个天一个地。这让陈平安每次走在溪边都要忍不住唉声叹气。

宁姚给陈平安带了一串老旧钥匙回来，说是有人丢在院子里的，然后她试了试，果然是隔壁宋集薪家的钥匙，从院门到屋门到房门，全都能开。陈平安猜不出宋集薪想做什么，照理说就他那种大手大脚的作风，应该不会想到让自己去帮忙打扫屋子，毕竟以宋集薪的脾气，估计屋子塌了，也不愿意让外人进入他的地盘。陈平安比任何人都要了解宋集薪。宋集薪是一个很大方的人，不光是给他自己，哪怕是给婢女稚圭花钱，兜里有十枚铜钱也敢全部砸出去。同时宋集薪也是一个很小气的人，只要是他希望独占的东西，一丝一毫他也不愿意施舍。简而言之，就是宋集薪想要给谁什么，一掷千金，也是毛毛雨，但是别人主动跟他求什么，他板上钉钉不会乐意。心情好，愿意对谁都锦上添花，但是不管心情好与不好，宋集薪都不会雪中送炭。

或者是稚圭故意丢到他家的钥匙？陈平安觉得可能性不大。

在这期间，当陈平安听到宁姚说她拿钥匙开门的时候，有些目瞪口呆，欲言又止。

于是宁姚眯起眼眸，她那双狭长双眉，格外气势逼人。她就这么死死盯着陈平安。当时阮秀在不远处愣愣看着这一幕，偷偷吃着让陈平安帮忙从小镇买来的碎嘴吃食。最后宁姚率先转身离去。那天宁姚没让陈平安煎药，捧着陶罐去了铁匠铺子后边的空地，自己忙活了半天，给烟熏成一张大花脸不说，还煮出了一大罐子黑炭。扎马尾辫的阮秀远远经过，一边走一边嗑着瓜子，津津有味。宁姚蹲在地上，恶狠狠盯着那罐子药材，觉得这比练剑练刀难多了。她满脸愤愤不平，世间竟有我宁姚也做不好的事情？看来世上就不该有煎药这么一回事！

陈平安默默走到她身边，帮她重新煎药，动作娴熟。宁姚嘴唇微动，但是没有阻拦，只是趁陈平安不注意的时候抹了把脸。

陈平安蹲在药罐旁，仔细盯着火候，双手叠放在膝盖上，下巴又搁在手臂上。

宁姚冷哼一声："想笑就笑！"

陈平安没有笑话她，依然盯着轻轻摇曳的青色火苗，小声说道："不是认为宁姑娘你会做什么坏事，只不过钥匙终究是别人的，不管为什么会落在咱们院子，都不好拿去开门。哪怕宋集薪和稚圭这辈子也不回小镇，隔壁终究还是他家的院子，我们都是外人。"

宁姚撇撇嘴："滥好人，死脑筋，穷讲究，叨叨叨！"

陈平安和宁姚几乎同时转头，看到一个年轻男子，身材修长，气质清雅，一看就是外乡读书人。

陈平安发现此人看自己的眼神，很古怪，既不像正阳山搬山猿、老龙城符南华，那么自恃高人一等，也不像陆道长和宁姑娘这样。那个年轻男人的视线，十分复杂矛盾，似乎有怜悯、欣赏，又夹杂着一丝嫌弃。最终年轻人选择沉默离去。

宁姚皱眉道："一看就是冲着你来的，怎么回事？"

陈平安也纳闷，摇头道："不明白。"

被那个莫名其妙的外乡人打岔后，少年少女之间，那点甚至谈不上是什么隔阂芥蒂的赌气，很快就烟消云散了。只是那个年轻男人很快就去而复还，身边还有一个双腿极长的年轻女子，不知为何还有阮秀。

阮秀开口解释道："他们说不来小镇方言，就让我来帮忙。陈平安，这个姐姐就是救了刘羡阳的人，跟你一样姓陈，但不是我们东宝瓶洲人氏。陈姐姐身边这人，是龙尾郡陈氏的嫡长孙，姓陈名松风。听陈姐姐说，陈松风好像跟你这一支陈氏，算是好几百年前的远房亲戚吧，至于陈姐姐，跟你们哪怕往上推一两千年，也没啥关系。这次陈姐姐是来祭祖的，但是小镇这边，从督造官衙署，到福禄街、桃叶巷那些个大家族，已经没谁知道她们家的祖坟到底在哪里了，刘羡阳就说到了你，说你如今是小镇最熟悉四周山水的人，找你准没错。陈姐姐说如果你能帮上忙，她可以支付报酬，一袋子金精铜钱，我觉得你可以答应……"说到这里的时候，阮秀偷偷摸摸并拢双指，在腰侧晃了晃，除此之外,口型也是"两袋"。阮秀明摆着是要提醒陈平安,尽管狮子大开口,否则过了这村儿就没这店儿。

陈平安仔细思考后,笑道:"我想到一个地方,有可能是她想要找的地方。至于报酬就算了,就是走几步路的事情。"阮秀有些着急。

宁姚已经向前踏出一步,用东宝瓶洲正统雅言说道:"让陈平安带你去找坟头祭祖没问题,但是你得拿出两袋金精铜钱,没得商量!他这会儿受伤很重,不宜长途跋涉,你也清楚,如今齐先生让人速速离开小镇,陈平安不过是一介凡夫俗子,却必须要加快脚步赶路,一袋钱,不够。"陈对和陈松风其实第一眼看到宁姚,俱是眼前一亮,见之忘俗。如荒芜稻田之中,见到一株芝兰,亭亭玉立。

陈对正大光明打量着宁姚,一袭绿袍,悬刀佩剑,赏心悦目。陈对的沉闷心情也有些变好,微笑道:"只要找得到我家祖坟,就两袋钱。但是丑话说前头,万一找不到的话,我一袋子也不会给你们,如何?"

宁姚沉声道:"一言为定!"

从始至终,仿佛没有陈平安任何事情。

宁姚盯着陈平安,那双眼眸充满了"你不要跟我叨叨叨,要不然我真会砍人啊"的意味。陈平安忍住笑意,认真想了想,跟阮秀说道:"麻烦你跟他们说一声,我要先帮宁姑娘煎好药,差不多还需要两刻钟,然后我去跟刘羡阳聊聊,最后就是还要阮姑娘帮我跟阮师傅说一声,今天我手头落下的事情,明天肯定补上。"

听说没办法立即动身后,陈对有些神情不悦,她看着这个不识好歹的草鞋少年,脸色阴晴不定。陈平安没有迟疑退缩,宁姚更是双手环胸,笑意冷漠。

陈对忍着心中不快,默念一句"大局为重",对阮秀笑道:"秀秀,跟他说,我们在廊桥那边等他,最多等半个时辰,如果到时候见不到人影,让这家伙后果自负。"

阮秀不咸不淡地嗯了一声。陈对和陈松风双双离去。

阮秀笑道:"我去跟我爹说一声。"

陈平安给宁姚煎完药后,去找刘羡阳。药味浓重的屋子里,躺在床上的刘羡阳听到脚步声后,转头看来,脸色依旧谈不上红润,只是比起之前的惨白,已经要好上许多。

刘羡阳挤出一个笑脸,沙哑道:"叫陈对的女人找过你了?"

陈平安点头道:"我等下就要带他们进山。"

刘羡阳想了想道:"我会跟她一起离开,去一个据说比咱们东宝瓶洲还要大的地方。"

其实之前陈对就找过刘羡阳一次,但是在那之后,刘羡阳兴致并不高,更没有要跟陈平安聊她到底说了什么的意思。

刘羡阳扯了扯嘴角:"其实我连东宝瓶洲是个啥也不晓得。"

陈平安弯腰帮刘羡阳理了理被褥,笑道:"你以为我知道啊?"

刘羡阳翻了个白眼,问道:"你知道我最担心什么吗?"

陈平安摇摇头。刘羡阳转头重新望着屋顶:"在这里,好歹你能搀扶我下床,之后咬咬牙自己也能解决,出了小镇后,一路上拉屎撒尿怎么办?难道要我跟他们说:'喂,你们谁谁谁,来给我搭把手?'"

陈平安坐在凳子上,只能挠头。

刘羡阳突然笑了:"只是又一想,连死都死过了,还怕这个?"

陈平安说道:"日子终归是越来越好的,放心吧。姚老头不是说过嘛,大难不死必有后福。"

一说到姚老头,刘羡阳就有些感伤:"姚老头这辈子就没说过几句好话,丧气话,晦气话,骂人的话,倒是一箩筐一箩筐的。"

宁姚站在门外,也不说话。

陈平安又一次帮刘羡阳盖好被子,起身道:"我去带他们进山了,你好好休息。"

刘羡阳点点头:"记得小心点。"

陈平安轻轻走出屋子,宁姚跟他并肩而行,陈平安好奇问道:"你也要上山?"

宁姚皱眉道:"我信不过那两个姓陈的。"

陈平安点头道:"也对,小心总归没错。"

两人快步行走在溪边,宁姚说道:"小镇那边的外人,走得七七八八了。"

春雷震动,蛰虫惊而出走。

两拨人在廊桥南端碰头。除了宁姚和赶来凑热闹的风雷园剑修刘灞桥,其余三人,是别洲陈对、本洲龙尾郡陈松风和小镇泥瓶巷陈平安。

风雷园年轻剑修刘灞桥一看到少年少女,立即神采飞扬,对宁姚说的第一句话就是:"小姑娘,你年纪再大一些,肯定不比我家苏仙子差。"这恐怕是刘灞桥对世间女子的最高评价了。

宁姚当然脸色不太好看,只是不等她说什么,会说小镇方言的刘灞桥就已经转头,对陈平安伸出一根大拇指,这个风雷园的天才剑修,眼神清澈道:"只是一副凡人之躯,就敢叫板正阳山搬山猿,关键还活下来了,简直就是一个奇迹!"刘灞桥实在好奇,眼前这个看着细胳膊细腿的草鞋少年,是如何蕴养出如此惊人的爆发力的?

刘灞桥收起大拇指,不去和走在前边的陈对、陈松风并肩而行,反而走在陈平安一侧,扭头笑道:"虽说那正阳山就是个小山包,躲着一些名不副实的缩头乌龟,可那只搬山猿凶名赫赫,是一拳一拳打出来的名号,尤其是正阳山开山老祖死后,在正阳山开出第三峰前的头个两百年里,几乎都是靠着这只老猿护着,正阳山才没被周边势力吞并。

当然了，那会儿的正阳山，到底还只是个不成气候的小门小户，需要面对的敌人，不算太强，要是那会儿就惹上咱们风雷园，嘿，没悬念，只需要老祖一声令下，赏我一块御剑牌，我就可以一个人跑到正阳山的上空，轻轻丢下咱们那座雷池剑阵，下过这场剑雨之后，正阳山就算玩完了。"刘灞桥做了一个往地上随手丢掷物品的手势。

宁姚毫不留情面地直接拆穿："正阳山没你说的那么不堪，风雷园也没你说的那么强大。"

刘灞桥没有任何尴尬神色，以迅雷不及掩耳之势转换话题，对陈平安神秘兮兮道："听说这座廊桥的前身，是一座石拱桥，石拱桥底下挂着一柄生锈的老剑条，以防龙走水？一般而言，这种瞧着不起眼的老玩意儿，肯定不是俗物，说不得就是惊天地泣鬼神的灵宝神物。"

刘灞桥在木板廊道上使劲跺了跺脚，道："可是我刚才趴在地上，用手敲了半天，也没能发现端倪，难道此物与我无缘？照理来说不可能啊，如我这般不世出的剑道天才，那老剑条若真是神兵利器，不说自己跑到我跟前来认主，好歹应该有所感应共鸣吧？难道老剑条其实不过尔尔，当真只是个岁月久一点的老物件而已？唉，可惜了可惜了。"

旁边的陈平安有些呆滞，这家伙一点都不像是在开玩笑，很一本正经，虽然绝对跟"有理有据"八竿子打不着，可你又不能说他纯粹在胡说八道。

刘灞桥也不管陈平安烦不烦，自顾自说起了小镇那边的趣闻逸事，说那谁谁谁得了一份让人眼红的机缘，竟然把铁锁井的整条铁链子拽出了深井；还有某某逛了几天也没找着机缘，结果最后在一条破败小巷，就那么随意抬头一看，发现大门顶上的墙壁上镶嵌着一面青铜小镜，那人抱着死马当活马医的心态，爬梯子上去一看，乖乖，竟是照妖镜里的老祖宗，云雷连弧纹，篆刻有八个小字，'日月之光，天下大明'，那兄弟高兴得站在梯子上就号啕大哭起来；还有海潮铁骑出身的一位千金小姐，因祸得福，认识了观湖书院的崔公子，两人一见如故……

过了廊桥之后，陈对、陈松风自然而然放慢脚步，让陈平安在前头带路。一行人沿着那条无名小溪往上游走。陈平安背着一只竹片泛黄的大背篓，陈松风则背着一只色泽依旧碧绿可爱的竹编书箱。刘灞桥很好奇陈平安背篓里到底装了什么，非要一探究竟，就让陈平安放慢脚步，他一边跟着一边在背篓里翻来翻去，发现乱七八糟的东西还真不少。三顶叠放在一起的斗笠；两把壶，一把水壶，一把装油；大小两把柴刀；两块打火石和一捆火折子。背篓底部，还有一排被对半剖开后合拢的竹筒，有七八截，一个装有鱼钩鱼线的小布袋。

刘灞桥问道："陈平安，那一截截竹筒是做啥的？"

陈平安给出答案："竹筒总共有八个，其中六个，每截竹筒里放了四个白米饭团，还有两个，装了一些不容易坏的腌菜。"

刘灞桥满脸得意,走路的步伐都有些飘,大声道:"腌菜啊,我吃过的!"

陈平安奇怪地瞥了他一眼,心想吃过腌菜有这么了不起吗?除非你能不喝水不就饭,一口气吃完一竹筒腌菜,那才了不起。

刘灞桥突然好奇道:"这趟进山,咱们撑死了就三顿饭,需要两大竹筒腌菜吗?腌菜这东西,我小小一筷子,就能下半碗饭!"

陈平安正想着选择哪条山路最快,随口道:"我和宁姑娘吃一个竹筒的腌菜,你和你的两个朋友一起。"

刘灞桥愣了愣,低声笑道:"别这么见外啊,我跟你们吃一个竹筒。"

宁姚斩钉截铁道:"不行!你跟你朋友吃去。"

刘灞桥愤懑道:"凭啥?!"

宁姚抬了抬下巴,示意答案在陈平安那边,意思是我都不屑跟你刘灞桥多说话。刘灞桥转移视线,眼神有些幽怨,幽怨里又透着股期待。陈平安笑着摇了摇头。

刘灞桥无奈叹息:"重色轻友,我能理解。"

宁姚讥讽道:"这么快就成朋友了,那你的朋友没有几万,也有几千吧?"

刘灞桥瞪眼道:"怎么可能!"

宁姚一挑眉头,替他加了三个字:"怎么可能这么少?"

刘灞桥啧啧道:"宁姑娘你这性子,就不如我家苏仙子了。"

宁姚皱眉道:"是正阳山的苏稼?"

刘灞桥越发得意:"对!苏稼,禾之秀实为稼,那位圣人所谓'好稼者众矣'的稼!怎么样,我家苏仙子,是不是名字也动人心魄?"

宁姚问了一个陈平安绝对听不懂的问题:"你如果真的这么喜欢苏稼,那你有没有想过,一旦她也喜欢你,怎么办?"刘灞桥顿时吃瘪,嗫嗫嚅嚅,最后心虚地自言自语:"她怎么可能喜欢我呢。"

陈平安觉得刘灞桥这个人,不坏。

陈对和陈松风跟前面三人拉开十数步距离。看到刘灞桥跟陈平安聊得那么投缘,陈松风有些羡慕,刘灞桥仿佛天生就擅长与人打交道,三教九流百家,帝王将相贩夫走卒,根本就没有他不能聊天的对象。

陈松风小声问道:"那妇人听到风声后,就立即拜访衙署,主动提出要归还那具甲胄,作为清风城许氏的赔罪,你为何不收?"

相比进入小镇之前,陈对如今明显要和气许多,搁在以前陈松风问这种问题,她只当耳旁风,现在她耐着性子解释道:"如果清风城早就知道真相,刘姓少年祖上是我颍阴陈氏留在小镇的守墓人,那么他们胆敢如此行事,理所当然要付出代价,而且远远不是归还甲胄这么简单。但是既然他们事先并不知晓内幕,大道机缘本就宝贵珍稀,人人可争,我颍阴陈氏还不至于如此霸道。"

陈松风笑道:"说不定清风城也有算计正阳山一把的念头,如果不是那老猿冲在前头,被妇人扯来当了回虎皮大旗,估计清风城还真就拿不走宝甲。"

陈对恢复本来面貌,冷笑道:"蝇营狗苟,只会随波逐流,从来不在乎真正的大势是什么。"

陈松风放低声音,看似漫不经心,说道:"兴许是有心无力吧,与其做些徒劳无功的大事,不如捞些蝇头小利。"陈对转头瞥了眼这个龙尾郡陈氏子弟,对于陈松风的"无心之语",她不置可否。

马上要进山了,陈平安停下脚步,陈对几乎同时就开口说道:"刘灞桥,告诉他,只管带路,越快越好。"

因为陈平安与搬山猿的小镇屋顶一役,刘灞桥远远观战了大半场,回去之后就跟陈松风大肆宣扬了一番,当时陈对也在场,所以她知道不可以将陈平安视为普通的市井少年。因此到最后,陈松风沦为拖后腿的那个人。这个豪阀俊彦,虽然也喜欢登高作赋、探幽寻奇,但是比起其他四人,实在相形见绌。陈对是武道高手;刘灞桥是天底下所有练气士当中,极为重视淬炼体魄的剑修;那对少年少女,更是能够戏耍一只肉身强横至极的搬山猿的人。山路难行,尤其是春雨过后,泥泞地滑,加上时不时就需要跨越溪涧石崖,陈松风口干舌燥,汗如雨下。再往后,哪怕刘灞桥帮陈松风背起书箱,陈松风依然气喘如牛,脸色发白。陈平安其间问过陈对一次,要不要放慢脚步,陈对的答复是摇头。

一行人需要在溪涧当中涉水而上的时候,陈松风踩在一块长有青苔的石头上,一个脚步打滑,整个人摔入溪水当中,成了落汤鸡,狼狈至极。陈对停下脚步转身望去,虽然没有说话,但是脸色阴沉。刘灞桥赶忙回身去搀扶陈松风起身。

陈松风歉然道:"我没事,不用管我,肯定能跟上。"

陈平安干脆摘下背篓,放在石崖凹陷处,说道:"休息一刻钟好了。"

宁姚当然无所谓,蹲在陈平安附近,百无聊赖的她双手手心分别抵住刀柄剑柄,轻轻下压,刀鞘剑鞘尾端随之轻轻敲击青色石崖,一声一声,如同与溪水声唱和一般。

陈对沉声道:"继续赶路!"

陈平安摇头道:"进山不要一口气用掉所有力气,缓一下再继续,等到他逐渐适应后,是可以跟上我们的。他不是体力不济,只是气息乱了。"

于翻山越岭涉水一事,陈平安确实是行家里的行家。不承想陈对根本不听陈平安的解释,直接对陈松风说道:"你回小镇便是。"

陈松风满脸苦涩,看着不容置疑的陈对,转过头对刘灞桥说道:"那接下来就劳烦你背书箱了。"

刘灞桥大怒，拿下书箱摔向陈对："老子还不伺候了！"

陈对脸色平淡，接过书箱后自己背起来，对陈平安说道："走。"

陈平安想了想，从背篓里拿出两截竹筒，轻轻抛给刘灞桥："回去路上饿了，可以填肚子。"

陈松风轻声劝说刘灞桥，后者拿着竹筒，冷笑道："才不受这窝囊气，跟你一起打道回府，到了衙署那边，要一桌子好酒好菜，大鱼大肉！不比这舒服？"

陈对转身继续前行。陈平安背起背篓后，有些不放心，看着刘灞桥问道："知道回去的路吗？"

刘灞桥笑了笑："记得的。"

陈平安点点头，和宁姚一起离去。

前方三人身影渐行渐远，陈松风干脆一屁股坐在石头上，苦笑道："你这是何苦来哉？跟颍阴陈氏结下一些香火情，对你对风雷园，怎么都不是坏事，为何要意气用事？"

刘灞桥打开一截竹筒，露出雪白的饭团，兴高采烈道："还是陈平安厚道，不愧是我的好兄弟。"

陈松风知道刘灞桥的脾气，不再劝说什么。

陈松风自嘲道："百无一用是书生啊。"

刘灞桥嘀嘀咕咕道："早知道应该让陈平安留下一竹筒腌菜的。"

他抓起一只饭团大啃起来，含糊不清问道："你说得也不对，小镇齐先生，当然还有齐先生的先生，就很厉害。"

陈松风眼神恍惚："你说齐先生到底想做什么？"

刘灞桥随口答道："天晓得。"

陈松风伸手抖了抖湿透的外衫，唏嘘道："好一个'天晓得'。"

溪畔铺子，刘羡阳又睡去了。阮邛坐在床头，眼神凝重。刘羡阳每一次呼吸，都绵长悠远，这也就罢了，关键是每次吐出的气息，似山间雾气，又似湖上水烟，白蒙蒙的。它们并不随风流散，而是一点点凝聚在口鼻之间。最终刘羡阳脸庞之上，如盘踞着一条三寸长短的白蛟。

以梦境为剑炉，一气呵成神仙剑。

阮邛揉了揉下巴，赞叹道："原来走的是破而后立的极端路子，窍穴破尽，关隘无阻，虽然这副身躯彻底坏朽，可这剑，到底是成了。既能铸剑，也可练剑，难怪这部剑经如此抢手。睡也修行，梦也修行，大道可期。"

阮邛站起身，自嘲道："早知道就不该答应把你借给颍阴陈氏二十年了。"

三辆马车，沿着仿佛没有尽头的山路一直向上，总算登顶了。

宋集薪和稚圭走下马车，面面相觑，山顶是一块地面平整的大平台，中央地带竖立起两个石柱，但是石柱之间如水流转，看不清"水面"之后的景象，少年少女面前就像矗立着一道天门。稚圭死死盯住那道大门。宋集薪则转身走到山顶边缘，举目远眺，大好河山，只觉得心旷神怡。

大骊藩王宋长镜裹了一件狐裘，脸色苍白，但是精神极好，来到宋集薪身边，笑道："这座位于东宝瓶洲的骊珠洞天，是三十六小洞天之一，不以占地广袤见长，版图不过方圆千里而已。"

宋长镜没有转头，只是抬手指了指身后那道大门："过了那道门，再沿着云梯一直向下，约莫三十里路后，就算踩在了我大骊的疆土之上。那时候你可能回头也看不清楚什么，但是可以明白一件事情，那就是这座骊珠洞天，其实是高悬于天空的……"宋长镜略作停顿，"一颗珠子。"

宋集薪站在山顶，视野开阔，这么多年待在泥瓶巷，看来望去皆是泥墙，他喜欢当下这种感觉，登高望远，千里山河，全在自己脚下。

宋长镜拢了拢名贵却老旧的狐裘，这位藩王今天谈兴出奇高，伸手指向西边一座高山："那座山名叫披云山，以后有可能被大骊敕封为五岳之外的十大正山之一，按照祖辈留下的老规矩，会出现一位载入谱牒前列的山神，得以塑造金身神像，堂堂正正，享受人间香火，为大骊镇压一地气运，不至于流散别处，以免为邻国作嫁衣裳。小镇百姓只有站在披云山的山巅，才有可能看到我们脚下这座龙头山。因为龙头山受大阵护持，寻常肉眼凡胎，看不到此地的光景，这也算是一桩机缘。根据衙署秘档记录，历史上就有几人因登上龙头山，成功走出此方天地。"

宋集薪问道："那这些人是不是都出人头地了？在咱们大骊或是东宝瓶洲成了人上人？"

宋长镜笑道："有两个在大骊混得不错，相隔不过三十年，一文一武，被后世誉为大骊双璧，文的那个，死后谥文正，武的那个，则给子孙赢得了世袭上柱国的不小祖荫。虽说本王对两人的子孙观感极差，但是两家跟大骊的香火情，本王捏着鼻子也得认，毕竟当年要不是他们联手力挽狂澜，大骊宋氏熬不过那次难关。"

宋集薪感受着山顶的清风吹拂，有一种羽化飞升之感，问道："那其他人？"

宋长镜轻轻呼出一口气，越发神清气爽，压下体内蠢蠢欲动的气海升腾，如同用一只手强行按下一轮冉冉升起的红日。宋长镜此刻无比确定，自己只要踏出那道大门，就会立即跻身第十境，被誉为武道止境的第十境！

上五境之下所有练气士，对阵一位登顶武道止境的大宗师，几乎毫无胜算，只有被碾压轰杀一种结果。

宋长镜平缓了一下心境,给了宋集薪一个不太温馨的真相:"死绝了。本王就曾亲手宰掉一个,当时本王还只是七境武夫,那人还是一个相对棘手的剑修,而且人生正值巅峰。那次本王与他相互追杀,辗转了七八百里路,最后在大骊南部边境一个叫白狐关的小地方,本王终于追上了他,打烂了他所有傍身法器和本命飞剑之后,本王拧断了他的脖子。没办法,不肯为大骊所用,就只有这个下场。宋家一向厚待练气士不假,可前提是这些练气士,必须要为宋家卖命,哪怕只是做做样子。"

那一次捉对厮杀的后半程,宋长镜进入了第八境。

宋集薪对这个藩王叔叔的传奇经历,并不感兴趣,只是好奇问道:"是其他王朝出了更高的价格,才使得他们不惜叛离大骊?"

宋长镜笑道:"在那名剑修之前,大多是如此。大骊地处偏远,民风彪悍,本就是崇武之国,武道天才辈出,一点也不值钱,倒是文绉绉软趴趴的练气士,凤毛麟角,所以每出世几个,历任大骊皇帝都恨不得当菩萨供奉起来。当今天子,嗯,也就是我那位皇兄,当然也不例外。有次那个剑修入宫觐见皇兄,负剑而行,鼻孔朝天的样子,很欠揍啊。他当时刚好碰运气得到一件称手的护身宝物,朝野上下,如日中天,所以见到本王之后,连招呼也不打,就是这样。"

宋集薪问道:"然后呢?"

宋长镜用看待白痴一样的眼神,斜瞥了一眼自己的侄子:"然后不就死了?"

宋集薪满脸匪夷所思:"叔叔你就因为人家没跟你打招呼,就痛下杀手,斩杀一名足可称为国之砥柱的大修士?"

宋长镜淡然道:"有些人,你就不能惯着他。"

宋集薪眼神狐疑,似乎想不明白这么一个桀骜不驯、不顾大局的大骊皇族,是怎么活到今天的。

宋长镜笑道:"你可能不知道一件事,那就是整个东宝瓶洲,只有一个王朝的练气士,无论什么出身什么靠山,都必须为皇帝去往边境沙场效劳卖命,实打实厮杀三年,若是战功不足,就继续留在边境喝西北风,直到攒够了才能回家享福。"

宋集薪更加疑惑:"叔叔你不是才说大骊最推崇练气士吗?怎么就有这么个规矩了?退一步说,大骊就不怕这些人夭折在沙场?"

宋长镜哈哈笑道:"这条不成文的规矩,是在本王掌握兵权之后订立的。"

宋集薪恍然道:"是那个剑修不愿去沙场,折了你的面子?使得其他练气士上行下效,无形中坏了大骊的军心民心?所以只能两害相权取其轻?"

宋长镜摇头道:"那个剑修年轻时候投军边境,短短一年就攒够了战功,在大骊口碑相当不错。"

宋集薪恼羞成怒道："那到底是为何？！难道是与你争风吃醋，还是犯了宋氏的忌讳，或是暗中通敌叛国？"

宋长镜的答案很简单："虽说修士和武夫是两条路上的人，前者也确实更加……嗯，用那头绣虎的话说，就是更加金枝玉叶。武夫第十境就算走到了尽头，但是练气士却还有上五境可以攀爬，两者之差，确实不小。如果拎出两者中最拔尖的一小撮人，上五境练气士，就像站在这里的山顶，本王这样的武道中人，却只能是站在那座披云山的山顶。当然了，武道止境宗师，跟十一、十二境界的修士，也不是没得打，不过说到底，在世俗人眼中，武夫就是只会打打杀杀的大老粗，要矮人家修士一头的。所以那次宫中相见，他非但没跟本王打招呼，还故意斜眼瞅我，嘴角翘起，很挑衅啊，本王就想教他做人。"

宋集薪呆若木鸡。教人做人，那你好歹给人家留一条活路啊，就非要拧断人家的脖子？

宋长镜却不想再聊那个已死之人的话题："是不是很想了解一下，那个跟我生死相搏的中年人？"

宋集薪下意识咽了口唾沫，没有说话。

虽然三辆马车先行，后边两人的硬碰硬，打得天昏地暗，宋集薪是知道的。其中一次宋长镜整个人从天而降，在马车十几丈外的地方砸出一个大坑，之后又有一次，宋长镜还以颜色，当时宋集薪已经爬到车顶上，亲眼看到那个气势如陆地蛟龙一般的壮实汉子，被宋长镜一拳砸得撞入一座小山头之中，溅射而起的尘土，极其壮观。非人。这是宋集薪当时唯一的观感。其实宋长镜跟那个横空出世的汉子，打得一点都不神仙缥缈，仿佛拳拳到肉，从头到尾都像是在以伤换伤，以命换命！比的就是谁更蛮不讲理。

宋长镜突然揉了揉宋集薪的脑袋，嗓音语气破天荒有些温暖："皇兄的野心很大，在大隋皇帝还只盯着大骊的时候，他就已经看到了东宝瓶洲最南边的老龙城。你是不是很奇怪，为何本王既是大骊嫡出的皇子，又是掌握一国军权的藩王，在军中和民间威信之高，无人能比，却还是能跟你哥做到兄友弟恭？"

宋集薪笑了笑，狡黠道："叔叔你愿意说说看呗。"

宋长镜收回手，沉声道："因为本王唯一想要的，是看到止境之上的武道风光，只有走到了那里，我宋长镜才不枉此生。"

这一刻宋集薪心胸间好似有洪流激荡，颤声问道："如果我一心一意，能够有叔叔你今天的高度吗？"

宋长镜摇头笑道："你啊，若是习武，撑死了也就到第八境，没前途，还是乖乖当个练气士好了，成就肯定更高。"

宋集薪有些不服气："为何我就只能到武道第八境？"

宋长镜玩味笑道："只能？"

宋集薪有些脸红。

宋长镜也不计较宋集薪的不知天高地厚，眯眼望向远方，缓缓道："练气士嘛，是个靠老天爷赏饭吃的行当，命好不好，很重要，今天在这里撞见个机缘，明天再在那里捡到个法宝，后天不小心遇到个深藏不露的神仙，大后天看个风景，指不定就悟了，好像做什么都能增长修为。至于我们武道中人，大不一样，没什么捷径可走，只能靠一步一步走出来，无趣得很。"

宋集薪心情复杂，有些失落。

宋长镜不再理会这个侄子，转身走向马车，眼角余光看到稚圭的背影后，犹豫了一下，走到她身边，跟她一起抬头望向那道大门。

宋长镜自言自语道："真龙之气，凝结成珠。世间蛟龙之属，皆以珠为贵，如同修士的本命元神。"婢女稚圭没有转头，但是流露出一丝紧张。

宋长镜笑道："为了廊桥匾额所写的'风生水起'这四个字，我大骊付出的代价之大，外人无法想象。风生水起，水起，为何要水起？还不是希望蛟龙走江的时候，能够畅通无阻。本王呢，其实对这些不上心，一切只是你家少爷他那个狠心老爹的意愿，你出了这座小洞天之后，估计除了京城那头绣虎，不会再有谁能对你指手画脚。"

宋长镜转头，望着稚圭的侧脸："虽说你和本王那个侄子的命数挂钩，息息相关，荣辱与共，但是你也别太过恃宠而骄，不要让本王有出手的念头。嗯，看在大骊江山和侄子宋集薪的面子上，本王可以破例，给你两次找死的机会，刚好应了'事不过三'那句老话。"

稚圭蓦然发怒，先转身，再后退两步，狠狠盯着这个让她心生恐怖的大骊藩王："我本来就不是人，你们却要以世人的规矩来约束我，到底是谁不讲道理？你们人的金科玉律，规矩方圆，关我何事?!"

宋长镜快意笑道："别误会，本王绝不会在小事上苛求你，恰恰相反，本王才是你最大的护身符。"

宋长镜凝视着稚圭，她有一双泛起黄金色彩的诡谲眼眸。他最后说道："打了那一架后，本王与你，其实已是一条船上的盟友了。记住这句话，尤其是将来，在你有资格做出重大抉择的时候，好好想想这句话。"宋长镜转身离去。

马车旁，一个满身沙场粗粝气息的中年车夫，看着大骊藩王身上那件扎眼的雪白狐裘，实在忍不住，开口笑道："王爷，啥时候换一件新狐裘啊，这都多少年了，王爷穿着不烦，咱们可是看着都烦了。"宋长镜登上马车，弯腰掀起帘子，没好气地撂下一句："打下大隋再说。"车夫爽朗大笑，面对这个大骊一人之下万人之上的权贵藩王，竟是一点也不拘谨。

宋长镜戎马生涯二十年,虽说为将做帅,不可能次次大战都身先士卒,更多是在大帐内运筹帷幄,但大骊边境硝烟四起,每逢死战,宋长镜必然亲身陷阵。堂堂藩王,平时的生活起居,从无醇酒美妇,几乎可以用"身无外物"来形容。

宋长镜坐入车厢后,盘腿而坐,眉头紧皱:"那人要本王离开骊珠洞天之后,不用着急赶赴京城,'不妨在山脚等一等,抬头看一看',等什么?看什么?"

宋集薪和婢女稚圭也进了车厢,马车已经准备穿过那道大门。

宋集薪发现稚圭蜷缩在角落,瑟瑟发抖,他担忧道:"怎么了?"

稚圭颤声道:"我感觉得到,门那边,有无数可怕的东西。"

宋集薪笑着安慰道:"有我叔叔在,你怕什么?别怕,天塌下来他也能顶着。"

不料稚圭越发恐慌,使劲缩在角落,带着哭腔道:"就算是他,也扛不起来的!"

小镇最大的酒楼,来了一位稀客。一个双鬓霜白的教书先生,要了一壶酒和几碟子下酒小菜,自饮自酌,快哉快哉。原来今天这个学塾先生,没有教书授课,学塾蒙童一个个欢天喜地回家了。他喝完最后一杯酒,吃完最后一口菜,便轻轻放下了筷子。啪一声过后,千里江山小洞天,寂静无声,一切静止。此方天地瞬间崩碎。

这一刻,整个东宝瓶洲的山上神仙,山下凡人,皆不由自主地抬头望去。但是下一刻,仿佛有犹在仙人之上的仙人,以改天换日的大神通,遮蔽了整座骊珠洞天的景象。

东宝瓶洲北部的高空,万里云海翻滚,缓缓下垂。有一人通体雪白,大袖飘摇,身高仿佛不知几千几万丈,正襟危坐,身前悬浮着一颗如他手心大小的破碎珠子。此人法相之巨,像是将一个东宝瓶洲当作了私塾学堂。

无边无际的云海之上,有一道道威严声音如天雷纷纷炸响。

"齐静春,你放肆!"

"大逆不道!"

"回头是岸!"

那个读书人低头凝视着那颗珠子,缓缓收起视线,最后抬头朗声道:"小镇三千年积累而成的天道反扑,我齐静春一肩挑之!"

在齐静春放下那双筷子之前的两天,小镇出现了一些不好的兆头,铁锁井水位下降得很厉害,槐枝从树干断裂坠落,枝叶皆枯黄,明显不符合春荣秋枯的规律,还有小镇外横七竖八躺着许多泥塑木雕神像的地方,经常大半夜传来爆竹一般的炸裂声,好事者跑去一看,靠近小镇一带,去年冬天肯定还存世的那拨泥菩萨木神仙们,竟然已经消失大半。

从福禄街和桃叶巷动身的牛车马车,就没有断过,那大块青石板铺就的街面上,连大半夜都能听到扰人清梦的牛马蹄声。那些衣衫华美、满身富贵气的外乡人,也开始匆匆忙忙往外走,大多神色不悦,三三两两,经常有人朝小镇学塾方向指指点点,颇为愤懑。

小镇东门的光棍郑大风没了身影,窑务督造官衙署也没有要找人顶替的意思,于是小镇就像没了两颗门牙的人,说话容易漏风。

刘灞桥和陈松风沿着原路返回,两人能够看到廊桥轮廓的时候,已是黄昏时分。刘灞桥沿着一条小径走到溪畔,蹲下身掬了一捧水洗脸,约莫是嫌弃不够酣畅淋漓,干脆撅起屁股趴在地上,将整个脑袋沉入溪水当中,最后猛然抬头,大呼痛快。转头看着大汗淋漓的陈松风,刘灞桥打趣道:"一介文弱书生,手无缚鸡之力啊。"

陈松风只是掬着喝了口溪水,嗓子沙哑道:"我当初之所以辛辛苦苦成为练气士,只是希望强身健体,能够多活几年,多看几本书而已,如何比得上你们剑修。何况在这处骊珠小洞天,剑修之外的练气士最吃亏,一不留神,运转气机,就要损耗道行,境界越高,折损越多。不承想我修为低下,反而成了好事。"

刘灞桥拍了拍陈松风肩膀:"不如改换门庭,加入我们风雷园练剑,以后我罩着你。你想啊,成为一名剑修,御剑凌风,万丈高空,风驰电掣,尤其是雷雨时分,踏剑穿梭其中……"

陈松风突然笑道:"听说风雷园被雷劈次数最多的剑修,名叫……"

刘灞桥伸出一只手掌:"打住!"

剑修亦是练气士之一,只不过比起寻常练气士,体魄要更为靠近另一条路上的纯粹武夫,简单说来,就是筋骨肉和精气神,剑修追求两者兼备,其他练气士,体魄一事,只要不拖后腿就行,并不刻意淬炼。当然,练气士在养气、炼气的同时,对于身体的完善,其实就像春风化雨一般,始终在打熬磨砺。可是比起剑修,锤炼体魄之事,练气士无论是力度还是次数,远远不如,更不可能像武夫那么一心一意、孜孜不倦。对于世间练气士而言,存在一个共识,身躯皮囊,终究是不断腐朽之物,够用就行。能够侥幸修炼成金刚不败之身、无垢琉璃之躯,那是最好,不能也无妨,切莫钻牛角尖,误了大道根本。

刘灞桥随口问道:"你家那位远房亲戚,到底是第几境的武人?"

陈松风无奈道:"我如何知道这等机要秘事?"

刘灞桥想起那天在衙署正堂爆发的冲突,感慨道:"宋长镜实在是太强了,最可怕的是这个大骊藩王还如此年轻,一般的第八、第九境武人,谁不是半百、甲子年龄往上走的,甚至百岁也不算高龄,可是如果我没有记错的话,宋长镜才将近四十岁吧。难怪当初要被那人笑称'需要压一压气焰'。"

陈松风轻声道："应运而生，得天独厚。"

上五境修士，神龙见首不见尾，很难寻觅。但是武人当中的第八、第九境，往往天下皆知，与世俗王朝也离得不远。何况武道攀升，靠的就是一场场生死大战。于生死一线，见过生死，方能破开生死，获得一种类似佛家"自在"、道家"清净"的超然心境。

除了两名大宗师之间的切磋，第八、第九两境武人，最喜欢欺负中五境里的顶尖练气士，尤其是宋长镜这样的第九境最强者，几乎可以说是上五境之下无敌手，也就只有练气士当中的剑修能够与之一战，但也只能争取让自己输得不那么难看，赢得一个虽败犹荣的说法。不过这其中存在一个隐晦原因，才使得第九境武道强者肆无忌惮，那就是中五境里的最后一层，第十境大修士，根本已经无心世俗纷争，甚至连家族存亡、王朝兴衰也顾不得，为的只是那"大道"二字了。

刘灞桥还沉浸在自己的思绪当中："宋长镜要我出了小镇后，凭自己本事取走符剑。要不要给风雷园打声招呼呢，让他们早早摆好庆功宴？"

陈松风哭笑不得，望着深不过膝盖的潺潺流水，想到宋长镜以及这个藩王身边的风流少年，陈松风隐隐约约感受到一种大势凝聚的迹象，决定这趟返回龙尾郡陈氏祖宅后，必须说服家族押注在大骊王朝，哪怕没办法孤注一掷，也要让陈氏子弟趁早融入大骊庙堂。

陈松风呢喃道："大骊气象，已是时来天地皆同力。因此我陈氏要扶龙，不可与人只争着附龙而已。"

刘灞桥问道："你嘀嘀咕咕个什么？"

陈松风站起身，甩了甩手，笑道："你好像跟那个泥瓶巷少年很投缘啊。"

刘灞桥跟着起身，大大咧咧道："萍水相逢，聚散不定，天晓得以后还能不能再见到。"

两人一起踩着溪畔春草走上岸，陈松风问道："听说南涧国辖境内的那块福地，要在今年冬天对外开放，准许数十人进入，你当下不是仍然无法破开瓶颈吗，要不要下去碰碰运气？"

刘灞桥冷笑道："坚决不去，去蚂蚁堆里作威作福，老子臊得慌。"

陈松风摇头道："我家柳先生曾经说过，心境如镜，越擦越亮，故而心境修行，能够在道祖莲台上坐忘，当然大有神益，可是偶尔在小泥塘里摸爬滚打，未必就没有好处。去福地当个抛却前身、忘记前生的谪仙人，享福也好，受难也罢，多多少少……"

不等陈松风说完，刘灞桥已经嚷嚷道："我这人胜负心太重，一旦去了灵气稀薄的福地，若是无法靠自己的本事破开禁忌，重返家乡，那我肯定会留下心结，那就会得不偿失，弊大于利。再说了，要是不小心在福地里给'当地人'欺负了，又是一桩心病，等我还魂回神之后，哪怕需要耗费巨大代价，我肯定也要以'真人真身'降世，才能痛快。只是如此一来，不是有违我初衷本心？"

刘灞桥双手抱住后脑勺，满脸不屑道："说句难听的话，如今咱们东宝瓶洲那三块福地，谁不心知肚明，早就变味了，已经成为那些个世俗王朝的豪阀子弟花钱下去找乐子的地儿，难怪被说成是仙家治下的青楼勾栏之地，乌烟瘴气。"

陈松风笑道："也不可一概而论，不说我们这些外乡人，只说那些当地人，不乏惊才绝艳之辈。"

刘灞桥白眼道："一座福地，那么多人口，每年能有几人脱颖而出？一个都未必有吧。那些成功来到我们这里的，百年当中，最终被咱们记住名字的，又能有几个？屈指可数吧。所以我就不明白，这些个福地为何如此受人推崇，还有人扬言，只要拥有一块福地的一部分统辖权，好处不比拥有一位上五境修士来得少，疯了吧。"

陈松风笑道："福地收益，细水长流啊，偶尔还能蹦出一两个惊喜，最关键是所有的好处，属于坐享其成，谁不乐意从中分一杯羹？"

洞天走出去的人，命多半好。福地升上来的人，命尤其硬。

刘灞桥问道："你好像不太喜欢那个姓陈的少年？"

陈松风想了想，选择袒露心扉："如果出于个人，我对他没有任何意见。但如果就事论事，他的存在，其实让我们整个家族都很尴尬。骊珠小洞天的陈氏子弟，本就是本洲的一个笑话，小镇之内，一个人数不算少的姓氏，仅剩一人，其余全部成了别家奴仆，沦为笑谈，实属正常。在龙尾郡陈氏眼中，我们和小镇上的陈姓之人，虽说远祖相同，可那都是多少年前的老皇历了，谈不上丁点儿情分，但是所有龙尾郡陈氏的对手，岂会如此看待。在这种情况下，如果泥瓶巷少年干脆也成了大户人家的下人，也就罢了，当时当世一场大笑过后，很难多年持续成为一桩谈资，可这个少年的咬牙坚持，孤零零的存在，就显得格外引人注目。外边许多人甚至在打赌，小镇这一支这一房这一个陈氏子弟，何时不再是那个'唯一'。"

刘灞桥皱眉道："这又不是那少年的错。"

陈松风笑道："当然，少年何错之有，可是世上有些事情，终究是很难说清楚道理的。"

刘灞桥摇头道："不是道理很难说清楚，事实上，本来就是你们没道理。只是因为那个少年太弱小，所以才让你们能够显得理直气壮，加上你们龙尾郡陈氏的声势，比少年大许多，可是比起身边那些看笑话的人，又很一般，所以处境越发尴尬，到最后，不愿意承认自己无能，只好反过来暗示自己，认为那个少年才是罪魁祸首。我相信如果不是这座骊珠洞天不容易进入，那个让龙尾郡陈氏难堪的陋巷少年，早就被龙尾郡陈氏子弟悄悄找个由头做掉了，或是被某个附庸家族的家伙杀了邀功了。"

陈松风脸色涨红,一时间竟是有几分恼羞成怒。

刘灞桥抱着后脑勺,扬起脑袋望向天空,仍是优哉游哉的慵懒神色:"我知道你陈松风不是这样的人,可惜像你这样的人,到底少,不像你的人,终究多。

"就说正阳山那只搬山猿,自己拿不到剑经,害怕我风雷园拿到,就要一拳打死那刘姓少年,你觉得这样讲理吗?我觉得这样很不讲理。可是有用吗?没用啊。我连正面挑衅老猿也不敢。"

刘灞桥叹了口气,松开一只手,拍了拍自己的肚子,自嘲道:"我呢,就是口拙嘴笨,拳头也不够硬,剑还不够快,要不然我这肚子里,真是积攒了一大堆道理,想要跟这个世道,好好说上一说。"

陈松风吐出一口气:"所以你觉得那个少年不错?"

刘灞桥转头望向红日坠落的西边高山:"觉得不错?怎么可能。"

陈松风有些疑惑。

刘灞桥笑道:"我一看到那个少年,就自惭形秽。"

陈松风觉得匪夷所思,摇头笑道:"何至于此?"

刘灞桥把到了嘴边的一些话咽了回去,省得伤感情。陈松风这个家伙,虽然没那么合胃口对脾气,可是比起一般的读书人,已经好上许多,自己就知足吧。话痨刘灞桥就这么一路沉默下去。

夜幕深沉,陈平安自制了三支火把,三人举火而行。

最后来到一座高山山脚,陈平安擦了擦额头的汗水,对宁姚说道:"宁姑娘,跟她说一下,这是一座朝廷封禁之山,她有没有忌讳?"

宁姚转告陈对后,后者摇头。

陈对举目望去,她无比确定,颍阴陈氏的祖坟,肯定就在此地。游子还乡,心有感应。

陈对缓缓闭上眼睛,片刻之后,她蹲下身,用手指在地面上写了一长串字符,写完之后,嘴唇微动。最后她用手掌缓缓抹平所有痕迹,起身后,脚步绕过符文销毁的地方,率先登山,甚至不用陈平安指路。

三人来到半山腰某处,陈平安指向不远处,一座小土包上生长有一棵树,主干古怪,极其笔直,竟是比青竹还直。陈平安如释重负,点头道:"就是这里了。"

陈对沉声道:"你们去山下等我。"

宁姚扯了扯陈平安袖子,示意一起下山。

陈对放下书箱,一件件一样样,小心翼翼拿出那些精心准备的祭品,用以祀神供祖。

中途陈对有刹那间的恍惚失神,痴痴望向那棵小树,热泪盈眶,喜极而泣,喃喃道:"果然如此,果然如此。"最后陈对无比虔诚地对着那座小土包,行三叩九拜的大礼。之后她伏地不起,颤声道:"我颍阴陈氏,叩谢始祖庇护!"

山脚,陈平安和宁姚各坐在背篓一边,背对而坐,宁姚问道:"之前有段路程,你为何故意要绕远路?"

陈平安愣了愣,震惊道:"宁姑娘,连你都看出来啦?"

宁姚手握刀鞘,往后一推,刀鞘顶端在陈平安后腰一撞:"把'连'字去掉!"

陈平安龇牙咧嘴,轻轻揉腰,放低声音道:"我不是跟你说过吗,有老大一片山崖,全是那种被你们称为斩龙台的黑色石头,我怕给她看了去,然后她也是识货的,到时候万一她起了歹心咋办? 害人之心不可有,防人之心不可无,这个道理我还是懂的。"

宁姚笑道:"守财奴,你还不是担心她如果想法子搬走它,会害得你两手空空。"

陈平安傻呵呵笑道:"宁姑娘,你这么耿直,朋友一定不多吧?"

"哎哟。"蓦然又是一阵吃疼的陈平安,赶紧腾出只手,去揉腰的另外一侧。

陈平安突然用手肘轻轻碰了一下宁姚后背,问道:"吃不吃野果子? 我来的路上摘了三个,被我藏在袖袋里了,她应该没瞧见。"

宁姚没好气道:"这个时节的山果,能好吃?"

陈平安转身,递过去两颗桃子大小的通红野果,笑道:"宁姑娘,那你就是不晓得了,这种果子还真就只有在春天才能吃着。冬末结实,初春成熟,这会儿彻底熟透,一口下去,喷喷喷,那滋味,不小心舌头都能咬掉。更奇怪的是,咱们这里那么多座山,果子就只有这附近有。我当年也是跟着姚老头来找一种泥土时,他告诉我的。其他地方,也有些野果子味道不错,可我吃来吃去,啃东啃西,觉得都不如这种。"

宁姚接过两颗果子,打定主意难吃的话,一定要把剩下那颗还回去:"还吃来吃去、啃东啃西,你是山里的野猪啊?"

陈平安咬着野果,笑道:"小的时候家里穷,可不是逮着什么就吃什么,你还别说,有一次还真因为瞎吃东西,把肚子给吃坏了,痛得我在巷子里满地打滚。那是我第一次听到自己的心跳声,打雷擂鼓似的。"

只可惜宁姚忙着吃果子,没听清楚陈平安最后说了啥。第一口咬下去,她就觉得这果子甘美异常,果肉下肚后,整个人都暖洋洋的,身体如同一座铺设有地龙的屋子,野果就是一袋袋炭火。宁姚闭上眼睛,感受五脏六腑,虽说通体舒泰,但是其余并无异样,这意味着这种野果,大体上可以位列神仙脚下的山上之物,但也仅限于此,肯定可以在世俗王朝卖出高价,却也不至于让修士眼红。对于山下的凡夫俗子而言,则无疑是延年益寿的无上珍品。早知道如此,宁姚就干脆不接这果子了。

宁姚有些惋惜,抹了抹嘴,转身把剩下的野果递过去:"不好吃,还给你。"

陈平安悻悻然收回去，有些失落，他还以为宁姑娘会觉得不错呢。

宁姚双手轻轻踢着背篓，随口问道："是留给那个叫陈对的女子？"

陈平安摇头道："给她干什么，非亲非故的，当然是留给刘羡阳了。"

宁姚突然好奇道："如果阮秀在这里，你是不是不给陈对，给阮秀？"

陈平安点头道："当然。"

宁姚又问："那如果你手上只有两颗野果，你是给我，还是给阮秀？"

陈平安毫不犹豫道："一颗给你，一颗给阮秀啊。我看你们吃就行。"

陈平安又遭受偷袭，揉着后腰，无辜道："宁姑娘，你干吗？"

宁姚再问："如果只有一颗呢？"

陈平安呵呵笑道："给你。"

宁姚："为啥？"

陈平安既狡黠又实诚道："阮姑娘又不在这儿，可宁姑娘你在啊。"

陈平安后腰瞬间遭受两下重击，疼得他赶紧起身，蹦蹦跳跳，如此一来，害得宁姚一屁股跌入那只大背篓。陈平安赶紧把她从背篓里拉出来。宁姚倒也没生气，只是狠狠瞪了陈平安一眼。

陈平安重新扶好背篓，两人再次背对背而坐。

宁姚问道："你知道那棵树是什么树吗？"

陈平安摇头道："不知道，我只在这个地方看到过，其他山上好像都没有。"

宁姚沉声道："相传若是有家族陵墓生出楷树，是儒家圣人即将出世的祥瑞气象，且这位圣人，必然极其刚直，一身浩然正气，所以在你们这座天下，必定会得到格外青睐。"

陈平安哦了一声。什么儒家圣人，祥瑞啊正气啊，这个草鞋少年都听不懂。

宁姚问道："你就不羡慕山上那个女人？也没有想过为什么这棵楷树，不是长在自家祖先坟上？"

陈平安答非所问，开心道："今年清明节，我还能给爹娘上坟，真好。"

宁姚猛然站起身，这次轮到陈平安一屁股坐进背篓。宁姚在一旁捧腹大笑。

小镇学塾仅剩下五个蒙童，出身高低不同，年龄大小各异，其中一个身穿大红棉袄的小女孩，虽然出身福禄街，但是她在学塾里从不欺负人，不过也不喜欢凑热闹，从来只喜欢自己胡乱逛荡。小镇最西边那户人家，李二的儿子李槐，也在这座乡塾求学，他爹娘带着姐姐离了小镇，唯独留下了他。李槐非但没有哭闹，反而高兴坏了，终于不用受人管束了，只是到了晚上，这个寄住在舅舅家的孩子，做了噩梦醒来后，就开始撕心裂肺地号叫，结果被惊醒后的舅舅舅妈联手镇压，一个使用鸡毛掸子，一个使用扫帚。其余三人，分别来自桃叶巷、骑龙巷、杏花巷，两男一女。

齐先生下课后,送给他们一人一幅字,要他们妥善保管,仔细临摹,说是三天之后他要检查课业。那是一个"齐"字。

蒙学散去之后,垂垂老矣的扫地老人,沐浴更衣后,来到齐先生书房外,席地而坐。老人开口询问了一个关于"春王正月"的儒家经典之问。齐静春会心一笑,为之解惑,讲述何谓春,何谓王,何谓正,何谓月。这就是儒家各大书院特有的"执经问难",课堂之上,会安排一位"问师",向讲学之人询问,可以有一问数问,十问甚至百问。这一场问对,发生于齐先生和老人的第一次见面。那已经是八十年前的陈年往事了。

不过当时齐静春是询问之人,回答之人,则是两人共同的先生。

老人问完所有问题后,望向齐静春:"可还记得我们去往山崖书院之前,先生的临别赠言?"

齐静春笑而不言。

老人自问自答:"给我的那句,是'天地生君子,君子理天地'。给你的那句,是'学不可以已。青取之于蓝,而青于蓝'。"

老人突然激动万分:"先生对你,何等器重,希望你青出于蓝!你为何偏偏要在此地,不撞南墙不回头?为何要为一座不过五六千人的小小城镇,就舍去百年修为和千年大道,全部不要?!若是寻常读书人也就罢了,你是齐静春,是我们先生最器重的得意弟子!是有望别开生面,甚至是立教称祖的读书人!"

老人浑身颤抖道:"我知道了,是佛家误你!什么众生平等!难道你忘了先生说过的明贵贱……"

齐静春笑着摇头,道:"先生虽是先生,学问自然极大,可道理未必全对。"

老人被震惊得无以复加,满脸错愕,继而怒喝道:"礼者,所以正身也!"

齐静春笑着回复一句:"君子时诎则诎,时伸则伸也。"

看似无缘无故,隔着十万八千里,但是老人听到之后,脸色剧变,满是惊疑。

齐静春叹了口气,望向这个跟随自己在此一甲子的同门师弟,正色道:"事已至此。那几个孩子,就托付给你送往山崖书院了。"老人点点头,神色复杂地起身离去。

齐静春自言自语道:"先生,世间可有真正的天经地义?"

两辆马车在天远远未亮时分,就从福禄街出发,早早离开了小镇。

晨曦时分,一个草鞋少年带着两个大布袋子,动身去往窑务督造官衙署外等人。一个布袋子,装着一袋袋金精铜钱;另外一个,装着他觉得最值钱的蛇胆石。但是等到天大亮,衙署门房提着扫帚出来清扫街道了,陈平安也没有看到出发的马车。他只好厚着脸皮去问,问衙署名叫陈对的那拨客人,什么时候才从福禄街出发。

门房笑着说:"他们啊,早就离开小镇了。"

陈平安目瞪口呆，刘羡阳那家伙不是跟自己约好了天亮以后，才动身吗？那一刻，陈平安的视线有些模糊。

跟门房道谢之后，陈平安转身开始狂奔。跑出小镇，陈平安一口气跑了将近六十里路，最后筋疲力尽的他沿着一道斜坡走到坡顶，看着蜿蜒的道路，一直向前延伸出去。

陈平安蹲在坡顶，脚边放着没有送上去的铜钱和石头。佩剑悬刀的宁姚悄无声息地坐到他身边，气喘吁吁，气呼呼道："你不是掉钱眼里的财迷吗，怎么这么大方了？全部家当都要送出去？就算刘羡阳是你朋友，也没你这么大手大脚的啊。"

陈平安只是抱着头，望向远方。

齐静春的那尊巨大法相，洁白缥缈，肃然危坐于东宝瓶洲最北端的版图上。

云海滚滚涌动，缓缓下压，不断靠近齐静春头颅。齐静春抬头望去，笑意洒脱。

云海之上，有威严嗓音响起："齐静春，须知天道无私！你身为儒家门生，对骊珠洞天生出恻隐之心，情有可原，若是此时回心转意，犹有余地。"

伴随着这个天上仙人的话语，仿佛有阵阵雷声迅猛滚走于云海之中，那些一闪即逝的电闪雷鸣，不断从云海底端渗透而出。言出法随。

又有一个仙人嗤笑道："与这书呆子废什么话！想要做出顶天立地的壮举，得先问过我的拳头答应不答应！"与此同时，一只金黄色的巨大手掌向下一捞，云海被拨开厚重云雾后，露出一个窟窿，一道光柱落在齐静春法相前。

西方响起佛唱一声，悲悯开口："齐施主，一念静心，顿超佛地。"

齐静春沉声道："斩龙一役之后，小镇得以享受三千年大气运，后世子孙英才辈出，无非是寅吃卯粮的手段。只不过既然是四位圣人订立下的规矩，最早那拨选择扎根骊珠洞天的修士，也未有异议，我齐静春自然没有资格在此事上指手画脚。如今天道要镇压此方天地，来便是了，无非是换成我齐静春一人，来替小镇百姓承受这一场劫难，天道和规矩未曾落在空处，诸位又为何阻拦？"

伸手将云海搅出一个大窟窿的仙人肆意大笑："哈哈，姓齐的，你是真不知道缘由，还是装疯卖傻？"

齐静春不知何时已经伸出一只手，手掌变拳，将那颗蕴藏一座小洞天的珠子虚握于手心之中。想来掌心之中，洞天之内，小镇之上，已是白昼骤然变成黑夜的玄妙光景。

此时，那只护住骊珠洞天的雪白手掌，仿佛遭受到一股四面八方而来的无形攻势，滋滋作响，手背之上不断溅射、绽放出白色电弧，不断有看似小如飞羽、实则大如山峰的"雪花"从齐静春手背脱落，坠落人间，只是不等落地，就已烟消云散。

高坐于云海窟窿附近的云上仙人，放声讥笑道："小小儒士，悖逆大道，不自量力！就由本座先陪你玩玩！"

若是从东宝瓶洲的极远处举目望去,并且能够破开仙人联手造就的遮掩法阵,那就能够依稀看到无比壮观的一幕。破开云海的宏大窟窿当中,先是露出一粒黑点,笔直朝下,然后是一截剑尖,最后终于显露出全貌,是一柄齐静春法相手指长短的"袖珍"飞剑。

第一把刚刚现世,第二把又尾随其后,从别处落下,第三、第四把,依次从天上云海降临人间,总计十二把飞剑。一线排开,悬停于高空。如铁骑列阵,被人勒紧缰绳,只等一声令下,便可冲锋凿阵。

云海之上,一尊金色巨人随意盘腿而坐,睁着巨大的金色眼眸,双拳撑在膝盖上,右拳缓缓伸出一根食指,屈指一弹。一把飞剑率先激射向齐静春拳头虚握的那条胳膊。飞剑下坠的速度快如闪电,轨迹上,拉扯出一条连绵不绝的云尾。飞剑瞬间穿透齐静春法相的手臂,在距离地面只有咫尺之遥的时候,骤然停止。云海之上,金色巨人右拳食指轻轻旋转,飞剑划出一道弧线,重返高空,同时左手叩指轻弹,原本悬在空中的一把飞剑轰然落下,再一次刺穿齐静春的手臂。两根手指相互起落。十二把飞剑笔直落下,弧线返回。起起落落,如此反复。

齐静春那条胳膊被飞剑一阵阵密集攒射后,变得伤痕累累,出现无数个黑色孔洞,相比原本通体莹白的巍峨法相,显得格外触目惊心。齐静春对此神色自若,眼见着又要再来一拨飞剑穿刺,展开新一轮冲杀,真是咄咄逼人。

齐静春云淡风轻地说出四个字:"春风得意。"

一把飞剑依然直直刺向齐静春手臂,只是这一次它没有钉入手臂,而是像松针被一阵清风吹拂得飘荡歪斜。不但是这一把飞剑,之后十一把飞剑无一例外,都是无功而返。飞剑围绕在齐静春法相四周,遵循某种既定轨迹缓慢飞行,剑身颤抖,伺机而动,轻微嘶鸣作响。不但如此,一阵阵弥漫天地间的春风,还不露痕迹地托住了下坠的云海。

那尊金色巨人袒露胸膛,一身恣意放肆的意味,居高临下,眼见着那十二把飞剑竟然找不到任何破绽,有些惊讶:"咦?"

这些对人间修士而言威力无匹的飞剑袭扰,齐静春并不太上心,他始终盯住那只虚握的拳头。

世间有人老珠黄一说,骊珠洞天这颗悬浮在东宝瓶洲上空的珠子,也已经有三千年岁月,六十年后,在下一任圣人阮邛手上,包裹庇护珠子的外壁将会彻底破碎,如同一件瓷器,外层釉色脱落剥离殆尽。到时候天道碾压而至,必然势如破竹,虽然不会当场死人,但是小镇所有人都会失去来生。齐静春为此专门翻阅佛经,甚至推断出一个可怕的后果:小镇这六千余人,被用来承受天威浩荡的"替死鬼",有可能生生世世堕入西方佛国的饿鬼道,永世不得超脱。兵家修士、铸剑师阮邛,作为骊珠洞天最后一位坐镇四方的圣人,他到时候的职责,可不是守护小镇百姓的安危,而是不让任何一人逃脱这份天道责罚。

那金色巨人声如擂鼓,轰隆隆传遍天空,大笑道:"有人说你齐静春不简单,拥有两个本命字,'春'字之外,还有一个坏了规矩的'静'字,来来来,让本座开开眼!"巨人每说一个"来"字,就用拳头砸在膝盖上一次。三次过后,云海如锅内沸水,剧烈涌动。云海底部,那阵原本肉眼不可见的清风,也摇晃起来,光线混乱,明暗交替。

巨人道:"你有春风,本座则有一场飞剑法雨,要给你这家伙泼泼冷水!"言语过后,无数金色的丝线透过云海,又渗透清风。如果用巨人身躯作为对比,那些金色丝线,就像是指甲长短的小小绣花针,只是密密麻麻,成千上万,汇聚之后,声势之大,惊心动魄。

齐静春依然凝视着拳头,闻声后面不改色,轻声道:"好雨知时节,当春乃发生。"

只见正襟危坐的法相四周地面,迸溅出一颗颗雨滴,每一滴雨珠,看似渺小可忽略不计,其实皆大如水潭。然后这些不断涌现的雨珠,违反常理地哗啦啦向天空滑去。雨幕倒挂,只因儒家圣人齐静春默念的那一句诗词。

金色绚烂的飞剑法雨,从上往下,起于大地的春雨水幕,由下往上,狠狠撞在一起!

头顶气象万千,齐静春却对此不见,不听,不言。

齐静春那颗拳头四周,凭空生出一条条闪电蛟龙,砸在手背之上。闪电颜色分为猩红、青紫、雪白三种,看似杂乱无章,三者却泾渭分明,并不交替缠绕,分别交织成三张大网。法相的拳头,碎屑四溅,飞羽飘摇,不断衰减。

齐静春轻声道:"风平浪静。"三色闪电,唯独雪白闪电毫无征兆地静止不动,但是其余两种闪电依然遵循规律而行,这就使得一条猩红闪电砰然撞断一条雪白闪电,一条青紫闪电又捆绑住猩红闪电。疏而不漏的恢恢天网,竟变得混乱无序。

云海之上,有苍老嗓音悠然响起:"动静有法!"

只不过转瞬过后,原本趋于混乱的三张闪电法网,重新恢复乱中有序的浩大天威。一次次敲打撞击齐静春那尊法相的拳头。齐静春微微叹息。

"小打小闹也差不多了,齐静春,可敢接下本座这一拳!"一只金色拳头从云海窟窿之中落向齐静春的头颅。

齐静春空闲的右手高高举起,掌心向上,阻挡住那匜顶一拳。齐静春法相猛然下坠百丈,只是云海也被一股激荡清风托起百丈,像是天地之间拉开了两百丈距离。

"再来!"金色仙人一拳拳落下,每一次拳势都雷霆万钧,恐怕东宝瓶洲任何一座王朝的五岳雄山,都经不起他这一拳。一身雪白的齐静春法相,只是扬起手臂,高高举起。先是法相手心被砸出一个大坑,然后整只手掌砰然而碎,紧接着手臂一节一节被金色拳头打烂。法相大损的齐静春仍然无动于衷,所有的注意力,始终放在虚握拳头的左手之上。

从拳头蔓延到整条手臂，再到肩头，覆满了雷电游走的道家符箓，每个字都大如屋。

苍老嗓音继续响起："莫要冥顽不化。齐静春，你若是愿意，可以追随贫道修行。"

齐静春稍稍转过头，低头凝望着那只千疮百孔的手臂，上面已经布满道家一脉掌教圣人写就的无上谶箓，好一个替天行道。

齐静春轻轻呵出一口气，沉声道："清静……"

苍老声音透露出一股震怒："齐静春，你大胆！"

一声怒喝，硬生生盖过了齐静春在"清静"之后的两个字。

高空有双指并拢作剑，轻而易举破开云海，一斩而下！竟是直接将齐静春握拳的那条手臂，从肩头处斩落！

极远处，有一声不易察觉的叹息，充满惋惜。儒家圣人不逾矩。齐静春不该跨过道家那座雷池的。

那指剑成功斩断齐静春手臂后，似乎主人怒气犹在，双指快速缩回云海，却并未就此罢休，而是以更快的速度刺向那个已是无本之木、无源之水的悬空拳头。齐静春收回头顶只剩半截的右手手臂，迅速挡在珠子上方，往自己这边一搂，护在自己身前。仙人双指一往无前，毫无悬念地洞穿齐静春法相的胳膊，来自窠窿的金色巨人那一拳，更是结结实实砸在齐静春法相的头颅之上。齐静春这尊法相，摇摇欲坠。

虽然残肢断臂，依然大袖飘摇，自有读书人的风流，可越是如此，越显得惨不忍睹。

又是被当头一拳，齐静春法相继续下沉。一拳紧接着一拳，好像不把这读书人砸得深陷地下就不罢休。

破败不堪的法相，死死护住身前的那颗拳头，那颗珠子，那座骊珠洞天，那些见了面就会喊他一声"齐先生"的百姓。这尊法相嘴唇微动，无声而念："列星随旋，日月递炤，四时代御，阴阳大化，风雨博施，万物各得其和以生，各得其养以成……"

小洞天之内，乡塾之中，没有一个蒙童在场。有一个独坐的青衫儒士，不仅仅是双鬓霜白，头发已雪白。

齐静春七窍流血，血肉模糊。魂魄破碎，比一件重重摔在地上的瓷器还碎得彻底。齐静春竟是快意至极的神色，闭目而笑，溘然而逝。

天下有我齐静春。天下快哉，我亦快哉。

这一年，这座天下，春去极晚，夏来极迟。

小镇好似遇上了百年难遇的天狗食日，一下子就变得漆黑一片，人人伸手不见五指。小镇外一尊尊神像如爆竹炸裂，声响愈来愈频繁，当小镇因为天黑而寂静之时，就显得格外刺耳，这无疑又加深了小镇普通百姓的猜测，联想到之前那些载着大户子弟的牛车马车，市井巷弄里的老百姓一个个惶恐不安。四姓十族的高大门墙内，无一例外，每当有奴仆丫鬟想要自作主张，高高挂起灯笼时，很快就会遭受大声呵斥，一些脾气急躁的家族管事人，甚至当场就拍掉那些灯笼，将其一脚踩烂，脸色狰狞，以视若寇仇的眼神，死死盯住那些原本出于好心的下人。

铁匠铺子这边，陈平安正和宁姚坐在井口吃午饭。天黑之后，陈平安虽然奇怪，但是不耽误他低头扒饭。铁匠铺的伙食相当不错，长短工每餐都能分到一块食指长宽的肥腻红烧肉，外加一勺汤汁。饭管够，但是肉就只有一块。陈平安大概是两大碗米饭的饭量，所以每次从掌厨师傅那边分到一块肉后，因为有汤汁，第一碗往往是只吃饭不动肉，吃到最后，那块红烧肉就会从碗顶一点点滑落到碗底，然后跑去盛第二碗米饭，这才干净利落解决掉那块肉。宁姚每次看到陈平安那样吃饭，都有些想笑。阮秀倒是不会像宁姚这样，阮秀望向陈平安的眼神里，仿佛写着四个大字：同道中人。

此时陈平安一手端着空荡荡的大白碗，一手持筷，竭尽目力环顾四周，只能依稀看到两三丈距离以内的景象。

最近这两天，除了给阮师傅的铁匠铺子做牛做马，陈平安会抽出三个时辰去练习走桩，白天一个时辰，午时到未时间，晚上两个时辰，亥时到丑时间。到后来陈平安尝试着走桩的同时,十指结剑炉桩,但是他发现如此一来,会让自己呼吸不畅,步伐更加不稳,遂果断放弃。陈平安只在劳作间隙,趁人不注意的时候,锻炼剑炉来滋养身躯。其实对陈平安而言,只不过是把以往的烧瓷拉坯,换成了《撼山谱》里的立桩剑炉。

午时到未时间那个时辰的走桩,一开始宁姚偶尔还会尾随其后,装模作样指点过几次后,就不再出现。陈平安不想惹来流言蜚语,白天这一个时辰的拳桩,会沿着小溪下游方向,跑出铁匠铺子一里地后,才开始练习。来回一趟,差不多能走上十里路左右。对于陈平安来说,这就算一条雷打不动的新家规了。

此时坐在井口,宁姚望着覆盖黑布似的天空,害得她失去"漂亮"印象的狭长双眉,微微皱起。

陈平安小声问道:"是不是跟齐先生有关?"

宁姚不打算告诉他真相,只给出一个模糊答案:"齐先生既然是这座洞天的主人,应该跟他有关系吧。"

陈平安又问道:"按照宋集薪和稚圭之前的说法,齐先生原本打算跟学塾书童赵繇一起离开小镇,为什么最后不走了?"

宁姚摇头笑道:"圣人的心思,就像一条龙脉,能够绵延千万里,我可猜不到,也懒得猜。"说完这句话,她把碗筷往陈平安手里一丢,起身去往一栋独属于她的黄泥墙茅草屋。宁姚自己也很奇怪为何阮师对自己如此客气,难道阮师看出了自己的身份?可能性极小才对。毕竟倒悬山并不位于东宝瓶洲;况且倒悬山与外界几乎没有牵连,名声很大,客人极少;再者倒悬山那边,对自己的身份也吃不准。只不过宁姚是船到桥头自然直、不直我也能用剑劈出一条直路的性情,堂堂东宝瓶洲第一铸剑大家阮师的示好,她就大大方方笑纳了。

陈平安拿着碗筷,刚想要去灶房那边,发现不远处有人要从这边走过,是一个袖子宽大的年轻男人,比读书人陈松风更像读书人,有一种说不清道不明的感觉,有点像齐先生,又有点像当时在泥瓶巷遇到的督造官宋大人。男人看到独自坐在井口发呆的陈平安与自己对视后,微微惊讶。他来到陈平安身边,笑容温醇道:"我找阮师傅有点事情,你知道他在哪里吗?"

陈平安这次没有像当初在泥瓶巷故意瞒着蔡金简、苻南华那样,而是直截了当给那人指明了方向。一来宁姑娘跟自己说过阮师傅的厉害,二来眼前这个男人,没有给陈平安一种阴沉且有城府的感觉。

陈平安客气问道:"需要我带路吗?"

年轻男人没有着急赶路,望着陈平安,微笑道:"不用,就几步路的事情,不麻烦了。谢谢你啊。"

陈平安笑着点头,走向灶房,那年轻男人则走向远处一间铸剑室。

陈平安还了碗筷后，发现短工学徒们都聚在几栋屋内，点上油灯，在那里聊着为何会昼夜颠倒。有人言之凿凿，说是某座大山的山神过界，害得溪水井水下降，所以惹恼了管辖溪涧的河神老爷，一场神仙打架，打得天昏地暗。也有人用老一辈人的说法来反驳，说咱们这儿，大山都给朝廷封禁了，哪里来的山神，再说了，那么点大的小溪，绝对出不了河神。陈平安没去掺和，反正闲着也是闲着，就借着自己超乎寻常的眼力，独自去往最后一口水井底下，一背篓一背篓搬土出井。

一次沿着木梯爬出井口后，恰好看到那个年轻男子从铸剑室返回，他也发现了陈平安的身影，并未走近，也没有停步，只是与陈平安遥遥挥手告别。陈平安有些感慨，不论此人是好是坏，至少他跟正阳山、云霞山两座山，还有清风城、老龙城两座城的外乡人，确实不同。

陈平安在井口一趟趟搬运土壤，最后一趟出井后，发现阮秀站在井口辘轳附近，手心摊放着一块巾帕，上面堆满了小巧糕点。等到陈平安出现后，阮秀向他伸出手掌，满身泥土、双手脏兮兮的陈平安笑着摇头，随后阮秀坐在井口上，低头吃着骑龙巷压岁铺子的精致糕点。阮秀迅速沉浸其中，整个人洋溢着满满的幸福欢喜。

陈平安继续来来回回搬运积土，十数次后，阮秀已经不见踪迹，不过井口留着巾帕和一块糕点，是压岁铺子最著名的桃花酒酿糕。陈平安愣了愣，只好摘下背篓，放在脚边，坐在巾帕附近的井口，在衣衫上擦了擦手，双指拈起糕点，放入嘴中。陈平安使劲点头，果然很好吃。毕竟自己吃的是整整十文钱啊，一想到这点，陈平安立即觉得更好吃了。

之后几个时辰，天色依旧昏暗，天空时不时会传来一阵阵沉闷的擂鼓声响，除此之外，小镇其实并无异样。阮师傅破例让自家铁匠铺的短工休息两天，让他们各回各家，不用待在这边等着"天亮"继续干活。陈平安也在此列，他干脆返回小镇，去了趟刘羡阳家，没发现少东西后，就赶紧熄灯，再锁好屋门，跑向泥瓶巷的自家宅子。

不知为何，陈平安觉得如今的小镇，死气沉沉，没了生气。

陈平安并不知道，当他跑过廊桥廊道的时候，桥底下的水面上，悬浮着一个衣袂飘摇的高大女子，衣裙雪白，头发雪白，裸露在外的手脚肌肤亦是如羊脂美玉一般。她正歪着脑袋，以溪水为镜，一手绾发一手梳理，谁也看个清她的面容。

小镇如今的光景，就像大骊将帅命人打造的一块沙盘，战事已经落下帷幕，决定弃之不用，就用黑布随意一遮。

陈平安在自家宅子里点起一盏油灯，开始清点自己的家当，三袋子金精铜钱，供养钱、迎春钱、压胜钱各一袋，一袋是大隋皇子所赠，说是感谢让他撞见那条金色鲤鱼，顾璨留下的两袋，算是买泥鳅的钱。至于陈对原本答谢他的那两袋钱，陈平安在出山途中,恳请陈对转交给刘羡阳,陈对虽然疑惑,可是并未拒绝。兴许对陈平安的选择比较惊讶,也可能是祭祖成功后心情不错,陈对破天荒露出笑容,嗓音柔和地说了些肺腑之言,让陈平安大可以放心,坦言她这个颍阴陈氏嫡系子弟的许诺,绝对要比两袋子金精铜钱更值钱。陈平安其实对此将信将疑,不敢全信,只不过宁姚听说"颍阴陈氏嫡系子弟"后,私下让陈平安放宽心。

齐先生先后两次赠送印章,共计四方。最早两方印章,"静心得意"和"陈十一",是齐先生用自己私藏的蛇胆石刻的,之后两方印章,是齐先生根据陈平安赠送的蛇胆石,随形刻就,一小篆一隶书,巧合的是两方印章能够合拢,凑出一幅青山绿水图,一敦厚一纤柔,齐先生分别刻下"山""水"二字,依照宁姚的说法,大概能够称之为一对"山水印"。

陈平安把陆道长的两份药方三张纸放在桌面上。宁姚曾经嫌弃过陆道长的字寡淡无味,人气才气烟火气仙佛气,啥也没有,就像是世俗王朝的举人秀才,为了科举功名而迎合奉行的馆阁体,规规矩矩,低三下四。陈平安自然看不出年轻道长陆沉这一手字的韵味深浅、造诣高低,也不会因为宁姚的评价不高,就轻视了这三张纸。再者陆道长临行之前亲口说过,小镇购书识字大不易,陈平安想要学字,可以从他的药方学起。

此时陈平安小心翼翼拿起最后一张纸,之前看过末尾朱红印文的"陆沉敕令"四字,并未深思,只是如今自己也有了多达四方的印章,便觉得那几个小字,格外可爱可亲。陈平安想到以后自己兜里有了闲钱,哪天买了书,归入家中私藏,就在扉页或是尾页轻轻以"陈十一"印钤盖朱字。陈平安一想到这个,就忍不住咧嘴乐呵。只是很快陈平安就有些为难,有了印章,就需要印泥。骑龙巷那间专门售卖糕点的压岁铺子隔壁就有一间什么杂物都卖的铺子,挂"草头"二字招牌,宋集薪和婢女稚圭就经常光顾这间铺子,所谓的文房四宝、书案清供都是那边买来的。陈平安犹豫片刻,觉得等到将来识字了,哪天遇见了一见钟情的书籍,再去买一盒印泥。除此之外,还有那一麻袋精心挑选出来的蛇胆石,七八颗,颜色各异,但哪怕出水这么长时间,依然颜色不褪。桌上麻袋的袋口打开,大如青壮手心、中如稚童拳头、小如鸽蛋的各色石子,相依相偎,模样讨喜。

陈平安本来希望把它们送给刘羡阳,宋集薪虽然是个言语刻薄的读书种子,但是有句话说得很有道理,大概意思是同样一件小东西,摆在泥瓶巷外的摊贩手上,卖几文钱,还得费很大工夫,可要是摆在草头铺子的柜子里,就要三四两银子起步,顾客爱买不买,没钱滚蛋。说者无意听者有心,陈平安觉得宋集薪这话挺有道理,所以蛇胆石放在他这边,留在小镇上,估计撑死了也卖不出什么高价,可要是给了刘羡阳,拿去那什么颍阴陈氏所在的大地方,哪怕给人坑骗杀价,也绝对比陈平安得到的钱更多。至于是自己手握一栋茅屋,还是让朋友赢得一座金山银山,两者孰好孰坏,对陈平安来说,根本不用考虑。否则为什么要和刘羡阳做朋友?所以哪怕那个风雷园的刘灞桥,陈平安觉得这个人不坏,可不管刘灞桥嘴上如何跟自己称兄道弟,陈平安从头到尾都不会当真,也从不附和。

陈平安最后拿起那支玉簪子，齐先生说是早年他的先生所赠，是寻常之物，并非什么奇珍异宝。碧玉簪子上篆刻有八个小字。宁姚解释过"言念君子，温其如玉"这句话。

"君子"，陈平安虽然没读过书，但依然觉得这个词语，肯定是分量很重的称呼。

门口那边传来宁姚的嗓音："你怎么不把这支簪子别上？人家既然愿意送给你，自然是希望你物尽其用。"

怔怔出神的陈平安抬头望去，笑问道："你怎么来了？"

宁姚坐在陈平安桌对面，瞥了眼陈平安手中的簪子："我仔细查看过了，的确是普通的簪子而已，没有暗藏玄机，一开始我还以为是座小洞天呢。"

陈平安一头雾水："啥？"

宁姚看着那一桌子陈平安的"压箱底传家宝"，解释道："别有洞天，这个说法听说过吧？老百姓只当是读书人的修辞说法，没当真。其实这里头很有讲究，天底下洞天分两种，一种就是我们身处的这座骊珠洞天，属于十大洞天、三十六小洞天之一，就是'洞天福地'的那个洞天，有些疆域广袤，不知几千几万里。传说中，道祖拥有一座莲花洞天，虽是三十六座小洞天之一，但其中一张荷叶的叶面，就比你们大骊王朝的京城还要大。"

陈平安一惊一乍，怀疑道："不可能吧？"

宁姚笑着伸出大拇指，跷起伸向自己，胸有成竹道："我也不信，所以将来我去亲眼看过之后，回来告诉你真假！"

陈平安轻声道："这么稀奇古怪的地方，不是谁都能进去的吧？"

宁姚呵呵笑道："你以为我是谁？"

陈平安赶紧岔开话题："宁姑娘你继续说洞天的事情。"

宁姚随手拿起一块小巧玲珑的蛇胆石，桃花色，握在手心摩挲，说道："任意一座大洞天，能够贯通天地，灵气充沛，那才是名副其实的仙家府邸。练气士身在其中修行，事半功倍，洞天之主，非是身负大气运之人不得占据，早已被三教百家里的佼佼者瓜分殆尽，不容他人染指。三十六小洞天，有点像是藏藏掖掖的秘境，如女子犹抱琵琶半遮面，其中以桃源洞天风景最宜人，以罡风洞天最为幽奇险峻，以骊珠洞天……"

陈平安好奇问道："我们这儿怎么了？"

宁姚嘴角翘起，伸出两根手指，轻轻捻动，道："最小，就这么点大，弹丸之地，不值一提。"

陈平安干脆盘腿而坐，懒洋洋地趴在桌上，然后扬起一只拳头，依次竖起一根根手指，柔声笑道："可是我在这里，遇到了齐先生、杨老头、刘羡阳、顾璨，当然还有你，宁姑娘。"

宁姚也笑了："还有一种小洞天，就是收纳物品的地方，佛家有须弥芥子一说，道家则是袖有乾坤，其余百家也各有各的说法，其宗旨都是'方寸之地容天地'。简而言之，就是说一点点大的物件，能够放下很多玩意儿，只是相较真正的洞天福地，这种冠以'洞天'头衔的宝贝，放不得活物，我娘亲以前最值钱的嫁妆之一，就是一只玉镯子，里边洞天的大小，差不多是这栋屋子这么大的地方。"

不知外边天高地厚的陈平安，便有些失望："这么小啊，你看人家道祖的一片莲叶，就有一座城池那么大呢。"

宁姚恼羞成怒，身体前倾，伸手就想要给陈平安脑袋一巴掌，陈平安赶紧身体后仰，左右躲闪。

宁姚出手数次也没能得逞，灵机一动，那只握有桃花色蛇胆石的手，作势要丢出石头。

陈平安慌张道："别扔别扔，要是边边角角磕坏了，肯定要少赚很多铜钱的！"

宁姚撇撇嘴，放下蛇胆石，只是突然又迅猛抬手。吓得陈平安赶紧闭上眼睛，不忍心去看。啪的一声，将石头重重拍在桌面上，宁姚捧腹大笑。

陈平安睁眼后，无奈道："宁姑娘，你能不能不要这么幼稚啊。"

宁姚一挑狭长眉毛，手肘一扫，那颗石头被扫落桌面。陈平安双手挠头，苦着脸。跟宁姑娘讲道理，讲不通啊。宁姚嬉笑一声，从桌面下伸出另外一只手，那颗本该摔落在地的石头，赫然躺在她白皙的手心。陈平安还是双手抱头，可怜兮兮。

宁姚不再捉弄陈平安，正色问道："你以后做什么？"

陈平安想了想，老实回答道："帮阮师傅做完那些力气活，我想以后自己进山烧炭，还可以顺便采药，卖给杨家铺子。"

宁姚犹豫了一下，问道："那么除了正阳山的那只搬山猿，还有清风城许家的妇人，截江真君刘志茂，以及蔡金简和符南华背后的云霞山和老龙城，你怎么应付？万一人家要找你麻烦，你往哪里逃？"宁姚不等陈平安说话，沉声道："所以当初陆道长让你不管如何，都要厚着脸皮待在铁匠铺子，是一条正路。"

陈平安忧心忡忡道："那如果给阮师傅惹来一大串麻烦，怎么办？"

宁姚冷笑道："一位主持小洞天运转的圣人，还会怕这些麻烦？"

陈平安点点头："那我回头问问阮师傅，先把所有实情告诉他，看他还愿不愿意收我做长期学徒。"

宁姚一手支撑着腮帮，一手翻翻捡捡那些蛇胆石，道："在小镇这里，没有什么是一袋子金精铜钱解决不了的，如果有，那就两袋。"

陈平安哭丧着脸道："我心疼啊。"

宁姚斜眼道："你打算一股脑给刘羡阳的时候，怎么不心疼？"

陈平安摇头道:"两回事,不能比。"

宁姚白眼道:"以后哪个女人,不幸做了你的媳妇,我估计她每天恨不得一巴掌打死你。"

陈平安一本正经道:"真要有了媳妇,就是另一回事。我可不傻,不会让自己媳妇受委屈。"

宁姚一脸不信,满满的讥讽神色。

黑炭似的陈平安双手抱胸,盘腿而坐,难得有些嚣张神色,哼哼道:"要是我媳妇受了委屈,别说是正阳山老猿,就是你说的那啥道祖,我也要砍死他,砍不砍得死先不说,反正先砍了再说!"

宁姚很是惊讶,目瞪口呆。她一直觉得陈平安不是个硬脾气的人,当然杀蔡金简、斗搬山猿除外,平时相处,陈平安好像永远也不会生气,性情也不偏执,不温不火的好脾气。这种话如果是符南华、宋集薪这些天之骄子说出口,宁姚会觉得理所应当、毫不意外,可从陈平安的嘴里说出来,宁姚有点不敢相信,于是她忍不住问道:"为什么?"

陈平安咧嘴笑道:"我爹这辈子只跟人打过一次架,就是为了我娘。因为骑龙巷有人骂我娘,我爹气不过,就去狠狠打了一架。回来的时候,被我娘埋怨了很久,但是我爹私下跟我说,打不打得过,是一回事,打不打又是一回事,男人不护着自己媳妇,娶进门做什么?!"

宁姚有些奇怪:"嗯?"

陈平安挠挠头,赧颜道:"我爹烧瓷厉害,打架很不行的,回家的时候鼻青脸肿,给人打惨了。"

宁姚伸手扶住额头,不想说话。她沉默片刻,起身道:"走了,回铺子。"

陈平安问道:"我送你到泥瓶巷口子上?"

宁姚没好气道:"不用。"

陈平安没有强求,只是把宁姚送到院门口。宁姚没有转头,也知道陈平安一直站在门口。不迂腐的好人,他们的心,会格外温暖灿烂,如向阳花木。这本身就是很美好的事情。

无依无靠的陈平安,被那些个外乡人一口一个"泥腿子贱命""市井陋巷刨土吃的蝼蚁"地说着,可是他终究有自己的生活要过,他也很想要自己活得好。当然不是贪图享受,事实上陈平安从小就是一个很能吃苦的孩子,他只是单纯想着爹娘若是地下有知,他们肯定就会放心。虽然陈家只有陈平安一个人了,但是一个人,照样也能过上好日子,这就意味着爹娘传下来的这个家,还不错,哪怕这个家只剩下一个人;哪怕有钱买了春联,需要他自己一人张贴,不会有人告诉他是歪了斜了还是正了;哪怕在门头上贴一个"福"字,需要自己架梯子,也无人扶。人活一世,生死自负,不想着跟老天爷求任何东

第四章 天亮

西。所以这种人看似好脾气,其实骨头格外硬,命也会尤其硬。

走出泥瓶巷的宁姚,突然有些失落,也有些愧疚,为了自己的不告而别。

陈平安回到屋子后,对着油灯发呆。迷迷糊糊,似睡非睡,似梦非梦。他好像莫名其妙就走到了廊桥南端,只依稀记得一路上漆黑,连他也看不到几尺外的景象。但是当他一脚踏上台阶之后,天地之间,骤然大放光明。

陈平安浑浑噩噩走在廊桥过道,突然廊道中央那里,绽放出无比炫目的雪白光芒,仿佛比之前的天地光明更加刺眼,蕴含的道意更加崇高。陈平安明明眼睛刺痛得流泪,但是不知为何,反而能够更加清晰地看到那里的奇异风景。

有一个高大人物,面容模糊,站在廊桥当中。和陈平安在小巷初见齐先生时有些相似,大袖飘摇,一身雪白,如神似仙。但是在脱缰野马一般混乱的潜意识当中,陈平安无比确定眼前之人,比齐先生更加虚无缥缈,就像他或是她距离人间更远。

陈平安缓缓前行,耳边仿佛有狐魅女子细语呢喃,蛊惑人心:"跪下吧,便可鸿运当头。"之后又有人威严大喝,震慑人心:"凡夫俗子,还不速速下跪!"又有中正平和的声音淡然道:"如世俗人,需要下跪天地君亲师,跪一跪又何妨,换来一个大道登顶。"还有沧桑沙哑的嗓音响起:"这一跪,就等于走过了长生桥,登上了青云梯,跨过了天地堑,休要迟疑,快快下跪。天予不取,反受其咎!"一声熟悉嗓音竭力响起:"陈平安,快快停步!既不要前行,也不要转身,更不可下跪。只需在原地坚持一炷香便可,你一介凡人之躯,能够承载多少斤两的神气意愿? 不要逆天行事……"有点像是杨老头的训斥和告诫。只是老人的嗓音越到后边越低。与此同时,又有人温醇笑道:"陈平安,不妨站直,往前走几步试试看?"这像是齐先生。

陈平安本能地挺直腰杆,停下脚步,眼神茫然地向四周张望。他只知道自己有很多问题,想要问齐先生。

许多嘈杂声音此起彼伏:"这是马苦玄应得的机缘! 你这小子速速滚出去!"

"便是马苦玄拿不到,也该顺势落入那天仙坯子宁姚之手,你算个什么东西!"

"你这一支陈氏就是一摊扶不起的烂泥,早该香火断绝,也敢垂涎神物,厚颜无耻的小杂种!"

"陈平安,你不是很在乎宁姚和刘羡阳他们吗,转身返回小镇吧,把机缘留给你的朋友,不是更好? 齐静春已经用他的一死来换取你们这些凡人的安稳,以后安心做个富家翁,娶妻生子,还有来生,岂不是很好?"

"胆敢再往前一步,就将你挫骨扬灰!"

陈平安一步踏出,廊桥轰然一震。天地寂静,杂音顿消。有叹息,有恐惧,有慌乱,有敬畏,有唏嘘,一团乱麻。

陈平安一步走出之后,就自然而然向前走出第二步,这个时候他才发现齐先生与自己并肩而行。整座廊桥以及廊桥之外，突然又变得伸手不见五指。

陈平安之前停步的时候，就已经不再被光线刺得流泪，这会儿没来由一下子哽咽起来，灵犀所至，问道："齐先生，你是要走了吗？"

"嗯，要走了。外边有太多人，希望我死，也由不得我自己做选择。"

"齐先生，那我们要去见谁？"

"不是'我们'，是你。你要见的是一个……老人？"

砰然一声巨响，齐先生好像被人一击打飞，但是齐先生反而爽朗大笑，最后不忘沉声道："陈平安，大道就在脚下，走！"

陈平安深吸一口气，抬起脚准备踏出第三步。有一个极远、极高之地的嗓音响起，瞬间穿透一层层天地，微笑道："事不过三，点到即止。"廊桥中间那边随之有人冷哼一声。

陈平安猛然惊醒，发现自己趴在桌上，油灯还在燃烧，他下意识转头望向窗外。天亮了。

陈平安神情恍惚地走出屋子，来到小院，抬头望去，烈日当空，视线尤为清晰，天空如同褪下一层层釉色的瓷坯，光洁可人。

陈平安无意中察觉到自己呼吸有些凝滞，便坐在门槛上，屏气凝神，双手十指结剑炉拳桩。一炷香后，陈平安才感觉到气息平稳顺畅起来，刚要站起身，眼角余光一瞥，一屁股又坐回了门槛。他瞪大眼睛望去，不知何时院子角落里安安静静躺着一块黑色石头，是世间最好的磨剑石，斩龙台！

陈平安赶紧起身，快步走去，蹲下身端详，跟之前那座倒塌的天官神像台座相比，这块石头好像被人刀切豆腐似的，一刀直直下去，就干脆利落地一分为二。陈平安揉着下巴，一点一点挪位置，换了一个方位蹲着，东南西北挪了一圈，屁股回到原位后，越发确定，正是"菩萨点头"那尊神像脚下的台座。这让陈平安悚然，宁姑娘虽然喜欢说一些口气很大的话，但是她所有冷眼袖手的言语，绝对不会有半点作假。她说牢固异常的斩龙台，只能大剑仙花大代价才能劈开，陈平安就确信无疑。那么这块斩龙台是自己长了脚，然后一路跑到他陈平安家宅子？

如今陈平安已经知道世上确有神仙鬼怪，还有不计其数的山魈精魅，但是石头成精，可能性不大吧？再说了，它跑谁家里都能享点福，跑到自己这栋宅子，除了遭罪还能做什么，有这么笨的石头精吗？

陈平安试探性问道："喂，你能说话不？或者能听懂我说话吗？"当然不能。

疑神疑鬼的陈平安摇晃脑袋，看不够。大概是之前那个梦境太过真切，他其实还没有缓过来，导致现在看什么都透着古怪。许多当年没有深思的小事，如今穿在一起，好像一下子就说得通了。

齐先生说世上的确有很多事情不能以常理衡量,宁姚更是说过外边天地光怪陆离。哪怕是姚老头,其实也早就零零碎碎说了许多,简简单单的入山一事,就有诸多讲究。姚老头曾经说过很多,比如那些个不起眼的老树墩子,有可能是山神的座椅,坐不得。还说天底下的山,无论大小,其实一脉相承,只不过有着祖孙之分。陈平安在这一刻,突然很好奇,很想知道小镇所在的骊珠洞天,到底如何才能看到全貌?是不是只有爬到那座比披云山更高的山峰,才能一览无余?

陈平安收起思绪,低头看着那块黑色石头,想着要把它搬去铁匠铺子,宁姑娘肯定用得着这块磨剑石。至于到时候宁姑娘如何处置石头,是选择自己磨剑,还是交给阮师傅,作为帮忙铸剑的谢礼,陈平安反正无所谓,他只是很好奇磨剑石到底如何磨剑,会不会跟自己磨柴刀差不多?

陈平安做事情从来不拖泥带水,下定决心之后就立即动手,伸出双手将磨剑石往上抬,能够抬离地面寸余距离,有些沉重,但还不至于搬不动,这就好办。于是陈平安去屋里找来一只箩筐。很快他就背着箩筐走在泥瓶巷,磨剑石之上覆盖着一件衣衫。

走出泥瓶巷后,陈平安发现大街上行人众多,估计是那场突如其来的黑夜,让人瘆得慌,如今好不容易看到了大太阳,就都想着出来透口气。所以绝大多数小镇百姓都离开家门,走出巷弄来到大街,议论纷纷,时不时有人匆忙跑过,嚷嚷着铁锁井已经彻底干枯了,连那条悬挂于井中千百年的铁链,也不知被哪个混蛋偷偷搬走藏在家里了。更有唯恐天下不乱的稚童孩子,三三两两,蹦蹦跳跳,满脸雀跃,乱七八糟说着那棵老槐树的变故。

原来那棵老槐树"一夜之间"被连根拔起,倒在大街上,满地的碎裂槐枝和枯黄槐叶。一开始很多附近百姓觉得别浪费了,就顺手捡了枝叶回家烧火,一些个意懒青壮,被自家婆娘催促,不情不愿拎着柴刀去劈砍更粗大一些的槐枝。不是没有人阻拦,祖祖辈辈生活在老槐树周边的小镇老人,大多痛心疾首,对那些占这种缺德便宜的汉子婆娘直接破口大骂,也有老人苦口婆心说着老槐树跟小镇的渊源,说这棵树是有灵气的,这么多年来,连枯枝坠落也只挑夜深人静的时候,不愿砸在人头上,更不要说每逢收成不好的时候,老槐树的槐花如米,填饱了多少人的肚子。不管用,那些青壮男人要么不理不睬,只管埋头砍树,脾气差一点的,就跟老人起了冲突,推推搡搡。总之有点乱。

听到老槐树那边的动静后,陈平安背着箩筐,犹豫不决,于是放慢脚步,三步一回头,望向老槐树方向。直觉告诉他应该去老槐树那边瞅瞅,但是心底又有一个声音,让他赶紧去铁匠铺子。

突然他看到一个风一般的灵巧身影,从自己身边擦肩而过,是个身穿大红棉袄的小女孩,让人哭笑不得的是小女孩肩膀上,扛着一根粗如青壮手臂的槐枝,槐枝等人长,小女孩脚步飞快,跟车轱辘似的,活泼俏皮得很。陈平安一眼就认出了她,是那个独来独往的小女孩，来去如风，喜欢在小镇四处逛荡。她跟顾璨属于不打不相识，前不久在青牛背又见过一面。她跟在那些神仙人物身边，好像跟那位年轻道姑关系尤其好，陈平安还送了她一小块蛇胆石。

陈平安赶紧出声喊她，红棉袄小女孩转过头，看到是陈平安后，咧嘴一笑，一双会说话的秋水眼眸，好像在说你有事快说啊，我听着呢，我还要忙着蚂蚁搬家！

陈平安忍住笑，招手道："我跟你商量个事，最多耽误你一会儿。"

大红棉袄小女孩，扛着树枝雷厉风行地跑过来，微微侧身，她抬起头，有些疑惑。

陈平安问道："这根树枝，你是从老槐树那边搬来的吧？"

小女孩使劲点头，遗憾道："不快一点的话，要被人抢光了。我力气小，只搬得动这么点大的，我争取多跑几趟。"

陈平安心思急转，试探性问道："你家如果是在福禄街那边，那就远了，你如果信得过我，可以先把槐枝放在我家院子，这样你就可以来回多跑几趟。"

小女孩默默权衡利弊，认真思量的同时，一直在观察陈平安的眼神和脸色，大概是觉得陈平安没坏心，她点头道："那你要我做什么？事先说好，我可扛不动太大的树枝，很沉的，我现在肩膀就有点像是火烧着了。"

陈平安掏出一串钥匙，摘下其中一把，递给小女孩："这是我家院门的钥匙，你拿着。我不要你多做什么，只是让你抢槐树枝的时候，看看地上有没有没有变黄的绿色树叶，有的话就记得帮我收起来。"

小女孩没有接过钥匙，瞪大眼睛："就这？"

陈平安笑道："对，就这。你知道我家地方吧？"

小女孩嗯了一声："泥瓶巷左手边数起，第十二个宅子。"

小女孩最后还是没有接过钥匙："你家那边院墙不高，我可以把槐枝轻轻放进去，不用打开院门。"

陈平安才收起钥匙，红棉袄小女孩已经转身飞奔离去。陈平安觉得她就像是进了山的自己，她是走街串巷，自己则是翻山越岭。

陈平安走出小镇，一直往南，等到靠近廊桥的时候，骇然发现廊桥不见了。已经恢复成记忆当中的那座老旧石拱桥。

不知为何，廊桥虽然崭新大气，还挂着亮眼的金字匾额，可陈平安还是喜欢眼前的老桥。陈平安站在石拱桥这一头，没来由想起那个无法解释的梦，深吸一口气，缓缓走上斜坡。越是临近桥中央，陈平安就越是紧张，本就大汗淋漓，现在更是汗如雨下，只是等他走到了石拱桥那一头，也没有任何事情发生。陈平安自嘲一笑，加快步子往铁匠铺子走去。

青牛背那边,杨老头坐在青色石崖边缘,大口大口抽着旱烟。杨老头脚下的水潭,涟漪阵阵,波光粼粼,水面之下,好像有大把大把的水草在摇晃,大太阳底下,仍是透着一股无法言喻的阴森诡谲。水面上,逐渐浮现出一张模糊的老妪面孔,但是她却拥有一头鸦青色的头发,在水中绽放,此时马婆婆如丧考妣,颤声道:"大仙,昨夜我是真的不敢靠近那边啊,我试了好几次,一过去就像是钻进了油锅,比千刀万剐还难受。大仙,你就饶过小的吧,实在是没有办法啊。"

杨老头冷漠道:"我不是来兴师问罪的,你以后也一样,只需要做力所能及的事情,不含糊,就可以了。不过现在有一个千载难逢的机会,摆在你面前,就看你自己敢不敢争取了。"

马婆婆幽绿色的脸庞随水晃荡,说不出的鬼气森森,听到这位大仙有意为自己指点一条明路,赶紧摆出洗耳恭听的姿态。

杨老头缓缓说道:"如今小洞天已经缓缓落回人间,跟大地接壤,正处于落地生根的关键时期,过不了多久,就要与大骊王朝版图同气连枝。你现在之所以只能被称为河婆,而不是河神,是因为就像是在世俗王朝,你仍然只是个不入清流品秩的胥吏,并未真正获得官身,一步之差,天壤之别。"杨老头用老烟杆往石拱桥那边一指:"之所以如此,根源不在于你辖境小,而在于你的地盘被拦腰斩断了,瞧见那座桥没,就是它把你的未来香火斩断了。你现在只要能够从桥底下游过去,就能有一份大前程。你所处的这条小溪,将来会成为许多重要河流的源头,别说是一头青丝长不过数百里的下等河神,就是被大骊敕封为江神,发丝长达几千里,也不难。"

马婆婆眼珠子微微转动。

杨老头也不催促,笑道:"烂泥里躺着其实也蛮舒服的,对不对,为什么要别人扶起来,对不对?"

马婆婆之前心生怯意不敢一口应下,此时听到大仙的冷嘲热讽,心知不妙,立即讨饶,深潭溪水顿时翻涌。

杨老头无动于衷,淡然道:"是继续做摇尾乞怜的泥鳅,还是化为坐镇一方水运的河蛟,在此一举。还有,别忘了当初我是怎么跟你说的。这条路,没有回头路可走,只能一条道走到黑。天底下没有一劳永逸的好事,说句难听的,小镇百姓谁都可以有善报,但是无论如何也轮不到你。"

这位神通广大的大仙,越是如此云淡风轻,河婆马婆婆越是心里打鼓,最后狠狠一咬牙,迅猛潜入水中。片刻之后,马婆婆身影消失不见,但是在青牛背和石拱桥之间的溪水中,好像有一抹幽绿暗影,歪歪扭扭奔向下游。这道暗影临近石拱桥后,速度放缓,最后简直就是乌龟划水一般。距离石拱桥那座深潭还有十余丈,河婆马婆婆的身影骤然加速,显然是富贵险中求,要拼死一搏了。

一游而过，畅通无阻。马婆婆一口气冲出数十丈后，水下身影打了一个旋儿，为了庆贺自己劫后余生，情不自禁地一圈圈转动起来，一团青丝缠绕着那具已无血肉的干瘦躯壳。

这位河婆站直悬停在溪水当中，抬头望向那座石拱桥，终于清清楚楚看到了那根老剑条。依旧锈迹斑斑，跟她还是孩提时、年少时、少妇时所见，并无半点异样。但是下一刻，只是多看了老剑条一眼的河婆马婆婆，一双眼珠子当场爆裂。

哀号，溪水翻滚，浪花阵阵。

许久之后，这一段小溪总算恢复风平浪静，老妪重新生出了一双眼睛，但是她变得气息孱弱，耳畔响起杨老头的嗓音："人家不稀罕理睬你，那是你祖上冒青烟，你别得寸进尺。以后经过石拱桥的时候，切记不要抬头了。"

马婆婆嗫嗫嚅嚅道："不敢了，再也不敢了。"

杨老头的嗓音幽幽传来："你只管往下游去，试试看能游到哪里。经过那座铁匠铺的时候，也别太猖狂。不过不用太担心，你的存在，能够让这条溪水变得尤为'阴沉'，一旦催生出水精，有利于铸剑淬炼，所以那位阮师，不会为难你。你要是做事勤勉，说不得人家还会施舍给你一点机缘。骊珠洞天虽然碎裂了，灵气迅速流溢四散，可大抵上还能延续个三四十年，阮师的圣人之位，稳固得很，对他来说，反而是好事。"

马婆婆松了口气，谄媚道："谨遵大仙法旨。"

青牛背这边，有人言语中满是钦佩："前辈好大的神通，竟然能够自行敕封一方河婆，关键是还能够不惊扰到天道。"

杨老头依然保持原先的坐姿，头也不转，冷笑道："河婆，和河神，一字之差，云泥之别。你这种读书人，会不懂？"

来者正是观湖书院最大的读书种子崔明皇，他应该会是最后一个离开此地的外乡人。

这个丰神俊朗的英俊书生，笑道："已经很骇人听闻了。在一条断头路上，硬生生岔出小路来，这等手笔，由不得晚辈不佩服。"

杨老头淡然问道："小子，你知道我的身份？"

崔明皇摇头笑道："山主事先并未告知，但是我勉强猜出一点端倪。"

杨老头不耐烦道："去去去，你小子还不够格与我谈，换成你们山主还差不多。"

崔明皇非但没有离去，反而在青牛背席地而坐，落座之前，不忘伸手将腰间玉佩小心翼翼挽住，以免撞击在石崖上。他抬头望着再无遮拦的蔚蓝天空，轻声道："空有一身通天修为，为了护住这座骊珠洞天，不让天道渗透进来些许，竟是半点也不愿使出，到最后只能靠两个本命字，真正死撑到最后。杨老先生，你说我们这位齐先生，到底图什么？"

杨老头只是抽着烟,神色阴沉。

崔明皇喃喃道:"若是图一个'为生民立命',那也太亏了。他是齐静春啊,山崖书院的山主,儒教第四圣的得意弟子,他的一条命,换来六千多凡夫俗子的来生来世,划算吗? 我看不划算,换成是我,绝对做不来。"

杨老头吐出一口烟雾:"你这话,也就只能跟我唠叨,要不然传出去,你这辈子都别想当书院山主。看在你先说了几句心里话的分上,咱们随便聊聊?"

崔明皇微笑道:"那敢情好,晚辈求之不得。"

杨老头望着水面:"不过在这之前,我想问你一个问题。"

崔明皇点头道:"前辈问便是了。"

杨老头缓缓道:"一步步把齐静春逼到那个唯有求死的境地,是不是你的手笔?"

崔明皇先是一愣,随即苦笑,最后自嘲道:"前辈是不是太高看我了?"

杨老头没有转头,一团团烟雾在他身前袅袅升起:"我别的本事没有,看人心一事,还算凑合,所以你不该来这里的。"

崔明皇笑着解释道:"哪怕是晚一些来算,从我儒家第四圣在文庙位置第一次下降,以此作为开端,那也是八十年前的事情了,我如今不过而立之年,怎么说得通?"

杨老头转过头,笑眯眯道:"你的意思,是说自己不过凑巧来这里取走镇国玉圭,又凑巧碰上这桩惨案而已,属于黄泥巴落在裤裆里,不是屎也是屎?"

崔明皇神色自若,笑道:"世事无常,无巧不成书。"

杨老头呵呵笑着,皮笑肉不笑。

崔明皇不愿继续空耗下去,开门见山道:"晚辈对那座披云山情有独钟,希望将它作为一座新书院的地址,晚辈来此是客,入乡随俗,于情于理,都应该跟杨老前辈打声招呼。不知道前辈有什么要求?"

杨老头皱着脸,默不作声。

崔明皇似乎不敢擅自催促杨老头,缓缓起身,轻声道:"前辈放心,只要前辈一天不点头,晚辈的书院就一天不敢破土动工。如果哪天前辈觉得此事可行,可以让窑务督造官衙署那边,捎句话给观湖书院崔明皇即可。"

杨老头嗯了一声,没有拒人于千里之外。崔明皇作揖告辞。

无论是河婆马婆婆这种小棋子,能否真正成就神位,还是观湖书院要在大骊王朝寻求一块围棋上的飞地,选中了那座披云山,其实杨老头并不太上心,因为无足轻重。他唯一在意的事情,是那夜齐静春到了廊桥,与阮邛说了什么,最后他独自坐在廊桥一夜,天亮之后才起身返回小镇,在那期间,齐静春又到底说了什么,做了什么?

杨老头拎着老烟杆站起身,低声骂道:"就没一个是让人省心的。"

学塾内,四个蒙童面面相觑。

孩子们没有见到齐先生,反而是那位好像一年到头都在扫地的老大爷,换上了一身跟齐先生装束相似的儒衫,腰间悬挂了一枚玉佩,霜白头发收拾得整整齐齐,头戴高冠。老人坐在原本齐先生的位置上,告诉四个孩子,齐先生已经辞去教书先生和书院山主的职务,所以之后就由他来带领孩子们游学。出门远游一事,是齐先生跟孩子们早就说好的,他们家中长辈也都点头答应下来了。

老人不复以往的慈眉善目,气势威严,问道:"李宝瓶呢?为何没有来上学?"

鬼头鬼脑的李槐,平时就跟那个李宝瓶不对付,立即告密道:"李宝瓶在来的路上,听说老槐树倒了,就非要跑去凑热闹,我拉不住她。她脾气差得很,我怎么劝都不听,她还要动手打人呢。"其余三个蒙童各自腹诽,李槐真是随他娘,睁眼说瞎话的能耐,比谁都厉害。

老人转头对一个扎羊角辫的小女孩说道:"你去喊李宝瓶回来,我们今天就要离开小镇。"

小女孩哦了一声,有些不情愿地站起身,小跑着离开学塾。

李槐年纪不大,嘴巴很刁,不忘火上浇油,老气横秋道:"老马啊,李宝瓶这种顽劣学生,一定要好好管束才行,要不然成不了材的。既然齐先生不在了,老马你就要挑起担子来……"

老人厉色瞪去,李槐吓得噤若寒蝉,乖乖闭嘴,只是在心里不断骂这个马老头不是个东西,老虎不在山就猴子称大王。以前李槐很厌烦齐先生的规矩,如今倒是怀念起齐先生的好了。

学塾课堂隔壁,属于齐静春的那间屋子,观湖书院的崔明皇坐在书案后,环顾四周,鸠占鹊巢的他笑容恬淡,有些失望地轻声道:"书也没有几本啊。"

陈平安到了铁匠铺后,听到那个消息,有点蒙。

宁姚天没亮就离开小镇了,阮秀说是倒悬山那边,飞剑传书,宁姑娘听说后急匆匆就离开了铺子。陈平安这个时候才知道,原来宁姑娘之前去泥瓶巷,是跟自己告别的。

陈平安背着箩筐,站在宁姚暂住的那栋屋子檐下,抿起嘴唇。

阮秀柔声道:"宁姑娘让我告诉你,那把剑鞘她先借用一段时间,以后会还你的。"

陈平安摇头道:"没关系。"

阮秀欲言又止,陈平安才醒悟这句话跟阮姑娘说,没什么意义,挠头道:"那我先回趟泥瓶巷。"

阮秀点点头。陈平安向前行去。

阮秀突然记起一事,喊道:"陈平安,我爹说你这段时间就在铺子里安心做事,以后可能需要你帮忙打铁。"

陈平安转头笑道:"谢了。"

阮秀嫣然一笑。

陈平安独自走在溪畔,走上石拱桥后,突然停下脚步,摘下背篓,坐在石拱桥边缘,双脚悬挂空中,装着沉重斩龙台的箩筐就放在身边。穿着一双草鞋的脚,轻轻晃荡。

对于宁姑娘的离去,他没有太多感伤,因为一开始就知道她会走的。只是有些话,来不及说了啊。

不知过了多久,陈平安被桥底下一阵巨大的水花声响猛然惊醒,他赶紧转头,箩筐已经不见了!

陈平安没有丝毫犹豫,双手一撑,任由自己摔入溪水。入水后,迅速转换水中姿势,头朝下,使劲向水底钻去。

陈平安瞪大眼睛,依稀看到一点光亮,那一瞬间,他就失去了知觉。下一刻,陈平安发现自己站在镜子一般的水面上,轻轻跺脚,能够跺出一圈圈涟漪,但是镜面并未塌陷。

陈平安突然抬起手臂遮住眼睛。正前方有刺眼光芒,照彻天地。等到光芒淡去,陈平安放下手臂,看到远处有一人悬空而坐,一脚屈起,一脚下垂,如同坐在悬崖边上,姿态懒散。那人整个人沐浴在洁白光辉之中,丝丝缕缕的光线,不断摇曳。陈平安无论如何也看不清那人的面容。那人跟之前泥瓶巷家中那场梦中站在廊桥中央的人物,很相像。但是陈平安不敢确定是不是同一人。

那人抬头打了个哈欠,缓缓道:"那个叫齐静春的读书人,说对这个世界很失望。那么你呢?"

陈平安在那个人开口后,呼吸困难,遂咬紧牙关。很快,陈平安又一次听到了自己的心跳声,如有人擂鼓震天响,他满脸涨红,伸手使劲捂住心口。

神人擂动报春鼓,告知天下春将至。鼓不响,春不来。

那人随手一挥,大袖晃动如一条银河。石拱桥上,小鸡啄米的陈平安恍恍惚惚醒来,转头望去,箩筐仍老老实实放在自己身边。

陈平安抱头道:"又来?!"

陈平安使劲给了自己一耳光,疼。他慌慌张张站起身,背起箩筐就跑。

陈平安一路跑回泥瓶巷,打开院门,发现靠近院门的地方,一根根槐枝横七竖八躺着。心想那丫头是真能跑真能扛啊。

陈平安放下背篓,然后坐在院门口,擦着汗水。

一抹红色从泥瓶巷一端快步跑来。小女孩满头大汗,看到陈平安后,咧嘴一笑。她以槐枝拄地,气喘吁吁,从腰间绣袋里捞出一把鲜艳欲滴的翠绿槐叶。陈平安接过后,低头一看,相比那次齐先生带他求来的槐叶,这些槐叶虽然也是绿色,但是叶脉已经枯黄,长久端详,也看不出有绿色莹光游走其中。

陈平安看着左右张望的小姑娘,笑着伸出手。小女孩一脸茫然。陈平安没有收回手。小女孩坚持片刻后,神色懊恼地从绣袋里掏出最后一片树叶,重重拍在陈平安手心上。陈平安继续伸着手。她使劲鼓起腮帮,转身不知从哪里又摸出一片槐叶,哭丧着脸交给陈平安。

陈平安忍住笑意,将那八片槐叶合拢在一起,不过抽出其中三张,递给红棉袄小女孩,柔声道:"送给你的。"

小女孩没有接过槐叶,黑葡萄似的水润大眼眸,满是疑惑。

陈平安揉了揉小丫头的脑袋,温声解释道:"你自己事先藏起来,跟我事后送给你,是不一样的。以后别忘了,答应别人的事情,就一定要做到。"

陈平安看着那张天真无邪的稚嫩脸庞,笑道:"如果努力了,还是做不到,记得打声招呼。"

小女孩虽然觉得他说的挺有道理,可是这样自己多没有面子啊,于是使出浑身解数皱着小脸,气鼓鼓道:"你怎么跟学塾齐先生这么像啊。我要不喜欢你了!"

陈平安哭笑不得,说道:"我帮你把槐枝搬到你家去,我力气大,跑一趟就够了。"

累惨了的红棉袄小姑娘,顿时眼睛一亮,笑得双眼眯成月牙儿:"那我可以多喜欢你一会儿!"

陈平安虽然看着身形瘦弱,可是当他双肩扛起那些槐枝,一点也不勉强地轻松走在泥瓶巷时,把后头那个红棉袄小姑娘看得目瞪口呆。之前如果不是她坚持,陈平安连她纤细肩膀上的那根槐枝也要一并拿去。

泥瓶巷口子上站着一个扎羊角辫的小丫头,估计是冬天冻伤了脸颊,两坨腮红很惹眼,看到大摇大摆扛着槐枝的红棉袄小姑娘后,她闷闷道:"李宝瓶,不是说好了丢下槐枝,就跟我一起去学塾的吗?你是不知道,今儿马爷爷怪得很,穿得跟齐先生一样,说要由他来带着我们游学,去那山崖书院,到时候马爷爷朝我们发火的话,就怪你。"

李宝瓶根本就没有听进去,从腰间绣袋里拈起一张陈平安送给她的翠绿槐叶,对着身边的同龄人,捻动旋转,得意扬扬,一脸"你没有吧,我有很多哟"的表情。

羊角辫小丫头只觉得莫名其妙,不知道一片破叶子,有什么值得炫耀的,但是她就是受不了李宝瓶的那副模样,很欠揍。问题是学塾里差不多大的孩子,哪怕是李槐这样的刺头,也打不过李宝瓶。李槐曾经被她打得趴在地上装死,李宝瓶犹不罢休,扒掉李槐的裤子,再把那条裤子往树上一丢,高高挂在那里,光屁股李槐一路号啕大哭着回了家。李槐他娘可不是省油的灯,二话不说就拽着李槐一起杀向福禄街,结果还没到李家,看着街道两边气派威严的石狮子、彩绘门神和高大院墙,妇人就气不打一处来,又将李槐暴打了一顿，连李家大门也没敲，就扯着自己儿子的耳朵，灰溜溜回到了小镇最西边的破落宅子，不过那晚妇人宰了只鸡炖了，李槐光屁股站在凳子上，晃来晃去，吃得比谁都欢快，哪里还记得被李宝瓶按在地上拍脑袋的糗事。

羊角辫小姑娘伸出双手比画了一下长短，满脸嫌弃道："槐树叶子而已，有什么好神气的，我爹昨夜给了我一只金算盘，金子做的算盘，有这么大！"只可惜李宝瓶完全沉浸在自己的世界里，根本不在乎什么金算盘。她继续在伙伴眼前轻轻摇晃槐叶，尖尖的小下巴抬了抬，指向前边的陈平安，说道："他送我的，我袋子里还有哦。"

羊角辫小姑娘唉声叹气，从她第一天认识李宝瓶起，李宝瓶就是这么个讨人嫌的德行。李宝瓶只说她想说的，只听她想听的，只做她想做的事情。如果不是在骑龙巷那边实在没几个同龄人，羊角辫小姑娘才不愿意跟她一起玩耍。很多时候，连齐先生也对李宝瓶无可奈何，因为李宝瓶总会问一些奇奇怪怪的问题，偏偏齐先生每次都会认真回答，只可惜经常说不出让李宝瓶信服的答案。有些时候齐先生想通了一个问题，第二天兴致勃勃打算跟李宝瓶好好授业解惑一番，结果李宝瓶自己都忘了昨天问了啥，一想到要钓泥鳅啊捉蟋蟀啊放纸鸢啊，撒腿就跑，就那么直接把齐先生晾在了一边。

陈平安双肩扛着那些槐枝，不好转头，只能稍稍大声问道："学塾现在有多少人？"

李宝瓶正在吃力地换肩膀扛槐枝，之前已经来回换过很多次，火辣辣地疼。

羊角辫伸出一只手掌，回答道："如今只剩下五个人啦，我，李宝瓶，李槐，林守一，董水井。"她闲着也是闲着，竹筒倒豆子，把学塾的境况一口气说了出来："齐先生之前答应要带我们出去游学，最后要去山崖书院读书，当时我们学塾还有十四五个人，家里人都同意。后来呢，那些大多住在福禄街和桃叶巷的有钱孩子，先是托病不来学塾，后来听李宝瓶说，他们直接离开小镇了，说是去投奔远房亲戚。当初听说要去山崖书院的时候，这拨人最高兴，我都不知道他们高兴什么，要跟着齐先生走那么远的路，不累啊。"小女孩说话稚声稚气，但是条理清晰，有些早慧且性情温和，像个小大人。陈平安没来由就想起了顾璨，只不过她跟刺猬似的鼻涕虫，还是不太一样的。

陈平安笑问道："那你叫什么？"

扎两根羊角辫的小姑娘淡然道："我啊，叫石春嘉，所以你可以喊我石姑娘。"

陈平安无言以对。

李宝瓶拆台道："你喊她小石头就行了。"

石春嘉像是一只炸毛的小猫，对李宝瓶怒色道："不许喊小石头！李宝瓶你也不可以！"

成天喜欢胡思乱想的李宝瓶，此时的想法念头，早已从小伙伴的绰号，转移到别处去了，所以根本没搭理石春嘉的反驳。石春嘉却是喜欢较真的性子，不厌其烦地跟李宝瓶晓之以理动之以情,只为了摆脱"小石头"这个不讨喜的绰号,因为石春嘉知道,将来到了齐先生的那座山崖书院,只要李宝瓶开口喊她一次小石头,那么这个绰号估计就要彻底甩不掉了。

听着身后两个小姑娘你来我往的鸡同鸭讲,陈平安在临近福禄街的时候,问道:"福禄街这边有很多户李姓人的宅子,你家在哪边?"

陈平安想着只要不是四大姓之一的李家宅子,都行。毕竟当时为了诱使正阳山老猿出山,他利用福禄街那棵子孙槐爬上了李家大宅的墙头,说起来他还用弹弓打碎了李家的两只鸟食罐。

石春嘉没好气道:"她啊,就是墙外有槐树的那户人家,以前每次家里不让她出门,怕她疯玩,她就自己偷偷架梯子上墙,再沿着槐树落在福禄街上。有次她爹娘实在是气坏了,就把梯子搬走了,非要她从大门进入,没想到她直接就跳了下去,之后那个月她就没来学塾,后边两个月,一直是拄着拐杖来的。"

李宝瓶并没有觉得丢人现眼,而是一本正经道:"我事后反省了,那次是我落地姿势不对,不该直不楞登双脚戳下去的,所以等我腿好了之后,我再去试就……"

石春嘉气呼呼道:"不就是又休学半个月吗?"

李宝瓶撇撇嘴:"第三次不就没事了。"

石春嘉愤愤道:"那是因为一年后,你长身体了,个子蹿得很快,所以才经得起折腾,跟你落地姿势正确与否,没有半枚铜钱关系!"

陈平安对于两个小姑娘的吵吵闹闹,没有掺和。一来是正在头疼,到时候自己会不会被李家认出来,一怒之下就关门放狗。再就是陈平安在内心深处,很羡慕她们,羡慕她们的幸福安稳,在家有长辈管束,在学塾可以读书。虽然头疼,陈平安仍是决定帮助李宝瓶把槐枝送到她家门口。大概这就是现世报吧,刚刚跟她说过,答应的事情就要做到,结果就只能硬着头皮去李家大宅自投罗网。

不知道是不是老天爷总算从打盹里睁眼醒来,觉得也该轮到陈平安时来运转了,门房并未认出他,李宝瓶也没有让他帮着把槐枝扛进府里,如释重负的陈平安刚要转身离去,李宝瓶就把自己肩头扛着的那根槐枝交给了他,说这算是她的报答。陈平安没有拒绝李宝瓶的善意,随意扛在肩上,挥手告辞。

那个门房早就习惯了自家小姐的古怪脾气,哪怕搬了一堆烧火都嫌弃的槐枝回家,也不觉得如何意外,只是有些心疼小姐的那件大红色棉袄,它可比那些槐枝值钱多了。自家这个小姐,不到五岁的时候,就能够自己去小溪抓来一只大螃蟹,到家后,一边流眼泪,一边高高举起小手,小手上头有一只死也不愿松开钳子的螃蟹,把爹娘和老祖宗给心疼得不行。到如今,那只蟹壳青黑色、蟹钳却是赤红的螃蟹还养在她的大鱼缸里,小姐实在是不喜欢读书,有事没事就跟它聊天说话。

看着陈平安离去的身影，石春嘉瞥了眼身边的李宝瓶，嘿嘿笑道："就是他啊，害得你摔掉了一颗大门牙？"

李宝瓶突然走到石春嘉身后，双手握住她的两根羊角辫，准备往上提："相信我，这次肯定行。"

石春嘉吓得连忙蹲下身，闭着眼睛，双手胡乱在头顶挥动，以免自己又被李宝瓶扯住辫子往上"拔草"。

李宝瓶蹲在比自己矮小一圈的石春嘉身边，自信满满道："小石头，不疼的，你没有试过第二次，怎么知道不行呢？对不对？"

石春嘉吓得哇哇大哭。那个门房于心不忍，忙为骑龙巷那间压岁铺子的小掌柜解围，说道："方才学塾马先生让李槐来捎话，让府上这边准备好一辆马车，小姐你带上行李，先去学塾，然后离开小镇，与石小姐一起游学至山崖书院。当然，在去学塾之前，小姐可以顺路去趟骑龙巷，把石小姐的东西装上马车。"李宝瓶只好先放过石春嘉，满脸失望，一起走进大门的时候，还不忘替石春嘉感到可惜。劫后余生的石春嘉，默默下定决心今天就要拆掉辫子。

"咦？"李宝瓶突然惊讶出声，抬头望天。

石春嘉顺着她的视线望去，纳闷道："不会下雨吧。"

一大朵黑云从北往南从小镇上空飘过。

刚走出福禄街的陈平安，也抬头望去。那一刻，陈平安被震惊得说不出话来。哪里是什么黑云，分明是密密麻麻的天上飞剑，无数仙人御剑凌空。陈平安缓缓转动脖子，视线追寻着那朵剑云南下。

骤然之间，有一粒黑点从南往北，与那些飞剑仙人背道而驰。那一粒黑点愈来愈大。最后，眼力极好的陈平安瞪大眼睛，像是白天见了鬼。小镇南边上空，有一人踩着飞剑倾斜向下，在距离小镇地面百余丈的时候，稍作停留，御剑之人低头俯瞰小镇，视线巡视四方，然后就对着福禄街这边一冲而下。转瞬之间，一日千万里的御剑飞行，裹挟着一股呼啸破空的风雷声，最终落在陈平安身前。剑悬停在地面上空半丈，剑身之上，是一袭墨绿色长袍的英气少女宁姚，她双脚亦是悬停在飞剑剑身之上。

风尘仆仆的宁姚咧嘴一笑，双手环胸，英姿勃发，道："我觉得应该跟你说一声再见，所以我来了。"

只是不等扛着槐枝的陈平安说什么，腰间悬刀的宁姚心意一动，剑尖立即掉转方向，倾斜向上，一闪而逝。

陈平安下意识伸出手，只是宁姚与飞剑早已没了踪迹。尴尬的陈平安悻悻然缩回手，挠挠头，往泥瓶巷走去，时不时抬头望天。

陈平安一开始有些失落，但是很快就高兴起来，原来宁姑娘是神仙啊。以至于经过骑龙巷一间铺子的时候，他破天荒花钱买了一串糖葫芦，边走边吃。吃着吃着，不知为何，他心里又有些空落落的。陈平安很用心地想了想，难道是心疼铜钱的缘故？

陈平安吃着将近十年没尝过滋味的糖葫芦，扛着槐枝返回泥瓶巷，经过一栋比自家祖宅还要破败的宅子时，陈平安心怀愧疚，想着是不是先跟阮师傅借些银子，把这栋屋子给修一修。虽说从小就生活在这条泥瓶巷，可陈平安从来没有见过这栋宅子有人居住，之前跟搬山猿在屋顶追逐搏杀，故意将其骗到这里，害得屋顶被老猿踩出个大窟窿。陈平安觉得必须把这个烂摊子揽在身上，否则这栋宅子以后免不了要风吹日晒，受那下雨刮风的罪，可能宅子原本还能熬个二三十年光阴，现在恐怕连五年都撑不过去，房屋栋梁会腐朽得很快。这一点，跟跟陈平安被蔡金简强行"指点"的身躯极为相似，都是四面漏风的境地，所以陈平安越发心有戚戚然，想着怎么也要把这栋无主的宅子修好，不说多光鲜气派，牢固结实总是跑不掉的。

陈平安不是没有想过拿出一枚金精铜钱，跟人兑换成真金白银或是铜钱，比如杨家铺子的杨老头，或是铁匠铺子的阮师傅，但是陈平安有一种直觉，金精铜钱这种东西，是真正的可遇不可求，每用掉一枚就少一枚，至于银子铜钱，到哪里都可以挣，无非是出力大小而已。所以陈平安决定先问阮师傅借借看，如果借不成，再用金精铜钱来解决难题，心疼肯定会心疼，但是既然有些迫在眉睫的问题，已经一清二楚地摆在眼前，总不能假装视而不见，陈平安很怕亏欠别人。

陈平安回到院子，把那根李宝瓶赠送的槐枝，靠着院墙斜放着，那块价值连城的磨剑石依然还在箩筐里，不过当然不会就那么光明正大地丢在院子里，而是已经让陈平安搬去了屋内。如果不是时间紧迫，陈平安恨不得在院子里挖个一丈深的深坑，将那不起眼却值钱的磨剑石埋起来，斩龙台，只是听听这名字，就感觉比那三袋子金精铜钱还要珍贵。

陈平安听到隔壁院子的鸡叫声，宋集薪和稚圭离开小镇的时候，顾不上的那一笼子老母鸡和鸡崽儿，估计这会儿有点饿伤了。陈平安去屋内拿起那串钥匙，再从自家带上一把稻米，走向隔壁院门，打开鸡笼，蹲下身让稻米一点点漏出指缝。喂过了鸡，陈平安打开灶房的房门，想看看有没有稻米之类的余粮，以免白白放坏发霉。结果进了灶房，陈平安大开眼界，一人缸大米，只是打开盖子一看，陈平安就饱了，橱柜里锅碗瓢盆，应有尽有，墙壁那边还挂着一排火腿和鱼干，一切都收拾得干干净净，清清爽爽，大小物件，杂而不乱。

陈平安突然被灶台附近的一堆柴火吸引了视线，走近蹲下，果不其然，是那次看到的稚圭用菜刀劈砍的木人。稚圭根本不会砍柴，所以当时砍了半天也收效甚微，换成是陈平安，三两下就能把约莫等人高的木人给劈烂。此时此刻，陈平安低头蹲着，发现木人很奇怪，身上刻有很多红点，遍布全身，稀疏不定，有些地方密密麻麻攒簇在一起，有些地方隔着老远才有一粒朱砂似的红点。陈平安拿起一截木人胳膊仔细望去,每一粒红点旁边,竟然还刻有极其微小的墨色小字,红点本就米粒大小,那些小字的笔画就更加细不可见了,亏得是陈平安,换成寻常人,恐怕只看作是红点和墨点而已。

陈平安尝试着将那些残肢断骸重新拼凑起来,没过多久,木人就重现原形,幸运的是木人并未缺少什么大件,遗憾的是许多拼接起来的地方,红点和墨字已经被稚圭的菜刀砍掉或是刮磨殆尽,估计相对完整的朱点墨字,还剩下十之七八。

陈平安起身打开窗户,让灶房光线更加通透明亮,这才继续蹲下身,仔仔细细看过去,不敢漏过任何一点细节,这就耗费了差不多一个时辰。虽然陈平安不认识绝大多数的墨字,但是依然尽力记住它们的笔画结构。

对于读书识字,陈平安内心深处一直怀有期望。做窑工的时候,许多次陈平安登上山顶后,远眺小镇,除了寻找泥瓶巷在哪个方位,往往第二个想要知道的地方,就是那座学塾。年少时,有个黝黑消瘦的孩子,经常会去学塾,蹲靠在墙根,头顶就是书声琅琅,虽然听不懂在说什么,但是孩子会莫名觉得安心,心很静,一天受到的委屈,听着听着就没了。不过读书一事,对当时的泥瓶巷孤儿陈平安来说,是比糖葫芦还要奢侈许多的东西,远远看看就好。

此时陈平安闭上眼睛,凭借记忆,在脑海当中构建了一个完整的木人。若是有记忆模糊的地方,陈平安并不急于睁开眼睛去查看实物,而是先行跳过,结果从头到尾,木人大概有四五十处不确定的朱点墨字。将那些遗漏一一辨识记忆过去,陈平安深吸一口气,本想再来一遍,只是刚闭上眼,就脑袋发胀,有些晕乎,陈平安果断不再勉强自己。有些努力,不是下死力气就行的,否则只会越忙越乱。陈平安学习烧瓷之后,对此感触颇深,不是天资聪颖,纯粹是整天被姚老头破口大骂,不断挨骂后的心得之一。

陈平安重新将木人打乱,堆放在灶台角落,走出灶房,关好院门后,想了想,还是要去一趟小镇东门,再找一次看门人。以后做了铁匠铺子的正式学徒,多半要住在那边,就不太可能送信了,所以陈平安想跟那个光棍汉打声招呼,不过之前找过一次,没找着。

陈平安小跑来到小镇东门,那栋黄泥屋依旧是房门紧闭上锁的光景。他叹了口气,就坐在看门人郑大风经常坐的那只树墩子上,小镇不比进山,可没有什么山神座椅的讲究。陈平安坐在那里发着呆,难得忙里偷闲。

不知道过了多久,小镇内的道路上,传来一阵阵车辚辘声,陈平安转头望去,当头一辆牛车,后边跟着两辆有车厢的马车,牛车上坐着一群孩子,当中有两张熟悉的脸庞,大红棉袄的李宝瓶,两坨腮红的石春嘉,除此之外,想来就是石春嘉所说的李槐、林守一、董水井三个学塾蒙童。

牛车上五个孩子,叽叽喳喳,热热闹闹。车夫是一张陌生的中年人脸孔,之前在学塾扫地的老人坐在车夫身后。

陈平安一眼望去,除了出身福禄街四大姓之一李氏的李宝瓶,其余四个孩子,仅是穿着就有着天壤之别。石春嘉的祖辈,世世代代生活在骑龙巷,守着那间名叫压岁的老铺子,衣食无忧,但算不得大富大贵,所以小姑娘穿得只能算舒适暖和。但是石春嘉身边有个神色冷峻的同龄人,披着一件崭新名贵的黑色狐裘,脸色微白,眉眼冷漠。李槐的父亲李二,是小镇出了名的窝囊汉,李槐还有个姐姐叫李柳,不过爹娘和姐姐三人都出去讨生活了,只留下李槐一个人寄养在舅舅家,如今也一样要离开家乡,跟随姓马的老人去往那座山崖书院。最后一名少年,春衫单薄,便穿了两件缝缝补补的外衫,满身穷苦气,一看就是穷巷子里长大的苦孩子。

李宝瓶、石春嘉、李槐、林守一、董水井,五个小镇蒙童,乘坐着无法遮风挡雨的牛车,驶向那个东宝瓶洲无数读书人心中的圣地——山崖书院,儒家七十二书院之一。此时此刻,五个孩子肯定不会知道,在王朝林立的一洲版图上,无数世代簪缨的豪阀高门,哪怕削尖了脑袋,用尽了人情香火,也想要把自家子弟送入其中,跟随那些广袖博带的夫子先生们,学习儒家圣贤的修身治国平天下。他们自然更不会知道,能够喊齐静春一声先生,有多么难得。相反这些孩子当下只会觉得齐先生规矩多,经常板着脸,一点也不让人心生亲近,齐先生偶尔笑了,孩子们甚至根本不知道自己做对了什么,让先生如此开怀。

李宝瓶眼尖,看到了坐在树墩子上的陈平安,以迅雷不及掩耳之势跳下牛车,踉跄了一下,飞快跑到陈平安身前,猛然站定,却又好像不知道该说什么,最后只挺起胸膛,说了一句"我要去很远很远的地方",小脸上满是骄傲。

头戴高冠的老人沉声道:"李宝瓶!"

虽然不太高兴,老人仍是让车夫停下牛车。李宝瓶撇撇嘴,但还是转身跑向牛车,她突然听到身后那家伙喊了自己的名字,回头后,看到陈平安朝自己扬起拳头,轻轻晃了一晃,应该是要她努力。李宝瓶也朝他挥了挥拳头,示意自己会努力的。陈平安会心一笑,觉得这个红棉袄小姑娘的努力,多半是用在玩耍上,山崖书院处处都会留下她的足迹吧。

陈平安抬头望去,在学塾见过几次的扫地老人,向自己点了点头,陈平安下意识就笑着还礼。与此同时,后边一辆马车上有人轻轻放下了窗帘。虽然只是惊鸿一瞥,但是陈平安看清了那人的面容,正是去铁匠铺子找阮师傅的读书人。

陈平安目送牛车马车缓缓驶出小镇。

若是陈平安能够像宁姚那般御剑凌空,俯瞰这座刚刚落地生根的千里山河,一定会被种种异象震撼。有不计其数的各类飞禽走兽,在这座骊珠洞天与大骊版图接壤的边界线外,盘踞不动,更外边,还有无数它们的同类在疯狂奔向此处,像是在汲取着什么。在那根无形的边界线外,它们既不敢向前跨过一步,也不愿往后撤离一步。

还有一个老妪站在界线以内的溪水尽头,上半身露出水面,一头鸦青色发丝如瀑布一般泻下,在身躯四周蔓延开来,像一朵黑色的莲花。原本脸庞斑驳如枯树皮的马婆婆,此时此刻已是不到四十岁的妇人模样。

又有那座披云山,好似被地表拱起,以肉眼可见的速度缓缓升高。

洞天破碎,降为福地。在昔日骊珠洞天内土生土长的小镇百姓,无论富贵贫贱,无论禀性善恶,皆有来生。

陈平安回到铁匠铺子,劳作之后,趁着吃饭休息的时候,端着碗找到和阮姑娘一起蹲在檐下的阮师傅,陈平安说要借钱,可能要十五六两银子。阮邛甚至没有询问陈平安借钱的理由,停下筷子,斜瞥了一眼陈平安,蹦出两个字:“滚蛋。”

陈平安赶紧乖乖跑路。

阮秀皱眉道:“爹,你就不能好好说话?”

阮邛冷哼道:“没揍他就已经算很好说话了。”

阮秀打抱不平道:“人家这么辛辛苦苦给你当学徒,工钱一文钱也没收,天黑那段时间,所有人要么待在屋里呼呼大睡,要么就是闲聊,只有陈平安还在从井里搬土,一趟一趟,忙这忙那,一点也没闲着。这些时候谁做事最勤快,爹,你心里没数? 你自己摸着良心说,人家问你借十五六两银子,怎么就过分了?”

阮邛黑着脸不说话,心想你爹我就是心里太有数了,才想砍死这个挖墙脚的小王八蛋。要是这少年有正阳山搬山猿的修为本事,我早就学那齐静春,将其打个半死才痛快。只是一想到这里,阮邛就有些灰心丧气,虽说自己哪怕抛开此方天地的圣人身份,胜过搬山猿,依然是板上钉钉的事情,可想跟齐静春那样一脚定胜负,显然不可能。阮邛只好安慰自己,自己虽然是名义上的兵家剑修,但自己的真正追求,非是那战阵厮杀的强弱高低,而是成为这座天下名列前茅的铸剑师,铸造出一把有希望蕴养出自我灵性的活剑,使得天地间多出一位有生有死、能修行、可轮回,甚至可以追求大道的真正生灵。

阮邛放下碗筷,抬起头望向天空,莫名其妙骂起娘来:“真以为齐静春死了之后,你们就能够无法无天了? 我的规矩已经明明白白跟你们说了,现在既然你们不遵守,就拿出能够不守规矩的本事来,如果没有,那就去死吧。”

眼见四周无人,原本蹲着的阮邛拔地而起,如一道雪白长虹炸起于大地,激射向高空云海。云海之上,有几个宫装女子、妇人和锦衣玉带的男子,联袂御空而行,言笑晏晏,俱是风流潇洒的神仙中人,时不时俯瞰昔日骊珠洞天的大地全貌,可谓是名副其实的谈笑之间有风生。

砰然一声巨响,雍容华贵的金钗妇人那颗脑袋崩裂开来,然后她身边的一个貌美少女,脑袋也开了花。依次下去,男男女女,无人例外。

阮邛身形悬停在金光绚烂的云海之上,眼神凌厉,环顾四周,冷笑道:"怎么,就只用这么点小杂鱼来试探我阮邛的底线?是不是太瞧不起人了。我阮邛虽然就是个打铁的,远远比不得齐静春,可要说在此地斩杀一两个不长眼的十境修士,又有何难?那么从现在起,这儿规矩多出一条,诸位听清楚喽,哪怕你躲在边界线之外觊觎骊珠福地,只要我阮邛哪天心情不好,一样把你抓进福地上空,然后将你的脑袋打烂,信不信由你们。"

阮邛才说完,往边界线外一闪而逝,下一刻只见他单手按住一个老人的头颅,抓回边界线之内后,五指一按,仙风道骨的老人苦苦求饶道:"阮师!阮师!有话好好说!老夫是附近紫烟河的……"不等老人说完,阮邛便捏爆了那名仙师的脑袋,将尸体随手丢出自家福地版图之外,不过对那抹从尸体内逃窜而出的碧绿虹光,阮邛仅是冷冷瞥了一眼,并未痛打落水狗。那条长短不过三尺有余的碧绿虹光,疯狂飞掠将近千里,一头扑入一条淡淡紫烟升腾缭绕的大河,河水之盛大壮观,远胜大骊疆域一般的大江之水。

五指犹有血迹的阮邛高声道:"甲子之内,一律如此。"

远处云海当中,有女子修士借着云雾隐匿身形,愤懑道:"手段如此血腥残忍,哪里是巍巍然坐镇一地气运的圣人所为。"

阮邛气笑了:"哟呵,学聪明了,躲那么远才敢嘀嘀咕咕,觉得我拿你没辙是吧?他娘的,老子又不是齐静春那读书读傻了的家伙,你跟我一个兵家剑修讲道德礼仪,你脑子里有坑吧?"

阮邛一臂倾斜向下,双指并拢,心中默念道:"天罡扶摇风,地煞雷池火,急急如律令!"

刹那之间,天上地下有两处气息迅猛翻涌,如两座刚刚现世的泉眼。

另一处有温厚嗓音急促提醒道:"不好,是阮邛的本命风雷双剑!兰婷,速速撤退!阮邛的本命之物,异于常人,并不蕴养在窍穴当中,而是存在于他四周的三千里天地之间,跟随他的那两尊兵家阴神,四处游走……"

云海之上,有一抹流光溢彩的绿色萤火,拼死往外逃命而去,萤火之外,又有一枝枝晶莹剔透的桃花萦绕盘旋,为主人护驾。这抹幽绿流光差不多一口气掠出八百里后,被从天而降的一根青色丝线,从头颅当中贯穿而过。

为她仗义执言的那个男人,见机不妙,便早早以独门遁术消失了。天上为之寂静,再无人胆敢聒噪出声。

阮邛冷笑一声,不再跟这群心怀不轨的鬼蜮之辈计较,身形落回铁匠铺附近溪畔。满身煞气和血腥气的铁匠,伸手在溪水中冲刷掉血迹。

阮邛叹了口气，感伤道："齐静春，你要是有我一半的不讲道理，何至于走得如此憋屈？"

岸上，陈平安进行了一个时辰的走桩后，正在返回途中舒展放松筋骨。陈平安突然看到阮师傅从溪边走上岸，他犹豫了一下，放缓脚步，不去碰钉子。不知为何，陈平安总觉得阮师傅对自己印象算不上好，看自己的眼神，跟姚老头有点像，透着股嫌弃。阮邛也没搭理陈平安，自顾自大踏步走回铁匠铺子。

陈平安蓦然回头，望向溪水，溪水平静如常，并无异样。但是陈平安方才冷不丁心一紧，如芒在背，就像是溪水当中有冤死的水鬼，盯住了自己，很荒诞的感觉。只是视线当中，溪水潺潺，欢快柔和。

陈平安不死心，捡起几粒轻重正好的石子，转身沿着溪水往下游走去，仔细打量着溪水里的动静，试图找出一点蛛丝马迹。陈平安越看越觉得不对劲，光天化日之下，溪水竟然给人一种阴气森森的观感。陈平安哪怕那么多次潜入青牛背下的深坑，也不曾有过如此清晰的厌烦感觉。陈平安如今能够确定一点，世上有着匪夷所思的精怪妖物、孤魂野鬼，以前齐先生在小镇，所以万邪不侵，如今齐先生不在了，说不定当下就是鬼魅四处作祟的境地，自己一定要小心谨慎。哪怕阮师傅是下一任所谓的"圣人"，陈平安也不敢掉以轻心，说到底，陈平安还是更加信任齐先生，对于不苟言笑的阮师傅，敬畏之心肯定有，亲近之心则半点无。

陈平安之所以胆敢跟着感觉走，主动查寻溪水中的古怪，在于阮师傅前脚才走，他不觉得如果水中真有鬼物，胆敢在圣人的眼皮子底下，出水扑杀自己。再说了，陈平安如今袖中藏着齐先生赠送的那对山水印，其中一方正是"水"字印，所以他胆气尤为粗壮。

陈平安先后丢完两把石子后，正要弯腰拾捡，不远处有人问道："你在做什么？"

少女青衣马尾辫，原来是阮秀。

陈平安一直在全神贯注对付水中异物，没有察觉到阮姑娘的靠近，他没有藏掖，也不怕她笑话，伸手指了指溪水水面，老实回答道："我觉得水里有脏东西，就想着能不能用石子把它砸出来。"

阮秀望向溪水，凝神望去，脸色一沉。

陈平安问道："是不是真的有问题？"

阮秀摇摇头："看不出来。"

陈平安笑道："应该是我疑神疑鬼了。"

阮秀低声道："你先回去，我要在这边吃点东西再回铺子，我爹问起的话，你就说没看见。"

陈平安点头道:"没问题。"

陈平安记起一事,从地上找出一块棱角分明的石头,问道:"阮姑娘,我能不能问你有些字是什么意思,怎么个读法?"

阮秀顿时如临大敌。读书?书本这种东西,根本就是世上最恐怖的敌人。随便翻开一页书,每个文字都像是排兵布阵的大修士,对阮秀耀武扬威,阮秀实在是每次看到就头疼。原本她跟随父亲阮邛进入小镇后,是应该去学塾读书的,完全不用帮忙打铁铸剑,但是她打死不去,今天肚子疼,明天脑袋热,后天有可能下雨,大后天脚崴了……阮邛实在是懒得再听她那些蹩脚借口,才放她一马。只是今天阮秀不愿在陈平安面前露怯,强自镇定,笑容牵强道:"你先写写看。"

当陈平安用石头在地面刻出两个字后,阮秀摇身一变,神采飞扬,自信笑道:"这两个字啊,太简单了,我很小就晓得它们了,一个'神'字,一个'庭'字,合在一起,就是一个人体穴位的称呼——'神庭',是所谓的窍穴之一。我们人之所以是万灵之长,许多修成大道的精魅妖物,最后不得不幻化为人,就在于人之身躯最适合修行,三百六十五个大小窍穴,皆是金山银山似的宝藏。古人有云,窍穴,即是'神气之所游行出入也'。我们人的三魂六魄,就像是吃百家饭的小孩子,这家里吃一碗饭,那家里喝一碗水,然后不断温养孕育,成长壮大。"阮秀娓娓道来,然后伸出一根手指,按住自己的脑袋,微笑道:"至于这神庭,你顺着头上的发际线,往上五分距离,就在这里。这个窍穴,对于我和我爹这样的兵家剑修,算不得如何重要。嗯,用我们的行话来说,便不属于'兵家必争之地',可有可无,倒是对那些靠香火生存的玩意儿来说,此处窍穴至关重要。不过我爹说过,那些神神鬼鬼,没有大出息,神通再大,鬼道再宽,也不过是寄人篱下的可怜虫,不值一提。"

陈平安全部听不懂,只能死记硬背,之后又分别问了"巨阙""太渊"。阮秀也一一作答。阮秀虽然不爱读书,那也只是不喜欢那些儒家圣贤的经典书籍,对于兵家修行和铸剑练剑,她喜欢得很,这些窍穴名称,她自小就烂熟于心。

不等陈平安开口求人,阮秀就大大咧咧笑道:"以后有空的时候,我把三百六十五个窍穴的名称、方位和用处,一一告诉你。"

陈平安笑道:"麻烦阮姑娘你了。"

阮秀问道:"那么多次让你帮我买糕点,你觉得麻烦吗?"

陈平安摇摇头。举手之劳,当然不麻烦。

阮秀开心笑道:"这不就得了。"她突然有些遗憾惋惜:"窍穴这些东西,哪怕知道了,其实也意义不大。世间修行,之所以有那么多旁门左道和歪门邪道,就在于各自的养气、炼气路数不同,差以毫厘,失之千里。我家当然也有自己一脉相承的散气和养气两大心法,可是无法外传的,这不是我爹答应不答应的问题。陈平安,对不起啊。"

陈平安又不是那种得寸进尺的人，赶紧笑着解释道："没事没事，我就是想多认识一些字，没有想那么多。再说了，我自己有一部拳谱可以练习，只是这个拳谱上的拳桩，我就已经差点练不过来了，哪能分心。"

阮秀释然而笑，轻轻拍了拍胸脯："那就好。"颤颤巍巍，风景这边独好。

陈平安赶紧收敛无心的视线，起身正色道："阮姑娘，回头等你空闲了，我再来请教，我反正可以晚点回泥瓶巷。"

阮秀跟着起身，点头笑道："好的。"

陈平安小跑向铁匠铺子。

阮秀走下岸，来到溪畔，她先掏出一块巾帕，丢了块糕点到嘴里，慢慢咀嚼回味。等到陈平安大约到达铁匠铺子后，她才伸手卷起一截袖管，露出那只猩红色的镯子，望向清澈的溪水，沉声道："火龙走水。"那只手镯瞬间液化，有一活物苏醒，不断挣扎扭曲，最终变成一条通体火焰缠绕的小蛟龙，它首尾衔接，刚好环住阮秀的手腕。

随着阮秀一声令下，这条原本长不足一尺的赤红蛟龙，一跃跃向溪水。一丈，三丈，十丈。火龙亦可走水！

阮秀命令道："可以了。"

身躯长达十丈的火龙不再继续增长，但是附近溪水已全部蒸发殆尽，不仅如此，上游溪水如同吓破胆的溃败士兵，死也不敢继续冲锋陷阵，于是簇拥积压在一起，使得溪水水面不断上升，而下游溪水则继续一冲而去。

阮秀眯眼望去，静待水落石出。

她走在干涸的溪水河床，跟随着那条十丈火龙向前行去。

如今洞天破碎，四位圣人精心布置的禁制，也随之消失，所以已经不禁术法神通。这也是阮邛为何要订立规矩并且一出手就雷霆万钧的根源。此处哪怕曾是三十六小洞天当中占地最小的一个，也最不以天材地宝见长，但终究是小洞天出身的一块福地，种种好处，仍是大大裨益修行。如今没了大阵牵制，一旦无人约束，外界修士蜂拥而入，鱼龙混杂，心思不纯，到最后小镇六千多人，除去那些侥幸活下来的老乌龟大王八，其余凡人，估计一天之内就会死绝。

兵家行事，其实也重规矩，但是更讲究变通，远比儒家要灵活多变，能够因事因地而异，便宜行事。

约莫一炷香后，不断在河床当中左右扑腾的火龙好像终于逮住了那个狡猾的目标，一爪凶猛按下，缓缓低下头颅。阮秀走到火龙头颅附近，低头望去，火龙爪下，是一个蜷缩起来的妇人，被火龙爪子一把抓住腰肢，妇人有一头及腰的青丝，死死护住全身。

阮秀好奇问道："小小河婆，也敢在我家门口撒野？我爹当年连斩六位江水正神，你没听说过吗？"

从干枯老妪变成年轻妇人的马兰花哀求道:"大仙大仙,奴婢只是经过此地,绝无害人之心啊。何况奴婢斗胆泄露阴神气息,是希冀着帮助阮圣人增加溪水的水重,想着能够尽一点绵薄之力而已。大仙莫要生气,若是觉得小的相貌丑陋,碍眼惹人烦,小的以后便只敢在夜间游走……"

阮秀直截了当问道:"你认识陈平安?"

被火龙按住腰肢的马兰花,容貌迅速衰老,却只敢可怜呜咽,小鸡啄米点头道:"认识认识,小的本是杏花巷人氏,那陈平安是泥瓶巷的孤儿,偶有交集,但是并无恩怨啊。奴婢只是最近很少在溪边看到小镇之人,今日看到那少年练拳,觉得好奇,便多瞧了几眼,哪里想到便惹来了此等泼天大祸,大仙念在奴婢不懂规矩的分上,手下留情啊……"

阮秀挥挥手,火龙重新化为一只花纹古朴的红色镯子,戴在手腕上。

阮秀依旧站在远处,身后就是汹涌而至的迅猛溪水。但是让马兰花心惊胆战的一幕出现了,溪水如遇高高在上的天敌,未战先降,自动绕行,往下游涌去。更可怕的是,马兰花能够感知到这个青衣少女根本没有动用任何道法神通。

阮秀笑眯眯道:"别发呆,说说看杏花巷和泥瓶巷的事情,所有的,你知道什么就说什么。"

重获自由之身的马兰花,姿容皮囊开始缓缓恢复青春,但是下一刻,她骤然惊惧得忍不住尖叫起来,原来那一头鸦青色的瀑布青丝,在缩减长度,她撕心裂肺道:"为何我的道行在流逝!"

阮秀吃着糕点,含糊不清道:"啊?这样啊,不好意思,忘了告诉你,我是天生火神之体,与水是天敌。"

马兰花强自冷静下来,默默垂泪哀求道:"求大仙大发慈悲,饶过奴婢的这次无心冒犯。"

阮秀认真想了想:"以后我会喊你过来讲故事,放心,我到时候会隐藏本命气息。"

马兰花哭丧着脸,不敢拒绝,只得答应下来。

阮秀走向岸边,回头道:"下不为例啊。"

马兰花连连说道:"不敢不敢。"

阮秀上岸后摇晃着马尾辫,走向铁匠铺子。马兰花身躯没入溪水,一张脸庞充满狰狞怨恨,不过数次吃亏之后,她开始懂得死死压抑住这股戾气。

一串起于别处的别人心声,却在她心头重重响起。

"蠢货,收起你的无知。你知不知道,那少女将来证道契机为何事?就是杀尽一洲江河水神,你小小河婆,还敢对此人心怀杀心?也不怕让人笑掉大牙。人家就算伸长脖子让你杀,最后也只会是你死!你知不知道,她对水中任何阴物的感知,是何等敏锐?所以你此刻心中所想……没有猜错,她将来第一个要杀的河神,就是你!所以接下来好好想一想如何补救，这桩原本灭顶之灾的祸事，亦是你得到大机缘的种子。

"这是最后一次提醒你了，你再有丝毫逾越规矩的举动，不用其他人出手，我自己就会让你求生不得求死不能。"

马兰花在声音消失后，痴痴呆呆悬停在水中，身躯摇曳生姿，却了无生气。大道缥缈不定，让人心灰意冷。

阮邛在铸剑室看到自己女儿蹦蹦跳跳进来，没好气道："欺负一个不成气候的河婆，很高兴吗？"

阮秀笑容灿烂道："那就等她成为江河之神，我再欺负她。"

阮邛皱眉道："秀秀，千万别不把河神江神当回事，到底是纳入一洲山川湖海谱牒的正统水神，虽然比不得各国的五岳正神，但在水中杀他们，并不轻松。"

阮秀哦了一声，随口道："那就让他们无水可栖嘛。"

阮邛心头一震，随即迅速压下嘴角即将浮现的笑意。

第五章

占 山 为 王

　　暮色中，铁匠铺子来了一个陌生客人，男子约莫而立之年的岁数，身材高大，双眉修长，肌肤白皙，秀气阴柔的容貌，配合魁梧阳刚的体魄，有一股别样的风采。

　　阮邛得知此人身份后，没有像上次接待观湖书院崔明皇那么随意，只是在铸剑室门口聊了几句，而是让阮秀搬了两张竹椅到廊中，还拿出来两壶好酒，一人一壶。那男人也不扭捏，拿过酒壶解开泥封就灌了一口酒，笑道："阮师，你此次出手，朝野震动，朝廷那边具体如何应对，我暂时不知，但是作为新任窑务督造官兼首任龙泉县衙主官，我倒是省去许多口水。照理说，该我拎着好酒登门拜访才是，只是当时在半路听闻变故后，快马加鞭，实在是来得匆忙，骑龙巷压岁铺子的两大坛子杏花酿，就当我先欠着阮师。"

　　阮邛挥挥手："这些客套话就不用多说了，如果今天你我谈妥，以后有的是机会喝酒聊天，如果谈崩了，你我更不用费劲联络感情。"

　　那男人爽朗大笑，不像身兼双职的大骊朝廷官员，更像是一位行走江湖的任侠之士。他擦了擦嘴角，将酒壶放在膝盖上，没有了边喝酒边谈事的迹象："在大骊春徽年间封禁的甲六山，当然，这是朝廷户部机密档案的官方说法，依照地方县志的记载，应该是龙脊山，它的半山腰处，有一座天然生就的大型斩龙台。在我来此赴任之前，有过一场君臣奏对，皇帝陛下明言，此物交由阮师所在的风雪庙以及真武山，你们双方共同占有，至于你们两大兵家势力，具体如何对斩龙台进行挖掘、切割、划分，是留下不动，作为祖宗产业，还是搬回各自宗门，我大骊朝廷绝不插手，悉听尊便。甚至如果需要大骊出人出力，例如驱使大骊麾下的那两头年幼搬山猿，打裂甲六山，使得裸露出斩龙台，诸如此类小事,阮师无须客气。"

阮邛笑眯眯道:"你们大骊诚意不小。"

新任督造官正要顺势说一些场面话,阮邛又说道:"那处斩龙台,在我来这里之前,我们风雪庙和那真武山早就谈妥,我阮邛、风雪庙、真武山,各占其一。你应该从你们皇帝那里听到了一些小道消息,我是打算在这里开山立派的,所以父女身份都已从风雪庙那边迁出。接下来六十年之内,我肯定不方便正式开山,但是你们大骊只要让我看得顺眼,六十年之期一结束,我就会在此选择一座过得去的山峰,作为将来山门宗派的发轫之地。"

年轻督造官兼此地县令,毫不遮掩自己的满脸喜气,好像就在等阮邛开这个口,立即顺杆子说道:"阮师,你大可以放心,除去披云山,如今骊珠洞天境内大致划分出六十一座山,阮师可以任意选取三座,作为将来开山立派的根基。若是阮师不愿意急着下决心,本官可以先给阮师看过骊珠洞天的新旧两幅山川形势图,本官再陪着阮师亲自去勘探巡视过,阮师再做定夺,如何?"

任何一个王朝,能够拥有阮邛这样的大修士帮忙坐镇山河,都是莫大的幸事。尤其阮邛的言下之意,是他选择在此扎根,而不仅仅是以类似客卿、供奉、国师这样的身份依附大骊,因此不是那种合则聚、不合则散的形势。阮邛如果真正在大骊国土上开枝散叶,无形中与王朝气运戚戚相关,别说是一个小小督造官,就是大骊皇帝坐在这里,也会心生欣喜。

大骊武人辈出,以藩王宋长镜领衔,五境之上的高手数量,冠绝东宝瓶洲。但是山上神仙实在少得可怜,与大骊强盛国力完全不符,这一直是大骊皇帝的心病。

阮邛笑道:"占山为王一事,不用着急,说句难听的,除去你们不愿拿出来的披云山,也没哪座山入得了我眼。"

年轻督造官神色有些尴尬。事实上来这里之前,不光是他,就连大骊皇帝和自己的恩师,也觉得阮邛在大骊开山的可能性,有,但绝对不大,因为大骊其实拿不出足够分量的诚意。斩龙台?如果不是阮邛自己有本事去与风雪庙、真武山谈拢,硬生生拿到手一份,大骊岂敢为了拉拢阮邛一人而与风雪庙、真武山交恶,代价实在太大,哪怕是气吞万里如虎的大骊王朝,也承受不起。

阮邛突然说道:"虽然风雪庙和真武山从无提议,但是我个人希望你们大骊,能够拿出两件足够锋利的神兵利器,剑也好,刀也罢,都无所谓,只要够用就行,到时候我可以帮你们,转交给来此的两位兵家修士,用来分开那座斩龙台。你可以先禀报给朝廷,等待大骊皇帝的答复,此事一样不着急。"

年轻督造官略作思量,沉声道:"此事我就能够一言决之,先行答应阮师!"

阮邛点点头,喝了口酒,比较满意此人的姿态和魄力。毕竟之后很长一段时间,自已都需要跟这个名叫吴鸢的男人直接打交道,如果是个蠢人,会很累;如果是个小气胆小的家伙,就更累了。

吴鸢犹豫了一下,喝了口酒,有点像是给自己壮胆的意味,道:"阮师,首先,小镇外大小三十余口龙窑,会重新开窑烧瓷,只不过从今往后,只是烧制普通的朝廷御用礼器而已。其次,新建于小镇东边的县衙,建成之后,就会张榜贴出大骊律法,也会让略通文采的户房衙役在小镇各处宣讲解释,为的是让小镇普通百姓,真正晓得自己的身份,是大骊子民。"

阮邛神色冷峻,瞥了眼名义上的龙泉县令吴鸢,后者笑着解释道:"这只是针对凡俗夫子的表面功夫罢了。小镇六十年内,仍是以阮师的规矩最大,四姓十族的规矩,紧随其后,大骊律法最低,若有冲突,一律以这个排序为准绳。阮师在小镇方圆千里之内,一切所作所为,大骊不但不干涉,还会毫无悬念地站在阮师这一边。就像阮师先前打烂紫烟河修士的肉身,那人死不悔改,竟然疏通京城关系,试图向皇帝陛下告御状,我恩师得知消息后,二话不说,便派人镇杀了这个修士的元神。"

阮邛微微皱眉,有些不耐烦:"告诉你家先生,以后这种画蛇添足的烂事少做,面子不面子的,算得了什么。我就是个打铁的粗坯,不习惯弯弯肠子,你们大骊真有心,给我实打实的好处,就够了,至于到时候我收不收,另说。紫烟河修士这种废物,我当时要是真想杀他,他跑得了? 再给他一百条腿也不行。要是真想杀人,你们大骊有几个人拦得住? 哪怕拦得住,他们愿意拦吗?"

吴鸢脸色微白,嗓音微涩道:"阮师,本官知道了。"

阮邛也不愿闹得太僵,毕竟两人是初次交往,不能奢望别人处处顺遂自己的心意,那是强人所难,于是主动开口问道:"世俗王朝,建造文昌阁和武圣庙,敕封山水正神和禁绝地方淫祠,都是一个朝廷的应有之义,在小镇这边,你们是怎么打算的?"

刚刚才吃过亏的吴鸢小心措辞回答道:"关于文昌阁和武圣庙,目前我们大骊钦天监地师相中的两处,分别是小镇北边的瓷山和东南方位的神仙坟,祭祀之人,分别是当年从小镇走出去的那两位,刚好一文一武,对我大骊也是功莫大焉,阮师意下如何?"

阮邛语气并不轻松:"享受文武香火的两人,挺合适,但是选址就这么敲定了? 你们有没有问过杨老先生的意思?"

吴鸢愣在当场,小心翼翼问道:"阮师,敢问杨老先生是谁?"

阮邛也愣了一下,打趣道:"你那位绣虎先生,连这个也没告诉你? 就让你来当督造官和父母官? 吴鸢,你老老实实告诉我,你是不是跟齐静春差不多,官场失意,沦为弃子,被贬谪至此? 如果这样的话,之前谈妥的事情,我可就要反悔了。"

吴鸢百口莫辩,不知道如何解释,自己更是一头雾水。

远处一口水井旁边,三个同龄人蹲在地上,阮秀在教陈平安那些窍穴的名称、作用和修行意义，多余的那个少年，是自己死皮赖脸凑上去的。一开始阮秀和陈平安就抹去了字迹，不说话，两个人一起盯着少年。少年长得眉清目秀，眉心处还有一颗画龙点睛似的红痣，挺招人喜欢的喜庆模样，可是陈平安和阮秀都低估了他的耐心和脸皮。少年笑呵呵左看看陈平安，右看看阮秀，三人熬了半炷香后，少年仿佛觉得自己同样低估了身边两人的毅力，终于主动开口说话，用流畅圆润的小镇方言，说他是从京城来的，跟随督造官大人来这里看看风景，尤其想要去看看那座瓷山。

"你们继续聊你们的窍穴气府啊，你们别这么小气，我听一听又如何？难道我听过之后就能一下子变成陆地神仙？"

之后陈平安和阮秀忙自己的，不去管这个奇怪家伙的搭讪。

"你这个字写得不咋的啊，一看就是没下过苦功夫的，飘得很，跟浮在水面上的油渣差不多。

"姑娘，你这里解释得不够完整，所谓的半边锅里煮江山，还有那画图不知窍惹得鬼神笑，其实是这样的……啊，你们这就跳过这个气府不聊啦？

"呵呵呵，姑娘你怎么不给他解释膻中穴在哪里呢，是不是很难指点给他看啊。唉，姑娘你要是不好意思的话，我可以帮忙啊……姑娘你眼神里有杀气啊，姑娘你肯定是误会了，我的意思是说我来指给他看，我身上的膻中穴在哪里，姑娘你身上的那膻中穴，神仙也难寻啊，我何必自找麻烦……

"唉？姑娘你怎么打人呢？还来？姑娘，我错了！

"姑娘，尾闾、夹脊、玉枕这后背三关，你咋也漏掉了呢，古人说后关通一半功，缩肾开乾是正功。可见是很重要的……"

到最后，是督造官吴鸢的出现，帮助陈平安和阮秀脱离了困境，眉心有痣的话痨少年和沉默寡言的年轻大骊官员吴鸢，并肩离开了铁匠铺子。

陈平安和阮秀坐在水井口子上，阮秀瞥了眼那两人的背影，轻声道："年纪大的，是个当官的，刚才在我们身边的这个，不清楚，我也感觉不到异样，可能是年轻人的书童吧，外边很多大家族都有这样的伴读。"陈平安点点头。

阮邛板着脸走到水井附近，撂下一句话就转身走了："陈平安，你跟我来。"

陈平安茫然起身，阮秀之前说她爹答应借钱给自己，不过得等一句左右，难道是反悔了？

阮秀有些心虚，跟在陈平安身后。

阮邛坐在竹椅上，让陈平安坐在之前吴鸢坐的椅子上。

阮秀咳嗽一声，笑道："爹，这两张椅子是陈平安做的，还不错吧？"

阮邛黑着脸道："我跟陈平安谈正事，秀秀你别打岔。"

陈平安赶紧坐端正："阮师傅你说。"

阮邛从袖子里摸出一把碎银子,大概有三四两的样子:"去小镇骑龙巷那边,给爹买一壶上好的桃花春烧,剩下的零钱你自己买些糕点。"阮秀有些不愿意。

阮邛佯装收起银子:"那你去铸剑室盯着炉子火候吧,一个时辰后结束。"阮秀抢过钱就跑。

等到自家闺女跑远,阮邛开门见山问道:"陈平安,你是不是有三袋子金精铜钱?"

陈平安脸色如常,点头道:"是。"

阮邛似乎比较满意陈平安的诚实,脸色好转几分:"像你这样手头有三袋子金精铜钱的小镇百姓,找不出第二个。哪怕是福禄街、桃叶巷的四姓十族,最多的宋氏也不过两袋子,更多是只有一袋子,除此之外,小镇的小户人家,有八户用自家的宝贝各自换来一袋子金精铜钱。基本上小镇上的值钱老物件,都流失出去了,如今差不多还能剩下个七八件,品相还可以。

"接下来小镇会有越来越多的外乡人,当然,你肯定性命无忧,我之所以跟你打开天窗说亮话,是希望你好好利用手上三袋子金精铜钱,既别捂在手里烂掉,也别随随便便用掉。在我之前,小镇每六十年,会开门一次,大概放二三十数量不等的人进来,任由他们寻找机缘。从今往后,就没有这样的规矩了,会越来越像是普普通通的大骊小镇,所以你的三袋子金精铜钱,就格外扎眼,终究会给你惹来很多不必要的麻烦。我这个人,又很怕麻烦,到时候难免要为你出头,但是让我阮邛三天两头跟一群小屁孩过招,我嫌丢人。所以我就给你提一个建议,听不听,听完之后,你自己决定。

"在说建议之前,跟你事先说清楚一点,当下是金精铜钱最值钱的时候,却不是谁都能花出去的,四大姓外,恐怕十大族也不例外,因为大骊皇帝打算要将披云山之外的六十一座封禁大山,全部解禁开山,卖给与大骊交好的各大势力门派。这六十一座山,价格高低,因大小而异。外界之所以趋之若鹜,在于如今骊珠洞天大阵破碎,降为人间福地一样的存在,灵气虽然骤减,但是比起寻常大山,仍要高出一大截,丝毫不比有正统山神坐镇的山脉逊色,况且大骊皇帝许诺此地将来会敕封一尊山岳大神、三位山神和一位河神,如此密集的山河正神坐镇,使得六十年之后方圆千里,依然风生水起,灵气充沛,所以现在'买下山头'这笔买卖,稳赚不赔。"

陈平安问道:"如果我今天买下山头,然后我明天死了,怎么办?"这个问题,一针见血。

阮邛破天荒露出一丝笑容:"首先,只要你在小镇老老实实做事,本本分分做人,肯定不会莫名其妙就暴毙,例如再有搬山猿那样的货色找你麻烦。如今小镇已经没有破碎不破碎的忌惮。需要齐静春担心的,我不用;齐静春想要遵守的,我也不用。所以我大可以出手帮你摆平,因为到了这会儿,这就是合情合理的事情。其次,大骊朝廷此次贱卖山头,是为了赚取大骊境外的香火情,属于亏本赚吆喝,答应买下任何一座山之后,三百年之内，哪怕买山之人死了，甚至没有子嗣继承，大骊一样在三百年之期内，绝不擅自收回山头，会任其荒废。最后，就是我这次会率先拿到三座山，风水肯定最好，如果你之后也能拿到几座，我们可以接壤毗邻。假设你无力开山获利，哪怕只是借我租用山峰三百年，你也能年年分红，坐享其成，子孙后代，亦是如此。"这是细水长流的富贵，多少世族豪阀梦寐以求。阮邛不屑自夸，便没有说破。

陈平安好奇问道："阮师傅，那些山头大致价格如何？"

阮邛随口说道："最小的那座山头，孤零零一座山峰而已，被大骊朝廷命名为真珠山，叫价是一枚金精铜钱，不过必须是迎春钱。"

陈平安惊讶道："只需要一枚？"

阮邛笑道："屁大点地方，美其名曰山，其实连峰字也不沾边，一座小山包而已，一枚迎春钱，不划算，这是因为大骊实在没办法喊价半枚金精铜钱。"

陈平安嘀咕道："一枚铜钱而已，再小的山头，三百年，整整三百年都归自己了，怎么想都划算啊。"

阮邛继续说道："中等山头如玄李山、大雁山、莲灯峰等，大骊那边估价在十到十五枚金精铜钱。最大的一条小山脉和其他两座山，枯泉山脉和香火山、神秀山，都要二十五到三十枚金精铜钱。这还是因为无人竞价一说，归根结底，大骊想要留下的，不是那一袋袋金精，而是四姓十族，以及他们在东宝瓶洲的各条人脉，希望他们背后的真正靠山财主，能够浮水出面，主动与大骊接触。"

陈平安皱眉道："阮师傅，那我这个时候占这么大便宜，不是很出风头吗？不会被人记恨在心？"

阮邛哈哈笑道："你也有靠山啊，远在天边，近在眼前。"

陈平安挠挠头，没有立即答应。阮邛非但没有恼火陈平安的不识好歹，反而欣慰道："没有得意忘形，还不错，回去泥瓶巷之后，好好想一想，争取明天给我答复，久则生变，这可不是我诈唬你，事实如此。"

陈平安离开铁匠铺子后，一直走到石拱桥那边，都还没从震惊中清醒过来。

陈平安以前也想象过以后自己有钱的日子。比如说能够隔三岔五吃上肉包子、糖葫芦，自家院门有春联、门神和"福"字，把祖宅修补得跟屋子似的，给爹娘上坟的时候能捎一壶好酒、一包糕点，等等。

陈平安打死都没有想过自己有一天，能够拥有一座甚至几座大山。

临近石拱桥，陈平安咽了咽口水，不太敢继续前行，一番天人交战之后，便沿着溪水继续往上，到了溪水束腰的最为狭窄地带，助跑飞奔，一跃而过，这才走向青牛背。陈平安并不知道，自己因为绕远路，刚好和阮秀错过，青衣少女拎着一壶桃花春烧飞奔过桥。这次在小镇买酒，阮秀经过压岁铺子的时候，低头快步走过，生怕被那些眼花缭乱的糕点勾走魂魄,因为她要开始积攒私房钱了。

　　陈平安先去了趟刘羡阳家的宅子,点燃油灯,提着灯盏,走了一遍屋内屋外,确定并无缺少大小物件家当之后,才熄灯锁门,返回泥瓶巷。经过那栋塌陷出一个窟窿的老宅子,陈平安松了口气,肩上的担子还在,但是比起之前离开泥瓶巷那会,已经轻了太多,陈平安忍不住偷着乐呵,兜里有钱的感觉,不坏!

　　陈平安这辈子只见过碎银子,沉甸甸的银锭,还没瞧见过一眼,更别说跟神仙一样稀罕的金子。

　　陈平安回到自家祖宅,打开屋门后,又跑去确定是否真的闩好了院门,回到屋子后,小心翼翼点燃油灯,昏暗黄晕的灯火,映照着冰冷的黄泥墙壁。陈平安从墙根陶罐里掏出三个钱袋子,迎春钱、供养钱、压胜钱,分别装有二十五枚、二十六枚、二十八枚。总计七十九枚铜钱。

　　关于这些来历不俗的铜钱,宁姚粗略解释过,它们是世俗花钱的延伸,之所以价值连城,是物以稀为贵,当然最主要的原因,还是外乡人进入小镇需要铜钱作为信物。至于这个不成文规矩的由来,年代久远,宁姚又不是东宝瓶洲人氏,自然说不出个子丑寅卯。

　　三种铜钱,陈平安分别拿出一枚,放在桌上,迎春钱铸有"新年大吉"四字吉语,镂空透雕,祥云飞流,一尊披甲神人在擂鼓。压胜钱正面雕刻有五毒,蛇、蝎、蜈蚣、壁虎和蟾蜍,背面除了铸有"天中辟邪"四个字,还有龟蛇缠剑的图案。供养钱正面是"心诚则灵"四字,背面是"神仙在上",并无精美图案,样式最为朴素。

　　陈平安拿起一枚迎春钱,反复观看,他实在很难想象这么一枚小小的铜钱,就能够买下整座真珠山。陈平安知道阮师傅嘴里所谓的这个小山包,姚老头第一次带他进山找土,就到过真珠山的山顶,土性可分轻重、肥瘠在内诸多种类,更复杂的是需要辨认某种泥土,天生亲近水火金木中的哪一种,讲究门道很多,陈平安只学到姚老头一身"吃土"学问的七七八八。

　　在那座不起眼的真珠山,姚老头当时跺了跺脚,然后低头对在那儿扒土的陈平安说了一句话,这儿土味最全,可惜就是地方太小,跟人缩在角落里头差不多,伸头就碰头,伸腿也磕脚,俗话把这种地方称为"螺蛳壳"。

　　陈平安轻轻放下迎春钱,又拿起压胜钱,只是很快就放下了,他脸色有些黯然。

　　五月初五,五毒并出。陈平安却刚好是这一天生日。隔壁宋集薪甚至说过外边许多地方,把这一天生下来的孩子视为不祥,有把孩子直接溺死于河中的习俗。陈平安摇摇头,拿起最后一枚供养钱,简简单单的正反八个字。

　　陈平安突然想起一件事,当初第一次见到宁姑娘和符南华、蔡金简,记得他们进入小镇大门的时候,每人都需要交给看门人一袋子铜钱,那么这些铜钱最后落入谁手中了？是进了大骊朝皇帝陛下的私人口袋？

陈平安叹了口气，不去想自己打破脑袋也想不明白的问题，开始在心里噼里啪啦打起了小算盘，阮师傅说真珠山这座小山头，只需要一枚迎春钱，玄李山和莲灯峰这样的中等山头，大概是十到十五枚铜钱，枯泉山脉和香火山在内的大山头，则需要二十五到三十枚。

陈平安其实稍稍琢磨，就领会了阮师傅的言下之意。

首先，大骊王朝对阮师傅很尊重，所以白白送给他三座山。其次，阮师傅既然要什么开山立派，显然三座山最好连在一起，扎堆毗邻，否则东一块西一座肯定不像话，这恐怕也是朝廷聪明的地方，知道阮师傅根本不可能挑出三座最值钱的山头，所以假装大度得很。最后，他陈平安当然需要跟着阮师傅选取山头。当然，陈平安觉得自己也不是不可以在别处选一两座规模不大的中小山头，比如真珠山这样的，就很合适。虽是无人理会的小山包，可是陈平安就特别在乎，山头再小，那也是一整座啊，何况才一枚铜钱而已。陈平安觉得一定要把这座小山包收入囊中，落袋为安！

陈平安对阮师傅言语中提及的枯泉山脉、神秀山和香火山，这一拨最昂贵的山头，不是不感兴趣，但他打算在此之外，买下一座比它们差却差得不多的大山头，预计最多耗费一袋金精铜钱，然后买下一些类似真珠山的小山头，争取花个十枚铜钱左右，其余全部都用来跟随阮师傅下注，阮师傅在哪里挑中三座大山之后，陈平安就在附近买，再买，使劲买！

至于那座拥有斩龙台的不知名大山，陈平安已经彻底死心，告诫自己绝对不可以去沾碰，哪怕如今依旧无人知晓，眼前摆着这么个大好机会，陈平安也绝不去买。如今小镇八方来客，再也不是当初那个对外封禁的什么骊珠小洞天，几百里山路，连陈平安自己都能走下来，以后又能挡住谁的脚步，更何况是天上那些踩着长剑飞来飞去的神仙？

不过在掏钱买山之前，陈平安打算再亲自进山一趟。一下子花出去这么多钱，结果事先不知道自己买了什么，哪怕明知道是一本万利的稳赚生意，陈平安仍会觉得浑身不得劲儿。这其实就是吃苦吃惯了。

陈平安如今有八颗并未丝毫褪色的蛇胆石，其余分别藏在自家和刘羡阳家的蛇胆石，数量不少，不知是不是从小溪里早早脱困"逃过一劫"的缘故，虽然颜色润度都有不同程度的减退，瞧着不如出水时候那么亮眼舒服，但是或多或少还带着点"灵气"，这种说不清道不明的感觉，就像陈平安第一眼看到泥瓶巷的顾璨，或是福禄街的李宝瓶，就觉得肯定是聪明伶俐的孩子。

陈平安收起三袋子金精铜钱，放回陶罐。一想到又要跟阮邛请假入山，陈平安就有点头大。姚老头是这样，阮邛也是，陈平安怀疑自己是不是没啥长辈缘，尤其是没有什么师父缘。

陈平安去角落蹲在箩筐旁边，盯着里边的那块斩龙台，伸手抚摸黑色石块的细腻肌理，入手微凉。他很好奇这么一块不起眼的石头，怎么就跟宁姑娘那样踩在剑上的神仙有关系，更想不出斩龙台到底能够把一柄剑磨到什么程度的锋利。

陈平安突然想起一事，掏出那五片槐叶，当时李宝瓶从老槐树那边捡了八片，陈平安送给她三片当酬劳。陈平安仔细翻看槐叶，看似纤薄，实则颇为坚韧，只可惜失去了那种沿着叶脉灵动流走的幽绿莹光。陈平安猜测那大概就是所谓的祖宗福荫吧，只在一些节点，会有点点绿莹残留停滞。

陈平安把五片槐叶小心翼翼夹入《撼山谱》当中。做完这一切后，他出门在院子里开始走桩。

左右两边的邻居都已先后搬走。

陈平安很快便沉浸于拳桩之中，浑然忘我。一身拳意如溪水流淌。

宁姚姑娘说过，练拳一百万次，才是习武的起步而已。陈平安哪里愿意偷懒。

陈平安无意间想起那个木人身上的朱点墨字，那些传说中以便气流出入的一个个窍穴气府。他通体舒坦，滚滚发热，体内像是有一条火龙在快速游走，从头往下游去，磕磕碰碰，并不顺畅。那些窍穴就像是破败不堪的粗糙关隘，关隘之间的道路，更是绝对称不上阳关大道，有些宽大却崎岖不平，有些狭窄且陡峭，火龙经过的时候，晃晃悠悠，如行人走过铁索桥。最后这条火龙在下丹田附近的几座气府间来回穿梭，似乎在寻找最适合它盘踞的窝点，作为龙宫。

宁姚曾言武道炼体三境界，第一境泥胚境，巅峰圆满之时，自身生出一股气，如泥菩萨高坐神龛，气沉于丹田，不动如山，身体便有了一股新气象，开始反哺血肉筋骨，使得整个人仿佛枯木逢春，许多杂质和淤积物，都会被一点点排出体外。陈平安现在就走在这条路上。

没有名师指点，也不能算误打误撞。靠的是勤能补拙，整整八年的上山下水，翻山越岭，以及虽然粗劣却得其法门的一种呼吸吐纳。八年尚未破开武道第一境。

世俗王朝和天下江湖，除了宁姚家乡，讲究一个穷学文富学武，好在武道一途，没有比拼境界攀升速度的陋习，越是登堂入室之辈，越是造诣高深的宗师，越是看每一步的脚踏实地和每一层武道台阶的夯实程度。不过像陈平安这么慢的，如何丢人现眼算不上，毕竟世间无数豪横门第的年轻人，确实就被挡在第一个门槛之外，终其一生，也找不到那股气的存在，但目前来看，陈平安肯定是跟武学天才无法挂钩了。

陈平安猛然"清醒"过来，轻轻呼出一口浊气。他在院子里缓缓行走，逐渐放松身体四肢。

陈平安低头看到墙根斜放着的那根槐枝，突然异想天开，想给自己削出一把木剑。

　　小时候爹娘走后，陈平安每次在神仙坟那边远远看着同龄人玩耍，女孩子大都是放飞纸鸢，男孩子则是用他们父亲帮忙做出来的木剑竹剑，噼里啪啦过招，打得不亦乐乎，陈平安那时候一直想要一把，只是后来成为烧瓷的窑工学徒，一年到头疲于奔波劳碌，便断了念想。

　　陈平安蹲在槐枝前，觉得做一把木剑肯定没问题，两把的话就比较悬。

　　陈平安先把槐枝搬到屋门外，再去拿了那把进山开路的柴刀，准备动手给自己做一把木剑。只是当他提着柴刀坐在门槛上时，又有些犹豫，想了想又把刀放回去，觉得老槐树不能单纯视为一棵老树而已，毕竟齐先生和老槐树之间还有过一场对话，于是眼前这一截槐枝，让陈平安感到有些别扭。

　　陈平安重新把槐枝放回墙根，发现自己实在没有睡意，便离开院子，锁好门后，一路走出泥瓶巷。他鬼使神差地来到石拱桥附近，想到以后总不能次次跳河过岸，一咬牙走上石拱桥，再次坐在中间石板上，双脚悬在溪面上。陈平安有些紧张，低头望着幽幽水面，喃喃道："不管你是神仙，还是妖怪，我们应该无冤无仇，如果你真的有话要跟我说，就别再托梦了啊，我现在就在这里，你跟我说就是了。"

　　一炷香，一刻钟，一个时辰。除了有点冷，陈平安没有察觉到任何异样。

　　陈平安双手撑在石板上，摇晃双脚，眺望远方，在很小的时候，他就很好奇，小溪的尽头会在哪里。陈平安怔怔出神。

　　刘羡阳、顾璨、宁姑娘、齐先生、姚老头，都走了。

　　陈平安从来没有这么富裕阔绰过。但是他也从来没有这么孤单过。

　　陈平安背对着的石拱桥那边，一个衣衫雪白绚烂的高大身形，似仙人似鬼魅，亦是双手撑着石板，双脚悬空摇晃，仰头望天。只是这一幕，别说是开始自说自话的陈平安，就连杨老头和阮邛也无法察觉。

　　阮秀跑回铁匠铺子后，发现檐下只有父亲一人坐在竹椅上，她将那壶酒递过去，然后自己坐在另外一张椅子上："爹，你们谈完事情啦？"

　　阮邛打开酒壶，不用喝，只是嗅了嗅，就有些头疼，是桃花春烧不假，可这哪里是需要二两银子的上等桃花春烧，分明是只需要八钱银子一壶的最廉价春烧。阮邛眼角余光瞥见做贼心虚的自家闺女，正双手拧着衣角，视线游移不定，分明在害怕自己揭穿她。阮邛在心中叹了口气，只得假装什么都没有发现，仰头灌了一口酒，真是一肚子郁闷憋屈，他缓缓道："谈完了，谈得还行，回头我让人去窑务督造官衙署，找到那个叫吴鸢的大骊官员，拿新旧两份山川形势图，估计陈平安回过神后，会来跟我讨要。"

　　阮秀如释重负，笑着哦了一声，双腿并拢直直伸出，舒舒服服伸了个大懒腰，靠在那张小竹椅光滑清凉的椅背上。

阮邛想到自己就要在这里打开局面，万事开头难，兆头不错，心情也就好了几分，难得说了陈平安一句好话："泥瓶巷那小子，性子简单归简单，其实不蠢的。"

阮秀开心笑道："爹，那叫大智若愚，晓得不？"

阮邛呵呵一笑，没说什么。他只是在心里腹诽，我晓得个锤子的大智若愚。

阮邛望着远方的小溪，双指握住酒壶壶颈，轻轻摇晃："有些话，爹不方便跟他直说，免得他想多想岔，反而弄巧成拙，明儿你见着他，你来说。"

阮秀好奇问道："啥事？"

阮邛沉默片刻，拎起酒壶喝了一小口烈酒，这才说道："你就跟他说，龙脊山别奢望了，哪怕一些个没有根脚的上五境之人，也未必敢开这个口，那么大一块斩龙台，风雪庙和真武山花了不小力气，加上爹如今的身份，才勉强吃了下来，这还有不少人暗中眼红，躲在幕后偷偷咬牙切齿呢。当然，你不用跟陈平安解释这些弯弯道道，直截了当跟他说明白，龙脊山不用多想。再就是此次大骊朝廷低价贩卖山峰，毕竟总共才六十多座，他陈平安最多只能买下五座山头，再多，我也很难护得了他和他的山头周全。第三，爹也是刚刚下定决心，要跟大骊索要以神秀山为主的三座山，你让陈平安查看山川形势图的时候，留心一下神秀山、挑灯山和横櫟峰周边的大小山头，爹不是不讲道理的人，不会让他全部砸钱买在附近，只需要他拿出半数金精铜钱就够了。话说回来，如果他真的聪明，多买一些山头围绕你爹的两山一峰，才是正途。最后呢，你还可以告诉他，如果能留下几枚铜钱，就在小镇买几间铺子，估计接下来会有很多不错的铺子要转手，因为很多在外边有关系的小镇门户，多半要迁出去，所以价格肯定不贵，撑死了就一枚铜钱。"

阮秀试探性问道："爹，要不你把压岁铺子给买下来呗？我那两袋子铜钱，不是你给收起来了嘛，你先还给我一枚，就一枚，如何？"

阮邛气皮笑肉不笑道："爹这边攒着的铜钱，你就别想了，劝你赶紧死心。对了，你可以让陈平安掏腰包嘛，现在他才是我们小镇的大财主。"

阮秀毫不犹豫道："那怎么行，他可穷了，十几两银子都要跟人借。"

阮邛嘴角抽搐，实在忍不住了，转头问道："哦，爹的钱不是钱，就他陈平安是啊？"

阮秀嘿嘿笑道："我跟他不是不熟嘛。"

阮邛差点一口老血喷出来，这还不熟？不熟你能昧着良心让自己爹喝这种烂酒，然后中饱私囊，就为了借钱给那王八蛋？闺女你觉得到底多熟才算熟？阮邛狠狠灌了口滋味平平的烧酒，站起身："反正该说的爹都说了，你自己拣选一些话头，明天跟陈平安说去。"

阮邛大步离去，其实用屁股想也知道，该说的，不该说的，闺女明天都会说的。阮邛越想越憋屈，闺女骂不得，那个扛着小锄头刨墙脚的兔崽子，打不得，他只好低声骂了句娘，散步到了四下无人的空地，扔掉那只再难喝也喝光了的酒壶，身形拔地而起，转瞬之间，便落在了小镇卖桃花春烧的铺子门口，此时铺子当然已经打烊歇业，他使劲敲门，很快就有一个妇人睡眼惺忪地从后院起床开门，嘴上骂骂咧咧，什么"急着找死投胎""大半夜喝酒，你怎么不喝尿啊，还不花钱""敢晚上敲寡妇门，不怕老娘打断你三条腿"，一点不客气。阮邛站在门口，脸色阴沉，一言不发。

看到是铁匠铺子的阮师傅后，妇人借着月色，瞥了一眼阮邛肌肉紧绷的手臂，顿时变了一张脸庞，媚眼如丝，无比热情地拉住阮邛的胳膊，真是坚硬如铁，久旱逢甘霖的妇人笑意越发殷切，领路的时候，一个踉跄就要摔倒在阮邛的怀中，只可惜打铁的汉子不解风情，轻轻扶住她的肩头，最后丢下银子，拿了两壶酒就大步离去了。

妇人站在门口，满脸讥讽，大声调笑道："好好一个健壮汉子，结果跟姓氏一个鸟样！软师傅，哦，不，阮师傅，以后再来我家铺子买酒，可要收你双倍价钱喽！如果阮师傅哪天腰杆硬了，我说不定就一文钱也不收了，酒白喝，人白睡。"

阮邛一路漠然走到街道尽头，身形一闪，没有返回小镇南边的铺子，而是去了北面，来到一座小山之前。尽是碎瓷，堆积成山。

阮邛在距离这座小山三十步外的地方，随便找了个地方盘腿而坐。

一个嗓音在不远处响起："这么巧，你也在。"

阮邛点点头，丢过去一壶酒。

老人接过酒，掂量了一下，啧啧道："这会儿去刘寡妇铺子买酒，是个男人都得吃点亏。"

阮邛当然不愿意聊这个，而是问道："杨老先生，新任督造官吴鸢身边的少年，到底是何方神圣，我看不出深浅，表面上倒是与常人无异。"

老人正是杨家铺子的杨老头，他喝了口酒："身份未知，但老话说得好，来者不善善者不来，对不对啊？"杨老头说完这句话后，便笑着仰头望去。

瓷山之巅，有一个青衫少年，双手笼袖而立，眉心有痣，满面春风。少年从袖子里抽出一只手，摇了摇："进门先喊人，入庙先拜神。我是懂规矩的，先见过了阮师，又来见杨老，礼数上挑不出毛病。"

杨老头没继续喝酒，不知从哪里找了根绳子，把酒壶系在腰间，抽了口旱烟，笑道："进山入泽，画符震慑。只是不知道你画的是鬼画符，还是神仙符啊？"

少年收起手，身体微微前倾，笑眯眯道："不管杨老和阮师如何误会，总之我此次登门，保证跟两位打过招呼之后，就不再有交集了。嗯，如果说真有，恐怕就只是城隍庙的建立，暂时是我负责，会稍稍跟两位沾边，至于什么文昌阁、武圣庙，我可管不着，我就只管得着一座芝麻绿豆大小的城隍庙。"

按照市井坊间的说法,一县地界之内,县令全权管辖所有阳间事务,至于那尊高高在上的泥塑城隍爷,其实会负责盯着治下夜间和阴物。

阮邛皱紧眉头,这人是大骊朝廷的礼部供奉,还是钦天监的练气士?不过无论根脚是在礼部、钦天监,还是在大骊皇宫的某处,既然能够这么胆大包天地站在瓷山之巅,肯定至少也是一个站在中五境最高处的十境修士。所以这个少年肯定不是少年。

眉心好似一点朱砂的清秀修士,看着杨老头说道:"老先生,有言在先,小心驶得万年船啊。"

杨老头使劲抽了一口旱烟,最后却只吐出一缕极其纤细的烟雾,并且烟雾很快无声无息消散于天地间。

貌似清秀少年的修士双手依旧笼在袖中,只是袖口微动,他像是在十指掐诀。

阮邛重重叹了口气:"看在我的面子上,两位就此作罢,要不然我们三人混战,难不成真要打烂这方圆千里?"

少年立即双手离开袖子,高高举起,很有见风转舵的嫌疑,笑嘻嘻道:"我没问题。"

杨老头鼻子一吸,两缕不易察觉的青紫烟气迅速飞入老人鼻子。

杨老头冷笑道:"你知道不少啊。"

少年伸手捏了捏鼻子:"不多不少刚刚好,比如我只知道该称呼你为青……大先生,而不是什么杨老先生。"少年故意漏掉了一个字。不是玩笑或是有趣,而是在那个字即将脱口而出的那一刻,他真切感受到了老人的杀意,坚决而果断,所以他选择暂时退让一步。

少年身体后仰倒去,笑道:"就此别过,希望不会有什么再见,阳关道,独木桥,还是鬼门关,各走各的,各显神通嘛。"向后倒去的青衫少年瞬间不见踪迹。

阮邛沉声道:"有可能是上五境!"

杨老头嗤笑道:"大惊小怪,你阮邛不也是上五境。东宝瓶洲再小,那也是九洲之一,莫说是十一、十二境,十三境练气士,也不是没机会冒头。"

阮邛心情并不轻松,摇头道:"我毕竟只是初登十一境,境界尚未稳固,虽然是兵家出身,还算擅长攻伐之道、厮杀之术,可……"

杨老头摇头晃脑,转身离去,手持烟杆,吞云吐雾:"你就知足吧,世间修士何止千万,十境修士就已是凤毛麟角,何况是上五境。说到底,其实你忌惮那人,那人何尝不在忌惮你。瓷器撞玉器,你们两个其实都心虚的。"

阮邛想想也是,本就不是钻牛角尖的性子,干脆不再计较那个奇怪少年的来历,双方能够井水不犯河水最好,和气生财。

轰然一声,阮邛身形冲天而起,到了云海之后,迅猛坠向溪畔。

慢慢悠悠晃荡回小镇的杨老头笑了笑:"年轻气盛啊。"

一个青衫少年郎走在小镇巷弄之中,嘀嘀咕咕道:"夜禁得有,更夫得有,坊市也得有,百废待兴,咱们县令大人有的忙了。"

眉心有痣的清秀少年手指轻轻旋转着一串老旧钥匙,走入一条名叫二郎巷的巷弄。巷弄紧挨着杏花巷,相传祖上出过两位了不得的厉害人物,不过到底是谁,做了什么,没人说得出来,久而久之,就又成了昔年老槐树底下,老人们故弄玄虚的谈资。

如今老槐树一倒,小镇的人气好像一下子就清减了许多。孩子们感触不深,年轻人反而觉得视野开阔,白白多出一大片空地来,挺好,只有怀旧的老人偶尔会长吁短叹。二郎巷和杏花巷没住着大富大贵的有钱人家,只是比上不足,比下绰绰有余,比如泥瓶巷附近的百姓,见到这两条巷弄的人,大多抬不起头来,马婆婆和孙子马苦玄就住在杏花巷,在小镇算是家境很不错的了。

少年在一栋宅子门口停下,大门上贴上了两张崭新的彩绘门神,少年抬头看着其中一个手持短戟的银甲门神,威风凛凛,一脚跷起,金鸡独立,做金刚怒目状。少年笑道:"衣锦还乡,不过如此了。"

少年开门而入,是一座不大却精致的宅子,头顶开有一口方方正正的天井,地上凿有一座水池,通风极好,二楼设有美人靠,适合夜观星斗冬赏雪。少年很满意,念叨着"不错不错,是个修身养气的好地方"。

少年搬了一张雕花木椅,坐在水池旁边,抖了抖衣袖,哗啦啦,滑落出一大堆破碎瓷器,大如拳头小如米粒,不计其数。最后满满当当,估计一箩筐也装不下,全部悬浮在天井下的水池上空。这一手,是名副其实的袖有乾坤。

少年左右张望,揉了揉眉心,自言自语道:"从哪里开始呢?"

"就你了。"最后他相中最有眼缘的一粒枣红色碎瓷,心意微动,它便从碎瓷堆里飞掠而出,安静地停在少年身前一尺外的空中。之后,不断有碎瓷从那座小山飞出,来到少年身前,然后被他轻轻放置在某处,像是在拼凑一件瓷器。

第二天,在铁匠铺子,阮秀交给陈平安两幅地图,一旧,纸张泛黄,地图上山峦起伏,只是山头名字皆是甲一、乙三等等,而犹然泛着清馨墨香的新地图上,除此之外,还多出了龙脊山、真珠山、神秀山这些没那么枯燥乏味的名称,最后还多了一个"大骊龙泉县"。

阮秀指着那些地名山名,一一给陈平安解释和介绍过去,最后提醒道:"虽然两幅地图上看着只是指甲盖大小的位置偏移,但是等到你进山,就会发现可能是好几里山路的差距。因为骊珠洞天落在大骊地面后,地表震动很大,甚至有一些山根不牢的山峰,就在那个时候直接倒塌崩碎了,这同时会让你的前行道路上出现很多意外,你一定要自己小心啊。"

陈平安小心收起两幅地图，最后背起一只背篓，跟上次带着陈对他们进山差不多，对阮秀歉然道："这次我争取走到地图上的挑灯山、横槊峰一带，估计最少半个月，最多一个月后返回这里。"

阮秀轻声道："这么久啊，那你带的东西怎么够吃？"

陈平安忍住笑："我是山里待惯了的，野味山果都能吃，也都找得到，我保证饿不着自己。"

阮秀点头笑道："我爹答应借你的十几两银子，你出山之后，我肯定能给你。"

陈平安想了想，还是实话实说："阮姑娘，你就别委屈自己了，钱我自己能想办法，你总不能真的坚持十天半个月，都不吃压岁铺子的点心吧？"

阮秀脸色涨红，想不明白他是怎么知道真相的。陈平安有些无奈，笑着不说话。心想就阮师傅那臭脾气，肯借给自己银子才是怪事，所以不是我目光如炬，而是阮姑娘你的掩饰实在不高明啊。

陈平安看阮秀有些失落，连忙安慰道："阮姑娘，你的好意我心领了，谢谢啊。"

阮秀抿嘴一笑。她突然说道："我送你。"

陈平安已经大踏步离去，转头摆手道："不用，路我熟得很，闭着眼睛都能走。"

阮秀轻轻哦了一声，然后跟陈平安挥手告别。

陈平安走出阮家铺子后，一路沿着溪水往上游飞奔。临近小镇的几座山头，陈平安并不感兴趣，虽然不大，价格不贵，但是他不希望买在这里，距离小镇实在太近，这种风头出不得，而且阮师傅之前说过几句暗示言语，地真山、远幕峰几座山峰在内的这一带，山头的底子原先其实都不错，只可惜这么多年差不多给掏空了，所以就是几个绣花枕头，要一直往西走，到了那座真珠山才有所好转。

陈平安走了足足一天一夜，其间只休息了不到两个时辰，才终于爬上一座小山包的山顶，深吸一口气，心肺之间满是山野草木清香。他挺起胸膛，重重跺脚，豪气干云道："这是我的！"

已经五天过去了，夕阳西下，陈平安终于登上了那张官府崭新地图上的鳌头峰。此峰在方圆数十里之内，一枝独秀，格外高耸入云。陈平安啃着一张生硬的干饼，坐在峰顶一棵老松横出悬崖外的枝干上，清风阵阵，吹拂得他鬓角发丝肆意飞扬。

箩筐已经被放在树底下，陈平安胆子还没有大到背着箩筐爬树的地步。以前对于爬山一事，他不过是当作一门并不轻松的差事活计，总是想着跟紧姚老头的脚步，不像现在，累了就停下脚步，好好看看远处的青山绿水。而且许多让陈平安叹为观止的风景，以前都属于大骊朝廷封禁的大山，他只能跟着沉默寡言的姚老头绕道而行，鳌头峰就在此列。

这一路走过山走过水,陈平安见识到很多陌生的壮丽画面,有层层叠叠的瀑布群,在雨后挂起小小的彩虹,他好像伸手一搂,就能带回家珍藏起来。有千万飞鸟聚集的陡峭山崖,一粒粒串在一起,像是挂在墙壁上的雪白帘子。有只有一条险峻小径可以登顶的险峰,最后蓦然步入一座大石坪,视野豁然开朗,让人忍不住屏住呼吸。夜间他披上一件衣衫,背靠箩筐昏昏睡去,仿佛可以听到天上仙人的喃喃低语。

又跋山涉水三天后,陈平安终于来到了阮师傅所说的神秀山,西北两个方向,隔着约莫十里路,各有挑灯山和横槊峰,与神秀山呈现掎角之势,如同三尊巨人各立一方。

按照地图显示,在这一峰两山周围百里之内,矗立着大大小小五座山头,小的有彩云峰和仙草山,其余分别是较大的灯芯台、黄湖山和宝箓山。陈平安来到神秀山之前,去过其中的仙草山和黄湖山,仙草山只比真珠山大上一筹,虽然山势矮小,但是草木格外茂盛,参天大树颇多,至于黄湖山,应该是因为半山腰有一座小湖泊的缘故,远观湖水泛黄,近看又极为清澈,只不过除了这个小湖之外,陈平安觉得比起脚下的神秀山,黄湖山要差很多。

陈平安接下来花了整整四天时间,在神秀山、横槊峰周围晃悠,最终选定了三座山峰。仙草山、宝箓山和彩云峰,仙草山小,宝箓山大,彩云峰高。其中宝箓山让陈平安耗时最多,真可谓云深山高水长,在陈平安走过的诸多山头当中,规模仅次于披云山和神秀山。不过陈平安有些纳闷,宝箓山这么大一块地盘,又临近横槊峰,况且就连修行门外汉的陈平安,也能感受到这座山头的山清水秀,阮师傅为何不舍弃挑灯山选择宝箓山?

陈平安估算了一下,自己选中的三座山头,大概会花费四十五枚金精铜钱,剩下三十四枚铜钱,真珠山必然会用掉一枚迎春钱,还剩下三十三枚,足够让自己出手阔绰地买下一座真正意义上的大山头!毕竟阮师傅说过,就连枯泉山脉、香火山和神秀山这样一等一的大山,也不过需二十五到三十枚金精铜钱。

阮师傅还泄露天机,说将来在这方圆千里以内,大骊朝廷会敕封一尊山岳大神、三位山神和一位河神。对此,阮秀第二天也曾详细解释过。所谓山神,就是朝廷礼部衙门选出一位合适人选,可以是地方上著名的历史人物,也可以是战死殉国的功勋武将,然后大骊皇帝认可钦点为山神,以一支特殊朱笔正式写入山河谱牒,一番焚香祭奠礼毕,寓示着作为代天巡狩人间的天子,已经告知上神,一般而言就算完事了。之后不过是钦天监制造出金券玉牒,交由国师亲笔书写敕文,派人埋于山脚。最后才是让官府请人塑造一尊金身泥像,供奉于山神庙。那位山神有资格光明正大地享受百姓香火,庇护一山地界的生灵,镇压、降伏或是驱逐各路越境的鬼魅阴物。

陈平安不奢望自己选定的神秀山附近的三座山头,能够出现一位山神坐镇,帮忙看家护院,而是把希望放在那座花钱最多的大山头上,如此一来,主要家业在三百年内,得到阮师傅的庇护,远离此地的那座孤零零大山,若是能请来一位山神,无疑会让陈平安放心许多。至于只值一枚迎春钱的小土包真珠山,估计除了陈平安,没有谁看得上。

陈平安此时坐在彩云峰之巅的大石崖上,身前摊放着崭新的大骊龙泉山川形势图,他已经将那些大山名称和地理位置记得烂熟,仍是无法下定决心,最后购买哪一座山头。

陈平安双手托住腮帮,眉头紧皱,身体轻轻前后摇晃。陈平安思绪神游万里,买了山又能做什么,他其实心里没底。但只要一想到三百年里,自己始终是那五座山名义上的主人,这本身就已经是一件很幸福的事情。

可以先娶个媳妇,成家立业,以后传给子女,子女将来再传给他们的子女。原来娶媳妇一事,虽然不是当务之急,但也需要考虑考虑了啊。一想到这里,呵呵傻笑的陈平安猛然回神,有些难为情。

陈平安向后倒去,有些犯困,就想要眯一会儿,不知道过了多久,睁眼后,陈平安顿时头大如斗,自己如今在大白天也能做梦?原来这是自己第三次,撞见那个白衣人了。一次在廊桥上,一次在石拱桥底,加上这次在山巅。

沐浴在雪白光芒之中的高大白衣人,这一次盘腿而坐,距离陈平安不过两丈距离,可是陈平安偏偏无法看清对方的容貌。陈平安觉得总这么担惊受怕也不是个事,壮起胆子,小心翼翼开口道:"老前辈……"

啪!陈平安下一刻感觉就像是少年时被牛尾巴甩在脸上,一阵火辣辣的疼。如梦惊醒一般的陈平安猛然坐起身,发现自己就坐在原先位置上,环顾四周,并无异样,但是摸了摸一边脸颊,却是真的还在疼。他打破脑袋也想不出原因,只得茫然挠头。

陈平安还没有出山,就已经感受到了小镇翻天覆地的变化,除了在地真山山顶眺望小镇,发现四处尘土飞扬之外,还在远幕峰一带看到了近百名青壮年,多是窑工出身,臂力出众,吃苦耐劳,正在热火朝天地砍伐巨木。

陈平安凑过去,找到一个原来在同一座窑口烧瓷的熟人,一问才知道原来小镇要一口气打造县衙、文昌阁、武圣庙和城隍庙四座人建筑,领头人是一位年纪轻轻的新任督造官,姓吴名鸢,至于另外那个县令头衔,到底是个什么官身,县府大衙又到底是怎么个地方,小镇百姓弄不明白,也不关心,只知道现在暂时多出一个铁饭碗,工钱很诱人,比起以往在龙窑烧瓷,盈余更丰。之前窑务断绝,窑火尽熄,青壮年窑工一年到头面朝黄土背朝天,只能跟庄稼地打交道,养家糊口本就已经不容易,更挣不来几枚铜钱,所以现如今小镇上上下下人心振奋,把吴鸢吴大人当作了财神爷。再者,四姓十族那些深居简出的富贵老爷们,对比他们年轻一辈甚至是两辈的小吴大人,行为举止尤为尊敬之余,言语中还透着股官民鱼水的亲近,至于更加微妙的眼神视线,藏掖着讨好之意。小镇百姓眼睛可不瞎,哪怕是井底之蛙,见识粗浅,可察言观色的本事并不差。

现在县令吴鸢让四姓十族的家主出面,雇用了五六百名小镇青壮年进山伐木,搬运出山,为此远幕峰还专门凿出了一条滑道,因为许多作为大梁廊柱的巨木,仅靠人力肩扛下山,太过耗时耗力,放入那条滑道,一根大木就会自行滑到山脚。不过如此一来,远幕峰就像脸面上被人为割出了一条疤痕。

除了入山,还有下水,小镇许多男苦力,都从小溪那边挑沙运石。小镇城东门那边作为县衙选址,推倒了郑大风的那座黄泥小屋,重新夯实地基,就连那道不知道挨了多少场风雨的栅栏木门,也全部拆卸。

陈平安出山的时候,没有选择弯弯曲曲的山间小路,而是直接踩在溪涧的石头上,往下游蹦蹦跳跳,这能省去很多时间。一些小镇百姓见到背着箩筐的陈平安的身影,也不会大惊小怪,大多知道泥瓶巷有个孤儿,从小就擅长采药和烧炭,进了山就跟猴子似的,谁也追不上。

陈平安在两条溪涧汇合处停下身形,原来再往下走两丈多,有一片坑坑洼洼的石崖,聚集着一群人,岸上和石崖附近一块突出水面的青石上,各自站着一名身材魁梧的青年男子,腰间皆悬佩有金色缠丝刀鞘的佩刀,身穿一袭干净利落的黑色长袍,外罩一层青色薄纱,束发别簪,两人浑身散发出凌厉的气息。

在陈平安出现的瞬间,两人不约而同地猛然转移视线,死死盯住横空出世的陈平安,手已经按住刀柄。背着一箩筐草药的陈平安站住不动,脸色如常。

陈平安先后经历过与蔡金简、苻南华的两场小巷搏命,在正阳山搬山猿的追杀下四处流窜,最后还要加上跟同龄人马苦玄在神仙坟的捉对厮杀,对手不是高高在上的神仙中人,就是身经百战的大荒异种,要么就是天命所归的幸运儿,可陈平安到最后仍是活了下来。所以说那两名佩刀男子的阴沉视线,能够让市井百姓战战兢兢,却无法让陈平安生出太多情绪起伏。不过陈平安不愿横生枝节,刚打算往岸上走,然后沿着溪畔山路返回小镇,就发现一名被众星拱月的年轻男子,笑着对小溪里站着的佩刀扈从说了句话,后者立即松开按住刀柄的手。本来盘腿而坐的年轻男子缓缓起身,竟然比两名佩刀扈从还要高出半个脑袋,肌肤白皙似女子,面容略显阴柔,他朝陈平安招招手,换上了小镇这边的方言,神色温和,笑道:“别怕,你继续按照原先的路线走就是了,我们不是坏人。”小镇方言说得略微晦涩凝滞,不过陈平安听得一清二楚。犹豫了一下,陈平安对那个高大男子露出一个笑容,然后伸手指了指岸上,示意自己很快就上岸,不会打搅他们聊天。不等那男人说什么,陈平安身形矫健的几个跳跃,毫不拖泥带水地上了岸,消瘦身影很快就消失于绿荫渐浓的林间小路。

有些女相的男子悻悻然收回手,身边佐吏扈从们忍住笑,男子尴尬道:“那采药少年身手不俗嘛。看吧，我就说这里人杰地灵，所以啊，你们别抱怨这里比不得京城繁华，小地方有小地方的钟灵毓秀，别有一番滋味。"不说还好，这位父母官的此地无银三百两，顿时惹来一阵肆无忌惮的哄然大笑。

高大男子正是小镇百姓眼中的财神爷吴鸢，窑务督造官，兼任龙泉县首任县令，面对下属们的嘲笑，他也不恼火，坐下后继续先前的话题："龙泉县衙，文昌阁，武圣庙，城隍庙，四处建筑，光是匾额，零零散散就需要至少十五六块，对于这次骊珠洞天安稳下坠，与大骊版图顺利接壤，维持住了七八分地理全貌，竟然没有出现一次大的地牛翻身，陛下龙颜大悦，御赐一块'温故知新'匾额给了文昌阁……"

吴鸢说到这里的时候，一个风雅清逸的年轻人微笑道："吴大人，你就没帮着咱们县衙跟陛下求一份墨宝？"

吴鸢叹气道："求啊，怎么不求，可是陛下不答应，我有什么办法。这倒也怨不得陛下，毕竟小小一座县衙，若是得了陛下金笔御赐，让那么多当郡守、做刺史的封疆大吏怎么活？我以后还想不想混官场了？"所有人会心一笑。

吴鸢安慰众人："好在刘先生和国子监齐大祭酒分别答应了，到时候会让人送来两套匾额，分别悬挂在县衙和武圣庙，现在问题就在于文昌阁还差三块，城隍庙也缺两块，要不然在座各位，想想法子？难不成真要我自己提笔不成？我那一手蚯蚓爬爬的字，可是连我家先生也感到绝望的。当然，你们不嫌丢人的话，我当然无所谓，这辈子唯一一次将自己墨宝制成榜书匾额的机会，总算到来了！"

那个气质不俗的年轻人想了想："那我给祖父写一封信去，我家祖父与那位隐世不出的白虹先生关系不错，看能不能想办法给咱们吴大人脸面争光。"

吴鸢拍了拍他的肩膀："那本官的脸面就交给你了，要是万一匾额不够，县令大人的脸面就等于丢在地上捡不起来了，到时候唯你是问。"

年轻人脸色一僵，感觉自己给自己挖了一个坑。其余几个岁数相差不大的同僚，纷纷流露出同情神色。咱们这位吴大人，那是出了名的顺杆子往上爬，稍微给点颜色就敢开京城最大的染坊，你敢跟他比拼谁的脸皮更厚？

这些个官气不重的年轻人，身上都有一个在东宝瓶洲北部王朝盛行的官职，秘书郎。这个官职分文武两种，文秘书郎，像是幕僚谋士，为谋主出谋划策，排忧解难，武秘书郎，就是那两名腰间悬佩金丝佩刀的健硕青年，担任贴身扈从，护卫主官的安全。不过秘书郎一职，属于胥吏阶层，不纳入朝廷的清流正官，世家豪阀子弟出仕，往往由家族聘请或是雇用清客、供奉担任文武秘书郎，当然朝廷也有配发名额，人数从两人到二十人不等，一律可以领取大骊俸禄。吴鸢是寒族出身，私自请不起秘书郎，这些文秘书郎皆是朝廷配给。龙泉县在大骊版图上不过是一个大县，连郡都不是，原本只能配给文武秘书郎各一人，但是那两名金丝缠绕刀鞘的武秘书郎，分明是获得过卓越功勋的大骊军方高手,否则根本没有资格悬佩此刀。其实吴鸢能够出任大骊龙泉县的第一任父母官,就已经能够说明很多问题。年轻县令的授业恩师,是绰号"绣虎"的大骊国师。他的未来老丈人,是在大骊边境沙场戎马半生的某位上柱国。

玩笑之后,吴鸢正色道:"这四座建筑,工程量已经很大,况且神仙坟和老瓷山的选址,小镇这边,从圣人阮师到四姓十族扎堆的福禄街、桃叶巷,很默契地敷衍应付,显然接下来不会顺利,有的磨。但是真正的大事和麻烦事,还是接下来朝廷礼部、钦天监和书院三方将齐聚于此,进行敕封山神河神之事。如果不是山岳正神一事,受到的阻力实在太大,让陛下都有些犹豫,否则连陛下也会御驾亲临我们龙泉县。"

吴鸢看到他们脸色一个比一个凝重,掏出干饼使劲咬了口,轻松打趣道:"山岳大神这座大庙,最后能不能建在咱们辖境内的那座披云山上,能不能成为新的大骊北岳,真不是咱们可以掺和的,我们啊,就是县衙里的小鱼小虾,所以别啃着干饼操着中枢大臣的心了,随那些身着黄紫的官老爷们折腾去。"周围人的心情稍稍好转。

吴鸢默默啃着干饼,犹豫了一下,含糊不清道:"有个消息,既是好消息也是坏消息。卢氏王朝覆灭后,如何安置那些亡国遗民,一直是个大问题,我们龙泉县接下来会接收五千到一万人的刑徒,鱼龙混杂,三教九流都会有,所以大骊军方会一路严密监督,负责将这拨戴罪之身的刑徒迁徙至此。此举对我们而言,有利有弊,好处是龙泉县终于有点大县的雏形了,坏处嘛,就是乌烟瘴气,让本来就人生地不熟的我们更加无从下手,不得不卖力拉拢那些选择留在小镇的地头蛇。"

世家子出身却当了秘书郎的年轻人问道:"能不能将那些大族分而治之?"

吴鸢毫不犹豫地摇头道:"难。初来乍到,谁愿意相信我们?"

吴鸢沉声道:"与其弄巧成拙,打草惊蛇,还不如慢慢来,来到这个历史渊源极其复杂的地方,诸位自然是想跟随我吴鸢一起博取锦绣前程,但是我们必须清楚一件事情,大困境下的大磨砺,才能换取大富贵,所以你们谁要是想一两年就升官发财,我觉得现在就可以掉头走人了,路费我吴鸢帮忙出。"

六个文武秘书郎神色坚毅,无一人有畏难退缩的心思。

吴鸢轻声道:"切记切记,不可急躁行事。"

这绝非是吴鸢说大话空话,而是在进入小镇没多久,他就吃了一个闷亏。当时出动大骊官方势力镇压那个紫烟河练气士,是他吴鸢一意孤行,冒着被朝廷问责的风险,果断地先斩后奏,试图以此打破僵局,先赢得阮师的好感,继而借圣人之势压一压小镇四姓十族。事实证明皇帝陛下那边并未追责,可是当时圣人阮师的反应,却让吴鸢汗流浃背,恨不得使劲扇自己一耳光。

有人好奇问道:"那些遗民刑徒,是用来给练气士们当苦力,帮着开辟荒山的?"

吴鸢点头道:"除此之外,朝廷官方还会让练气士驱使两头年幼搬山猿过来,加上道家符箓派打造的卸岭甲士和墨家巨子打造的开山傀儡,争取在十年之内,将那六十多座山头全部开辟出来,道观寺庙,亭台楼阁,应有尽有。"

吴鸢身边那些年轻人,全部流露出神往之色。小镇那边,处处平地起高楼,深山之中,多出一座座神仙府邸。所有人相视一笑,尽在不言中。他们作为大骊龙泉县历史上第一拨官吏,注定会被载入青史,岂敢不勠力同心,不为注定前程远大的主心骨吴鸢效忠效命?

披云山之巅,眉心有痣的清秀少年随手一挥袖,半山腰的云海被左右拨开,竭力远望,视线尽头,出现了一辆牛车和一辆马车。

他快意笑道:"开赌喽开赌喽。齐静春,我要是这一把赌赢了,那么你苦心孤诣留下的两炷香火,就要彻底断绝了啊。可怜可怜。"

少年两根手指拈住一枚印章,篆文为"天下迎春"四个字。

笑眯眯的少年双指骤然发力,印章崩裂,化作齑粉,迅速消散在天地间。之所以如此轻而易举捏碎印章,源于其中四字真意,如人之心灰意冷,失望至极,故而早已自动消散。

少年迅速收回视线,最后看到一个背着箩筐的少年,独自走向小镇。

陈平安出山之后,先去了铁匠铺子,走过那座石拱桥的时候,他双手合十,低头快步而行,神色无比庄重诚恳,碎碎念道:"老神仙有话好好说,千万别打人啊。如果有什么请求,可以晚上托梦给我,最好别大白天的,我是真的有点怕啊。"所幸走到石拱桥那一头,陈平安仍安然无恙,他顿时眉开眼笑,屁颠屁颠去找阮师傅和阮秀。少年不知愁滋味。

阮邛依然是在檐下招待陈平安,一人一张小竹椅,阮秀站在她爹身后,满脸遮掩不住的喜悦。

阮邛看着满身尘土的陈平安,小心翼翼地将箩筐放在身前,又动作轻柔地从大半箩筐草药底下掏出包裹两幅山川形势图的布囊,递给他的时候,愧疚道:"爬挑灯山的时候,山路被一条大瀑布拦住了,我就在瀑布下的深潭附近,找了个地方藏起箩筐,还搭建了一个小树架子遮风挡雨,没想到爬到瀑布顶没多久,就下起了大雨,雨水实在是太大了,等我赶紧下去,树架子果然已经被压塌了,箩筐和棉布行囊被雨水浸透,好在两张地图用黄油纸包裹得比较严实,等到太阳出来后,我拿出来看了一下,只是地图边角有些湿,晒干之后还是有明显的痕迹……"

阮邛打开布囊和黄油纸,发现两幅地图几乎完好无缺,那点折损根本可以忽略不计。再说了,两幅摹本地图而已,所以窑务督造官衙署和龙泉县衙那边,根本就没有要拿回去的意图,但是阮邛可不愿意拿这个真相来安慰陈平安。他瞥了眼站在自己身前局促不安的陈平安，问道："暴雨时分，在挑灯山的那条龙湫瀑爬上爬下，你找死啊？"

陈平安笑着不说话。

阮邛挥挥手，示意陈平安坐回去，别站在自己身前碍眼。陈平安坐回那张翠绿可爱的小竹椅上，当他把两幅地图送还给阮师傅后，整个人终于如释重负，这一路上如果不是害怕糟践了这两幅珍贵地图，他这趟入山出山至少可以省下三四天时间。而且这么多天相依为命，一向念旧的他其实内心深处，对两幅地图有些不舍。每逢天气晴朗、登高望远的时分，陈平安就喜欢拣选一个视野最开阔的地方，然后摊开那两幅地图，举目远眺看一下山河，收回视线再低头看一下地图。大半个月来，陈平安觉得自己从来没有如此充实过。

阮邛突然将两幅地图轻轻抛给陈平安："椅子还不错，回头再做两张，地图就当是报酬了，送给你。"

虽然阮邛还是不喜欢这个泥瓶巷少年，但是他还不至于因此而全盘否定陈平安。

阮邛完全能够想象那幅场景，一场滂沱大雨里，心急如焚的陈平安沿着瀑布往下，只为了看一眼地图才能安心。当然，在阮邛眼中，这种行为一点都没有英雄气概，相反还很刻板迂腐。

说实话，相比这个苦兮兮的陈平安，阮邛更欣赏小小年纪就懂得审时度势的大骊皇子宋集薪，或是生性开朗、万事不愁的刘羡阳，哪怕是锋芒毕露的马苦玄，也有很多可取之处，就算是自幼跟随在齐静春身边的读书种子赵繇，也没有陈平安这么死板不开窍。之所以临时改变主意，将地图找个由头送给陈平安，其实是下定决心要跟这个少年划清界限，铁匠铺子可以收纳他作为铸剑学徒，但他绝对不会成为自己的开山弟子，以后自己按照承诺，庇护他买下的山头，但是这小子绝对不要想着跟自己闺女有任何牵连。其实说到底，阮邛并非是因为出身看轻陈平安，而是道不同，不相为谋。阮邛的徒弟，必须是他的同道中人，双方亦师亦友，能够联手为宗门打造千年盛世，所以性情相合，极为重要。

陈平安自然不知道阮师傅的思绪绕了那么一大圈，他只是接住地图，抱在怀里，问道："衙署那边督造官大人不会有想法？"

阮邛冷笑道："至少在六十年之内，我都是这龙泉县的太上皇，所以我的规矩最大。"

阮秀嘀咕道："爹，哪有你这么往自己脸上贴金的人。"

对于女儿的拆台，阮邛置若罔闻，对陈平安沉声道："说正事，你最后选中了哪五座山？"

陈平安下意识坐直身体："在神秀山周围，我选中了三座，宝篆山，彩云峰，仙草山。"

阮邛点了点头："眼光还算不错，宝篆山占地很大，在六十多座山头里名列前茅，而且不是什么空架子。我如果不是为了今后的那座护山大阵考虑，会舍弃横槊峰选择宝篆山,毕竟在这千里山河当中,除非是有山神坐镇或是藏有秘宝,否则谁占据的地盘更大,谁拥有的灵气就更多,肯定就更占便宜。

"仙草山是唯一一座有望诞生草木精魅的风水宝地,只可惜地方实在太小,哪怕出现一个,根脚和品相应该也不会太好,道理很简单,小小池塘如何养得出一条大蛟龙。至于彩云峰,比较一般,除了地势高、风景秀美之外,对于修行一事,并无多少神益,除非你有本事从云霞山弄来云根石,安置在彩云峰几处山脉窍穴,才有可能是一桩好买卖。

"你没有去看过黄湖山的那个湖泊?"

阮邛的最后一个问题,让陈平安愣了愣:"看过。"

"你继续,还有两座山头是什么?"

阮邛点到即止,没有继续之前的话题,已算仁至义尽,不再继续泄露玄机。

因为黄湖山的那个小湖,与仙草山有异曲同工之妙,不同之处,在于仙草山有希望出现草木精魅,黄湖山则盘踞着一条井口粗细的蟒蛇,是名副其实的"地头蛇",只是在与某条小泥鳅的"争水之战"中遗憾落败,失去了近在咫尺的大道机缘。

但是大道之妙就在于并无绝人之路,如今骊珠洞天破碎下坠,被龙王篓抓去大隋的金色鲤鱼,化作阮秀手腕上那只镯子的火龙,截江真君刘志茂身边的那条泥鳅,被赵繇画龙点睛的木龙,再加上拼了命也要死死跟随王朱的土黄色四脚蛇,这五个小玩意儿,便是骊珠小洞天,历经三千年即将寿终正寝之际,真正积淀下来的五份大机缘,至于那些养剑葫、照妖镜之类的法宝灵器,当然肯定不差,可是比起那五份活生生的福缘气运,仍是逊色许多。

而黄湖山的那条大蟒,如今反而因祸得福,方圆千里,已经没有对手能够跟它掰手腕,因而它一举成为雄踞一方的霸主。以后山神河神一旦入驻其中,这条大蟒只要识趣一些,能够被其中一位招安至麾下,获得大骊朝廷的官府护身符后,说不定从此就是一片坦途,真正走上修行之路。

陈平安说道:"我打算买下真珠山和落魄山。"

阮邛愣了愣,好奇问道:"真珠山也就罢了,一枚迎春钱而已,可以说是千金难买心头好。可那落魄山,你是如何看上眼的? 照理说此山位于大骊龙泉县的西南边境,按照你的行程,肯定没有去过,以前更是大骊的封禁之山,你凭一个名字就选中了它?"

陈平安有些汗颜,不愿意说出原因。

当时陈平安摊放着地图,犹豫不决到底选取哪一座大山,结果有一只飞鸟从头顶掠过,竟然拉了坨屎在山川形势图上,陈平安赶紧擦拭干净,发现之前那坨屎的位置,刚好就在"落魄山"三个字上。陈平安不再多想什么,就毅然决然选中了落魄山,也不管这个山名晦气不晦气。

姚老头曾经说过,山水之间皆有神灵。所以陈平安就当作是山神老爷的一次暗示。

阮邛想了想:"选中落魄山,不是不行。那就这么说定了,落魄山、宝箓山、仙草山、彩云峰、真珠山。五座山头,三百年期限,在此期间,你就算把一座山峰全部挖空搬走,也没有人拦阻。山上一切出产,无论草木灵药,还是飞禽走兽,甚至是偶然所得的秘宝,都属于在大骊山河谱牒契约上画押的那个人名。"

陈平安点头道:"明白了。"

阮邛耐心道:"需要注意的事项,一个是你死之前,必须通过龙泉县衙向大骊朝廷告知消息,你需要更换继承五座山头的某个或者某些个人名。当然,大骊户部那边会存放一份秘密档案,你可以在名下五座山头,分别写下一个遗产受惠人,为的是怕你某天暴毙,死前来不及交代后事立下遗嘱。再一个是在三百年内,你如果想要卖出山头,并不是随时随地就能够决定的,必须大骊官府那边至少三方势力点头答应,交易才能实现,而且我不建议你卖出这几座山头,因为你不管卖出什么样的高价,最后你都会发现自己卖亏了。"

阮邛虽是坐镇一方的兵家圣人,却与一个骤然富贵而已的陌巷少年,平起平坐地讨论事务,看似荒诞不经,实则再合情合理不过。涉及开山立派的千秋大业,还有自家闺女的证道契机,容不得阮邛他不苦口婆心,恨不得把道理情况一点点掰碎了解释给眼前的陈平安听。

阮邛问道:"陈平安,有什么想问的吗?"

陈平安摇头笑道:"没了。"

阮邛点头道:"那就先这样,我估计你还剩下些铜钱,回头我帮你留心一下小镇那边的铺子交易,你同样可以趁机入手,但是贪多嚼不烂,以后小镇八方势力鱼龙混杂,你买下一两间底子相对厚实的老字号铺子,就可以了。"

陈平安脸色微微涨红:"谢谢阮师傅。"

阮邛自嘲笑道:"君子怀德,小人怀土。"

陈平安有些疑惑,因为不懂这句话是什么意思。

阮邛挥挥手赶人道:"忙你的,不用管这些无病呻吟,何况你小小年纪,本就没有到可以谈心胸、谈境界的地步。"

陈平安站起身,背起箩筐,突然听到阮邛说了一句没头没脑的题外话:"齐先生走了之后,偶尔怀念一下齐先生,当然没有问题,人之常情,但是别让自己陷进去,更别想着刨根问底。等到买下五座山头和一两间铺子,你就舒舒服服躺着收钱,娶妻生子,开枝散叶,也算光宗耀祖了。我阮邛也好,大骊朝廷也罢,都会看护着你和你的家业。就像你的名字,平平安安,比什么都重要,说不得以后哪天时来运转,走上修行路,也不是没有机会。"

陈平安默然离去。

陈平安离开铺子后，阮秀坐到竹椅上，问道："爹，你那句话是什么意思？"

阮邛淡然道："意思是说，思想境界不如君子的小人，只会一门心思想着获得一块安逸之地。"

阮秀奇怪道："这有什么错，安土重迁，搁哪儿也挑不出毛病来啊，怎么就小人了？这句话谁说的，我觉得不讲道理。"

阮邛脸色晦暗，轻声道："所以儒家圣人又说了，吾心安处即吾乡。"

阮秀气呼呼道："读书人真可恼，天底下的道理全给他们说光了！"

阮邛语重心长道："秀秀啊，这也不是你不爱读书的理由啊。"

阮秀故作惊讶，咦了一声，连忙起身道："爹，我怎么突然多出一大把力气，那我打铁去了啊。"

陈平安赶往杨家铺子，将大半箩筐的各色草药送到一名店伙计手里，称完斤两，陈平安拿到手二两银子，其实许多稀罕草药都算是陈平安半卖半送给铺子，一些个那名年轻店伙计根本认不出不识货的草药，其实是杨老头颇为看重的重要药材，这些花花草草才是真正值钱的好东西。但是陈平安这趟进山，采摘草药本就是顺手而为，根本没想着赚钱。事实上陈平安学会进山烧炭之后，除了卖给店铺里那个名叫李二的憨厚汉子，其余数十次卖药给杨家铺子其他店伙计，几乎次次都是亏的。

杨老头从不会收取陈平安的药材，如果陈平安敢白送给铺子，就会被杨老头扔到大街上，可如果卖给店里伙计或是坐馆郎中，那么不管什么离谱的价格，性情古怪的杨老头都会不闻不问。这次陈平安没有见到杨老头。

走出铺子后，陈平安发现路上很多人都在议论纷纷，说是那座十二只脚的螃蟹牌坊那边出了大事情。说是老督造官大人，卸任之前出钱建造廊桥的那个宋大人，风风光光地回到小镇了，而且这次是以一个礼部郎中的了不得身份。宋大人带着一批文绉绉威风八面的官老爷，看上了螃蟹坊那四块匾额的字，毕竟都是读书人嘛，可以理解，但是不知为何，督造官衙署那边得到消息后，立即就火烧屁股地入山，通知那位原本打算去远幕峰查看伐木事宜的小吴大人，然后这位财神爷就带着幕僚佐吏，更加火急火燎地一起出山，拦住了官场老前辈宋大人那一行人。

无事一身轻的陈平安顺着人流往牌坊楼走去，远远站在人群外边。

看到牌坊四方匾额下，架起了八架梯子，一块匾额左右两边各有梯子。但是当下只有"当仁不让"匾额左右，站着两个年龄悬殊的儒士，其中年长一人，正低着头，似乎对着脚下某人疾言厉色，用外边的大骊官方雅言训斥着什么。

有人拍了一下陈平安的肩膀，笑呵呵道："陈平安，这么巧啊，你也看热闹呢？"

陈平安转头一看,是那个眉心一颗朱红小痣的话痨少年,实在是有些怕他的絮絮叨叨,就说道:"随便看看,好像也听不懂他们讲什么,马上就回家。"

模样清雅秀气的少年笑道:"别啊,你听不懂,我可以解释给你听嘛。这件事情可有意思了,你要是错过了,以后肯定后悔! 你们小镇的父母官吴鸢大人,这会儿是跟品秩更高的礼部老爷们起了冲突,站在梯子上那个,是礼部的右侍郎,算是正儿八经的大骊重臣。一边呢,估计是老资历的前前任督造官宋大人,拿那匾额的事情跟人拍胸脯邀功,说保管把匾额给你老人家留着,送回你老家里不敢说,送到礼部衙门肯定板上钉钉的,于是这才当上了正五品的郎中,所以这次礼部老爷们趁着敕封山神河神一事,名正言顺过来收取东西了。另一边呢,是把小镇所有宝贝视为自己禁脔的小吴大人,一听有人要拿走小镇仅剩不多的珍贵老物件,如何能答应? 退一步说,哪怕心里愿意捏着鼻子受这窝囊气,可要知道四姓十族那么多老狐狸,正在旁边憋着坏看笑话呢,如果他这个时候装了孙子,估计以后就很难当上那些大族门户的爷爷喽。本来就不顺的文武两庙选址,肯定要黄了。"

陈平安认真听完少年眉飞色舞的讲解,问道:"你到底是谁? 怎么知道这么多?"

少年伸出一根手指,指着自己,笑道:"我? 哈哈,我可不是大骊朝廷命官。我姓崔名瀺,瀺字比较生僻难写,麻烦得很,你不用管。"

陈平安看着崔瀺的眼睛。崔瀺神色自若,嬉笑道:"我年纪比你大,所以你可以喊我崔师伯。"

陈平安笑了笑。崔瀺也跟着笑起来,双手轻轻搓着脸颊:"没关系,我还有个绰号,喊起来应该比较顺口,叫绣虎。"

看着笑眯眯的崔瀺,陈平安感到紧张,身体紧绷,完全不由自主。

当初与蔡金简、符南华生死相搏,陈平安其实越是接近他们,就越是心如止水。哪怕后边跟正阳山搬山猿纠缠,然后被追杀,陈平安大概是一开始就存有必死之心,虽然事后想起会有些后怕,但交手期间,不管如何命悬一线,他其实没有紧张,当然也可能是根本顾不上。

唯一一次记忆深刻的紧张,是与杏花巷的同龄人马苦玄,在神仙坟那场势均力敌的交手,陈平安当时手心里其实满是汗水。

紧张源自陈平安近乎本能的敏锐直觉,崔瀺仿佛对此丝毫不感到意外。崔瀺既然胆敢在老瓷山,出言挑衅深不可测的杨老头,当然不是故弄玄虚的伎俩,否则也不至于让跻身十一境的兵家圣人阮邛心生忌惮。

崔瀺对陈平安掩饰不住的那点紧张,故意视而不见,转移视线,面朝那座跟大骊京城极有渊源的大学士坊,伸出一根手指,神色依然热络殷勤,解释道:"儒教的'当仁不让',道教的'希言自然',佛教的'莫向外求',兵家的'气冲斗牛',四块匾额,十六个字,蕴含着书写之人磅礴充沛的神意，还有当初在这里订立规矩的三教一家四位圣人，他们故意留在此地的一部分气数。你瞧见那位侍郎大人手里的物件没，是专门用来拓碑的，目的是要把那些字里的精气神一层层剥下来。第一道拓碑，肯定与真迹最相似，形似且神似，越到后面，距离真迹原貌就会越远，价值当然就越小。我觉得除了'莫向外求'四个字能够勉强撑住六次，其余三块匾额恐怕都撑不过四次，尤其是兵家的'气冲斗牛'，好像有两个字不久之前死了，所以两次过后就可以收工了。"

陈平安有些震惊，原来这里头还有这么多门道，字不仅仅排列在书籍里，或是写春联挂在墙上，或是在墓碑上刻下已故之人的名字。陈平安没来由想起齐先生赠送的印章，以及年轻陆道长的药方。

崔瀺继续说道："作为拓碑的那些纸张，极其名贵，每一张都厚如木片，是别洲道教真诰宗独有的宝贝，名叫风雷笺。写字的时候，笔尖与纸张摩擦，带起一阵阵风雷之声。咱们皇帝陛下也库藏不多，平时根本舍不得用，偶尔会拿出来犒赏功勋大臣，或是年末赏赐给六部里某个衙门。所以这次礼部对那些字是志在必得，咱们这位前程远大的小吴大人，心思太重，方方面面都想抓住、抓稳，估计以后在小镇会处处碰壁，别处的灭门太守、破家县令，到了他这里，就当得殊为不易啊。"陈平安仿佛听天书一般。

虽然身边的崔瀺口气很大，但是陈平安没觉得他是在胡说八道。

眉心一点朱砂的崔瀺说自己不是大骊的官员，不似作伪，但当时出现在铁匠铺子，却跟随在督造官吴鸢身边，阮秀说有可能是吴大人的伴读书童。所谓书童，就是自家公子负笈游学时，那个在旁边背着书箱的家伙。可陈平安现在可以确定，眼前这个自称绰号绣虎的清秀少年，绝对不简单。谈吐见识也好，风雅气度也罢，比起龙尾郡嫡长孙陈松风和老龙城少城主符南华，只好不差。

在陈平安印象中，他所认识的所有人当中，其中一小撮人很特别，比如窑头姚老头，常年沉默寡言，偶尔说话多半是在骂人，但是每次进山后，姚老头整个人的精气神就格外好，会给人一种比青壮男子还体魄雄健的错觉。又比如杨家药铺的杨老头，很公道，跟你关系再差，也不会对你如何，但是跟关系再好，也不会故意多给你什么。还有刚认识没多久的宁姚宁姑娘，身上也带着一股英气。以及流露出真面目的杏花巷马苦玄，就是满身的锐气和戾气。这个绰号绣虎的崔瀺，也是如此。就像是比符南华、蔡金简这拨神仙子弟，更高高在上的存在。陈平安甚至觉得哪怕截江真君刘志茂在他面前，崔瀺的眼神脸色也一样是这么漫不经心。当然，崔瀺的话痨，只有风雷园的刘灞桥，能够与之媲美。

崔瀺突然笑问道："陈平安，你能不能带我去一趟宋集薪家的院子？"

陈平安心弦一紧，貌似随意地问道："可是牌坊这边还没散呢？"

崔瀺笑得眯起眼的时候，像一个人畜无害的俊美狐仙："知道你在担心我意图不轨。实话告诉你好了,我跟宋集薪的弟弟很熟悉,他很好奇自己哥哥在小镇这十多年,到底是如何生活的,就托付我一定去亲眼看一看,回到京城后好跟他说道说道。"

陈平安问道:"他既然跟宋集薪是亲兄弟,就不能自己问吗?"

崔瀺打了个响指,赞赏道:"陈平安你挺聪明啊,这么快就找出漏洞了。"

陈平安有点跟不上这个家伙的思路。

崔瀺揉了揉眉心,无奈道:"因为父母的缘故,他跟那个素未谋面的哥哥宋集薪,还没见面就关系很差了。富贵门庭里的龌龊事,就跟泥瓶巷、杏花巷的鸡毛蒜皮事情一样多,所以你要体谅一下。"

陈平安笑问道:"如果我不答应,你是不是就会找我的麻烦?"

崔瀺一脸疑惑,然后指着自己鼻子,委屈道:"我像是穷凶极恶之辈?你看看我,瞪大眼睛仔细看看,我像是那种一言不合就要杀人全家的人吗?"

陈平安老实回答:"看着是不像。"

崔瀺倒抽一口冷气:"这话怎么听着不像好话啊。"

他双手环胸,冷哼道:"你不愿意带我去,那我自己问路去。"

陈平安问道:"你又没钥匙,连院子也进不去,去了看什么?"

崔瀺脸上浮现出"你陈平安太年轻了"的欠揍表情,微笑不语。陈平安对这种笑容再熟悉不过了,刘羡阳和顾璨经常有。

陈平安叹了口气:"那我带你去泥瓶巷,院子你就别翻墙进去了,只能带你到门口。"

崔瀺一巴掌重重拍在陈平安肩膀上:"早干吗去了?!"

崔瀺转身大步离去,远离人头攒动的牌坊楼。他突然停下脚步,转头一看,背着笔筐的陈平安走在方向相反的街道上。有些狼狈的他赶紧小跑跟上。

进了泥瓶巷后,崔瀺左右张望,啧啧道:"原来这就是传说中的泥瓶巷啊,藏龙卧虎,出人才,出人才啊,以后百年,除去杏花巷,估计福禄街和桃叶巷加在一起,也比不过这里了。"崔瀺说起这些神神道道的言语,竟然一点也不让人觉得突兀。

一路行去,崔瀺时不时会蹦跳几下,观望一些矮墙后头院子里的景象。

陈平安带着他来到宋集薪家门口:"就是这里。"

崔瀺站在巷子里,很快就看到了那副宋集薪自己书写的春联,眼前一亮,感慨道:"这就是宋集薪和那个婢女稚圭居住的宅子?嗯,字真不错,比他弟弟要有悟性多了,越看越喜欢。"说着说着他走上前,踮起脚尖,就要动手去撕下春联。

陈平安急了,赶紧拦下崔瀺:"你要做什么?"

崔瀺一脸天真无辜:"宋集薪这辈子都不会回到这里了,留着这副春联风吹日晒,渐渐消失,还不如我留着拿去京城呢。"

陈平安坚持己见,摇头道:"不行,在除夕自己更换春联之前,贴着的春联是不能撕掉的,否则容易家门晦气。"

崔瀺哦了一声,失落道:"小镇还有这个讲究啊。"

陈平安问道:"要不要去我院子坐坐?"

崔瀺摆摆手:"算了算了,那么大点地方,估计连杯茶都喝不上,走了走了。对了,这条巷子不是断头巷吧,这么一直向前走,能走出去?"

陈平安笑道:"能走出去的。"

崔瀺大步离去,不忘背对陈平安抬起手,晃了晃。陈平安目送崔瀺离去,然后回到自己院子,看到墙根的槐枝还在,放下箩筐,从屋内搬出一条板凳坐下。

陈平安猛然起身,飞快跑到泥瓶巷巷子里,果不其然,一个鬼鬼祟祟的家伙跑得飞快。

陈平安来到宋集薪家门口一看,春联被偷了。陈平安站在原地,看着院门两边光溜溜的墙壁,有些说不出话来,苦笑道:"这什么人啊,太不厚道了。"

陈平安唉声叹气地走回自家院子,却发现杨老头不知何时坐在了那条板凳上,大口吐着烟雾。

杨老头缓缓道:"年纪轻轻,唉声叹气做什么,好不容易积攒下来一点元气,也要外泄,练拳之人尤其不能如此。"

陈平安悚然,沉声道:"记住了。"

杨老头问道:"姓宁的那个小闺女,怎么突然就走了? 害我少赚了一袋子迎春钱。"

陈平安蹲在杨老头身边,摇头道:"我也不清楚。只知道宁姑娘跟一个叫倒悬山的地方有些关系。"

杨老头点头笑道:"倒悬山啊,鸟不拉屎的破烂地方,是两个地方的交界口,为了防止双方胡乱流窜,道祖三位弟子之一的一个大掌教,就使用了乾坤颠倒的神通,用来威慑外族。说到底,倒悬山其实就是一方世间天字号的山字印,手段霸气得很哪。"杨老头言语之中,既有讥讽也有怅然,陈平安当然不知其中缘故。

杨老头问道:"你打算买山头?"

陈平安在这个老人面前从不打马虎眼,老实回答道:"打算买五座山,宝篆山、彩云峰和仙草山,在阮师傅的三座山头附近,还有落魄山和真珠山两座……"

杨老头打断了陈平安的话语,皱眉道:"你为何会买下落魄山? 是谁暗示你了? 阮邛? 不应该啊,他明摆着不想跟你牵扯太深。"

陈平安疑惑道:"落魄山很奇怪吗?"

杨老头犹豫了一下,重重吐出一个烟圈,点点头:"除了披云山和香火山,就属这座落魄山最有嚼头,不过到目前为止,恐怕连大骊钦天监地师也看不出来,所以标价不会太高,你算是占到天大的便宜了。"

杨老头眼神凌厉,无形中加重了语气:"你还没有说为什么会买下它!"

陈平安尴尬道:"看地图的时候,头顶掉下一坨鸟粪,刚好落在'落魄山'三个字上。以前姚师傅总说山水之间有看不见的神灵,我觉得挺有缘分,而且当时实在不知道该买什么山头,就胡乱决定买下它了。"

杨老头听到"姚师傅"三个字之后,白茫茫烟雾之后的眼神有些复杂,点点头:"如果是这样,倒也勉强说得通。"

陈平安笑问道:"阮师傅已经答应,帮我去买下那五座山,那么我是买赚了?"

杨老头嗯了一声,轻声道:"赚到了。"

杨老头有些疑惑,当真是因为没了骊珠洞天的规矩限制,陈平安开始否极泰来了?

陈平安突然记起一件事:"那个眉心有痣的少年,说自己姓崔,绰号绣虎,还说我可以喊他师伯。"

杨老头没有说话。

果然如此。

大骊国师崔瀺,虽然没有官身,却是大骊王朝所有练气士名义上的领袖,听说还是东宝瓶洲屈指可数的围棋国手。但是师伯一事,从何说起?

杨老头站起身,提醒道:"好好留着齐先生送给你的那四方印章,尤其是带有'静'字的那一方,小心藏好。这个崔瀺也好,之后遇到的任何人也罢,你都不用怕,当然也别轻易挑衅。只需要记住一点,你在成功买下五座山头之后,宜静不宜动,哪怕是夹着尾巴做人都不会错。"

陈平安仔细思量一番,使劲点头道:"记下了!"

第六章
梦想

离开了狭窄阴暗的泥瓶巷，走在宽阔明亮的二郎巷，眉眼灵动的崔瀺脚步轻盈，大袖晃荡，手里拿着那副从泥瓶巷墙头偷来的对联。

一个本该出现在督造官衙署的高大男子，此时站在门外，已经等候良久。他始终闭眼屏气凝神，听到脚步声后，睁眼看到那个熟悉又陌生的少年后，赶紧侧过身，束手而立，恭声道："先生。"

崔瀺嗯了一声，随手把对联交给吴鸢，摸出钥匙打开门，刚要跨过门槛，突然后退一步，重新拉上两扇院门。吴鸢差点撞上自家先生的后背，这位龙泉县的父母官连忙后退数步，有些奇怪先生的举动。

名叫崔瀺的少年双手笼袖，朝两个彩绘门神努了努嘴："你那位老丈人的先祖，就挂在这儿呢，威风吧？"这个别扭至极的说法，让吴鸢一阵头大。

他虽然跟顶着上柱国头衔的老丈人不对付，可跟那位尚未娶过门的媳妇，那真是情投意合，两人是京城出了名的一双良人美眷。尤其是一个英俊潇洒的寒族书生，饱读诗书，赴京赶考，科举落第，却赢得美人心，在不被所有人看好这段姻缘的形势下，一举成为大骊国师的亲传弟子，名动朝野，瞬间传为美谈，以至于惊动了皇帝陛下，下旨在养正斋召见。在那之后，未来老丈人就对吴鸢睁一只眼闭一只眼，不再对女儿扬言要打断吴鸢三条腿了。

崔瀺跨过门槛，随口道："我一直在思考一个问题，咱们儒家信誓旦旦的'谆信明义，崇德报功，垂拱而天下治'，到底有没有机会实现？"

吴鸢轻声问道："先生想出答案了吗？"

崔瀺撇撇嘴："很难。"

吴鸢哑然。

崔瀺笑问道："是不是觉得问了句废话？"

吴鸢诚实回答："有一些。"

大概是师生之间的对话，一贯如此坦诚相见，崔瀺并未恼火，只是斜眼瞥了一下吴鸢，惋惜道："世间很多事情，珍贵之处不在结果，而在过程。"

吴鸢鼓起勇气问道："先生能否举例？"

崔瀺一边领着吴鸢走向正堂匾额下的朱漆大方桌，一边说道："比如你跟袁上柱国家的千金小姐，如今恩恩爱爱，缠缠绵绵，牵个小手都能开心好几天，可是等到哪天总算把她给明媒正娶了，上了床一番神仙打架之后，你很快就会感到失落，原来不过如此啊。"吴鸢龇牙咧嘴，这话没法接。

崔瀺示意吴鸢自己找位置坐下，自己继续站着仰头望向那块匾额，说道："可是你会因为这个无趣的结果，而放弃跟袁家大小姐滚被窝的机会吗？显然不会吧。"

崔瀺自己也觉得这说法不太入流："那我就换个说法，比如修行，寻常练气士，目标肯定是中五境，天才一些的，会选择上五境。又比如为官，野心小的，是入流品就行，志向大的，是做黄紫公卿。然后在漫长的登山途中，很多人会一直抬着头盯着山顶的风光，身边的树木葱茏，脚下的春花烂漫，都是看不到的，就算看到了，也不会驻足欣赏，枉费了圣人的谆谆教导，天地有大美而不言啊。"

吴鸢陷入沉思。

崔瀺突然哈哈大笑起来："你连这种狗屁道理也相信？天底下最没有意思的东西，就是道理了。"

吴鸢无奈道："要是以前，我肯定不会在这种问题上深思，可是先生此次出关，先是换了这身'行头'，又莫名其妙要来这个小镇见故人，学生实在是吃不准了。"

崔瀺笑过之后，懒洋洋瘫靠在宽大的椅子上："话说回来，这番大道理也不全是废话，我虽然重事功而轻学问，但这并不意味着学问一事，就不需要用心对待。说句最实在话，凡夫俗子不下苦功夫、死力气去努力做成一件事，根本就没资格去谈什么天赋不天赋。"

崔瀺一根手指轻轻敲击椅子把手，脸色平淡从容，微笑道："只有真正努力之后的人，才会对真正有天赋的人，生出绝望的念头。那个时候，会幡然醒悟，流着眼泪告诉自己，原来我是真的比不上那个天才。"

吴鸢笑道："围棋一道，整个东宝瓶洲的国手和棋待诏，想必都是以这种心态面对先生的。"

崔瀺扯了扯嘴角:"可是对有些事情,天纵奇才如先生我,也一样用这种眼光看待某些人。"

吴鸢摇头道:"学生不信!"

崔瀺伸出手指,点了点满身正气的督造官大人,笑嘻嘻道:"小吴大人,这激将法用得拙劣了啊。"

吴鸢哈哈大笑,抱拳作揖讨饶道:"先生慧眼如炬。"

吴鸢眼角余光时不时掠过一个肌肤晶莹的木讷少年。少年呆呆痴痴,眼神空洞,就坐在不远处天井旁边的小板凳上,双手轻轻放在膝盖上,微微仰起头,姿势如坐井观天。其实吴鸢刚才一进屋子就看到了他,便觉得浑身不舒服,但既然先生不愿主动开口,他就不好问什么。

吴鸢望向桌上那副春联,拿起一张仔细观摩,抬头问道:"先生,这副对联是谁写的?这个人很有意思啊。"

崔瀺打了个哈欠,换了个更慵懒舒服的姿势缩在椅子里:"暂时还是名叫宋集薪吧,不过估计过几年,会改回宗人府档案上那个被划掉的老名字,宋睦。"吴鸢立即觉得这张轻飘飘的春联很烫手。

他忍不住问道:"先生要这春联做什么?"

崔瀺笑道:"给你那位宝贝师兄长长见识,省得经常说我是仗着年纪大,才能字写得比他好。现在好了,这副春联是他的同胞兄弟写的,我不信他还能找到什么借口。"

吴鸢想了想,忍住笑意,轻声道:"比如宋集薪在乡野之地,整天没事做,光顾着练字,勤能补拙,所以写出来的字就好一些?"

崔瀺一脸惊讶:"这也行?"

吴鸢笑着点头:"小师兄做得出来。"

崔瀺摇头道:"说一千道一万,还是打得少了,规矩从来棍棒出啊。"

吴鸢把那张春联放回桌上,随意说道:"先生,你的先生一定规矩很重。"

吴鸢一直不知道自家先生师承何处,甚至连大致文脉流传都不清楚。恐怕整个大骊,晓得此事的人物,屈指可数。

崔瀺突然微微坐直身体:"错喽,先生教我,就跟我教你们差不多,一样的,所以我的先生,才教出我这么个学生,数典忘祖,做人忘本,嗯,还有欺师灭祖。"

吴鸢以为自己听错了。

崔瀺淡然道:"你没有听错。"

崔瀺伸了个懒腰:"我求学之时,还没有现在这般激进,只敢提出'学问事功,两者兼备'之议,先生就赏了我'世风日下、罪魁祸首'八个大字。"

崔瀺身体越来越正,直视着对面自己学生的眼睛:"你知道最可气的地方,是什么吗？是我这位先生，不等我说完议题，就打断了我，一向以治学严谨著称于世的先生，甚至不愿意为这个问题多想一天，一个时辰、一炷香，都没有，就直接丢给我那八个字。我有个师弟，每次跟先生询问经典疑难，先生必然次次如长考一般，悉心教导，唯恐出现丝毫偏差，其中一次，你知道我家先生想了多久，才给出他的答案吗？"

崔瀺伸出一根手指。吴鸢尽可能往多了去想，试探性说道："一个月？"

这一刻，以清秀少年面貌现世的大骊国师，脸色古怪至极，似笑非笑，似哭非哭："十年。"

吴鸢咽了咽口水，再也不敢多说一个字。

崔瀺重重呼出一口气，自嘲道："故人故事故纸堆，都无所谓了。何况不无所谓，又能如何呢？"

崔瀺站起身，收起那股罕见的复杂情绪，对吴鸢说道："今天让你来这里，是要你见一个人，我先忙点事情，你去门口等着。"

吴鸢如获大赦，起身离开。

崔瀺走到那个容貌精致的痴呆少年身边，蹲下身后，揉着下巴，像是在寻找瑕疵。

暮色中，吴鸢带着一名戴着斗笠的男子走入大堂，崔瀺这才站起身，对他们两人说道："自己人，随便坐。"

那人落座后，轻轻摘下斗笠，露出一张英俊却病态苍白的脸庞，整个人精气神极其糟糕，像是身负重伤，咳嗽不断，散发出淡淡的血腥味。

吴鸢脸色凝重："观湖书院崔明皇?！"

然后吴鸢迅速望向自家先生。

崔瀺，崔明皇。大骊国师，观湖书院。难道？吴鸢头皮发麻，心头震动，开始担心自己能否活着离开这座宅子了。

先生杀人，口头禅是"按规矩办事"。但问题是大骊王朝的练气士，几乎没有谁能够理解先生的规矩。就算是吴鸢这种嫡传弟子，也从来不敢认为自己真正了解先生的心思。

崔瀺搬了张椅子到木讷少年身边，背对着吴鸢和崔明皇，笑道："不用紧张，一个是我难得欣赏的家族子弟，一个是有望继承我衣钵的得意门生，所以你们两个不用猜来猜去，可以把事情往好处想。"

吴鸢壮起胆子，问道："先生出自崔氏？"

崔瀺没理睬。

崔明皇苦笑道："师伯祖早就被崔家逐出宗族，还下令生不同祖堂，死不共坟山。"

吴鸢脸色阴晴不定。

始终没有回头的崔瀺笑着说道："放心，这些腌臜往事，咱们英明神武的皇帝陛下，一开始就知道的。对了,崔明皇,吴鸢接下来有任何问题,你知无不言,言无不尽。"

吴鸢灵犀一动,直接问了一个最大的问题:"齐静春之死,是先生的手笔?"

崔瀺不愿意开口说话。

崔明皇脸色如常,回答道:"齐静春之前得到过一封密信,来自山崖书院,写信之人告诉齐静春,他们那位自囚于某座学宫功德林的先生,真的死了。"

吴鸢皱了皱眉头,这是他不曾听闻的一桩天大秘事,估计是只有儒家三大学宫和七十二书院的当家人物才有资格知晓的内幕。但是其他一些风言风语,吴鸢和许多出身世族的读书种子一样,大多有所耳闻。

不过短短百年,昔年被尊奉于儒教文庙第四位的神像,先是从文圣之位撤下,挪到了陪祭的七十二圣贤之列,然后从陪祭首贤的位置上不断后移,直到垫底,今年开春时分,更是被彻底搬出了文庙。不但如此,有人试图偷偷将其供奉在一座道观内,却被发现,最终被一群所谓的无知百姓推倒打烂。朝野上下,这位圣人的毕生心血,所撰写的经典文章,一律禁绝销毁,所推行的律法政策,被各大王朝全部推翻,名讳从正史中删除。先是江河日下,然后日薄西山,摇摇欲坠,最后一夜之间泥牛入海,悄无声息。

崔明皇将一桩惊天阴谋娓娓道来:"山崖书院如今已经被撤掉了七十二书院之一的身份,你们大骊对此心有不甘,毕竟齐静春和书院对于教化百姓一事,以及帮助大骊摆脱北方蛮夷的身份,居功至伟。再者,没了书院吸引东宝瓶洲北方门阀士子,大骊的文官体系,必然遭受巨大冲击。但是大势所趋,大骊终究不能螳臂当车,大骊皇帝也不会愚蠢到为了一个齐静春,一口气招惹那么多豪横至极的山上山下势力。

"既然外援已经不可靠,那么如何凭借一己之力,保住山崖书院不被撤销,这个天大的难题,就跟随那封密信一起摆在了齐静春的书案上。

"但是他心知肚明,甲子之期一过,他走出骊珠洞天,那么他在此处的蛰伏隐忍,境界不跌反升的骇人真相,必然会惹来儒家内部某些大人物的更大打压。当然,不只是儒家、道家,还有其他一些诸子百家里的大人物,也会蠢蠢欲动,毕竟好不容易打压下一个老的,再来一个新的,实在太可笑了。"

崔明皇露出一丝笑容,下意识望向那个依旧在凝视少年的家族前辈——崔瀺。

崔明皇眼神当中满是钦佩,道:"这个时候,阮邛的提前出现,就成了一招胜负手。彻底断绝了齐静春原先最有可能会走的一条退路。"

崔瀺不知何时已经站起身,正在用手指轻轻撑开少年的眼帘,听到崔明皇的言语后,喃喃道:"酒呢? 方才路过酒肆的时候,应该买几壶的。"

崔明皇眼见吴鸢有些疑惑,解释道:"阮邛早早来到骊珠洞天,虽然这位兵家宗师并不插手小镇事务,保持绝对中立,但是阮邛存在本身,就已意味深长。这意味着齐静春再没有办法开口讨价还价,跟三教一家的四方圣人提议自己继续留在小镇,再画地为牢六十年,以此换取山崖书院又一个六十年的苟延残喘。"

崔明皇微笑道:"自家先生死了,先生的道德文章没人读了,政策主张也无人推行了。而齐静春来到东宝瓶洲后,辛辛苦苦在蛮夷之地建立起来的山崖书院,也没了。俗世的立身之处已无,支撑他走到今天这一步的安心之地,好像也没了。不死何为?只有他齐静春死了,才能让那些人觉得彻底没了威胁,对于支离破碎的山崖书院,自然懒得再看一眼。事实上如果不是有齐静春,别说成为名副其实的七十二书院之一,大骊境内的山崖书院恐怕连我们观湖书院的一半底蕴都没有。"

崔瀺评价道:"观湖书院底蕴有余,朝气不足,如果不是山崖书院的存在,迫使观湖书院不得不跟着做出诸多改变,恐怕更加不堪。在接下来的大争变局当中,只会一步慢步步慢,逐渐消亡。"

崔明皇发自肺腑地赞美道:"师伯祖真知灼见,一针见血!"

崔瀺总算不再折腾那个没有半点"人气"的少年,站在并无积水的水池旁边,跟随少年一起仰头望向蔚蓝天空,收回视线后,说了一句很奇怪的定论:"所以我精心安排了一场大考,考生只有一人,就是那个泥瓶巷名叫陈平安的孤儿。他只是很普通的出身背景,但是有着很有趣的成长经历。"

吴鸢越发丈二和尚摸不着头脑。这是什么意思?

崔瀺开始绕着水池慢慢绕圈踱步,双手负后,低着头自言自语道:"照理说,齐静春在必死无疑的情况下,会垂死挣扎一番,那么有三个人就不得不注意:一起在骊珠洞天陪他吃苦的师弟马瞻,手把手传授学问的书童赵繇,看似关系一般的宋集薪。因为这三个人,最有可能让齐静春寄托希望。

"想着让马瞻延续山崖书院的香火,哪怕只有一名弟子,也无所谓。

"想着让赵繇将师门学问发扬光大,至于是不是在大骊王朝,甚至是不是在东宝瓶洲,也无所谓。

"我一开始,得知齐静春将所有书本留给宋集薪后,以为宋集薪会是他的香火传承之一,但是很快,我就发现这是个障眼法。"

崔瀺说到这里的时候,开始长久沉默,似乎在一步步逆向推演,确定并无纰漏。

吴鸢小心翼翼插嘴道:"障眼法之后,藏着那个叫陈平安的人?"

被打断思绪的崔瀺停下脚步,猛然抬起头,冷冷看着吴鸢。吴鸢立即站起身,冷汗渗出额头,作揖低头道:"还望先生恕罪。"

崔瀺继续散步:"马瞻,算是那人的半个弟子吧,只不过比起齐静春,差太远了。心比天高命比纸薄,说的就是此人。

"我让崔明皇去骗马瞻,骗他可以顶替齐静春担任山崖书院下一任山主。虽然七十二书院之一的名头没了,但是书院本身还在,书院在,就需要山主。如此一来,对齐静春这一支文脉，对咱们大骊的皇帝陛下，其实面子上都说得过去，这也是一开始各方势力默认的一个结局。

"但是我不喜欢啊，这么团团圆圆的结局，太无趣了。反正儒家内部本来就有一些声音，要求文圣、齐静春和山崖书院，三者一起消失，省得人心反复，死灰复燃。

"所以我提议在披云山新起一座书院，而儒教三座学宫也答应在五十年内，会提拔这座书院为七十二书院之一，咱们皇帝陛下一听，好像不错嘛，比起齐静春这么个鸡肋，换上一个能够完全听从大骊的傀儡，当然更适合大骊的南下霸业。

"于是崔明皇再骗马瞻，告诉他既然事已至此，不如退而求其次，干脆改换门庭，跟山崖书院撇清关系，回到小镇后就能够担任新书院的山主，而且是新书院的第一位山主，比起在山崖书院拾人牙慧，仰人鼻息，不是更好？"

崔瀺继续行走，不过望向默默呼吸吐纳的崔明皇："是不是在这个时候出现了问题？"

崔明皇点头道："应该就是在这个时候起了疑心，开始与我虚与委蛇。当时马瞻不露声色，我虽然小心提防，但是没有想到马瞻这么个废物，发起狠来，是如此不遗余力，拼得经脉寸断，窍穴炸碎，也要杀我。"

崔瀺点点头："马瞻虽然远不如齐静春，可到底是在那人门下待了十多年，不能纯粹以蠢人视之。"

崔明皇用手捂住嘴巴，吐出一口瘀血，握紧拳头后，脸色反而轻松几分，多了几丝红润，问道："师伯祖，为何要允许山崖书院那个仅剩的老夫子，带领学生离开大骊，去往敌国大隋，还继续使用山崖书院的名号？大骊皇帝是如何答应的？这件事，晚辈一直想不通。"

崔瀺缓缓而行："一来山崖书院就算保留下来，也名存实亡。没了七十二书院之一的金字招牌，就是个空壳子，再也无法跟蒸蒸日上的观湖书院，争抢东宝瓶洲最出彩的读书人。二来披云山一旦设立新书院，观湖书院的副山主会来此坐镇，当然，第二任山主，肯定是你这位观湖君子。三来，大隋接纳了山崖书院的丧家之犬，就等于接了烫手山芋，我们大骊随时可以找个由头，向大隋宣战。到时候，山崖书院不一样还是在大骊版图之上？

"谁都知道山崖书院等同于大骊王朝的国子监，可是哪个王朝的皇帝君主，敢说观湖书院是自己的私塾？所以大骊哪天能够完完整整掌握一座书院，是陛下从小就梦寐以求的事情。当然了，皇帝陛下心里未尝没有补偿齐静春的意思。哪怕齐静春担任山主那些年，不愿对陛下卑躬屈膝，但是陛下对齐静春是真的很欣赏，甚至可能还有一点敬畏。"

崔瀺突然笑起来："当然，最主要的原因，是我需要，我需要有这么一局棋。

　　"我除了需要齐静春必须死在骊珠洞天，我还需要他按照我的棋路，选定我希望他选中的棋子。最后由我来一一毁掉。齐静春死前，就像手里还攥着几粒种子，或者是还捧着几炷香，只能交到身边人的手上。

　　"文脉一事，讲究薪火相传，甚至信奉一种学说的门生弟子可以死绝，但是香火未必就会断绝，所以香火和文运到底是什么，说不清道不明。齐静春估计已经抓住了端倪，我仍是有些琢磨不透，不敢太过确定，我需要用事实来证明自己的想法。

　　"所以设置这次大考，摆下这盘棋局，既是用来断掉那个人的文脉香火，更是我的证道契机。"

　　崔瀺走到坐在板凳上的少年身后，伸手轻轻拍了拍他的脑袋，笑道："曾有诗云，仙人抚我顶，结发受长生。写得真是……仙气十足。"

　　少年身体的各个关节咯吱作响，最终动作凝滞地缓缓站起身，他一双眼眸渐渐焕发出夺目光彩，等到站直身体后，转身面对亲手拼凑出自己这副身躯的崔瀺。少年尚且口不能言，如婴儿牙牙学语，手舞足蹈，欢天喜地，但是同时对崔瀺又带着一股先天的敬畏。

　　别说算不得修行人的吴鸢，就连崔明皇看到这一幕后，也是目瞪口呆。

　　不知为何，今天听到先生一席话后，吴鸢只觉得自己遍体发凉，有气无力，嗓音沙哑问道："先生，就不能杀人了事吗？需要如此大费周章？"

　　崔瀺哈哈大笑，好像等了半天，终于等到了一个真正有趣的问题，啧啧道："大道之争，可不是俗世间抄家灭族、灭人满门那么简单的事情，想要真真正正地斩草除根，很难很难，很多时候杀人，反而会让简单的事情变成一团乱麻，所以要诛心啊。为何修行之人，能有十五境那么高？因为修心嘛，而修力的武夫呢，只有这么高，九境就是顶点，想要跻身十境，比登天还难。"

　　崔瀺一下子跳进天井正对着的水池当中，踩了踩镶嵌在底部的五彩鹅卵石，随心所欲走在水池里，只是相比地面，下边显然更加局促。他想了想，说道："那我就给你们这两只井底之蛙，讲一讲两桩原本秘不外传的公案，听完之后，就会发现我这些手段，不过尔尔，不过尔尔啊。

　　"有一位当初差点帮助兵家立教的天纵奇才，虽然功亏一篑，但毕竟是身负大气运的家伙，无人胆敢对此人痛下杀手，最后你们知道那些真正的圣人们，是如何对付此人的吗？将其丢入一块福地中去，生生世世都安排棋子待在他身边，不断消磨其兵家意气，这一世，让其沦为村野的教书先生，却衣食无忧；下一世，让他成为性情软弱的粗鄙屠子，却有佳人相伴；又一世，变成了玩世不恭的纨绔子弟，千金散尽还复来；再一世，成了太平盛世里的文人皇帝……总之，生生世世，就这么始终被人玩弄于股掌之中。如今还是一样。兵家后辈们，不是不想出手，但是只敢暗中动手，试图唤醒那位兵家老祖的神志，可是希望何其渺茫，去跟那些老家伙比拼修为、谋略还有耐心？怎么赢？

"又有一位兵家枭雄，战力之强，惊世骇俗，最后一着不慎满盘皆输，为了个傀儡女子，魂飞魄散，然后立即被圣人们抓住机会，三魂六魄，全部被瓜分殆尽，然后让其成为各大福地的头等谪仙人，每一道魂魄，竟然皆从福地升到我们这方天地，而且大道顺遂，人人都成了一方霸主。这九人，最低修为也是第十境，或是武道第七境，你觉得他们都愿意舍弃自己的独立意志，成为'一个人'？

"听上去，好像也不算太复杂，但是真正实施起来，将是一段极其漫长的岁月。"

崔瀺说到这里的时候，感慨道："大道之争，何其残酷。"

崔瀺伸了个大大的懒腰，双手揉着脖子，笑道："马瞻愧疚愤懑而死，赵繇已经失去了'春'字印主人的身份，那么接下来就只有那个坏了大规矩的'静'字了。

"一个贫贱至极的陋巷孤儿，吃尽苦头，内心深处无比希望有一份安稳，如今真的梦想成真，一下子成为小镇最阔绰的有钱人，又突然迎来了千载难逢的发财机会，福地之上的五座山头，全部被他收入囊中，三百年，整整三百年细水长流的富贵，都属于他了。

"除了这些雪中送炭，我又帮他锦上添花了两次。第一次是帮他选中那座落魄山，而这座山头，我会让大骊敕封一位山神坐镇，你说这个少年会不会觉得很惊喜？第二次，则是草头铺子和压岁铺子，很快都会以低价出售，然后不出意外，就会由他陈平安'顺理成章'地买下来。试想一下，小镇之外日入斗金的五座山头，小镇之内两座老字号铺子，以后山下有县令吴鸢与之一见如故，山上会有书院副山主崔先生，对其青眼相加。你们觉得这个少年，是不是已经几乎没有什么追求了？"

"但是，"崔瀺说到这两个字的时候，笑容格外玩味，自言自语道，"世间事，真是最怕这两个字了。"

他继续说道："但是呢，就在这个时候，出去的时候是两辆马车一辆牛车，回来的时候，只有一辆马车一辆牛车，而且少了个温文尔雅的观湖书院崔先生，还死了一个学塾马先生。然后那个车夫就会找到陈平安，告诉这个少年，学塾齐先生和马先生，生前都希望他能够带着那……五个蒙童赶赴大骊王朝的死敌大隋，去那座迁往大隋的山崖书院继续求学。此次出行，路途艰辛，虎狼环伺，最后那个车夫还会善解人意地劝解少年，如果齐先生还活着，一定不希望你涉险去往大隋山崖书院。"

吴鸢小心翼翼问道："那些已经担惊受怕的孩子，如果想要留在小镇家中，岂不是让陈平安名正言顺地不用走出去？先生这次谋划不是……"

崔明皇笑道："在这些孩子离开小镇没多久，他们的家族就已经被强行迁往大骊京城了，大骊当然不会缺了他们的富贵荣华。但是每个家族都会留下来几个人，会告诉那些孩子进入山崖书院是何等机会难得，以及家中父母长辈又是如何殷切希望他们能够去书院学成归来。”

崔瀺站在天井正下方，面无表情。

吴鸢越发小心谨慎，问道：“先生，是如何肯定这场大考，能够让齐静春这一支文脉，彻底断绝香火。”

崔瀺挑了一下眉头，转头望向吴鸢，笑道：“难道你没有听出来，我和齐静春是同门师兄弟吗？作为他的师兄，我曾经代替外出游学的先生，为他解惑儒家经典，整整三年之久，所以他的大道为何，我崔瀺会不清楚？”

崔瀺走出水池，小声呢喃道：“正人君子，赤子之心……不过如此了，只是齐静春这家伙命太好，竟然拥有两个本命字。如果不是死在这里，指不定就是前无古人后无来者的三字本命了，他不死，谁死？”

崔瀺走向大门：“我兴师动众布下这么大一个局，为的就是这么小一件事。这么小。”崔瀺举起手，拇指抵住食指，啧啧道：“这要是还输了的话……”最后崔瀺所说的那几个字，细不可闻。

崔瀺刚打开门，一步跨过门槛，突然停下身形，原本想要去买酒喝的大骊国师，突然觉得好像喝酒也没啥意思。于是他最后干脆就坐在门槛上。吴鸢和崔明皇望着那个略显纤细的少年背影，面面相觑，不知道发生了什么。

崔瀺双手笼在袖中，弯着腰，望向街对面的宅子，廉价的黑白双色门神，内容寓意粗俗的春联，倒着张贴的丑陋“福”字。崔瀺自言自语道：“齐静春，你最后还是会失望的。”

不知何处，轻轻响起一个略带笑意的温醇嗓音：“这样啊。”

崔瀺对此无动于衷，依然直直望着远方，点头道：“到了那个时候，我再喝酒。”

当陈平安背着一箩筐泥土爬出井口的时候，有点蒙。井口外边站着一群高冠博带的读书人，为首一人，正是当时站在牌坊匾额下一架梯子上，对督造官大人大声训斥的礼部老先生，身边站着离任前建造了廊桥的前前任督造官、相传是宋集薪父亲的那位宋大人，他的皮肤比起在小镇那会儿稍稍白了一些，其余五六人，多是三四十岁的样子，人人气度不凡，看着比宋大人都更像是当大官的。

其实不光是陈平安一脸呆滞，这群在大骊六部衙门之中，身份最清贵的礼部官员，看到小镇唯一一位拥有三袋子金精铜钱的大财主，也很震惊，就是眼前这个满身灰土的穷酸少年，手里握着等同于大骊皇帝半座钱库的财富？然后一掷千金，一口气买下落魄山在内的整整五座山头？

阮邛没有露面，而是青衣少女阮秀与龙泉县令吴鸢并肩而立，后者眼观鼻鼻观心，脸色漠然，视线微微低敛，让人觉得靠山大到吓人的小吴大人，是在跟那帮礼部老爷怄气，毕竟在自己地盘上，给一帮外人剐去那么大一块肥肉，谁心里都不会痛快。

那场发生在牌坊楼下的风波,最后是吴鸢出人意料地一退到底,让礼部右侍郎董湖将十六个字全部拓碑而走,哪怕一个担任秘密扈从的七境练气士,确定那些匾额上的字已经全无精神,无须再拿出珍贵的风雷笺,董侍郎仍是一副恨不得把匾额都拆掉搬走的蛮横架势,坚持己见,将带来的风雷笺全部拓碑完毕,这才心满意足地带着礼部下属,下榻于桃叶巷一栋大户人家的宅院。

吴鸢好不容易利用小镇大兴土木一事,在普通百姓当中赢得的口碑声望,一下子就被打回原形。福禄街和桃叶巷对此乐见其成,成了茶余饭后的谈资,大多幸灾乐祸,觉得吴鸢就是个绣花枕头,不顶事儿。有人就说他吴鸢要是敢硬着脖子,跟礼部那帮人犟到底,还会佩服这小子的骨气,现在嘛,就怕在礼部那边当缩头乌龟,以后正式穿上那身县令官服后,就要窝里横了。

陈平安背着一箩筐泥土轻轻跳下井口,站在这些大骊官员身前,侍郎董湖满脸笑意,抚须笑道:"你是叫陈平安吧,老夫姓董,在我们大骊礼部任职,这次找你,并非公事,只是老夫一时兴起,想要看看五座山头的主人长什么样子,现在得偿所愿,不虚此行啊。"说到最后,老侍郎左看右看了一下,同时爽朗笑着。除了窑务督造官出身的宋大人没有动静,其余礼部官员都跟着大笑起来,好像董侍郎说了一个天大的笑话。

陈平安有些尴尬,老先生你说的大骊雅言官话,我根本听不懂啊。

吴鸢嘴角扯起一个微妙弧度。精通小镇方言的宋大人,则完全没有要帮这位衙门上官解围的意思。因为两人分属于不同的山头,而且前不久双方已经彻底撕破脸皮,如果不是皇帝陛下钦点他宋煜章必须随行南下,这趟美差绝对没有他的份。礼部衙门嘛,都是读书人,还是千军万马从独木桥厮杀出来的读书种子,所以这座衙门里头的唇枪舌剑,那真是高妙文雅,精彩纷呈。好在宋煜章本就是一个在小镇都能待习惯的怪人,回到京城后,闷不吭声做事便是,倒是没觉得有什么憋屈愤懑。

董侍郎公门修行了大半辈子,几乎全在礼部衙门攀爬,作为大骊朝廷唯一一个能够与兵部抗衡的衙门,董湖在礼部做到了三把手,显然是心思敏锐的老狐狸,一下子就意识到自己的失策,想着给自己找个台阶下,便转头笑望向那位阮师的独女,希望她能够帮自己传话。只是董湖几乎一瞬间就打消了念头,一个连皇帝陛下都要奉为座上宾的风雪庙兵家圣人,自己一个礼部侍郎,就敢劳驾阮师的女儿做这做那?若是那少女是个不懂礼数的难缠角色,觉得自己怠慢了她,回头去她爹那边告自己一个刁状,然后圣人阮师只需要轻飘飘往京城递个一句半句话,估摸着自己这个从三品官,当还能当,但绝对会当得不舒坦。他心思急转不定,其实就是一瞬间的事情,侍郎大人决定改变初衷,微笑着望向阮秀,刚要问一句阮小姐在这边住着适应不适应,需不需要礼部帮着在小镇福禄街或是桃叶巷那边,弄一栋素雅洁净的宅子,但是下一刻让人瞠目结舌的事情发生了,在所有礼部官员心目中高不可攀的阮师之女,赶紧走到那泥腿子少年身边,估计是把董侍郎的话给他说了一遍,而那少年满脸平常神色地听着阮秀的话语,真是让这些礼部官员震撼得不行。

陈平安哪里知道这么点小事,就能够让这些身份尊贵的京城大人物,仿佛心思百转到了千万里之外。认真听完阮秀的传话后,陈平安笑着跟她说道:"秀秀,麻烦你跟这位老先生说,我就是个龙窑窑工,如今在铁匠铺子打杂,之所以能够买下那些山头,要感谢阮师傅。"

阮秀一听到"秀秀"这个称呼,笑得一双秋水长眸眯成了一双月牙儿,最后她语气欢快地用东宝瓶洲正统雅言,跟那位大骊老侍郎说了一遍。董湖在内的所有礼部官员,当然精通一洲大雅之言,要不然岂不是坐实了大骊王朝就是北方蛮夷的谬论?甚至在大骊京城,能否流利娴熟地说上一口大雅之言,已成为区分高门寒庶的一个重要标准。

董湖神色越发和蔼可亲,笑眯眯地轻轻点着头,听完阮秀的解释后,就说不打扰陈平安做事了,劳烦阮小姐帮他们跟阮师告辞一声,既然阮师忙于铸剑,更是叨扰不得,否则对阮师仰慕已久的陛下,一定会问罪的。

阮秀对于这些客套话没什么兴致,哦了一声就没了下文,早已成精的老侍郎不敢有任何不满,与阮秀介绍了大骊京城的几处景色之后,便神色自若地带队离去了。宋煜章走在队伍最后,吴鸢又走在宋煜章之后。

阮秀陪着陈平安去倒掉箩筐里的泥土,她一边走一边说道:"我爹说买山一事,很快就有定论了,除了这拨大骊礼部官员,还需要钦天监的地师出面,加上你,三方一起画押签字,才算一锤定音。只是那些由两位青乌先生领头的地师,暂时还在仔细勘察所有山头的地势风水,估计还有几天才能出山。"

陈平安想了想,放下箩筐,看着四周忙碌的身影,问道:"咱们去小溪那边,边走边聊?"

阮秀笑道:"好啊。"

阮秀有意放低嗓音,轻声说道:"钦天监这次除了出动青乌先生和普通地师,许多百家、旁门的练气士也来了,还带了两只年幼的搬山猿,一只是银背猿,一只是通臂猿,平时放养在深山大林之中,只有需要的时候才会驱使其出力,打裂山峰或是搬动山丘。

"还有道家符箓派打造的卸岭甲士,很神奇的东西,一张薄薄的符纸,被练气士灌输真气之后,就能够变成身高七八丈的高大甲士,力大无穷,虽然不如搬山猿,但是好在听话,绝对不会出现意外。搬山猿性情暴戾,尤其是年幼的搬山猿,尤其难以驯服,一旦失控,肯定会死亡惨重,哪怕镇压打杀了,也是一笔很大的损失。听说还有墨家巨子亲手打造的开山傀儡,我以前也没见过,有机会的话,以后我一定要去亲眼瞧瞧。

"我爹帮你挑了两间铺子,一间压岁铺子,一间草头铺子,刚好紧挨着,你也很熟悉。要是没有意见的话,我爹马上就可以帮你去敲定买卖,因为这种小交易,不涉及一个王朝的风水盈亏和山河气运,不用像买山那么麻烦。"

陈平安想了想,笑道:"当然没问题。"

阮秀猛然记起一事,神秘兮兮道:"我爹私下说过一个消息,那个大骊皇帝亲自发话了,说既然如今小镇已经归属大骊疆土,那么那些遗留在市井民间的法宝器物,一律高价收回国库。最后在小镇收缴了二十来件不错的老物件,福禄街、桃叶巷和普通百姓交出去的东西,一半一半吧,只是卖出去的价格,可一点都不高。最后大骊皇帝又私人掏出七八件物品,凑足了三十件,作为其中三十座山头的彩头,等于是白送给买家了。一般人当然不知道到底哪些山头有彩头,哪些没有,但是我爹得知神秀山和落魄山肯定会有,而且品相极好,是数一数二的。除此之外,我家挑灯山和你的落魄山,大骊朝廷都有可能分别敕封一位山神坐镇其中。"

陈平安深吸一口气,蹲在溪边,眉头紧皱。好像有些不真实。陈平安做梦都没有想过自己能有这么一天。他的梦想,最多只跟喜庆的春联、威风凛凛的门神、香喷喷的肉包子和满满一袋子哗啦啦作响的铜钱有关。

阮秀跟着他一起蹲下身,好奇地问道:"怎么了?"

陈平安欲言又止,但好像又说不出个所以然来,只好摇摇头,随手拔起一根甘草,熟门熟路地放在嘴里嚼。沉默片刻后,陈平安转头笑道:"阮姑娘,刚才在外人面前喊你秀秀,你别生气啊,我看到那么多当大官的,紧张得很,就想着跟你假装很熟的样子。"

阮秀眨了眨眼睛,问了一个不沾边的问题:"嗯,你那个朋友最近有没有消息啊,就是佩刀又佩剑的那位。"

陈平安一头雾水道:"你说宁姑娘啊,她走了之后,我可不知道她的消息。"

阮秀笑了。

陈平安突然抬起头转向石拱桥那边,一抹熟悉的大红色飞奔而来,两条腿跟车轱辘似的。陈平安有一种不好的预感,赶紧站起身,那个身穿又脏又皱大红棉袄的李宝瓶,来到他身前,仰着小脑袋望向他。李宝瓶竟然满脸泪水,伤心欲绝地皱着那张被晒黑了许多的小脸,哽咽道:"学塾马先生死了,他死前让我来找你。"

陈平安第一时间环顾四周,并没有察觉到异样,这才牵起李宝瓶的手,轻声道:"我们去别处说话。"

陈平安想了想,溪边安静,容易躲藏起来避人耳目,但是自从那次察觉到溪水里有脏东西之后,他就不再轻易下水了。

李宝瓶心急之下说出那句话后,立即有些后悔,因为陈平安身边站着一个外人——青衣马尾辫的阮姐姐。虽然之前那次在青牛背,李宝瓶其实已经跟阮秀见过一面,但当时还有道家的那双金童玉女在场,他们一个豢养青红两尾大鱼,一个牵着雪白麋鹿,与李宝瓶所在的家族有渊源。此时此刻的阮秀,看着当然不像是坏人,但是李宝瓶现在最怕的,恰恰就是这类人,半生不熟的关系,瞧着很善良,最后不见递出刀子,身边亲近的人就已经被捅死了。

一开始马先生和那个姓崔的,两人一路同行,引经据典高谈阔论,诗词唱和对酒当歌,用李槐的话说,这姓崔的要么是马老头的私生子,要么就是嫡孙,否则关系不至于这么好。谁都没有想到意气风发的马先生,就死在了那个名动天下的正人君子手中。按照马先生最早的说法,东宝瓶洲的所有儒家君子贤人当中,有两人格外出类拔萃,被誉为"大小君",崔先生即是大名鼎鼎的"观湖小君"。而在变故横生之前,几乎所有人对崔明皇的印象都极好,温文尔雅,而且学问极大,好像无所不知,问他什么他都能回答上来。唯独林守一开始就不喜欢崔明皇,不过出身桃叶巷大门大户的林守一,好像天生就是那副你欠我几百万两银子的冷峻表情。因为跟其余四个蒙童关系疏离,所以一开始虽然林守一对崔明皇有过多次冷嘲热讽,但没有人心领神会,只当是林守一嫉妒崔明皇比他更堪称翩翩佳公子罢了。

阮秀虽然不明白为何李宝瓶看自己的眼神不太友善,但仍是提议道:"不然去我们那间刚刚打造好的新铸剑室?"

已是风声鹤唳的李宝瓶,死死抓紧陈平安的手,使劲摇头,眼神充满乞求:"陈平安,我们不去陌生人多的地方,好不好?"

陈平安轻轻握了握李宝瓶的小手,柔声道:"相信我,铁匠铺子的铸剑室,是最安全的地方。"

李宝瓶抬头看着陈平安那双眼睛,像是她年幼时,第一次独自走到水边时见到的溪水,清澈见底,水流动得那么慢,当时就让她觉得自己是不是永远也长不大了。此时遭逢生死险境的李宝瓶,一肚子委屈莫名其妙就涌上了心头,又哭了,抽泣道:"陈平安你不许骗我!"

陈平安眼神坚定道:"不骗你!"

阮秀带着他们一大一小到了铸剑室,掏出钥匙打开门,她站在原地,柔声笑道:"我就不进去了,给你们在外边望风,哪怕我爹来了,也不许他进。"

陈平安有些尴尬,小声解释道:"能不能给她带点吃的喝的,我估计等下她没那么紧张后,精气神会一下子垮掉的,到时候填饱肚子比什么都强,我小的时候就经常这样。"

阮秀使劲点头,微微侧身,只见她手腕一翻,不知道从哪里变出了一个小绸袋,递给陈平安:"压岁铺子新制的五块桃花糕,先拿去吧。我再去拿壶水过来,让她别吃太快,别噎着。"

陈平安和李宝瓶各自坐在小板凳上,相对而坐。李宝瓶虽然接下了桃花糕,但是没有要吃的迹象。

陈平安轻声道："到底怎么回事，说说看。"

李宝瓶说话极慢，跟她平时做什么都火急火燎的性格，好像很矛盾。不过她说话慢，刚好能够让陈平安捋一捋思路，设身处地地去换位思考问题。在学塾那个年迈的马先生死之前，五个蒙童远游求学的离乡之路，走得很顺风顺水，牛车和两辆马车走出了好几百里路，马先生和观湖书院的崔明皇相谈甚欢，成了忘年之交。但是有一天，马先生在检查他们功课的时候，突然说要去跟崔先生谈谈行程，有可能双方会分道扬镳，从此别过，毕竟天下无不散之筵席。但是孩子们等了很久，也没见到马先生和崔明皇返回，于是李宝瓶和李槐就跑去找人，结果李槐率先找到倒在血泊中的马先生，别说是手脚，老人伤势重到连眼眶、耳朵都在淌血，感觉老人的身躯，就像一只从溪水里提起的竹篓，水全部漏了。奄奄一息的马先生让李槐只许把李宝瓶一个人带到身边，李宝瓶到了他身边之后，老人只是抓着她的手，可能是回光返照，可能是拼尽力气竭力一搏，原本已经一个字都说不出口的老先生，终于断断续续跟李宝瓶简单交代了后事。

说到这里的时候，李宝瓶已经泣不成声，哭成一个泪人儿了。

陈平安不是那种会安慰人的性格，只好默默搬凳子靠近李宝瓶一些，伸手帮她擦眼泪，反复念叨道："不哭不哭……"

李宝瓶使劲抽了抽鼻子，继续说道："马先生抓住我的手，告诉我一定要单独找到你，要你小心观湖书院和大骊京城这两个地方的人，谁都不要相信！"

陈平安脸色凝重，问道："石春嘉他们人呢？"

满脸泪痕的李宝瓶蓦然咧嘴一笑，说道："他们正带着那个外乡人车夫，在泥瓶巷附近兜圈子呢。林守一觉得那个车夫不是好人，说不定跟姓崔的是一路人，合伙害死了马先生。我们把马先生找了个地方下葬后，车夫就说山崖书院去不得了，因为马先生和崔先生刚刚得到消息，齐先生担任山主的书院，已经从大骊搬去了敌国大隋，如今没有马先生带路，不等到了大隋，我们所有人到了大骊边境，就会被边军用通敌叛国的名头杀掉。我们当时也没什么主意，马先生到最后也没告诉我们该怎么办，是回小镇学塾等待下一位先生，还是到大隋继续去山崖书院求学，所以只好跟着那个车夫回到这里。但是车夫又说我们所有人的家族长辈都搬迁去了大骊京城，如果不信的话，可以到了小镇家里问人，一问就知道他说的是不是真话，因为大骊官府让每个家族都留了人在小镇。"

阮秀拿了一壶水敲门后走进铸剑室，李宝瓶立即闭口不言。阮秀走后不忘关上门。

李宝瓶等到房门关闭，这才继续说道："那个车夫很奇怪，故意问了我们一句，谁认识一个叫陈平安的少年，住在一个叫泥瓶巷的地方。说他要帮马先生捎话给你。我当时没说话。"

陈平安点了点头:"做得对。先填一下肚子。"

李宝瓶狼吞虎咽地接连吃掉三块糕点,狠狠灌了一口水,用手背胡乱擦了一把脸,快速说道:"后来我们五个找机会一合计,总觉得束手待毙绝对不行,就想出了一个法子。在快回到小镇的前一天,石春嘉开始装病,我就时时刻刻照顾她。然后我私下告诉李槐泥瓶巷那一带的巷弄分布,要他承认自己其实早就认识你,理由是他爹李二在杨家铺子当过伙计,曾经有个泥瓶巷的少年姓陈,经常去铺子卖草药,只是车夫一开始问起的时候,他根本没想起这茬。"

陈平安有些疑惑。

李宝瓶赧颜解释道:"我经常在小镇溪水那边看到你一个人上山采药,或是下山的时候,背着一大背篓草药。"

陈平安哭笑不得,用眼神示意自己明白了。陈平安同时又有些后怕,沉声道:"你们这么做,其实很危险。"

李宝瓶点头道:"知道。所以我们五个人商量这个事情之前,我就跟他们把话说清楚了,林守一说李宝瓶的命最值钱,她都不怕死,他不过是个惹人厌的私生子,就更无所谓了。石春嘉比较笨,说反正都听我的。李槐说怕什么,人死卵朝天,再说了,他如果出了事情,他爹李二虽然很孬,屁本事没有,但是他娘亲一定会帮他报仇的。董水井最干脆利落,说他力气大,如果事情败露,让我们四个先跑,他来跟那车夫拼命。

"不过我觉得其实没那么危险,如果车夫真要杀我们,不用拖延到小镇,他肯定是有所图谋,我猜幕后黑手的真正目的之一,肯定跟你有关。"

李宝瓶吃掉最后两块桃花糕,深吸一口气:"后来我们终于到了小镇杏花巷那边,我就让董水井和李槐带着车夫下车,说是可以抄近路走到泥瓶巷,其实李槐要带着他绕很大一个圈子,我等他们一走,就立即跑下车,去泥瓶巷找你,结果你家院门房门都锁着,亏得当时有个街坊邻居经过,我一问,才知道你在铁匠铺子当学徒,当时真是急死我了。"

陈平安这次是有些震惊,问道:"这一连串谋划,都是你想出来的?"

李宝瓶摇头道:"林守一也出过主意,比如一开始不能随便找个距离泥瓶巷很远的地方,随口说这就是泥瓶巷,那样很容易露馅,我反而跑不远。最好是让车停在董水井家所在的杏花巷,离着泥瓶巷不远也不近,有绕路的余地,况且那车夫到了杏花巷,一定会先找人询问,确定是真的之后,我们再骗他就容易多了。"

李宝瓶沉声道:"最后证明,确实如此。"

陈平安忍不住揉了揉李宝瓶的脑袋,赞赏道:"很厉害。"

李宝瓶笑道:"你不在家的话,李槐和董水井就更加没事了,不用担心被逼着当面对质,揭穿真相。"

李宝瓶好奇问道:"为什么学塾马先生,和那个小镇方言都说不太清楚的车夫,都想要找你?"

陈平安摇头道:"我也很奇怪,暂时只知道可能跟齐先生送给我的几样东西有关。"

齐先生曾经带着自己去求槐叶,只是最后那片有"姚"字的槐叶,已经用掉了。

那支碧玉簪子?可是齐先生自己和宁姚都说过那支簪子材质普通,只是用来别头发的平常簪子。

印章?陈平安心情凝重,多半是如此了。齐先生送过自己两次印章,总计四方。杨老头不久前,才说过让自己要格外珍藏好那枚带"静"字的印章。完整印文为"静心得意"四字。除此之外,齐先生也曾随口说过,将来如果见到觉得有意思的山水形势图,可以用那对山水印往画上盖。联系如今骊珠洞天落地后的千里山河,当真会有山河神灵坐镇,其中自己即将买下的那座落魄山就是如此。

李宝瓶突然掏出三片枯黄的槐叶,捧在手心给陈平安看,心疼道:"翠绿叶子变黄了。"

陈平安恍然大悟,当时肯定是这三片祖荫槐叶,帮助学塾那个马先生续了命,才能让他多说了几句话。事实上这就是真相,如果不是李宝瓶福至心灵,始终贴身收藏着这三片祖荫槐叶,恐怕马先生连一个字都说不出口,就会不甘心地死去。

陈平安如今已经把值钱家当全部寄存在了铁匠铺子这边,阮师傅把之前宁姚居住的那栋黄泥茅屋让给了他,不说那八颗犹然色泽如常的蛇胆石,其余一百来颗大大小小的普通蛇胆石,也分别从泥瓶巷祖宅和刘羡阳家的院子搬出,全部堆积在这边屋子的墙根。但是那方"静"字印和《撼山谱》,这两样东西,陈平安始终随身携带。

陈平安深思之后,缓缓道:"现在那车夫应该在赶来铁匠铺子的路上,要不然你先藏在这里,我去把留在牛车马车那边的石春嘉,还有林守一偷偷带过来?如果车夫问起,我可以让这边的人告诉他,就说我有外出散步的习惯。还有就是,你们绕远路这件事情,等车夫到了泥瓶巷我家宅子的时候,他应该就会有所察觉。当然,他表面上可能不会说什么,但是在这之后,你们就真的危险了。"

陈平安看到李宝瓶还有些犹豫,沉声道:"相信我,如果你们的家人都已经搬走了,那么小镇只剩下这里安全了。"

李宝瓶想了想,问道:"你很信任在这里打铁的阮师傅?"

陈平安摇头道:"我更相信齐先生曾经说过的'规矩'。"

李宝瓶灿烂一笑:"我懂了!"

李宝瓶一旦下定决心,瞬间就爆发出惊人的决断力:"既然你相信那个阮姐姐,那我就让她带着我去把石春嘉和林守一带过来,然后找地方藏起来,你就安心跟那坏蛋车夫应付着聊,先看看他葫芦里到底卖什么药再说。"

陈平安笑道:"可以。"

陈平安带着李宝瓶走出铸剑室,大概是为了避嫌,阮秀在门外稍远的地方,坐在一张颜色碧绿的小竹椅子上,百无聊赖地左右摇晃身体。等到陈平安把请求说完之后,阮秀毫不犹豫道:"没问题。"

然后阮秀蹲下身,转头望向李宝瓶,示意她趴在自己后背上。李宝瓶一脸不情愿:"我跑得可快了!"

阮秀笑道:"我肯定更快。"

李宝瓶恼火地转头望向陈平安,显然是希望他能够证明自己的确跑得飞快。

陈平安刚要说话,阮秀对这一大一小正色道:"我来回好几趟,你和陈平安都还没有跑到小镇上。"

李宝瓶撇撇嘴:"我知道天底下有神仙鬼怪,可是你以为神仙那么好当啊。"

陈平安一锤定音:"听阮姐姐的话,快!"

李宝瓶叹了口气,只得乖乖地趴在阮秀后背上,软绵绵舒服得让她直犯困打瞌睡。

阮秀走之前对陈平安说道:"如果有事情,可以找我爹。"陈平安点了点头。

嗖一下,抱住阮秀脖子的李宝瓶,突然吓得整个人汗毛倒竖,感觉到耳边有大风呼啸而过。她扭头往下一看,怎么屋子变得跟福禄街上的青石板一样小?那条溪水则跟绳子一样细了?

地面上,陈平安呆若木鸡,眼睁睁看着阮秀背着李宝瓶拔地而起,一闪而逝。陈平安心想,原来阮姑娘和宁姑娘一样,都是神仙啊。

二郎巷一栋幽静安详的宅子里,崔瀺站在水池旁,木讷少年安安静静地坐在小板凳上。

崔瀺轻声吩咐道:"去拿一杯水来。"少年立即站起身,双手端来一杯凉水。

崔瀺拿过水杯,一抖手腕,一杯水随意洒向水池,变成一道薄薄的青色水幕。崔瀺念头微动,水幕当中,随之出现那辆牛车和马车先后进入小镇的画面,人与物,纤毫毕露。

崔瀺双手笼袖,整个人显得很有闲情逸致,脚尖和脚后跟分别发力,整个人就像不倒翁似的,前后晃荡。全无半点证道契机来临之际,一位练气士该有的紧张焦躁。

崔瀺看到红棉袄小姑娘与两坨腮红的同龄人告别,跳下马车,在街道上飞奔,然后那个车夫被两个少年骗去了杏花巷。这个大骊国师啧啧道:"之前我还嘲讽宋长镜豢养的谍子是吃屎长大的,没想到我调教出来的谍子,也差不多嘛,是喝屎长大的。"

不过崔瀺很快就释然了,水幕中一直出现李宝瓶奔跑的身影。崔瀺自言自语道:

"这里的孩子，本来就聪明，尤其是宋集薪、赵繇这拨人，年纪稍大，再就是这个小丫头在内的第二拨，地灵人杰嘛，早慧得很，开窍也快，真是不容小觑。"

当看到红棉袄小姑娘跑向石拱桥的时候，崔瀺眼眸里的光彩，泛起一阵阵激荡涟漪，如大浪拍石。崔瀺稍稍转移视线，不再盯着水幕，闭上眼睛缓了缓，等到睁眼后，小女孩已经跑过了石拱桥。

崔瀺眉头微皱："是因为大骊皇室的手段过于血腥残忍，所以惹来那根老剑条的天然反感？以至于对我这个大骊扶龙之人，也顺带产生了一些憎恶情绪？可是照理说，这根剑条的真实历史，虽然已经无据可查，只有一些虚无缥缈的小道传闻，但既然是古剑，那么什么样的厮杀场景没经历过，不至于如此小气吧？"

水幕景象越来越临近那座铁匠铺子，杯水造就的水幕，毫无征兆地砰然碎裂。那些向四面八方溅射出去的无数水珠，撞击在院内的墙壁窗户、大梁廊柱后，竟然炸出无数孔洞窟窿。不过激射向崔瀺和少年的珠子，像是撞在一堵无形的铜墙铁壁之上，瞬间炸裂成更加细微的水珠。

一道阮邛的嗓音从天井处落下："你不要得寸进尺！"

崔瀺仰起头嬉笑道："圣人就是小气，不看就不看，有话好好说嘛。这里毕竟是袁家祖宅，以后我回到京城被人秋后算账，怎么办？"

崔瀺自言自语道："卢氏王朝的遗民刑徒也该到了吧。"

崔瀺低头斜瞥一眼少年，收回视线后，藏在袖中的左右食指，轻轻敲击，轻声道："以防万一，以防万一啊。"

李槐和董水井带着车夫找到陈平安的时候，陈平安正在跟人搭建一座房子。

李槐鬼头鬼脑，眼珠子急转。董水井脸色如常，很有大将风度。

一身灰尘的陈平安走到三人面前，疑惑道："你们找我？"

那车夫貌不惊人，瞧着像是憨厚老实的庄稼汉，搓着手来到陈平安身前，小声道："能不能换个地方说？"

陈平安摇头沉声道："就在这里说！"

车夫虽然脸上流露出不悦的神色，但是心里微微放松了一些，这才是一般市井少年该有的心性。

车夫犹豫了一下："你是不是认识小镇学塾齐先生？"

陈平安没好气道："小镇谁不认识齐先生，但是齐先生认不认识我们，就不好说了。"

李槐在一旁憋着坏笑，杏花巷的董水井则深深看了眼泥瓶巷的陈平安。

屋子那边有人急匆匆吼道："姓陈的别偷懒啊，赶紧说完，滚回来做事！"

陈平安叹了口气，对车夫说道："有话直说，行不行？"

车夫双手揉了揉脸颊,呼出一口气,低声说道:"我是一名大骊朝廷的死士,负责保护这些孩子去往山崖书院求学。当然,我不否认也有监督他们不被外人拐跑的职责,比如大隋,又比如观湖书院,这些你听不懂也没有关系,你不信也没有关系。但是我不管你跟齐先生关系如何,也不管你认不认识马瞻马老先生,我都希望你近期小心安全,因为马先生在送孩子们去山崖书院的路上,被人害死了。而马先生在这之前,偶尔跟我闲聊,无意间说起过你两次,一次是说他记得很早以前,扫地的时候,经常看到有个孩子喜欢蹲在学塾窗外,第二次是齐先生在辞去教书先生和书院山主的职务之前,说你也是读书种子,只可惜他没办法带你去山崖书院。"

车夫苦笑道:"只是可惜了这几个孩子,现在真是无家可归的可怜人,书院不敢去,小镇的家也没了。要知道齐先生创办的山崖书院,可不是人人都能进去读书的,我们那座大骊京城百万人,据说这么多年累积下来,也才十几个山崖书院出身的弟子,如今一个个都当了大官。"

李槐低着头,看不清表情。董水井站在原地,面无表情。

远处阮秀轻轻咳嗽一声,陈平安转过头去,阮秀笑着点点头。

陈平安心中了然,只喊了李槐的名字:"李槐,你们两个过来,我有话要先问你们。"

李槐哦了一声,拉着董水井往前走。

当车夫意识到不对劲的时候,陈平安猛然将李槐和董水井拉到自己身后,他则一步向前,沉声道:"谢谢你跟我打招呼,这些学塾孩子,我会替马老先生照顾他们的。以后是去京城找他们父母,还是做什么,我得问过他们的意见。"

车夫干笑道:"陈平安,这不妥吧,我毕竟比你更能看护他们的安危。"

陈平安笑道:"没事,我如今有钱,而且认识了县令大人吴鸢,还有礼部右侍郎董湖,如果真有事情,我会找他们的。当然,是先请我们阮师傅帮忙传话。"

这名车夫努了努嘴,眼角余光瞥了一下,发现一个身材并不高大的男人站在屋檐下。原本杀心已起的车夫顿时汗流浃背,对陈平安笑脸道:"行,既然马老先生愿意相信你,我当然信得过你的人品。陈平安,如果以后有事情需要我帮忙,就去小镇北边的三女冢巷找我,我就住在巷子最北边头上那栋小宅子。"

陈平安和和气气笑道:"一言为定。"

车夫转身离去。

陈平安额头渗出汗水,等到车夫彻底消失在视野,才说道:"李槐,董水井,跟我去见李宝瓶。"

李槐问道:"李宝瓶已经跟你全说了?"陈平安点头。

董水井则问道:"石春嘉和林守一怎么办?"

陈平安笑道:"已经被接过来了。"

董水井看了他一眼，不说话。

仍然是那间暂时空荡荡的铸剑室内，陈平安站着，面对着排排坐在两条长凳上的五个学塾蒙童，按照年纪来分，依次是骑龙巷的石春嘉，桃叶巷的林守一，杏花巷的董水井，福禄街的李宝瓶，小镇最西边的李槐。除了李槐年纪最小，跟他们悬殊比较大，其余四人其实各自相差不过几个月。

陈平安问道："李槐和董水井已经把刚才的情况说了，你们觉得那个自称大骊死士的外乡人，到底想做什么？"

名贵狐裘早已不见的林守一冷漠道："连那姓崔的为何要杀马先生，我们都不知道答案，何谈其他？"

石春嘉紧紧依偎着李宝瓶的肩膀，脸色微白，仍然有些惶恐不安，但是回到小镇后，尤其是见到相对比较熟悉的陈平安，这个扎羊角辫的小女孩心定了许多，至少不用担心突然就变成马先生死后的那么个凄惨样子。他们帮着挖坑下葬的时候，石春嘉吓得躲在远处，抱头痛哭，从头到尾也没能帮上忙，李槐也好不到哪里去，躲在比她更远的地方，牙齿打架。

这会儿李槐抱着肚子，哭丧着脸，嘀咕道："又饿又渴，所谓饥寒交迫，不过如此了。爹娘啊，你们的儿子如今过得好苦啊。"

李宝瓶扭头瞪眼道："李槐！"

李槐耷拉着脑袋，偷偷扯了扯坐在最右边的董水井的袖子："水井，你饿不饿？"

董水井平静道："我可以装着不饿。"

李槐翻了个白眼。

李宝瓶灰心丧气，下意识伸手抓住一旁石春嘉的羊角辫，使劲摇晃了一下："其实现在什么事情都在云里雾里，看不穿猜不透的。林守一说得对，对方下棋的人肯定是高手，我们太嫩了，当务之急，是保住性命，确认安全无虞之后，再来谈其他，比如赶紧跟迁去大骊京城的家里人打招呼，报声平安。"

李宝瓶顺嘴讲出"报声平安"这个说法后，所有人都下意识望向对面那个穿草鞋的家伙。

陈平安沉默许久，问道："既然想不出别人怎么想，那我们就先搞清楚自己怎么想。"

看到对面五人没有异议后，陈平安问道："你们是想平平安安去大骊京城，找你们爹娘长辈，还是……"

李槐痛苦哀号道："我爹娘带着我姐不知道去哪儿享福了，我去个屁的京城，就我舅他们家那脾气，真有钱了，只会更欺负我啊。以前是当贼看，以后还不得当仇人？天大地大，竟然没有我李槐的容身之处啊！"

李宝瓶绕过石春嘉就是一爆栗砸下去，打得李槐顿时没了脾气。

董水井想了想，闷闷道："我想念书，如果我爹娘是留在小镇，不读书就不读书，帮他们下地干活也行，可去了京城，我能做啥？连大骊的官话也不会说，我又不像李宝瓶，是学什么都快的人。再说了，我爷爷死的时候，要我死要也死在学塾里，说以后当不成读书人，就别去给他上坟，他不认我这个孙子了。要是小镇这边学塾继续办下去，我就留在镇上。"

石春嘉红着眼睛，怯生生道："我想去京城找爹娘。"

坐在长凳最左边的林守一皱眉道："哪里安全，我去哪儿。"

李宝瓶双臂环胸，眼神熠熠，神采飞扬，大声道："我要去山崖书院！去齐先生读书的地方！"

李宝瓶站起身，站在陈平安和四个同窗蒙童之间，她伸手指了指董水井："别说大骊，整个东宝瓶洲，就数齐先生的山崖书院最有名气，你爷爷要是知道你留在小镇读书，而不去山崖书院，我估计他老人家的棺材板都要盖不住了。当然，怕死你别去，在这里读书，熬个十来年，也能算个半吊子读书人，总比死在去求学的路上好。"

董水井被李宝瓶这番话憋得满脸通红。

李宝瓶指向林守一："你不是被人瞧不起的私生子吗？而且你不是也打心底瞧不起我这种出生在福禄街的有钱人家孩子吗？你到了山崖书院之后，谁敢看不起你？当然，齐先生说过，君子不立危墙之下。所以你林守一愿意留在这里，我才懒得管你。"

石春嘉一看到李宝瓶伸手指向自己，哇一下就哭了出来。李宝瓶一脸怒其不争哀其不幸的表情，坐回原位。李槐纳闷道："李宝瓶，你咋不说我呢？"

李宝瓶答道："不想跟你说话。"

李槐呆了呆，之后默默仰起头，满脸悲愤。

陈平安不去看其余四人，只是看向李宝瓶一人，问道："确定要去山崖书院？"

李宝瓶点头道："齐先生说过，我们山崖书院的藏书之精，冠绝一洲！齐先生还说了，我所有的问题，哪怕他无法回答，但是全部可以从那里的书本上找到答案！"

我们山崖书院。显而易见，李宝瓶早就把自己当作那座书院的学生弟子了。

陈平安最后问道："不怕吃苦？"

李宝瓶身上那股气势微微下降些许："一个人，就有点怕。"

陈平安笑容灿烂道："好的。"

李宝瓶一脸茫然："嗯？"

陈平安一本正经道："我陪你去那座山崖书院。"

李宝瓶欲言又止，眼眶通红，这个天不怕地不怕的红棉袄小姑娘，如果不是因为身边坐着四个胆小鬼，她早就又要哭出声了。就像很久很久之前，第一次去小溪"抓住"那只螃蟹，其实在家门外她就已经偷偷哭过了，所以飞奔进家门后，才能那么骄傲。

陈平安对李宝瓶招招手,等李宝瓶走到他身前后,他对长凳上其余四人说道:"你们四个在这里等会儿,我和李宝瓶去找人,说点事情,跟你们也会有关系。所以别急着走。"然后陈平安牵着李宝瓶的手,一起走向铸剑室外边。

陈平安既像是在自言自语,又像是在对谁说话:"我说过,答应过的事情,就一定要做。"

李宝瓶一边擦着眼泪一边说道:"可是那会儿你也说过啊,万一做不到的话,可以打声招呼。"

陈平安摇了摇头,柔声道:"齐先生已经不在了。我打招呼,他听不到。"

大约短短一炷香工夫而已,哪怕陈平安已经带着李宝瓶走远,兵家圣人阮邛依然坐在小竹椅上,有些没回过神来。

阮秀也坐在椅子上,看着空落落的那张竹椅,心乱如麻。

陈平安让阮邛帮忙买下五座山头,但是他很快就要离开小镇,如果回不来了,就把五座山头里的四座,落魄山、宝箓山、彩云峰、仙草山,分别送给刘羡阳、顾璨、宁姚、阮秀。他只留下那座孤零零的真珠山,留给自己三百年。

小镇上压岁和草头两间相邻的铺子,可以请阮邛雇人帮忙看管,如果经营不善,有天店门关闭也无所谓。不过他会留下那百来颗普通的蛇胆石,让阮邛在那边帮着卖,赚来的银子,用来维持店铺的运转。两间铺子虽然不用考虑赢利挣钱,但是陈平安希望铺子里每个伙计,都能被告知这里的店主,是泥瓶巷一户姓陈的人家,店是他们家开的。

再就是阮邛必须将四个学塾蒙童安全送去大骊京城。作为报酬,陈平安把半块斩龙台,以及买山买铺子之后剩余的全部金精铜钱,交给阮邛。阮邛没有拒绝。不过阮邛说只能保证把他和李宝瓶送到大骊南端边境,出境之后,生死富贵就只能听天由命了。陈平安点头答应。

暮色里,陈平安安置好五个孩子后,独自走向小镇。走过石拱桥,走入小镇,走入泥瓶巷,回到自家宅子。夜幕降临,陈平安神色平静,点燃一盏灯火。他对着灯火,守夜不睡,就像以往每年除夕的守岁一般。灯火摇曳,映照出他沉默坚忍的眼神。

石拱桥上,有人笑问道:"千年暗室,一灯即明。前辈,如何?"

有人回答:"可。"

当陈平安"醒来"时,发现自己第四次见到了那人,悬停于空中,雪白衣袖无风飘曳。

那人脚尖轻轻落地,走向陈平安。每走一步,那人的面容就清晰一分。那人依然身材高大,却丝毫不给人臃肿的感觉。那人竟然是一名女子。对于陈平安而言,只能说她生得极其好看,好看到不能再好看一点点。

她站在陈平安身前,终于停下脚步。她低头弯腰,凝视着陈平安那双干净眼眸,嗓音轻柔地开口道:"我已经等了八千年了。陈平安,虽然你的修行天赋,远远比不上我之前的主人,但是没有关系。"她又低头凑近了几分,额头几乎就要碰到陈平安的额头了:"陈平安,我想请你帮我跟外边的四座天下,说一句话,可以吗?"陈平安下意识地点了点头。高大女子蓦然一笑。

她突然单膝跪地,哪怕如此,她依然只是微微仰头,就能与身材消瘦的陈平安对视:"好,从今天起,陈平安,你就是我的第二位,也是最后一位主人了。"陈平安一脸呆滞。

满身雪白光亮、单膝跪向懵懵懂懂少年的高大女子眯起极长的眼眸,嘴角带着笑意。她神采飞扬,那双眼眸里仿佛映着万里山河风光。她沉声道:"陈平安,请你跟我念一遍那句誓言。可以吗?"

她伸出一只手掌,轻轻竖起在陈平安身前。陈平安也伸出一只手掌,轻轻合掌在一起。

她闭上眼睛,缓缓道:"天道崩塌,我陈平安,唯有一剑,可搬山,断江,倒海,降妖,镇魔,敕神,摘星,摧城,开天!"

陈平安跟着在她心中默念道:"天道崩塌,我陈平安,唯有一剑,可搬山,断江,倒海,降妖,镇魔,敕神,摘星,摧城,开天!"

陈平安醒过来的时候，发现桌上油灯已尽，窗外天已蒙蒙亮。

他只记住了那个高大女子对自己说的五段言语。

"我之前所说那么多秘闻内幕，你梦醒之后，就会全部忘记，你也不用试图记起，纯粹是我想说话而已。

"我若是现在现世，哪怕各方圣人不来镇压你我，以你如今的体魄神魂，也根本承受不住，对你反而有害无益，所以我们订立百年之期，你只要在这百年之内，成功跻身练气士第十境，就可以重返小镇石拱桥，取走铁剑。

"选中你作为我的主人，你今后不可因为此事而骄傲自满，也绝不可妄自菲薄。八千年岁月，我见识过太多惊才绝艳的天之骄子，最近的一些，例如曹曦、谢实，以及马苦玄等人，都不曾入我之眼，之所以选中你，自然不是大限将至、迫于无奈的选择。

"虽然暂时无法随你征战厮杀，可见面礼还是有的。三千多年前那场屠龙大战，我闲来无事，就看着他们小孩子打架，热闹倒是热闹，东西丢了一地，我就捡了一块品相不错的白玉牌，看着比较素雅顺眼而已，并无雕饰，小巧玲珑，可以用来收纳物件，属于有些岁数的咫尺之物了，比起如今风靡天下的方寸武库、方寸剑冢之流，品秩更高，空间大小和你泥瓶巷祖宅差不多，而且不用悬佩示人，可以温养在窍穴当中。我已经让你跟它神意相通，你手触一物，只需心意一动，就能纳入那块玉牌所在的窍穴当中，除非飞升境修士以强力破开，否则不会折损丝毫。坏消息就是唯有等你跻身中五境修士，才能驾驭使用玉佩。

"嗯,最后就是神仙姐姐这个称呼,甚合我心,所以我额外在你身上放了三缕极小极小的剑气。"

陈平安怔怔出神,恍如隔世。

自己不过是想在离开小镇之前,能够回到自己家里点灯熬到天明,为的是提前补上今年大年三十那次注定无法做到的守岁。

陈平安头大如斗。别说练气士中五境和十境,陈平安当下这副身体已经四面漏风,就像风雨飘摇中的破败茅屋,藏风聚气何其难,所以如何修行炼气当神仙?陈平安不但注定无法修行,而且想要活命,还需要靠练拳来滋养体魄才行。

宁姚曾经无意间说过,打坏一个人的根骨窍穴很容易,就像蔡金简这样"指点"陈平安,强行为他开窍,但想要重塑完整体魄,尤其是适合修行的身躯,比登天还难。其实道理很简单,一扇门户,给一个稚童拿把菜刀胡乱劈砍,不过是花些力气,但是想要将那扇破烂大门修复如新,当然很难。

其实陈平安最怕的地方,在于自己答应李宝瓶护送她去山崖书院,此去必然路途遥远,自己能不能活着回到家乡还两说,怎么就又多出一个百年之约?陈平安当时不是没有坦诚相见,但是那个白衣女子一句话就打发了他:"没事,我现在已经没有后悔的余地了,就认准了你陈平安当主人。你要是死了,我就等死好了,等哪天那根老剑条坠入溪水,我的神魂就会彻底消散。没事,你不用觉得亏欠我什么,要怪就怪我自己眼瞎,怨不得别人。"

当时陈平安心想你都这么说了,我良心上过得去吗?而且什么叫"怨不得别人",不就你跟我两个人吗?

陈平安一点都不知道什么练气士十境,也不晓得咫尺之物和方寸之物到底是什么。除了莫名其妙多出一个天大的负担之外,其实他内心深处,是有一些小小喜悦的。原来从今天起,这个世界上,就多了一个需要依靠自己的人。

梦中聊天的最后,陈平安记得自己和白衣女子肩并肩,坐在一座金黄色的石拱桥上,桥极长,看不到尽头,仿佛是在云海之中穿梭的蛟龙。

陈平安深吸一口气,趴在桌上,想到最后,觉得还是姚老头的一句话最容易想通:"该是你的,就拿好别丢。不该是你的,想都别想。"

陈平安把该收拾起来的物件都放在一只小背篓里,弹弓、鱼钩鱼线、打火石等等,琐碎得很,最后小心翼翼从陶罐底部拿出一个小布袋子,里面装着一袋子碎瓷。零零散散,加在一起的东西不少,但都不重。出门远行,得知道如何靠山吃山,靠水吃水,就像陈平安以前进山动辄一两百里山路,若是负重太多,绝对是一件钝刀子割肉的坏事。

陈平安背着小背篓,锁好屋门,站在院子里,看到那根斜靠墙根的槐枝后,想了想,还是重新打开门,把它放到屋内,以免风吹日晒,早早腐朽。

陈平安身上揣着上次进山采药挣来的二两银子,先后去了趟杏花巷和骑龙巷那边。天色还早,陈平安就蹲在关门的铺子外头,耐心等着,等到店铺老板打着哈欠开门后,他买了香烛、纸钱,还从酒肆买了一壶名叫桃花春烧的酒,最后想要从压岁铺子买一包苦节糕。记得小时候娘亲吃过一次,说很好吃,还说等陈平安五岁生日的时候,再买一次,所以陈平安记得特别清楚。只是到了压岁铺子,结果伙计说铺子早就不做这种糕点了,倒是有老师傅会做,但是铺子都快要倒闭了,老师傅也早就跟着掌柜他们去京城享福了。陈平安只好买了一包昨天阮秀送给李宝瓶的桃花糕。

走出小镇,过了当时和宁姚一起躲避搬山猿的那座小庙,再往南边,一直来到一处小山岭前,陈平安这才开始往上走。半山腰的地方,是一处多年不种庄稼的荒芜田地,地里有两个小土包,田地里和土包上都没有杂草。陈平安站在那两个小土包前,缓缓蹲下身,摘下背篓,将那些祭祀的东西一一放好。

小镇千年又千年,不知道一开始就是如此,还是后来民风有变,百姓无论富贵贫贱,上坟祭祖之时,都不兴下跪磕头那一套,只需要点燃三炷香拜三拜就可以了。这个只耳濡目染了"四年家风"的泥瓶巷少年,当然也不例外,只不过点香之前,陈平安像以往一样,在脚边象征性地抓起一把泥土,给坟头添了添土,然后轻轻下压。

这次因为走得急,只能就近取土,以前陈平安每次进山,都会偷偷藏起一把取自各个山头的泥土,然后带来这边,当然没什么特殊意义,就是求个心安而已。陈平安总觉得这辈子没孝顺过爹娘一星半点,总得做点什么,才能让自己心里舒服一些。加上姚老头说过老一辈烧瓷的人,有这个世代相传的讲究,于是陈平安这么多年就一直坚持了下来。

两座小坟紧紧挨着,相依相偎,没有碑。

陈平安点燃三炷香后,面朝坟头拜了三拜,然后插在坟头之前,这才打开那壶酒,轻轻倒在身前。最后陈平安站起身,闭上眼睛双手合十,跟爹娘他们说着心里话。

比如这次要带着叫李宝瓶的红棉袄小姑娘,一起出门远游,不知道要离开家乡几千几万里。

一个清秀少年站在路旁小庙之中,抬头望着墙壁上一个个用炭笔写就的名字,密密麻麻,歪歪扭扭,大大小小。

可能在小镇百姓眼中,那些小孩子的玩闹不值一提,可是此时在少年眼中,就像一条历史岁月里的璀璨银河。

位于东宝瓶洲大骊版图上空的骊珠洞天,是三十六小洞天中最小的一个,千里山河而已,如果没有术法禁制,对于御风凌空的练气士而言,那点风景真不够看。但是骊珠洞天除了诸子百家的各大先贤祖师们,战死后遗留下来的那些法宝器物,令人垂涎三尺,再就是这一方水土养育出来的人物,真可谓灵秀神异,大异于其他地方。

试想一下,两位大练气士结成一对天作之合的道侣,然后生下的后代,除了必然跻身中五境之外,之后登顶上五境的可能性,竟然并不比骊珠洞天能够被带出小镇的那些孩子高多少。要知道一座小镇才多少人?这等于是池塘出蛟,而且每代都能出一两条,所以这次骊珠洞天破碎下坠,东宝瓶洲各大王朝,只要有一点点忧患意识的君主,想必都会如释重负,大骊宋氏总算断了这条天大的金脉,对于之后大骊铁骑的南下霸业,势必造成影响。

崔瀺视线久久不愿收回,百感交集,王朝科举,自古就有同窗、同年、同乡之谊。修行路上,也是如此。

骊珠洞天如今尘埃落定,以某人付出身死道消的代价,换来了一个不错的结局。那么所有从骊珠洞天走出去的大修士,都会念这份香火情,只是或多或少的差别而已。至于那些四姓十族以及他们背后的势力,更是如此。

只可惜大骊宋氏在这次动荡之中,虽未减分,却也没有加分。但是原本大骊可以做得更有"人情味"一点,比如阮邛要求提早进入骊珠洞天,不该答应得那么快。又比如早知道齐静春到最后连一身通天修为都拼着不用,只以两个字来抗衡那几位大佬,那么当初四方势力要求取回圣人压胜之物的时候,大骊礼部哪怕没胆子拒绝,也应当义正词严拖延一番,说这不合规矩。还比如大骊朝廷不该私下以家书的名义,近乎大摇大摆地公然通知四姓十族大劫已至,赶紧撤出各家各族的香火种子,不要被齐静春的悖逆行径牵连,等等。实在太多了。

一旦大骊皇帝回过神,或是贪心不足,那么他这位执掌半国朝政、运筹帷幄、决胜千里之外的国师,恐怕就真的要被秋后算账了。只是此时站在小庙当中的国师崔瀺,满脸惬意闲适,仿佛根本就不把大骊皇帝的龙颜震怒放在眼中。

崔瀺自言自语道:"稍等稍等。"

他环视四周墙壁,记下所有名字,正要挥袖抹去所有痕迹,以免将来被其他有心人做文章,但就在他要出手的瞬间,阮邛出现在小庙门口,狞笑道:"好小子,胆子够肥,这是第几次了?"

崔瀺笑呵呵道:"我这不是还没做吗?"

一个嗓音悠悠然出现在小庙附近:"你们只管放开手脚来打,我负责收拾烂摊子便是,保证不出现类似鳌鱼翻身、山脉断绝的情况,在你们分出胜负之后,这千里山河至多损毁十之一二。阮邛,与其黏黏糊糊,被这个家伙一直这么纠缠不清,我觉得你还不如干脆跟他来个了断,不怕贼偷,就怕贼惦记嘛。"

崔瀺脸色不变,哈哈笑道:"杨老头,杀人不见血,还能坐收渔翁之利,真是好手腕。"

阮邛点了点头:"我看行。"

崔瀺赶紧作揖赔礼,笑着讨饶道:"好好好,我接下来只在小镇逛荡,行不行? 阮大圣人? 还有杨老前辈?"

阮邛显然在权衡利弊。

崔瀺轻描淡写说了一句:"就算杨老前辈有本事护得住十之八九的山河,可如果我一门心思打烂神秀山、横槊峰呢?"

不等阮邛说话,杨老头的嗓音再次响起:"换成是我,真不能忍。"

阮邛没好气道:"赶紧滚回二郎巷。"

崔瀺摇头晃脑,优哉游哉走出小庙,跟阮邛擦肩而过的时候,还做了个"少年心性"的鬼脸。

等到崔瀺过了溪水对岸,阮邛转过身,看到杨老头坐在庙里的干枯长椅上抽着旱烟。

杨老头破天荒没有冷嘲热讽,反而笑了笑:"还真是在乎你闺女啊。"

阮邛叹了口气,显然被崔瀺这么挑衅却忍着不出手,憋屈得很。他坐在杨老头对面,靠着墙壁,扯了扯嘴角:"不欠天不欠地,如今连祖师爷那儿也还清了,唯独欠着那丫头她娘亲,人都没了,怎么还? 就只能把亏欠她的,放在女儿身上了。"

杨老头笑道:"以你的身份和能力,加上你跟颍阴陈氏的关系,找到你媳妇的今生今世,不是没可能吧。"

阮邛摇头道:"她上一世资质就不行,死前还没跻身中五境,所以哪怕转世成人,也绝无开窍知晓前生事的可能性了。在我看来,没了那些记忆,只剩下一副躯壳,那就已经不是我的媳妇了,找到她有何意义? 只当她活在自己心里就够了。"

杨老头点头道:"你倒是想得开,兵家十境最难破,你在同辈人当中能够后来者居上,不是没有理由的。"

阮邛不愿在这件事上深聊,问道:"你觉得那人是不是在虚张声势?"

杨老头笑着摇头:"那你就小看此人了。草莽好汉,舍得一身剐,敢把皇帝拉下马,这一位啊,我估计属于舍得一身剐,都敢把道祖佛祖拉下马。当然,我只是说心性,不谈能耐。"

阮邛将信将疑。

杨老头用旱烟杆指了指小庙门口一条被行人踩得格外结实的小路,缓缓道:"这家伙跟我们不太一样,他觉得自己走了一条独木桥,所以他一旦与人狭路相逢,觉得不打死对方,就真的是很对不起自己。或是后边如果有人想要越过他,也是死路一条。这种人,你不能简单地说他是好人或是坏人。"

阮邛突然又跳到另外一个问题上,缓缓道:"陈平安的父母祖辈,不过是小镇土生土长的寻常百姓,他父亲如何会知晓本命瓷的玄妙? 并且执意不惜性命也要打破那件瓷器？显而易见，是有人故意道破天机，要他做出此事。"

杨老头沉默许久，吐出一口口烟雾，终于说道："一开始我只以为是寻常的家族之争，等我意识到不对劲的时候，已经太迟了。不过我也懒得掺和这些乌烟瘴气的钩心斗角，不过是无聊的时候，用来转一转脑子而已。想来这都是针对齐静春的那个大局之中，一个看似小小的闲手，但是到最后才发现，这一手才是真正的杀招，用围棋高手的话说，算是一次神仙手吧。准确说来，不只是为了对付命太好的齐静春，而是针对文圣那一脉的文运。只是现如今，齐静春生前最后一战太耀眼，所有人都习惯了把齐静春的生死，等同于那支文脉的存亡了，事实上也差不太远。"

杨老头看了眼脸色凝重的兵家圣人阮邛，说道："我在你提早进入骊珠洞天的时候，怀疑过你也是幕后其中一员，要么是风雪庙和颍阴陈氏达成了一笔交易，你不得不为师门出力，要么是你自己从'世间醇儒'的颍阴陈氏那里，暗中得到了莫大好处，所以在此开山立派。"

阮邛坦然笑道："杨老前辈想复杂了。"

杨老头嗤笑道："想复杂了，不等于就一定是想岔了，你之所以现在还能够问心无愧，不过是你们兵家擅长化繁为简罢了。说不得以后真相大白于天下，你才后知后觉，发现自己不过是沦为了棋子之一。"

阮邛心思依旧坚定，稳如磐石，大笑道："无妨。若真是颍阴陈氏或是哪方势力，敢将我作为棋子肆意摆弄在棋盘上，那等我阮邛安置好我家闺女的退路，总有一天，我要一路打杀过去！"

阮邛心中冷笑："如果真是如此，倒是正合我意了。一百年，最多一百年，我就能够铸造出那把剑。何处去不得，何人杀不得？"

阮邛收回思绪，好奇问道："难不成那泥瓶巷少年，真是齐静春的香火继承人？"

杨老头提起老烟杆轻轻敲了敲木椅，从腰间布袋里摸出烟叶换上，没好气道："天晓得。"

阮邛知道眼前这个深藏不露的杨老头，在漫长岁月里，肚子里积攒下了太多太多的秘密。

阮邛笑问道："想要进入小镇，每人需要先交纳一袋子金精铜钱，交给小镇看门人，这一代是那个叫郑大风的男人，我知道这些价值连城的铜钱，可不是落入大骊皇帝的口袋，所以是老前辈你落袋为安了？前辈用这些钱做什么？"

杨老头反问道："我问你阮邛，到底如何铸造出心目中的那把剑，你会回答吗？"

阮邛爽朗大笑。

杨老头淡然说道："这座庙我要搬走。"

阮邛愣了愣，但很快回答道："只要不是搬到外边，我没意见。"

杨老头点了点头,笑道:"看在你这么爽快的分上,我可以告诉你一个小秘密。"

阮邛点了点头,示意自己愿意洗耳恭听。

杨老头吐出一口浓重的烟雾,消散之后丝丝缕缕缠绕住整座小庙,其实在这之前,小庙早就笼罩着一层薄薄的白雾。显然,杨老头是为了小心起见,又加重了对小庙的遮掩。杨老头叹了口气,缓缓开口道:"知道齐静春最厉害的地方在哪里吗?"

阮邛笑道:"自然是资质好,悟性高,修为恐怖。要不然天上那几位大人物,岂会舍得脸皮一起对付齐静春?"

杨老头摇摇头:"假设陈平安真是齐静春选中的人,那么外边,就有人以陈平安作为一招绝妙手,表面上闲置了整整十年,其实暗中小心经营,甚至这期间连我也被利用了。妙就妙在,那人在棋盘之外下棋,行棋离手,那颗棋子落子生根之后,人到底不是死板的棋子,会逐渐自己生出气来,于是会越来越不像棋子,杀招就越来越隐蔽。更何况,这颗棋子旁边,还有一颗看似力气极大的关键手棋子,正是那个被大骊皇帝寄托整个宋氏希望的宋集薪,帮忙吸引各路视线,最终营造出灯下黑的大好局面。"

阮邛脸色沉重,问道:"齐静春号称是有望立教称祖的人,虽然是有人故意以此捧杀齐静春,但肯定不全是胡说八道,岂会看不出一点点蛛丝马迹?"

"这些弯弯曲曲,我也是现在才想通,有意思,真有意思!旁观者尚且如此,当局者呢?"杨老头猛然大笑,甚至有些咳嗽,拍着大腿,喷喷道,"可是当局者却很早就看出来了。齐静春这个读书人,真是一点也不老实,你知道他死前做了什么吗?故意跑到我那边,除了送给陈平安两方大有学问的山水印,最后齐静春与陈平安结伴同行了一段路程,说了一句话,留给陈平安。阮邛,你猜猜看?"

阮邛彻底被勾起兴趣,不过嘴上说道:"齐静春的心思,我可猜不着。"

杨老头叹息道:"齐静春说,君子可欺之以方。"

阮邛想了想,起初有些不以为然,可是片刻之后,脸色微变,到最后竟是双拳紧握,满脸涨红,摇头无奈道:"自愧不如,不得不服气。"

杨老头点点头,眼神飘忽:"第一层意思,是让陈平安告诉我,或者说所有人,在规矩之内,如何对付他齐静春,其实都无所谓,胜负也好,生死也罢,他齐静春早已看透。"

杨老头站起身,沉声道:"第二层意思,是说给十年甚至是百年之后的陈平安的,告诉他哪怕以后知道了真相,知道了自己才是真正害死他齐静春的那颗棋子,也无须自责,因为他齐静春早就知道了一切。"

阮邛猛然起身,大踏步离去:"真他娘的没劲,堂堂齐静春,死得这么窝囊。换成是我,有他那修为本事,早就一脚踏穿东宝瓶洲,一拳打破浩然天下了!憋屈憋屈,喝酒去!"

杨老头笑了笑,一手负后走出小庙,背后那只手轻轻一抖,小庙凭空消失,被收入他手心,轻轻握住:"大骊国师崔瀺,曾经的儒教文圣首徒,我觉得你的道行,一样不止于此,对吧?那我就拭目以待了。"

极少走出小镇的杨老头,在走上石拱桥后,身形越发伛偻驼背,神色肃穆,一言不发。来回两趟走过石拱桥,皆云淡风轻。杨老头走下石拱桥后,走向小镇,脸色悲苦,心中默念道:"难道当真是机不可失,时不再来?就连奉运而生的马苦玄,也没有见到你的资格?哪怕他只是成为你的同道中人,不是主人,也不行?

"你到底要找到什么样的人,才愿意点一下头?不说之前那五千年沉积的岁月,光是骊珠洞天的存在,就已经足足三千多年了,三千多年了啊!这么长的时间当中,出现了多少日后在东宝瓶洲光彩夺目的英雄豪杰?若是有你帮助,他们岂会没有可能更上数境?十一、十二境之上,哪怕只加两境,那是什么境界了?"

石拱桥无声。桥底所悬铁剑,纹丝不动。

杨老头轻轻呼出一口气,自嘲道:"好一个运去英雄不自由。罢了罢了,既然如此,那你就自生自灭吧,也省得我担心福祸相依,因为你而坏了我们仅剩的那点香火。如此一来,也是好事,小赌怡情,不用担心满盘皆输。"

陈平安背着不大不小的背篓,从小山岭返回,路上发现那座庙竟然不见了。陈平安茫然四顾,确定自己没有记错位置,那座供人休憩的小庙,的的确确就像是被人搬石头一样搬走了。只不过如今陈平安已经见怪不怪了,习惯就好。

陈平安来到铁匠铺子,先去了趟那栋自己之前堆放家当的黄泥屋,拿上该拿上的,留下该留下的,这才出门找到了红棉袄小姑娘李宝瓶。

李宝瓶站在他面前,高高抬起小脑袋,满脸雀跃。

李宝瓶早就在身上满满当当挂了乱七八糟的绣袋、香囊,不下七八样之多,还背着一只小小的笭筐,上边盖着一顶能够遮风挡雨的斗笠,刚好用来遮掩笭筐里的东西。估计这些都是小姑娘提议,然后阮秀帮忙收拾出来的。青衣少女阮秀站在李宝瓶身边,格外喜庆。

陈平安看着李宝瓶,笑问道:"带吃的没?"

李宝瓶点头邀功道:"笭筐里一大半都是阮姐姐送给我的吃的东西!其余都是书,不重……不那么重!"

陈平安说道:"什么时候背累了,就跟我说一声。"

李宝瓶挺起胸膛,豪迈道:"怎么可能会累!"

阮秀柔声道:"东宝瓶洲北部形势图,还有大骊、大隋各自的州郡图,还有几张更小的地图,都在李宝瓶背篓里放好了。不过等你走出大骊边境之后,需要经常问路才行,好在李宝瓶懂得你们大骊官话和整个东宝瓶洲流通的大雅言,应该问题不大。再就是我放了一些银子和铜钱在里边,比起你送给我爹的金精铜钱,它们真不算什么,所以陈平安你千万别拒绝啊。"

陈平安会心笑道:"我又不傻,给钱还不要?"

阮秀有些气恼道:"你还不傻?!为了没半点关系的他们……"只是伤人的话刚说出口,阮秀就后悔得一塌糊涂,而且很快就打住了,不再往下说。因为不远处,站着四个不再同行远游的学塾蒙童。

一直在偷偷使眼色的陈平安松了口气,轻声道:"昨天说的那些事情,就麻烦阮姑娘你了。"

阮秀点头道:"放心吧,那些钥匙我会好好收起来的,隔三岔五就会去收拾屋子。"

陈平安深吸一口气,对李宝瓶说道:"走了。"

李宝瓶开心道:"走喽!"

一大一小,就连背篓也是一大一小。

在所有人的视野当中,两人愈行愈远。

南下大隋。

一路上,李宝瓶碎碎念,说过了小镇趣闻逸事,终于说到了游学一事,跟陈平安老气横秋道:"读书人负笈游学,年纪大一些的,都需要仗剑防身的,而且也能够彰显自己文武兼备。"

陈平安乐了:"对啊,那是你们读书人,我又不是。"

李宝瓶愣了愣,一下子沉默起来,好像这个真相让她很灰心丧气。

崔瀺在小镇酒肆买了一壶上好的烧酒,慢悠悠晃向二郎巷。

到了那栋袁家祖宅,崔瀺开锁的时候,动作停顿了一下,最后仍是笑着一推而开。

他快步走入,关上门后,走到水池边,看着那位站在正堂匾额下的男子,虚无缥缈,流光溢彩。崔瀺坐在池边的椅子上,打开酒壶,闻了闻,这才转头笑道:"哪怕只剩下一缕残余魂魄,可是不请自来,擅闯私宅,终非君子所为啊。齐静春,齐师弟,对不对啊?"

那人转过身,面容依稀可见,正是气度风雅的学塾教书先生齐静春,也是以一己之力抗衡天道的山崖书院山主。

齐静春微笑道:"那天你和崔明皇,明面上是演戏给吴鸢看,其实是给我看,累不累?"

崔瀺笑眯眯道:"哦?那你看出什么了?"

齐静春站在水池北面,和坐在南边的崔瀺面对面,问道:"你为何会从练气士十二境修为,跌落境界,一路掉到十境境界?"

崔瀺斜靠着椅子,摇晃着两根手指夹住的酒壶:"还不是因为咱们那位学究天人的先生,谁能想到你其实早就别开生面了,所以先生的神像不断往下,你非但没受到影响,反而境界一直往上攀升,倒是我,叛出师门那么久,反而一直没能脱离他老人家学派、文脉的影响。最让我绝望的事情,是我发现这辈子都没希望凭借自己的学问,压倒或是胜过先生。怎么办? 我总不能眼睁睁给先生陪葬啊。可问题在于,先生的神像倒塌,影响之大,不像是一颗石子砸在湖水当中,而像是一座山峰倒入湖水,浪花之大,除了你这种已经上岸的人,几乎没人躲得掉,我更是如此。于是我就想了一个小法子,齐师弟,你以为是……"

齐静春点头道:"借他山之石攻玉,破我执。"

崔瀺眼神一凛,停下摇晃酒壶的动作。

齐静春叹了口气道:"最好的结果是你的学问,压过先生和我齐静春,得到天地人神的认同,但是很可惜你做不到。其次,是你希望先生这支文脉,断绝在我手上,然后由你接手拿走,哪怕到不了先生在文庙里的高位,总好过一个所谓的大骊国师千万倍。最后,则是以某人为自己的影子,然后真身入定,作佛家观想,那人若是能够坚守本心,就等于你在某一个坎上坚守住了本心,最终成为你由十境重新登高进入十一境的大道契机。"

齐静春摇了摇头道:"崔瀺,是不是觉得自己这笔买卖,怎么都是稳赚不赔? 我知道,你已经安排好了后手,哪怕陈平安依旧能够保持心境纯澈坚定,你一样会安排后手,比如尽可能放大那些蒙童的缺点,不断损耗陈平安的心境,如以石磨镜,使得镜面粗糙不堪,最终支离破碎,那么一旦陈平安是我选中的薪火相传的读书种子,你就可以大功告成,将先生和我齐静春的文脉气运,悉数收入囊中,远远比第三种手段,佛家观想的最终成果,要大很多。"

崔瀺脸色铁青。

齐静春笑道:"你如果愿意选择现在放手,我可以答应让你达成第三种结果,虽然相对最差,但是对你崔瀺来说,到底是天大的好事,这么多年机关算尽的蝇营狗苟,总算是得偿所愿了。"

崔瀺站起身,冷笑道:"齐静春,你一个即将魂飞魄散的东西,半人半鬼! 也配跟我谈条件?"

齐静春脸色如常:"最后给你一次机会。"

崔瀺脸色狰狞道:"你敢坏我心境?!"

齐静春神色伤感,轻声道:"崔师兄。"

崔瀺猛然将手中酒壶砸在地上,向前踏出一步,伸手指向隔着地上一座水池、天上一口天井的齐静春,厉色道:"我不信你齐静春能赢我!"

齐静春一手负后,一手拂袖,那些在崔瀺脚边流淌的酒水滑入水池,呈现出一道涟漪阵阵的玄妙水幕。与之前崔瀺所做如出一辙。

不愧是昔年的同门师兄弟，举手投足，皆是读书人的风流写意。

水幕中，是背着背篓的陈平安和李宝瓶。李宝瓶侧着身走路，正扬起脑袋跟陈平安问这问那，问东问西。陈平安笑着耐心回答李宝瓶一个个天马行空的奇怪问题，如果遇到不懂的难题，陈平安就会说不知道。陈平安不觉得丢人，李宝瓶也不觉得乏味。

齐静春问道："崔瀺，还没有明白吗？"

崔瀺死死盯住那幅画面，脸色苍白，嘴唇颤抖，喃喃道："这不可能！"

眉心有痣的少年国师抬起头，那张清秀脸庞扭曲到狰狞可怕的程度："齐静春，你竟然选了一个女人作为自己的唯一嫡传弟子？！"

齐静春望向那张本就陌生的少年脸庞，笑着反问道："有何不可？！"

崔瀺深吸一口气，嘴角翘起："可是陈平安心性不变，大不了我撤去所有后手，相反还一路上帮他找寻磨刀石，我一样能赢！只是赢得少一些而已。怎么，齐静春，难道你为了阻我大道，还要反过来坑害那陈平安？"

崔瀺脸色癫狂，得意至极："哈哈，我与那泥瓶巷少年，可是荣辱与共、休戚相关的关系。齐静春，你怎么跟我斗？！"

齐静春平淡道："我劝你现在就斩断这份牵连，现在收手还来得及，最多从十境跌到六境，还算留在中五境当中。"

崔瀺脸色阴沉道："齐静春，你失心疯了吧？"

齐静春瞥了眼崔瀺，叹了口气，伸出并拢的双指，轻轻一晃："世间事，唯有赤子之心，不可试探。你崔瀺这么聪明的人，哪里会懂。"

画面中的陈平安和李宝瓶毫无察觉，但是崔瀺眼睁睁看着陈平安头上，突然多出一支碧玉簪子，悄然别在发髻当中。

崔瀺满脸呆滞、震惊和恐惧，伸出手，颤颤巍巍指向齐静春："齐静……"

他甚至死活都说不出最后一个"春"字。

刹那之间，道心失守几近崩溃的崔瀺七窍流血。

跌坐回椅子上，崔瀺迅速在身前双手结宝瓶印，沙哑道："安魂定魄！"

齐静春没有看惨不忍睹的崔瀺，而是抬起头，望向天井，说道："吃了亏要记牢，甲子之内，你要是再敢偷偷摸摸下绊子，我自有法子让你从练气士第六境跌落成凡夫俗子。当然，以你撞到南墙就一定要把它撞破的性子，肯定是不信的。不过没关系，反正信不信由你。最早一次，我要你别对先生失去信心，你不信，结果跌境；我来骊珠洞天之前，要你别对山崖书院出手，你还是不信。所以这一次，还是由你。"

齐静春离开二郎巷的袁家祖宅，最后一次行走于人间，先去了学塾，再去了石拱桥，又去了师弟马瞻的坟头，最后还去了一趟天上。

最后的最后，齐静春回到地上，悄然走在陈平安和李宝瓶身边，与他们并肩前行。只是他们不知道而已。

三人每走出一步，这位齐先生的身影便消散一分。他终于停下脚步，望着两个孩子南下的背影。这个读书人有担忧，有遗憾，有不舍，有欣慰，有骄傲。他轻轻挥手，无声告别。

就这样了。挺好。

"咦？你怎么头上别了一支玉簪子？！"

"啊？我不知道啊。"

"什么时候的事情？陈平安！你其实是有钱人，对不对？"

"真不是。至少现在已经不是了，我有钱的光景，就那么几天。"

"好吧。那你箩筐里露出一截的木剑，又是咋回事？"

"我也不知道啊。"

"陈平安！你再这样，我今天就真的不喜欢你了！"

"我是真的不知道……"

"算了算了，明天再不喜欢你好了。"

"……"

青山绿水少年郎，身边跟着个小姑娘。

二郎巷袁家祖宅，崔瀺浑身浴血坐在椅子上，双手结宝瓶印，艰难护住这副皮囊不至于崩溃，这不仅仅是因为这副皮囊极难寻觅，更在于这具身躯就像一座牢笼，锁住了他的魂魄，短时间内，别说像之前那般在大骊京城和龙泉山河之间神魂远游，一旦身躯毁掉，他就彻底成为魂魄分离、残缺之人，真的就要一辈子沦为中五境垫底的泥塘鱼虾，以前战战兢兢匍匐在他脚底下的那些豺狼虎豹，如今要杀他已是轻而易举。

虽然身心皆遭受重创，但是崔瀺吐出一口血水后，仍是扶着椅子把手，手脚颤抖地站起身。他心知肚明，越是如此，一口气越是坠不得。崔瀺抬起头望向天井，那里曾经有兵家圣人阮邛的嗓音落下，只是此时他已经连与阮邛窃窃私语的术法神通，也已失去。

崔瀺沙哑道："出来。"

一个相貌精致无瑕的少年从偏屋开门走出，满脸惶恐，他走到崔瀺身前，不知所措。

崔瀺信任蛰伏在小镇上的麾下谍子死士，但只是相信他们对自己这个大骊国师的忠心耿耿，却对他们的实力一点都不放心，根本不奢望他们能够安然护送自己返回京城，说不定小镇还未走出，宋长镜或是那个女子安插在四姓十族的某颗棋子，就会伺机而动。所以崔瀺对少年下令道："去铁匠铺子找到阮师，请他来这里一趟，就直接说我崔瀺有求于他,愿意跟他做一笔大买卖,是有关神秀山的敕封山神一事。别忘了,是请。阮邛如果不肯来,你以后就不用回到这栋宅子了,你体内暂时被我收拢安放起来的那点阴魂,经不起几天阳气罡风的冲刷。"

少年脸色雪白,使劲点头。

崔瀺颓然坐回椅子,叮嘱道:"出门之后,神色自然一点,别一脸死了爹娘的丧气样,否则白痴也知道我出了问题。"

少年怯生生点头,快步离去。

真是滑稽,沦落到画地为牢的境地,锁死了魂魄的出口,现在自己竟然还要帮着缝缝补补,做这座牢笼的缝补匠。但是刚刚闭上眼睛,一阵熟悉的脚步声响起,崔瀺猛然睁眼,正要大声呵斥这个办事不力的傀儡。只是当看到瓷器少年身边的不速之客后,崔瀺立即换上了一副脸孔,对少年笑道:"去给杨老前辈搬张椅子,再端杯茶水来。"

杨老头抽着旱烟,一手负后,环顾四周,不去看下场凄惨的崔瀺,笑呵呵道:"此地禁制是你崔瀺亲手布置,如今有人破门而入,主人竟然还在呼呼大睡。国师大人,是不是遇上了什么麻烦?需要我搭把手吗?"

崔瀺脸色如常,摇头道:"不必了。"

杨老头坐在少年搬来的椅子上,他在东边,崔瀺则坐南朝北,正对着袁家的大堂匾额。杨老头看了眼神色拘谨又好奇的少年,感慨道:"对于神魂一事,你的造诣真是不错。"

崔瀺问道:"现在我们说话,阮邛听不听得到?"

杨老头笑道:"阮邛什么脾性,吃饱了撑着了才来偷窥你的动静,如果不是你三番五次挑衅,你以为他愿意搭理你?"

崔瀺沉声道:"小心驶得万年船!"这句话,是崔瀺第二次对这个杨老前辈说出口,第一次是在老瓷山。

杨老头抽着旱烟:"有道理。"

崔瀺静待片刻后:"可以了?"

杨老头轻轻点头:"崔国师畅所欲言便是。"

崔瀺用手背擦拭掉嘴角渗出的鲜血,问道:"我该称呼大先生为青童天君,还是名气更大的那个……"

杨老头面无表情地打断崔瀺的话语:"够了。"

崔瀺果真没有继续说下去,唏嘘感慨道:"实不相瞒,那场战事,晚辈心向往之。"

崔瀺莫名其妙笑出声:"不恨未见诸神君,唯恨神君未见我。这是我在先生门下求学之时,第一次接触到内幕后的由衷感慨。当时先生就批评我不知天高地厚,信口开河。如今想来,先生是对的,我是错的。"

杨老头摆摆手道:"你们师门内师徒反目也好,师兄弟手足相残也罢,我可不感兴趣。"

崔瀺讥笑道:"那你来这里,只是看我的笑话吗?"

杨老头问道:"我有些好奇,大骊藩王宋长镜,一个志在武道第十一境的武人,你为何跟他如此水火不容?"

崔瀺摇头道:"不是我跟宋长镜要拼个你死我活,而是咱们大骊有个厉害娘们,容不得他。当初打破陈平安的本命瓷,就是她亲自在幕后策划的手笔。不是贪图富贵的杏花巷马家愿意出手,也有刘家、宋家之类的,为的就是让她的儿子更容易抓住机缘。当然,我也不否认,之后我用陈平安来针对齐静春,是顺势而为。这的确是我崔瀺这辈子寥寥无几的神来之笔之一。齐静春棋高一着,我认输,但我依然不觉得这一手棋就差了。"

杨老头吐着烟雾,眯眼道:"本命瓷一碎,那个泥瓶巷少年就像一盏烛火,尤为瞩目,自然而然就容易造就出飞蛾扑火的情况。你说的那个女子所料不错,若非如此,那条真龙残余神意精气凝聚而成的少女,一开始是凭借本能奔着陈平安去的,但是等她逃出那口锁龙井,到了泥瓶巷,摇摇晃晃走到两家院子门口,才察觉到原来宋集薪屋子里有着浓郁的龙气。这对她来说简直就是天底下最美味的食物,所以拼了命也要去敲他的院门,只可惜力有未逮,跌倒在了陈平安院门口的雪堆里。后来,无非是陈平安救下了她,可她醒来后,当然不愿意与这么个肉眼凡胎的普通人签订契约,毕竟那无异于自杀。俗人短暂一生,对于她的漫长生命而言,实在不值一提。而只获得片刻自由,她当然不愿意。于是她就自称是宋集薪家新到的婢女,陈平安就傻乎乎地将这份骊珠洞天最大的大道机缘,双手奉送了出去。话说回来,那个时候的陈平安,如同大族之逆子,大国之逆臣,确实是被天道无形压制,留不住任何福缘。"

杨老头说到这里,摇摇头:"看得见,摸不着,拿不住。"

崔瀺安静听完杨老头的讲述后,重回正题:"就连皇帝陛下也相信弟弟宋长镜,对龙椅从来不感兴趣。只可惜,有一次,陛下向我请教围棋,那女子也在旁观战,给陛下支招,以免棋局早早结束。

"陛下突然问我,他这个封无可封的沙场藩王,会不会有一天突然带兵杀向大骊京城,用手里的刀子问他要那张椅子。

"我当然老老实实回答,说王爷不会这么做的。可是呢,如果真的有一天,王爷麾下那一大帮子战功彪炳的大将武人,起了要做扶龙之臣的念头,到时候王爷又已经到了第十境,甚至是传说中的第十一境,觉得人生很无趣,加上身边所有人都在蛊惑怂恿,穿穿龙袍坐坐龙椅也可以嘛,省得寒了众将士的心。

"我这句话说完之后,那位大骊皇帝就笑了起来。最后皇帝陛下转头问身边的女子:'你觉得呢?'那女子就告诉他:'皇帝陛下野心不够大,半座东宝瓶洲就能填饱肚子,宋长镜不一样,他将来武道成就越高,就会越想着往高处走。'听完女子这番话后,陛下就笑着说我们两个都是无稽之谈,诛心之语,毁我大骊砥柱,应该拖下去砍头,不过今天是良辰吉日,宜手谈不宜手刃,暂且留下你们两颗项上人头。"

杨老头笑道:"宋长镜碰到你们这两个对手,也真是倒了八辈子的霉,一个女子吹枕头风,一个心腹泼脏水。"

崔瀺直截了当问道:"你找我,到底图什么?"

杨老头说了句没头没尾的奇怪话:"我们相信将相有种,富贵有根,生死有命。你们不信。"

涉及这件事,崔瀺毫不退让,完全没有生死操之于他人之手的怯弱,冷笑道:"虽然我没觉得现在这拨好到哪里去,但我更不觉得你们就是什么好东西了。"

杨老头望向崔瀺:"说吧,齐静春到底选中陈平安做什么了?"

崔瀺笑眯眯道:"你猜?"

显而易见,崔瀺绝不会说出答案。因为这涉及他的道心一事。

杨老头问道:"你真以为我不会杀你?"

崔瀺点头道:"你不敢。就算我自己养的一条狗,这个时候为了富贵前程,可能都敢杀我,但是唯独你不敢。"

杨老头笑道:"你这么聪明,怎么会输给齐静春?"

崔瀺瘫靠在椅背上,自嘲道:"齐静春有句话,可以回答你的问题。——'世间事,唯有赤子之心,不可试探。'"

杨老头摇头道:"看吧,这就是你们不信命的后果,莫名其妙,虚无缥缈,云遮雾绕,无根无脚。"

崔瀺哈哈大笑:"怎么,前辈想要我走你们那条道?"

杨老头反问道:"不想着破镜重圆,重返巅峰?何况你推崇'事功'二字,其精髓与我们不是没有相通之处。"

崔瀺伸出一根手指,颤抖着指向杨老头,差点笑出眼泪,大肆讥讽道:"我崔瀺虽说比不得我家那位先生,比不过齐静春,可要说为了所谓的一副不朽金身,结果给人当一条看家护院的走狗,被那些原本我瞧不起的家伙,呼之则来,挥之即去,是我疯了,还是你疯了?老前辈,不是我说你,你是不是病急乱投医?还是与我一般境地,突逢变故,坏了某个蓄谋已久的谋划?"

杨老头轻描淡写说了一句话:"你觉得谁能对我呼来喝去?"

崔瀺骤然眯起眼,脸色肃穆,默不作声。

杨老头盘腿而坐,望着那口天井,神色安详。

世人皆言举头三尺有神明。其实早没了啊。

崔瀺深吸一口气："劝你一句话，如果在那少年身上有动过手脚，趁早断了吧。"

杨老头摇头，缓缓道："没有。"

崔瀺笑道："估计齐静春在死之前已清理完所有首尾，加上你我也算干干净净，那就是除了大骊京城那个娘们，可能还会心怀不轨，陈平安就没什么'高高在上'的后顾之忧了。"

杨老头突然说道："既然做不成同道中人，无妨，我们可以做一笔公平买卖。"

崔瀺问也不问，毫不犹豫道："我答应了。"

先是走了五里路，陈平安就让李宝瓶休息一会儿，之后是四里地，然后是三里路就停下休息。两人南下暂时需要绕路，所以大体上沿着溪流的走向，否则山路难行，李宝瓶会完全跟不上。李宝瓶虽然体力出众，远超同龄人，可到底是个八九岁的孩子，底子打得再好的身子骨，终究比不得成人，陈平安决不能以自己的脚力带着她走。两人坐在溪畔的光滑石头上，李宝瓶满头汗水，看到陈平安突然脱掉草鞋，卷起裤管就下水去了。约莫是溪水水面宽了许多的缘故，溪水高不过膝盖，能够看到许多青色小鱼四处游弋，灵活异常，多是手掌长短。

李宝瓶从人生第一次走进小溪，就梦想着自己有一天能抓到鱼，可是游鱼比起螃蟹或是青虾，要狡猾太多，李宝瓶根本就拿它们没办法。以前也曾经有样学样，偷偷砍伐一根青竹做鱼竿，可同样是鱼竿、鱼钩、鱼线和蚯蚓，她就从来钓不起溪里的鱼。李宝瓶虽然能够躲在河畔树荫下，蹲着钓鱼熬一个下午，却没有半点收成。别人都用好几根狗尾草穿满鱼了，或是小鱼篓挤满了成果，一个个欢欢喜喜回家找爹娘，唯独她还是颗粒无收。所以在李宝瓶心目中，进山下水、烧炭采药、钓鱼捕蛇，好像无所不能的陈平安，其实形象极其高大。这些秘密，她只跟石春嘉说过。

李宝瓶这个时候看到陈平安先是找了一处临岸地方，好像游鱼多聚集躲藏在这边大青石之下，然后他开始在稍微上游的地方建造一堵"堤坝"，差不多有李宝瓶个子那么长，全部用溪水里附近的大小石头堆砌而成。虽然依然会有流水穿过石子缝隙往下流淌，但陈平安不急于用碎石和沙子堵住缝隙，而是又搭建出一横一竖两条堤坝，最终就像是造出一座小池塘。

李宝瓶来到池塘附近的岸上蹲着，瞪大眼睛，看着陈平安开始缝补漏洞，动作飞快，充满美感。李宝瓶同时也发现陈平安低头做事的时候，脸色平静，神情专注，心神沉浸其中，心无旁骛。就像李宝瓶在乡塾求学，第一次看到齐先生提笔写字，心头有种说不清道不明的舒服感觉。

随着上方那条堤坝近乎严密无缝，无水进入，侧面堤坝也是一样，下游的那道堤坝仅是用来防止游鱼逃窜，并没有用上一捧捧溪水沙子遮掩门户，所以这座"养鱼的池塘"

里的水位渐渐下降。

李宝瓶那张小脸蛋洋溢着幸福的神采，她双手紧握拳头，碎碎念，比坐在石头上休息一会儿的陈平安还要紧张。

陈平安开始走入池塘，用双手往外舀水。

李宝瓶啧啧道："陈平安，你这叫涸泽而渔。哦，不对，这是贬义词，应该是釜底抽薪！"

陈平安笑着随口问道："以前总见你在溪边待着钓鱼，最大钓过多长的鱼？"

李宝瓶叹了口气："鱼儿太聪明了，我就只能用一根狗尾草把螃蟹从窝里骗出来，钓鱼好难的。"

陈平安忍俊不禁道："鱼竿是不是你自己做的？"

李宝瓶使劲点头道："对啊，我家后院角落有一片紫竹林，据说是我爷爷的爷爷种下的，我爹他们严防死守得很，我一开口说要做鱼竿就被拒绝了。我好不容易才偷偷摸摸剪了一根，用剪刀一点一点磨，累死我了。"

池塘的水越来越浑浊，已经有鱼开始逃窜，溅射出水花，陈平安对此习以为常，抬头笑道："那根竹子本来就不算太细，你还去头去尾了？"

李宝瓶茫然道："对啊。我怕鱼竿太细，钓起来的鱼太大的话，一下子断了怎么办。再去紫竹林找鱼竿，就算我爹不打我，我自己也不想再拿剪刀对付那些竹子了。"

陈平安无奈道："哪有用竹棍子钓鱼的人？咱们那条溪里的鱼其实都不大，鱼竿一粗，你就根本感觉不到它到底是上钩了，还是在蹭鱼饵。它们前几次下嘴，是肯定不会咬住鱼钩的，鱼可不笨，你要是太早甩起鱼竿，肯定钓不到的。钓鱼要做好粗细适中的鱼竿，还分季节时候和晴雨天气，你还得找鱼窝和养鱼窝，鱼钩和鱼饵都有讲究。"

李宝瓶像听天书一般，张大嘴巴。她有些难为情。其实还有一件事情她没有跟陈平安说，挂在竹棍子上那根鱼线尾端的那个鱼钩，是她用家里的绣花针掰弯扭曲而成的，可能是稍稍大了点，那些鱼想吞下鱼钩都很困难。

李宝瓶在心里告诉自己，没事没事，年少无知，情有可原。

陈平安看到李宝瓶有些闷闷不乐，只好安慰道："但是这么多年，你竟然一条鱼都没钓上来，我觉得更厉害。"

李宝瓶眼睛一亮，她好像打开了多年心结，一下子精神抖擞起来。李宝瓶好奇问道："为什么要抓鱼，我们还有那么多吃的。"

陈平安解释道："你想啊，有个说法叫坐吃山空，山都能吃空，何况是我们两个小背篓。所以要省着点，以后路长着呢。"

李宝瓶深以为然，跃跃欲试道："授人以鱼不如授人以渔，像这种事情，还有砍竹子做鱼竿和钓鱼捞鱼，你以后都可以教我。"

"接着。"陈平安轻轻松松抓住一条青红相间的石板鱼，笑着轻轻抛给李宝瓶，看着手忙脚乱的李宝瓶，说道，"你年纪太小，做力所能及的事情就可以了，不用什么都跟我比。我本来就是照顾你去山崖书院求学的。"

李宝瓶好不容易才双手抓住那条鱼，义正词严道："错了错了，齐先生说过我们要读万卷书，也要行万里路。我背篓里只有五本书，所以剩下的需要去书院藏书楼看。但是行万里路，也是读书人必须要做的事情。负笈游学，就是说背着书箱，一边游历大好河山，一边砥砺道德学问，两者缺一不可，要不然就是瘸子走路。"

"你身边有很多狗尾草，穿过鱼鳃就能穿在一起了，怕断掉的话，可以两三根狗尾草合在一起。"

陈平安一边教李宝瓶如何处置战利品，一边问道："负笈游学，是说背着书箱吗？那是不是龙尾郡陈松风背着的那种？竹子编的，是很好看。以后路过竹林的话，我可以给你做一个，刚好也要做一根鱼竿。靠水吃水，再往下走，水就深了，就不能用今天这种法子抓鱼了。"

李宝瓶蹲在岸边，将那些被抛上岸的石板鱼一一穿起来，听到这些话后，整个人高兴得蹦了起来："真的?!"

陈平安笑道："我骗你做什么？唉，小心小心，别跳了，小心连人带鱼一起掉小溪里。鱼跑不掉，人着凉了咋办。"

李宝瓶蹲下身，笑脸灿烂道："开心开心，我终于要有自己的小书箱了！"

陈平安蹲在几乎干涸见底的溪水里，头紧贴着石头，伸手到石板底下去捞鱼："这种鱼晒干了，就能生吃的。你要是嫌脏，我就把内脏去掉，我自己以前是不需要的。"

李宝瓶一番天人交战后，怯生生道："不然还是去掉内脏吧。"

陈平安又掏出一条石板鱼，轻轻丢到岸上的草丛里："都随你，等下我来做就行了。"

手里提着三串鱼的李宝瓶赶紧说道："我来我来。"

陈平安点点头，继续在石板底下摸鱼。

片刻之后，扑通一声，不远处的李宝瓶站在溪水里，号啕大哭。陈平安赶紧起身，快步跑过去，紧张地问道："怎么了？"

李宝瓶哭得那叫一个撕心裂肺："有条鱼，我刚从狗尾草上拿下来，看着快死了，没想到一放到水里，它尾巴一摇，嗖一下就跑掉了！我抓都抓不到……"

陈平安笑得不行，先弯腰帮她卷起已经湿透的裤管，把她轻轻抱到岸上，让她自己脱掉鞋子，说这些鱼交给他来对付。

李宝瓶乖乖脱着鞋子，可还是哭得很伤心，总觉得自己做了件很对不起陈平安的事情。只感觉天都要塌下来了。

陈平安在一旁动作娴熟地给鱼开膛破肚,挤掉内脏,很辛苦地忍住笑,想着还是不要在李宝瓶伤口上撒盐比较好。

陈平安最后转头面向李宝瓶,轻轻提起那三串处理干净的鱼。大丰收。

李宝瓶破涕为笑,满脸泪痕地笑呵呵道:"跑了一条,还有这么多啊。"

陈平安走到她身边坐下,把三串鱼递给她,揉了揉她的脑袋:"对啊,所以以后再碰到这种事情,不用这么伤心。"

李宝瓶把三串鱼高高提起,放在自己眼前,开心道:"好的!"

陈平安柔声道:"以后给你编几双合脚的草鞋,保证不磨脚。"

李宝瓶两眼放光:"可以吗?"

陈平安低头帮她拧了拧裤管的水:"很简单的。"

李宝瓶叹了口气:"你什么都懂,我什么都不懂。"

陈平安笑道:"以后你可以教我读书写字,我现在认识的字不多,也就五百个左右。"

李宝瓶一听到这个,立即小鸡啄米点头道:"一言为定!"

两人肩并肩坐着,看着缓缓流淌的溪水,李宝瓶随口问道:"你知道这条小溪叫什么吗?"

"龙须溪。"

"你怎么知道这条小溪叫龙须溪?"

"我上次进山的时候,带了两幅地图,阮师傅说是我们龙泉县的山川形势图,图上标注为龙须溪。不过从东南流向折为正南方向后,图上的红线逐渐变粗,然后就改名为铁符河了。"

"这样啊,那我告诉你哦,我们大骊朝廷有六部,其中礼部又有天地人三官,其中地官就负责绘制这些地图,不过也会有钦天监的地师帮忙领路,一起行走于山川江河,等于是把一个王朝的疆土,一千里一万里,一步一步用脚丈量出来,然后一寸一尺画在图纸上。陈平安,你说那些地官和地师厉害不厉害?"

"怎么,你长大后要当礼部的地官,或者是钦天监的地师?"

"陈平安,你不知道吗? 女人是不可以当官的啊。而且不光是我们大骊这样,好像全天下都这样。像我和石春嘉这样,读书倒是可以,但是也没听说有女子成为教书先生,或是被人称为夫子的。"

"这样啊。"

"对了,陈平安,你说你头上那支玉簪子,是齐先生的先生送给齐先生的,然后齐先生送给你的。"

"对啊。"

"陈平安,那么从今天起,我就喊你小师叔好了!"

"为啥?"

"你当了我的小师叔以后,如果哪天我惹你不高兴了,你打算丢下我不管的话,肯定就会扪心自问——我陈平安可是李宝瓶无比敬爱的小师叔,当然是要跟这么好的小姑娘患难与共啊。"

"能不能不当什么小师叔? 放心,我一样不会丢下你的。"

"不行!"

"那我不给你做小竹箱和草鞋了。"

"没事,我才不怕。我就要喊你小师叔!"

"嗯?"

"世上哪有不给我做小竹箱和草鞋的小师叔?!"

"……"

如果是陈平安独自一人，哪怕是负重入山，一天走上一百里山路都不难，即便这期间必然需要越溪过涧，攀崖缘壁。但是陈平安这次带着李宝瓶，走得很轻松，以至于闲来无事，就开始练习走桩。因为有李宝瓶在身边，他就没有用上那种气力和精神全力以赴的拳架，而是相对自然而然，甚至为了照顾李宝瓶，还要刻意放慢走桩速度和减小步伐间距。这让好不容易找到诀窍感觉的陈平安，像是一下子被打回了原形，又变得别扭起来。

两人此时已经走出差不多二十里路，李宝瓶犹有余力，并不显得难受煎熬，她只是伸手擦了擦额头上的汗水，问道："小师叔，你是在练拳吗？"

陈平安停下走桩，点头道："对啊。"

李宝瓶又问道："那你知道你练的这套拳法的立身之本、源头的气府在哪里吗？"

陈平安一头雾水："怎么说？我只知道人身上有很多窍穴，我之所以能够认识几百个字，主要就是为了记住那些窍穴的名称。但是它们跟练拳到底有什么关系，我还没来得及问。有一位宁姑娘看过我的拳谱，没有告诉我，只说练拳一事，捷径走不得，要靠一点一点的苦功夫熬出来，你认识的阮姐姐则说她是练剑的，她家的家传运气路径，不好外传，所以当时我跟她没有深聊。"

事实上，那时候的陈平安，觉得自己这辈子注定会在小镇走完，所以有的是时间和机会来询问阮秀。

李宝瓶瞪大眼睛，一脸匪夷所思，加重语气道："小师叔！你连这个都不知道，也敢练拳? 你知不知道,胡乱练拳,尤其是外家拳,很容易伤及根本元气的。练武,其实就跟堪舆地师的寻龙找穴差不多,只不过地师们是找山川窍穴,武人是寻找、挖掘自己身体的宝藏,找到之后,你还要方式得当,才算在武道一途真正登堂入室。不行不行,小师叔,我必须把这个跟你捋一捋,捋清楚了你才好学拳!"

看李宝瓶神色坚决,陈平安想了想,本就不是什么坏事,刚好前边有一处歪脖子老柳树,大半倾斜向溪水水面,好像一座未完成的拱桥,就拉着李宝瓶靠着树干休息。李宝瓶性子跳脱,非要坐着,陈平安只好把她抱到树干上,自己站在一旁免得她跌落。

李宝瓶大大咧咧坐在树上后,像是一位初次在学塾授课的小夫子,神采奕奕,咳嗽一声,打算跟小师叔好好说道说道,以免他误入歧途,万一真练坏了身体,那她不得悔青肠子心疼死啊?

李宝瓶一本正经道:"我之所以清楚一些练武的大概,因为我家有个叫朱鹿的丫鬟姐姐,她从小就被老祖宗看出有习武天赋,我又跟她很亲近,朱鹿姐姐是个闷葫芦,只喜欢跟我说些心里话。只可惜我六岁的时候,偷偷摸摸跟在朱鹿姐姐身后,走那个叫地牛桩的东西,好玩得很,最高的木桩子,都快有屋顶那么高了,但是有一次我脚底打滑,不小心摔了下去,其实我真没啥事,朱鹿姐姐还是被我连累,被老祖宗狠狠一顿罚。在那之后,朱鹿姐姐每次早晚习武练功,还有躲在屋子里泡在药水桶子里的时候,就再也不带我玩儿啦。"

陈平安有些心虚,李宝瓶嘴里所谓的朱鹿姐姐,说不定就是那天胸口和脑袋挨了自己两块瓦的矫健少女。当时他偷偷闯入李家大宅,用弹弓打碎了两只鸟食瓷罐,那个护在正阳山陶紫身边的婢女,率先发现了他的踪迹,很快就翻墙上了屋顶,最后朝他所在的屋顶这边飞身一跃,让陈平安每次事后想起,仍然觉得她很厉害。

李宝瓶对于这个始终不愿意承认自己是她小师叔的家伙,恨不得知无不言言无不尽:"打个比方,胆小鬼石春嘉家有间铺子,做生意做得好,就能够钱生钱,财源广进,所以石春嘉家的铺子,才能是我们小镇最老的几家老字号之一。但如果只出不进,不懂得招徕客人,那么很快就会捉襟见肘,店铺肯定就得关门,是吧?"

一听到做生意啊赚钱啊,财迷陈平安立即就"开窍"了,恍然道:"每个人都有些家底,练拳练得好,就能够钱生钱,练不好,就是赔本买卖,如果根本就不去练武的话,倒是本本分分守着祖业?"

李宝瓶想了想,点头道:"差不多是这个意思。小师叔,你听说过一个说法吗? 叫练拳招邪,尤其是那些号称三年一出师、出门打死人的外家拳,拳势凶猛,大劈大挂,看着威风八面,打人的时候嚷着哼哼哈哈的,其实最伤身子骨了,因为他们根本就没有找到脉门,属于不得其法而入,很多人才到中年,就会落下一身的病,有没有晚年都不好说,就算有,也会很凄凉。因为他们从练拳的第一天起,就不是在养气养身,而是在当败家子,挥霍祖业。"

用李家老祖宗的话说,李宝瓶这丫头就是天生没屁股的,她说到兴起,刚想要从老柳树树干上站起来,就被她的小师叔一个眼神将念头按了回去,悻悻然继续说道:"所以小师叔你一定要引以为戒啊,一定要找到练拳的真正法门。世间拳法千万种,之所以成就有高有低,前程有大有小,就看每一门拳法的至少两个本命窍穴你找不找得到,找到之后,接下来就看能不能找出一条最佳路线,滋润最多的沿途窍穴,如春风化雨,滋润万物。哪怕拳谱品秩不高,但只要是正途,一样能够强身健体,延年益寿,可如果走了岔路,拳谱越好,越容易坏事。"

陈平安陷入沉思,自己能够感受到那股气的存在,身体内就像有一条无家可归的小火龙,胡乱游走于一座大火炉,之前这条火龙有点类似无头苍蝇,随处乱撞,碰壁之后就转头,如今它的活动范围越来越大,但是最终都会返回腹部的那些气府附近,徘徊不定,像是出门玩耍的稚童,疲惫之后就想要回家,只是暂时尚未找到真正的家门口。这股玄之又玄的气流,一直没有给陈平安带来什么不适或是疼痛,反而让他有一种大冬天晒太阳的暖洋洋的感觉。陈平安对于身体五脏六腑的感知,很小就极其敏锐,所以对于自己哪里出了问题,很快就能察觉到。云霞山蔡金简当初在泥瓶巷说他活得不长久了,她可能觉得陋巷少年只当她是开玩笑,其实陈平安当场就确定了她的说法无误。既然察觉不到任何不妥,陈平安就对那股气流听之任之,内心深处还有一丝好奇,想要看一看它到底会选择哪个窍穴作为它的宅邸。

李宝瓶晃荡着那双小腿,双臂环胸:"据说习武的根本是'散气'二字,霸道得很,跟练气士的养气炼气完全不同。后者是多多益善,锱铢必较,习武不一样,当你找到最初的那股气后,就像是要一座座关隘打杀过去,将原本栖居在窍穴气府内的气息,全部消除殆尽,转化成最早的那一口气,最后全身上下,心意一动,一气呵成,转瞬之间,气流运转百里数百里,第九境甚至可以长达千里之远,一下子就调动起全身潜力。如一员大将指使千军万马,威势之大,可想而知,丝毫不比练气士御气凌空而行来得差。"

李宝瓶突然神秘兮兮说道:"朱鹿姐姐就说那武道宗师,什么飞檐走壁根本不算什么,还能够跟练气士一样,御风远游。再往后,一旦跻身止境大宗师,宰杀那帮眼高于顶的练气士,就跟手拧鸡脖子似的,弹指杀人,信手拈来。"

陈平安笑问道:"如果练武真的这么厉害,当然是好事,可为什么厉害不厉害,要用杀人容易不容易来衡量?"

李宝瓶愣了愣,老老实实摇头道:"那我可没想过,是朱鹿姐姐这么说的,说这些话的时候,朱鹿姐姐向往得很,就跟我每天做梦都想抓到一条鱼差不多吧。"

李宝瓶略作思量后,说道:"不过仔细想想,依照朱鹿姐姐的说法,好像习武之人和修行之人,天生就不对付,后者喜欢低看前者,觉得习武就是一门贱业,是资质不行、无法修行的可怜虫，所以视为下等人，把武人骂成是世俗王朝的看门狗。前者则觉得那些修行之人，一个个眼高于顶，鼻孔朝天，不是什么好东西，凭什么武人在江湖摸爬滚打，就是侠以武犯禁，那些练气士分明只是一小撮人，却占据着无数的名山大川和洞天福地，还扬扬扬得意，自称山上仙人以术法神通修长生，受到山下凡人和武人的敬仰和供养，本就是天经地义的事情。"

李宝瓶突然笑了起来："不过这些争执，小师叔你不用管，没意思得很。"

李宝瓶突然欲言又止，似乎想起了一件事，可又有些难以启齿，有点做贼心虚，最后决定还是坦诚相见，她实在是不愿意欺骗她的小师叔。李宝瓶哭丧着脸道歉道："朱鹿姐姐和她爹朱河叔叔，本来是要跟我们一起去往大隋南方边境的，可是我怕小师叔你不喜欢他们，就骗他们去小镇东门那边等我们。如果朱河叔叔也在的话，他就能教小师叔练拳了，因为朱鹿姐姐从小就跟着她爹一起习武。老祖宗私下对我说过，虽然朱河叔叔练武天赋有限，但是教人习武是一把好手，称得上'明师'这个称号，哪怕丢在大骊京城那些个'府字头'的豪门大宅里，也可以成为座上宾。现在朱河叔叔不见了，朱鹿姐姐也不见了……"

陈平安赶紧安慰道："没事没事，我练拳没有什么师父，只有一部拳谱。如今连拳谱上的字也没有认全，更不敢瞎练了。只练习一个走桩一个站桩，不过已经确定能够滋养体魄，不会伤身。要怎么练出名堂来，估计得等我自己读得懂那部拳谱再说。这个不急，我本来练拳，就不是为了什么境界，只是用来活命的，没想那么多。"

可是李宝瓶显然已经在自己的想法上钻了牛角尖，而且思绪一去千万里，于是她越说越愧疚，嘴角往下，有要哭的迹象了："武人习武，师父领进门，修行在个人。师父很重要的，领进门的这个门，门槛就有高有低，而且师父领进了第一扇大门后，是因为本事有限，不得不撒手不管了，还是能够一口气带到后院门，情形是完全不一样的。所以师父一定要是明师，不能光找名气大的名师。"

李宝瓶抽着鼻子，泪水马上就要流出眼眶："小师叔，你是百年一遇千年难逢的习武天才，如果因为我耽误了你成为高手，我该怎么办啊？"

陈平安已经顾不上她怎么得出自己是天才的荒谬结论了，当务之急是别让她哭出来。李宝瓶伤心起来，给人的感觉那是真伤透了心，全然不是一般孩子撒娇打闹的那种。陈平安灵机一动，突然抬起手，手掌放在李宝瓶身前，轻轻握拳后，大声说了一个字："收！"

李宝瓶是脑子转动极快的聪明孩子，一下子就愣住了，止住了泪水决堤的趋势："小师叔，你在做什么啊？"

陈平安晃了晃拳头，哈哈笑道："怎么样，小师叔厉害吧，让你一下子就不哭了。"为了安慰李宝瓶，陈平安也算豁出去了，第一次正式承认自己是她的小师叔。

李宝瓶立即破涕为笑。她觉得不是自己不伤心了，而是开心多过了伤心。

陈平安如释重负，双手撑在老柳树树干上，然后身子一斜就坐在了李宝瓶身边。

两人脚底下，放着一大一小两只背篓。

李宝瓶轻声道："朱河叔叔经常告诉朱鹿姐姐，练拳不练真，三年鬼上身；练拳找着真，一拳打死神。习武之人，一旦生病，比起医治寻常人要棘手很多。朱鹿姐姐曾经有两次差点熬不过去。第一次过后，她整个人得有小半年没缓过来，那段时间像是个病秧子，平时连水桶也提不起来。第二次更惨，我听到动静后，就搬了一条小板凳过去，偷偷捅破窗户纸，结果看到朱鹿姐姐在床上痛得打滚，旁人按都按不住，最后她指甲盖都翻开了，鲜血淋漓，很可怜的。最后是家里请了杨家铺子的掌柜送药来，吃了好像才不痛了，逐渐安稳下来。但是老祖宗当时站在院子门口，没有走进院子，摇摇头就转身走了，似乎有些惋惜和失望。事后我问起，老祖宗只说小命是靠药材保住了，第八境的希望却丢了，以后就不用太过栽培朱鹿姐姐了，否则反而是害她，如果运气好到洪福齐天的地步，就可以进入第七境，运气不好，第六境都悬。"

李宝瓶转过头，忧心忡忡道："小师叔，你可千万别这么生病啊，我什么都不懂，肯定会傻眼的！"

陈平安笑道："不会的，而且就算有，我当然是说万一啊，那你也别怕，我很能吃得住痛的，这可不是跟你吹牛。"

李宝瓶将信将疑，伸出手在他胳膊上轻轻拧了一下："小师叔，痛不痛？"

陈平安拍了拍她的小脑袋，然后望向两人来时的小路："知道小师叔觉得最难受的一次，是什么时候吗？"李宝瓶拨浪鼓似的使劲摇头。

陈平安双手撑在树干上，小腿交错，跟李宝瓶一样优哉游哉轻轻摇晃着，他眯眼，轻声笑道："是我第二次一个人进山去采药，那时候我才四岁多，不到五岁。出门的时候，想着要采很多很多的药材回家，所以故意挑了一个最大的箩筐，然后没等走出小镇，就累死了，走出小镇能够看到山的时候，当时还是一个大太阳的日子，肩膀上被箩筐绳子扯得火辣辣地疼，后背更是。其实那会儿疼还好说，不是特别怕，让我觉得绝望的事情是，那座山看着好远好远，就像这辈子都走不到那里。加上当时离第一次进山出山没多久，所以脚底的水疱很快就遭反了。然后小师叔我啊，就咬着牙一边走一边哭，还一边不断偷偷问自己，这还没有走到山脚，要不然就回家吧，反正年纪小，箩筐这么大，山路那么远，回家不丢人，娘亲肯定不怨你的。"

李宝瓶听得入神，小声问道："小师叔，那你最后放弃了没有？"

陈平安笑着摇头道："没，当时我突然想到，不管怎么样，走到山脚就好，到那里再回头。然后我就真的走到了山脚，坐在地上哭的时候，又想了，要不然上了山，采到一棵草药再回家？然后就又开始爬山，爬着爬着，看到那些草药后，整个人好像一下子就有了力气，很奇怪的事情。"

李宝瓶唉了一声，赞叹道："小师叔，你一定采了满满一箩筐草药才下山回家，对不对?!"小姑娘说到这里，满脸与有荣焉。

陈平安摇头道："没，一直到太阳要下山了，草药还没盖住箩筐底，就下山了。一来是草药没那么好找，很难的，个子那么小，背着个大箩筐走山路，其实比采药更难。二来是真的很累了，再就是想着再不走，天黑后就要一个人留在山上，我那会儿很怕。只不过我最怕的……"

李宝瓶等了半天，也没有等到下文，好奇问道："小师叔最怕什么?"

"没什么。"陈平安摇了摇头，柔声道，"后来就不怕了。"

李宝瓶善解人意地没有追问下去。

陈平安回过神，转头对她笑道："跟你说这些，可不是为了告诉你小师叔有多厉害，其实小镇的苦孩子都是这么过来的，一点也不稀奇。我说这些，是觉得你今天跟我说那些习武之事的门道，说得好，很像小师叔小时候偷偷跑去学塾后，看到齐先生授课时的样子。你不是说没有女先生女夫子吗，我觉得以后到了山崖书院，等你读够多的书后，说不定就能成为第一个在书院教书的女先生女夫子呢。"

李宝瓶听到小师叔这么说之后，骤然焕发出昂扬的斗志，双拳扬起："李宝瓶，你可以的! 一定可以!"

陈平安默默看在眼里，觉得如果齐先生还在世的话，一定也会很开心。只是接下来李宝瓶说了句让他头大的话："因为李宝瓶有一个天底下最了不得的小师叔啊!"陈平安只好假装什么都没有听到。

草长莺飞的美好时节，陈平安和李宝瓶并肩而坐，各自怀揣着美好的愿望。

溪水对岸一处隐蔽地方，一个男人和一个少女盘腿而坐，吃着干粮。

眼神充满锐气的少女没好气道："爹，小姐跟着这么个憨憨傻傻的家伙，真能顺顺利利走到我们大骊边境? 听说那边可是经常打仗，还有许多落草为寇的兵匪，很不安生。"

男人调侃道："难道你忘了是谁把你教训了一顿? 习武之后生平第一战，输了不说，还输得那么憋屈。"

少女气呼呼道："那是因为爹你不允许我擅自运转气机，怕我承受不住那股压力，现在我一只手就能撂翻那个泥瓶巷的家伙。"

男人笑问道："你这个武道二境高手，真的确定?"

少女大声提醒道："爹，是二境巅峰!"

男人提起水壶喝了一口，摇头道："你打不过他的，除非是点到即止的切磋武艺，你才有胜算。"

少女显然不信，那少年撑死了才刚刚步入武道大门，之前在李家大宅屋顶上两人对峙，他只不过占着地利才侥幸得手。

男人打趣道："你就是个没良心的，人家在宅子里跟你对上，打得你跌向地面的时候，还不忘拉了你一把。要换成是爹，与人对敌，不给你脑袋上加一瓦片，就算很厚道了。"

"所以说他傻啊。"少女冷笑道，"习武之人，妇人之仁，这种人，活不长久！"

男人一脸讶异道："你一个丫头片子，武艺不精，武道不高，大道理倒是一套一套的，谁教你的？反正我可没跟你说过这些话。"

少女扬起下巴："咱们二公子说的！二公子虽然是满腹韬略的读书人，可他从不满嘴仁义道德，只说慈不掌兵，必须杀伐果断。"

男人皱了皱眉头，正要跟这个缺心眼的闺女好好说些正经道理，突然站起身，沉声道："过河！"

少女跟着起身："爹，怎么回事，不是说悄悄跟着小姐就好吗？"

男人语气并不轻松："有人来了。等下小心！"

父女二人，一掠过河，飞奔而去。

陈平安和李宝瓶刚刚离开老柳树，重新动身赶路，就发现一个人出现在视野尽头。

陈平安先是放下背篓，然后让李宝瓶站在自己身后。

若说在小镇东边，遇到什么人，哪怕是神仙妖魔鬼怪，陈平安都不奇怪。但是在这条即将连道路也会消失的南下线路上，不管遇到谁，陈平安都不敢掉以轻心。

远处，一个身材不高大也算不上壮实的汉子，向陈平安和李宝瓶迎面而来，只见他牵着一头白色驴子，头戴斗笠，斜挎着一条布囊，腿上裹了行缠，手持一根竹杖，腰间则悬挂着一把绿色……竹鞘长刀？

男人在五六步外停下脚步，没有继续走近，他摘下斗笠，露出一张并不出奇的脸庞，微笑道："你是陈平安吧？你好，我叫阿良，善良的良。"最后男人补充了一句："我是一名剑客。"

陈平安瞥了眼这名不速之客腰间的绿竹刀鞘，故作疑惑不解，问道："剑客？"

阿良一手持斗笠，一手轻拍刀柄，微笑道："暂时找不到配得上我的剑，所以只好以此代替，用来羞辱天下用刀之人。"

听到这种有些熟悉的语气，陈平安反而松了口气，觉得刘灞桥应该能够跟这个男人做好朋友。

在陈平安和李宝瓶身后，那对父女并肩缓缓而行，少女朱鹿有些不以为然，讥笑道:"龙王打哈欠,能吸进一条江,真是好大的口气。爹,这家伙是不是脑子有问题?"

朱河看到阿良腰另一侧还挂着个银白色酒葫芦,巴掌大小,摩挲得油滑光亮,一看就是有些年头的老物件,小声对自己闺女道:"虽然察觉不到他的气机有什么异样,只是比寻常人绵长些许,但还是要小心。爹虽然这辈子没出过远门,可听老祖宗说过不少江湖逸事,说是行走江湖,要小心道姑老僧小孩和酒鬼,除此之外,越是看着不像是宗师高手的角色,越不能掉以轻心。"

朱鹿哦了一声,既紧张又兴奋,恨不得那貌不惊人的阿良就是刺客杀手,正好作为她初出茅庐的磨刀石。

陈平安问道:"你找我?"

阿良咧嘴笑道:"我送你到大隋边境,在那之前,我们结伴而行,好有个照应。"

陈平安试探性问道:"你认识打铁的阮师傅?"

阿良点头道:"当然认识。"

陈平安又松了口气。

离开小镇之前,作为交易之一,阮师傅答应过自己,在到达大骊边境兵家重地野夫关之前,会保证自己的安危。

陈平安相信阮师傅不会食言,尤其是此人出现得这么早,几乎是在阮师傅的眼皮子底下冒头,所以应该不是正阳山、云霞山和老龙城三方势力之一的人,而且身后朱河、朱鹿这对父女的及时出现,也带给陈平安很大底气。

但是,陈平安怕万一。所以他问道:"那你陪我去小镇那边见一见阮师傅,我们再动身南下? 刚好我才知道其实从小镇东门出去,虽然绕路,但有驿路可行,牛车马车都可以走,反而比我们翻山过水更快。"

阿良笑容玩味道:"这么谨慎? 一点都没有江湖儿女的豪爽嘛。"

陈平安没有转头,眼睛始终死死盯住阿良,不过沉声道:"朱河,你能不能让朱鹿带着宝瓶先回小镇。我们不急。"

朱河一下子就想通了其中关节,点头道:"这样最好。"

然后朱河对女儿说道:"鹿儿,你带着小姐先回去。我和陈平安陪一陪这位阿良兄弟,喝酒也好,切磋也罢,相逢是缘,都不过分。"

被朱鹿牵在手里的李宝瓶,没有任何犹豫,没有哭着喊着要和她的小师叔在一起,只是扯了扯陈平安的袖子,轻轻说了"小心"两个字,然后就果断地跟着朱鹿快步离去了。李宝瓶毫不拖泥带水,反而是初生牛犊不怕虎的朱鹿满怀失望,很希望自己跟爹换一个位置。

阿良看到这一幕生离死别后,翻了个白眼,摘下酒葫芦,斜靠着那头白色毛驴,喝了一口酒,嗤笑道:"让那小妹儿带着那小丫头先走便是,一炷香后,咱们三个大老爷们再去小镇。"

　　然后阿良扬起手中银白色的酒葫芦，伸手拍了拍毛驴的背脊，望向朱河，笑问道："你也算一方好手了，难道不认得这玩意儿？"

　　他拍了拍自己脑袋："忘了你们骊珠洞天才刚刚打开，你知道才是怪事。没关系没关系，我们可以慢慢聊，有大把大把的时间。"

　　阿良指了指那棵横向溪面的老柳树："我们去那边坐着聊？"

　　陈平安和朱河相视一眼，觉得如此最好，大可以静观其变。

　　阿良牵着那头白色毛驴，跟在陈平安和朱河身后，到了老柳树旁边，松开缰绳，任由驴子随意啃食青草。他走上柳树，沿着主干一直走出溪岸，然后坐下，重新戴起那顶斗笠后，提起银白色酒葫芦，正要仰头灌酒，突然转过头，递出酒壶，笑问道："谁想要来一口？独乐乐不如众乐乐，二两银子一两的魁罡仙人酿，是大隋所有富家翁的心头好，我一路北上，喝来喝去，尝过不下百余种酒，还是这仙人酿最地道。"

　　陈平安摇摇头："我不喝酒。"

　　朱河也摇头："习武尚未大成，不敢饮酒。"

　　阿良跟着摇摇头，看着他们，满脸遗憾道："原来都不是性情中人啊，我前不久认识了一位少侠，那真是风流倜傥……"

　　阿良突然发现陈平安和朱河脸色古怪，他有些疑惑，可又不好失了高手风范，只好喝了口酒，掩饰自己的茫然。

　　陈平安轻轻咳嗽一声，阿良问道："何事？"

　　陈平安伸出手指，指了指这棵歪脖子老柳树最外边的地方。阿良皱了皱眉头，转头望去，结果看到两条腿挡住了视线，他瞬间脸色僵硬，猛然抬头，看到一个面无表情的中年男人，至少有一百五十六斤重的家伙，竟然就轻飘飘地站在柳树枝头。此人的神出鬼没，吓得阿良一个坐不稳，摔入溪水，狼狈至极。

　　来者正是兵家圣人阮邛，如杨老头所说，他对千里山河之内的动静，并无兴趣，除非是崔瀺这种坏了规矩的挑衅，一心铸剑的阮邛才会出手。阮邛并不觉得有人胆敢在方圆百里之内，就对陈平安出手，那简直就是在打他阮邛的脸，而一个十一境兵家剑修的脸面，比起一个王朝的脸面，只重不轻。所以阮邛根本就懒得留神这边的光景，一个草鞋少年和一个天真烂漫小姑娘的结伴远行而已，怎么可能值得他亲自盯着？

　　但是阮邛被一件东西牵扯到了心神。有人一晃那物件，阮邛立即就感受到了物件之内蕴藏着的磅礴剑气，精纯且浩瀚，尤其是感觉极其熟悉，透着一股亲昵和哀伤。关于此事，阮邛在宗门内修行多年，虽然从未亲眼看到，但早有耳闻，所以立即从铁匠铺子赶来。

　　看到那人比凡俗夫子还不如的作态，阮邛对此非但没有讥讽之意，反而多出一丝凝重,问道:"可是神仙台魏晋?"

跌落小溪的阿良一阵扑打,好不容易才站直身体,从溪水里捡起那只酒壶后,摘下头顶斗笠甩了甩,抬头看着那个罪魁祸首,没好气道:"我叫阿良。"

阮邛居高临下盯着他,充满审视意味,问道:"能不能借我喝两口酒?"

阿良一把丢出酒葫芦,高高抛向阮邛:"有何不可? 不过记得还我。"

阮邛接过酒壶,喝了口酒,笑问道:"竟然不是五黄酒?"

阿良一听到这个就火大,白眼道:"涨价了。"

阮邛哈哈大笑,丢回酒葫芦,问道:"你怎么来得这么快? 我还以为最快也得一旬左右。"

阿良一边湿漉漉走上岸,一边骂骂咧咧道:"你管得着? 圣人了不起啊。"

阮邛问道:"要不要去我铺子坐坐? 我女儿对你仰慕得很。"

阿良指了指自己,笑呵呵道:"对我? 那你女儿眼光真好。"

阮邛似乎早就晓得此人的荒诞不经,问道:"莫非这次是你负责龙脊山一事?"

阿良摆摆手:"不是我,另外有人。"

阮邛看着兴致不高的阿良,突然笑了起来:"难不成北上途中,你遇上了那个小道姑?"

阿良脸色如常:"你说什么,我听不懂。"

阮邛心中叹息,不再试探,也不再多说。

阮邛出身的风雪庙,有一个大名鼎鼎的剑修,年轻且天才,极少待在宗门,哪怕是风雪庙内,也有人不知道此人姓名。他年少时被一位下山游历的风雪庙老祖相中,收为关门弟子,所以辈分极高,使得他第一次上山的时候,不过及冠之龄,好些百岁高龄的修士都得乖乖喊他一声师祖。后来那位风雪庙的中兴老祖,破关失败,加上这一脉人才凋零,年轻剑修就与风雪庙关系更加疏远了。

此人动辄行走江湖七八年,只有师父的忌日才会偶尔出现在宗门,仍是独来独往,哪怕回到风雪庙,也从不与人打招呼。听说他很早就得到了一只价值连城的养剑葫,可他竟然不用来温养飞剑,反而暴殄天物,用来装醇酒千百斤,一年至少有半年喝得酩酊大醉,因此被誉为醉酒剑仙人。一喝醉就由着一头雪白毛驴驮着,毛驴走到哪里是哪里。

阮邛在脱离风雪庙之前,听说此人不知为何,对一位被誉为"福缘冠绝一洲"的年轻道姑,一见钟情,从此深陷其中不可自拔。没奈何郎有情妾无意,貌美道姑根本无心寻找道侣,此事就成了一桩轰动东宝瓶洲的山上趣闻。

阮邛想了想:"既然如此,那就有劳你送他们去大骊野夫关了。"

阿良点了点头。

阮邛抱拳告辞，身形一闪而逝，唯有柳树枝头轻轻摇晃。

朱河小心翼翼问道："阿良……前辈是风雪庙的仙人？"

阿良牵着毛驴，懒洋洋道："我跟风雪庙不熟。"

朱河笑着，一点也不尴尬。

世间武人，对于练气士可能观感都不好，但是对于风雪庙和真武山的修士，那还是要伸一下大拇指的。

之前朱河可能会觉得此人口气比天大，姿态矫揉做作，可在圣人阮邛这趟来去之后，朱河现在回头再看，眼前这个相貌平平的斗笠汉子，就真是真人不露相，神仙大隐隐于市。估摸着那把绿色竹鞘长刀，肯定是一把只要拔刀出鞘，就会是惊世骇俗的神兵利器。

阿良喝了一大口酒暖身，对陈平安说道："那个小姑娘回来了。"

陈平安转头望去，不但李宝瓶和朱鹿原路返回，还有两张熟悉面孔，和一头两侧悬挂沉重行囊的骡子。

李槐和林守一。

陈平安小跑过去，李宝瓶一脸闷闷不乐，朱鹿嗓音清脆开口道："这两个孩子是我们半路遇上的，说是要跟小姐一起去山崖书院求学。咱们老祖宗刚才现身打过招呼了，让我们回头找你们。"

陈平安不去问朱鹿所谓的老祖宗是谁，望向鬼头鬼脑的李槐和落魄贵公子似的林守一。

李槐硬着脖子，理直气壮道："我不跟着你们混饭吃，难道在小镇当乞丐要饭啊。"

林守一依旧是冷冷的样子，道："富贵险中求。"

李宝瓶冷哼道："你们可以从东门出发，自己去书院啊。凭什么小师叔和我要带上你们两个拖油瓶？"

李槐怒道："李宝瓶！我们好歹是同生共死过的患难之交！"

林守一没有李槐这么无赖，坦诚道："我和李槐别说山崖书院，就是大骊边境都走不到。"

陈平安点了点头，用手轻轻按在李宝瓶头上，阻止她说话，然后问道："那石春嘉和董水井两个，是不是确定不来了？"

林守一解释道："压岁铺子那边，有人会带石春嘉去京城，董水井听说以后小镇乡塾会再开起来，就在铁匠铺子顶替你打短工。"

陈平安看着李宝瓶、李槐和林守一三个学塾蒙童，笑道："那就一起动身赶路。"

阿良把那头白色毛驴从溪畔牵回来，看到李槐、林守一后，一脸不情愿，道："多带一个可爱的小姑娘就算了，可是你们两个兔崽子算怎么回事？"

李槐破口大骂道:"你是哪根葱?!"

阿良面不改色回答道:"我是你失散多年的爹,亲爹。"

李槐如遭雷击,死死盯住这个陌生男人。

阿良反而被瞧得心里发毛,难道这小王八蛋他爹娘真有一段不可告人的故事?

李槐迅速改变原先的呆滞神色,扯了扯嘴角,斜眼看着阿良,一脸嫌弃,嘀咕道:"跟我斗?"

阿良吃瘪,啧啧道:"哟呵,水浅小王八多啊。"

李槐双手抱住后脑勺,念叨道:"不听不听王八念经。"

陈平安没来由问了一句:"阿良,你为什么会说我们小镇的方言?"

阿良笑眯眯道:"你去问阮邛。"

陈平安看着他,突然笑了:"算了。"

阿良伸手指了指陈平安,教训道:"小小年纪,心思这么重可不好。"

自称剑客却佩刀的阿良,和他的那头白色毛驴,各自背着背篓的陈平安和李宝瓶,两手空空的李槐和林守一,还有走在最后面的朱河、朱鹿父女,身份悬殊的七个人,共同南下。

这个跟阮师傅来自同一个地方的阿良,说来时的路走得并不难,而且顺着铁符河一直往南,很快就可以看到正在日夜建造的大骊驿路。不过接下来的停停歇歇,阿良仍然愿意听从陈平安的意见。

李槐在休息间隙,跑过去问阿良,一点也不怕生。他叉腰问道:"喂! 阿良,你这毛驴是公的母的?"

阿良倒是不讨厌李槐,就是有点烦:"关你屁事。"

"给我骑骑呗?"

"我自己都不舍得骑,你凭什么? 真当自己是我亲儿子啊。"

"你要是把驴子送我,我回头让我娘改嫁,咋样? 当然,要是我娘不答应的话,可怪不得我,这驴子还是得归我。"

"滚你和你娘的!"

"阿良啊,不是我说你,今后你这脾气得改改。"

李槐双手负后,摇头晃脑地叹息离去,留下一个大开眼界的斗笠汉子。

溪畔,两人走向铁匠铺子,一个是阮邛,一个是白发苍苍却满脸红光的老人。后者便是朱鹿嘴里的老祖宗,小镇四大姓之一李氏的真正主心骨。

对于李宝瓶这个心肝宝贝,对其寄予厚望的李氏家族,当然不会只让那对父女贴身扈从,今天如果不是阮师露面,炼气有成的李家老祖会一路护送她到那座野夫关。

老人苦笑道:"阮师,此人便是你从风雪庙请来的帮手?看着实在是……"

阮邛直截了当道:"根本不像是高手,反倒像是个市井混子,对吧?"

阮邛缓缓道:"我接过酒葫芦喝酒的时候,仔细查探过,那只养剑葫内的本命剑气,生机犹在,确是风雪庙真传无疑。而且风雪庙神仙台这一脉,本就人少,魏晋更是不喜与人结交的冷淡性子,反而喜欢浪荡江湖,性子奇怪一些,很好解释。虽然世间也有杀人之后,成功夺取本命物的阴毒手段,可是魏晋修为绝对不低,想要在他身上顺利夺走养剑葫和那缕剑气……"阮邛笑了起来:"那么今天就算我阮邛出手,也拦不住那人想要做的事情了。"

老人叹了口气:"话不能这么说,如果三教一家没有取走压胜之物,阵法还在,许多事情阮师就不用如此束手束脚了。"

阮邛想了想:"稍后我还是要去跟风雪庙大鲵沟一脉的人碰个头,了解一下情况,他们距离这里也不远了。刚好关于龙脊山斩龙台瓜分一事,当着真武山的人,不好直说。在此期间,如果小镇有任何意外,麻烦李老找到秀秀,让她飞剑传书便是。"

风雪庙,真武山,是东宝瓶洲两大兵家祖庭,一南一北,双方关系一直不好不坏,大体上属于井水不犯河水,当然在涉及大是大非的关键时刻,肯定会舍弃门户之见,选择联手对敌。

其中真武山更注重山下世俗王朝的发展,大骊王朝就有许多真武山的修士,已经覆灭的卢氏王朝、大隋高氏麾下,都有真武山修士的影子,多是沙场大将的贴身扈从,或是掌握实权的中层武将。

风雪庙则倾向于独善其身,来往于各大古战场遗址,有点类似江湖上的游侠,身负绝顶武艺,万事由心。高兴了,就斩妖除魔行侠仗义,不高兴了,就寻人切磋道法剑术,且多是硬闯山门不请自去,主人答应不答应,都得陪着他们打过一架再说其他。不过风雪庙这些脾气古怪的家伙,打架不为扬名,更不会杀人,所以哪怕被风雪庙的修士揍得灰头土脸,也不用担心家丑外扬。

关于飞剑一事,老人疑惑道:"阮师,我家宅子那边也有数柄品质不错的传信飞剑……"

阮邛笑着摆摆手:"不一样的,相差不小。"

老人立即了然,赧颜道:"在阮师跟前谈飞剑,贻笑大方,贻笑大方了。"

阮邛突然轻声感慨道:"树欲静而风不止啊。"

一个身材小巧玲珑却丰腴的宫装妇人,行走在泥瓶巷。身后远远地跟着三人,一个中年男子,身材魁梧,神色刚毅;一个老人,面白无须,似乎视力孱弱,始终眯着眼;一个年轻女子,怀揣着一把长剑,那串金色剑穗,刚好蜷缩在她丰满的胸脯上。

那妇人最终在宋集薪家的院门口停下,笑道:"偷春联这种事情,只有崔瀺做得出来。"

个子矮小却体态妖娆的风韵妇人,掏出一串做工精致的崭新钥匙,打开院门,推门而入的时候笑道:"总算有用武之地了。"

妇人瞥了眼墙根的鸡笼,那边传来一阵阵扑棱扑棱的家禽振翅声,她愣了愣:"还没饿死?"

"还是得谢我啊,帮你找了这么个好邻居,邻里和睦,天下同春嘛。"她很快想明白了其中缘由。转头望向隔壁,发现因为自己个子不高的缘故,看不到那边的光景,只好走到那堵黄泥墙边,踮起脚,发现隔壁只有空落落的院子,觉得无趣乏味,遂很快收回了视线。走向正屋大门,又掏出钥匙开门,跨过门槛后,伸出手指在桌子上一抹,纤尘不染。妇人有些不太高兴,像是有外人擅作主张在自家闺女脸上涂抹胭脂,好看归好看,可当爹做妈的当然不乐意。

跟随妇人来到泥瓶巷的三名扈从,魁梧男子留在院外泥瓶巷当中,闭目养神,面白无须的眯眼老人走到院中,唯独那名捧剑女子跟随妇人走入正屋。

妇人独自走入宋集薪的住处,环顾四周,床榻书桌皆有,书桌上还留下一些价格不菲的清供雅玩,应该是主人不愿随身携带,便干脆弃之不用了。妇人走到书桌旁,发现正中央还叠放着三本书籍,随手一翻,并无出奇,只是寻常学塾蒙童的入门书籍,《小学》《礼乐》《观止》,是大骊王朝豪阀市井贵贱通用的蒙学经典。妇人发现三本书旧归旧,却没有半点泥垢污渍,脑海中一下子浮现出某个人的形象。妇人摇摇头,随口问道:"杨花,《小学》这本书在大骊京城市价多少?"

背对房门的捧剑女子嗓音天生清冷,恭谨回答道:"奴婢回娘娘的话,多则六十文,少则四十文。"

妇人哦了一声,啧啧道:"看来儒家圣贤们的道理越大,越不值钱啊。"

妇人重新将三本蒙学经典叠放于原位,轻轻拍了拍摆在最上边的《观止》,流露出一丝讥讽,冷笑道:"要不是有小说家帮着推波助澜,千百年来不遗余力地行走于大城雄镇、市井巷弄,为其美言,自己则心甘情愿做那不入流的稗官野史,儒教也坐不了这座天下,即便坐了肯定也坐不稳。"

院内老人轻轻咳嗽一声,低声道:"娘娘还需慎言,此地不宜畅所欲言。"

妇人笑道:"放心便是,齐静春死后跟上边达成协议,所以这里不会有人再盯着了。你以为没了齐静春,死水一潭的骊珠洞天,一个几千年都没有出过大纰漏的地方,当得起那些大人物的重视?"

老人仍是坚持己见:"娘娘还是小心为妙。"

妇人嫣然一笑,柔声道:"行了行了,我不牢骚这些便是。徐浑然,这点你真得学学梁崧，人家就比你懂得察言观色。所以要我看啊，大骊朝野说梁崧虽然是你的弟子，却青出于蓝而胜于蓝，一点也没冤枉你。至于我家叔叔故意用话刺我，说什么弟子不必不如师，徐浑然你倒是不用在意，他就是那么一个人，稍稍听说几句读书人的话，就喜欢乱掉书袋。"

名叫徐浑然的老人哭笑不得，唯有一声叹息，心想没有娘娘你这么安慰人的。只是一想到南下途中与那位藩王的擦肩而过，老人心情陡然凝重起来。当时宋长镜虽然看着充满疲态，像是一场生死大战之后重伤未愈，可他既然敢当着自己的面，主动掀起车窗帘子，那么就意味着宋长镜极有可能在武道一途，百尺竿头更进一步了。虽然跻身第十境的可能性极小，但是到了第九境巅峰后，宋长镜每一次向前走出，哪怕只有半步，那么对于七八境武道宗师而言，小小半步的差别，可能就相当于他们的一境之差。

这个面白无须的老人，享誉大骊朝野，被誉为大骊第一剑师。"师"字这个后缀，如诸子百家中，某人姓氏之后的"大家"二字，分量很重。那名死于宋长镜之手的天才剑修梁崧，正是徐浑然最得意的弟子，老人将其视为己出，此仇不可谓不大。

徐浑然喜好在袖中养剑，剑名为白雀。寸余长短，却杀力极大，传言瞬间可以来回飞掠百余里，剑已回袖，人尚未死绝，手段凌厉，神鬼莫测。

妇人在那张床上坐下，抬手拍了拍床板："算不上富贵人家的日子，不过还挺自在。"

怀抱长剑的年轻女子杨花轻声道："娘娘对殿下用心良苦，苦其心志，劳其筋骨。"

妇人站起身，笑道："这话就虚伪了，真正受苦的孩子，是隔壁那个孤儿，我家睦儿可称不上吃苦。"

她走到墙壁前，想了想，喃喃道："福禄街卢氏送给咱们的几页古书，上边记载的法术神通，历史久远，已经不可考据，跟当今道教几大符箓派差异很大，我记得其中一页，记载了一门有趣的小法术，咒语是什么来着？哦，记起来了，试试看。"

妇人背对着门口的杨花，笑道："你直接去隔壁院子等我开门。"

"天地相通，山壁相连，软如杏花，薄如纸页，吾指一剑，急速开门，奉三山九侯先生律令！"妇人手中并无最重要的那张符纸，只是口诵咒语，伸出手指向前一点，然后便闲庭信步，穿墙而过，身后带起一阵轻微涟漪。

妇人走到一座家徒四壁的破败屋子，感慨道："有些人命好，随便怎么折腾都是享福；有些人命不好，生来就是吃苦的。投错了胎，你能跟谁说理去？就算找到了正主，可你敢开口吗？小家伙，以后知道真相，在找我报仇之前，你至少要先跟云霞山、正阳山和书简湖这三方打交道，等你找到我，猴年马月了，这还是你先要活着走出大骊版图才行。"

她转头看了眼墙壁："三山九侯先生，又是什么身份？我们东宝瓶洲可没有这么一号人物，难道是失去香火和金身的上古神人？若是如此，为何这个小法术依旧管用？"

她暂时琢磨不出答案，想着回到大骊京城再去查一查，或者找崔瀺问一问也不是不可以，反正近水楼台，不问白不问。她走去开门，拔出门闩后没能拉开，才记起门外肯定上锁了，只得稍稍用力，强行扯断了那把铜锁，拉开门后，看到院门大开，她看着捧剑侍女杨花和剑师徐浑然，问道："你们就这么破门而入？还讲不讲道理了？回头自己找人修好，别忘记。"

她走向院门，补上一句："屋门的锁也换上一模一样的。"

徐浑然和杨花显然对此习以为常。站在泥瓶巷中的魁梧男子皱了皱眉头。

妇人走出院子后，突然停下脚步："杨花，你按照我家睦儿七岁时的步子大小，往右手边走上六十三步。"

杨花领命前行，六十三步后停下身形。

她身后的妇人侧过身，面对高墙："应该就是这里了。"

妇人看着并无半点奇怪的泥土墙壁，恨恨道："宋煜章该死。"

她很快就恢复了雍容恬淡的平常神色，笑问道："这桩秘事，当年你是听我说过的，你觉得症结在何处，我能为睦儿做点什么？"

杨花摇头道："奴婢不知，也不敢妄自揣测。"

妇人叹了口气，有些伤感："我家睦儿的心结有两个。第一个，当然是那场大雨中，被一个贫贱泥腿子从巷外一路追杀到这里，掐住脖子，按在墙壁上动弹不得，以他的性子，肯定气愤难平。那会儿睦儿年纪尚小，除了丢尽了颜面，肯定也被杀气腾腾的同龄人吓得不轻。"

妇人眼神骤然凌厉起来，伸出手掌，手心轻轻贴靠在粗糙不平的泥墙上："第二个心结呢，就很有意思了。有意思到了事后让我家睦儿，可能是人生第一次知道愧疚的滋味。所以他跟老龙城的苻南华见面后，对那笔交易的添头，始终下不了决心，将要杀之人从刘羡阳换成那个少年。"

杨花终于有些好奇，不过侍奉这位娘娘，无异于伴君如伴虎，自然不会傻到开口询问。

妇人收起手掌，在杨花手臂的袖子上擦了擦，开始转身走向巷口，一下子流露出些许娇憨神态，虽说已为人妇为人母，竟是别有一番风韵。她气呼呼道："睦儿不过是说你陈平安生于五月初五，克死了爹娘后，因为居住在祖宅，就连累爹娘无法投胎转世，所以最好别住在家里，要赶紧搬出去。"妇人越说越气恼："说几句玩笑话，算得了什么？你陈平安信以为真，因为自己愚蠢而坏了不可去龙窑烧瓷的破烂誓言，怎么就能够怪到我家睦儿头上呢？更何况你一个小贱种的誓言，值得了几个钱？我家睦儿何等金贵，白璧微瑕，这是俗世俗人的说法。修行之人，若是相信这个，简直就是自寻死路。哪怕是能够与国同寿的上五境练气士，谁不在苦苦追求真正的不朽金身、无垢之躯？你一个市井少年，怎么赔？你赔得起吗？！"

妇人咬牙切齿道："小贱种,真是造孽!"

一缕金色剑穗轻轻躺在胸脯上的捧剑女子杨花脸色平静;剑师徐浑然对此更是置若罔闻,毫不上心;唯有那名走在最后边的魁梧男子,再一次皱眉。

妇人在即将走出泥瓶巷的时候,猛然转身。几乎同时,杨花和徐浑然分别向左右两侧挪步,为妇人让出视野。

妇人此时已经满脸笑容,既妖媚,又纯真,有种矛盾的诱人,她柔声问道："怎么,王毅甫,你觉得不对?"

王毅甫沉声道："虽然不知道更多的内幕,但是我确实觉得这样不对。"

妇人没有丝毫意外,反而大笑道："不愧是卢氏王朝头号猛将王毅甫!"

习惯性眯眼看人看物的徐浑然,几乎已经看不到眼睛,一身剑气充斥于狭窄小巷,不断有泥墙碎屑摔落地面。

杨花悄然后退一步,像是要给剑道宗师徐浑然让出更多的战场空间。她望着不远处的王毅甫,嘴角勾起一抹讥讽笑意。一条断了脊梁的丧家之犬,也敢乱吠?

这个名为王毅甫的男人,曾是卢氏王朝大将之一,出身头等将种门庭,祖辈皆是沙场大将。王毅甫归降之前,身份相当于大骊王朝的上柱国。大骊军神宋长镜很久之前,就点名要跟王毅甫痛痛快快打一场,此人领军打仗的本事,算不得出类拔萃,但是个人武力极高。虽然是练气士,却拥有第八境武人的雄厚体魄,精通刀法,能够驾驭那尊著名玉石的强大阴神随同作战,可谓卢氏王朝屈指可数的真正高手。

妇人伸出羊脂美玉一般的小巧手掌,晃了晃："徐浑然,不用紧张,王将军是讲道理的人,就是为人过于正直了一些。如今身处一个阵营,别一言不合就要打打杀杀的。我很不喜欢。"

徐浑然默默收起了一只袖管内浩浩荡荡的剑气。

只是妇人在下一刻又说道："我只会将王毅甫舍了性命和尊严也要护住的人,不送往之前说好的地方,而是送入皇宫,或是教坊司?"

与她对视的王毅甫双拳紧握,青筋暴起,眼珠子泛出血丝。

妇人云淡风轻道："之前只说保住性命即可,所以你王毅甫可别把我的菩萨心肠,当作天经地义的事情。"

王毅甫突然笑道："娘娘说得对,是属下错了。"

妇人笑道："知错就好,那你等下出了这条泥瓶巷,就不用跟着我们了,去把上上任督造官大人的脑袋,摘下来,然后随便找个木盒子装好,以后我可能用得着。"

王毅甫错愕道："宋煜章是皇帝点名要求来这里的官员,娘娘你之前也说过,此人在礼部和钦天监都有靠山,为何要杀他?"

妇人笑着反问道："杀人还需要理由? 那我当这个娘娘做什么?"

王毅甫叹了口气,抱拳低头道:"属下领命。"

四人先后走出泥瓶巷后,王毅甫与其余三人分道扬镳。

等到那个归降大骊、效忠娘娘的魁梧男人身影彻底不见,徐浑然忍不住出声讥讽道:"好一个铁骨铮铮的王毅甫,哈哈,如今连骨头和骨气也一并没了。"

妇人并未往人多的大街走去,而是拣选了一条僻静巷弄,自嘲道:"真以为我做了某件事情,分不清好坏?"

徐浑然一时间不知如何答复,干脆闭嘴不言。

妇人抬头望着蔚蓝天空,没来由感慨道:"只有身临其境,才发现齐静春这个读书人,真的很厉害啊。

"是我们大骊对不住他。

"如此千古奇男子,只恨不能为我大骊所用,难怪陛下这些日子心情郁郁,经常叹息。

"只可惜齐静春再厉害,终究还是死了。"

妇人一路唏嘘,竟然全是肺腑之言。

妇人沉默许久,不再说话。徐浑然记起一事,先是挥袖,剑气遍布四周,然后低声问道:"娘娘,杀一个骤然富贵的陋巷少年而已,我们是不是有些小题大做了?"

妇人好像根本懒得回答这种问题,随口道:"杨花,你来说。"

杨花冷声道:"狮子搏兔,一击致命。"

徐浑然哑然。

妇人扯了扯嘴角:"我家叔叔虽然是个武人,但是有一句话说得极妙,对付任何敌人,千万千万别送人头给他。"

不同于下榻桃叶巷的礼部同僚,宋煜章独自住在骑龙巷,是一栋主人刚刚搬走的宅院。

宋煜章开着屋门,坐在桌旁,桌上有一只酒壶,旁边是一碟盐水花生米,和一大碗白酒。这位昔年的督造官大人,在小镇这边扎根整整十五年,吃什么喝什么,入嘴都是再熟悉不过的滋味。

当看到院中凭空出现一个魁梧男子时,刚刚端起酒碗的宋大人笑了笑:"总算来了。"

他高高端起白碗,问道:"能不能等我喝完这碗酒。"

那个不速之客稍作犹豫,点点头。

宋煜章似乎是怕客人等急了,一口就喝光了小半碗烧酒,脸色红润,问道:"能不能帮我捎一句话给那个叫宋集薪的少年。嗯,以后他应该会被称为宋睦了。"

这个中年男人眼神中带着一丝祈求："能不能告诉他，那个叫宋煜章的家伙，这么多年下来，一直很想跟他要一副春联？"

王毅甫这一次果断摇头道："不能！"

宋煜章深吸一口气，缓缓闭上眼睛后，满脸释然，轻声道："年少时喜读游记，看到东宝瓶洲最南端的老龙城，常年有大潮拍岸，天下壮观。那就当这一碗大骊酒，是那南海大潮之水。"

王毅甫大步上前，一手拧断了这名大骊礼部官员的脖子。

杀人之后，王毅甫心中毫无快意，轻轻让其趴在桌上如酩酊大醉状。

身为亡国之人、败军之将，王毅甫给自己倒了一碗酒，默默喝着，最后跟桌那边的那个死人说了句话："原来读书人，也有大好头颅。"

第九章
玉簪

哪怕陈平安仍然怀疑阿良,但不可否认,阿良是一个很有意思的人。

他有一头从来不骑乘的毛驴,他跟小屁孩李槐斗嘴斗得不亦乐乎,他一门心思想着拐骗林守一喝酒,说天底下的好东西,不过醇酒、美妇二物,他会在陈平安走桩的时候绕着他打转,说这套拳法一旦大成,肯定老霸道了,对着人就是一顿乱捶,只可惜行走江湖,讲究打人不打脸,所以伤和气败人品,最好要像他这样以德服人,以貌胜敌。他还会跟朱河吹嘘自己的剑术无双,说他一旦握剑,那可了不得,连他自己都感到害怕,就更别说对手了。朱河在旁笑呵呵点头称是,可少女朱鹿偏偏不信这个邪,非要阿良用那把竹刀演示演示,也不用他施展出排山倒海的剑法,能砍断一棵碗口大小的树木就算她输。阿良就说今日不宜施展剑术,他虽然早就达到了万物皆可做剑的地仙境界,可出剑一定要看心情啊,高手没有一点怪癖还是高手吗,所以只有那些大风大雪大雨之类的日子,才有兴致,比如那滂沱大雨当中,自己出剑之后,能够快到滴水不沾身。

朱鹿朝地上"我呸"了一句就转身跑开了,阿良也不恼,只是笑眯眯跟朱河说:"小朱啊,你闺女这脾气不太好哇。当然,她要是以后真嫁不出去,不用担心,我阿良可以让你占个天大便宜,喊你一声岳父大人。"

打那之后,朱河就不再凑到阿良跟前嘘寒问暖套近乎了。只好自己一个人喝闷酒的阿良有些失落。

不凑巧,过了几天,在他们临近铁符河的时候,下起了一场蒙蒙细雨,虽然不大,可好歹是下雨了。朱鹿立即拦住牵着毛驴埋头赶路的阿良,后者一脸茫然,问朱鹿:"姑娘你干啥咧？哦哦，你是说下雨就练剑给你看的事情啊。哈哈，我记得，记得。姑娘，你别用那种看骗子的眼神看我，行不行？你啊，就是太年轻，不晓得世外高人的规矩很多啊。知不知道，雨太小了，哪怕我只是以一株野草做剑，也会觉得对不起那株草。哦，不对，是对不起我的上乘剑术。所以等哪天雨下大了，我再出手，保管将那条铁符河都给拦腰斩断了，到时候你哪怕哭着喊着要我收你为徒，我都未必点头。"

朱河二话不说就把自己闺女拽走了。

小雨蒙蒙，不耽误赶路，阿良伸手扶了扶斗笠，摇头叹了口气。牵着白色毛驴走在最前方的他，那一刻背影有些寂寞。

更不凑巧的是，又过了两天，老天爷开眼似的，下了好大一场暴雨。结果阿良怒喝一句："看啥看，老子脸上有花啊？还不去躲雨？我家宝瓶淋坏了身子骨咋办？看我出剑什么时候不能看，你们有没有一点慈悲心怜悯心?! 没有看到咱们宝瓶快冻死了吗？"最后众人一起蹲在参天大树下躲雨的时候，所有人都死死盯着阿良。

李槐皮笑肉不笑，模仿自己娘亲的语气，语重心长地说道："阿良啊，也亏得今天只下雨没打雷，要不然第一个就劈在剑仙你身上。"

朱鹿只是冷笑连连。

就连性情冷淡的林守一都忍不住翻了个白眼。

朱河如今已经彻底不愿意搭理这个狗屁风雪庙大佬了，自顾自嚼着干粮。一路行来，多次隐蔽微妙的试探之后，朱河觉得这个浑身古怪的阿良，哪怕的确是兵家祖庭的修士，也绝对不会是什么用剑的地仙高手，如果是真的，别说让他阿良喊自己老丈人，就是让自己喊阿良老丈人都没问题。

一路行来，李宝瓶比起刚刚离开铁匠铺子那会儿，话少了许多，只是默默跟随在小师叔陈平安身旁，小背篓也不愿意让朱河、朱鹿帮忙背着。陈平安则在练习剑炉这个拳桩，其他人早已见怪不怪。

阿良被李槐他们看得有些不自在，转过身屁股对着他们，摘下腰间的银白色酒葫芦，一口一口喝着酒。

大雨渐歇，阿良突然站起身，说要出去找根称手的树枝，非要让他们见识见识上乘剑术不可，不过在众人面面相觑的时候，阿良又说如果找不着，那就没办法了，剑仙找称手之物，就跟凡夫俗子找媳妇一样，是一件不容易的事情。所有人看着斗笠有些歪斜的阿良，根本没人愿意开口说话。

阿良一个人往山坡上行去，下雨地滑，差点一个趔趄摔倒，赶紧装模作样地摆了几个拳把式，好似在为出剑热手。结果阿良的身影刚刚消失在视野，这场雨就猛然间下大了，毫无征兆，让人措手不及。

陈平安睁开眼，看到树底下不远处的毛驴，想了想，起身说道："我去找阿良。"

朱河也跟着起身："我陪你一起去吧，这天气很容易出事情。"

陈平安摇头道："不用，我在山里烧炭采药的时候，遇到过很多次这种天气，不用担心，再说这里也需要朱伯伯你照看着，我才能放心。"

朱河思考片刻，点点头："陈平安，那你自己小心。"

陈平安揉了揉李宝瓶的脑袋，柔声道："我去去就回。"

不但要亲自盯着小镇东边的衙署建造，还要商定文昌阁、武圣庙的选址一事，父母官吴鸢一天到晚忙得脚不着地。四姓十族除去已经举族迁出小镇的六个，还剩下八个，礼部右侍郎董湖靠着牌坊楼拓碑一事压过了地头蛇吴鸢的风头，如今那些个土生土长的老油子，全在福禄街和桃叶巷看他吴鸢的笑话，可他还是得一家一户登门拜访过去。吴鸢最后忙到嘴唇干裂，嗓子眼都快冒烟了，一回到督造官衙署，就瘫软在椅子上，他扯了扯领口，直愣愣盯着房梁雕花，脸色阴晴不定。

身边站着那个豪阀出身的文秘书郎，今天是他陪同吴鸢拜访了各大家主，虽不至于吃闭门羹，但是软钉子碰了一大堆，相互推诿。这个说老瓷山能不能搭建文昌阁，得去问刘家老爷，那个说神仙坟是魏家占地最多，只有魏家老爷子点头才能坐下来谈，然后刘家、魏家又说这种涉及祖宗基业的天大事情，一定要大伙儿聚起来慎重商议，否则是要被街坊邻居们戳脊梁骨的。

这个秘书郎同样憋了一肚子火气，不过自幼耳濡目染，对于官场规矩再熟悉不过。知道为官不易，主政一方的父母官更是大不易，所以并未气急败坏。他对周围几个闻讯赶来的同僚轻轻摇头，示意他们暂时不要火上浇油，留吴大人一个人清净清净。

吴鸢突然笑着说道："放心，我没事，这会儿就是有点馋咱们京城的酒水了。"

那个世家子这才落座，遗憾道："可惜李家已经搬去京城，要不然可以让他们家主李虹帮着牵线搭桥，有些事情能够私下说，就会好办许多。我们家跟京城李家关系还不错，那边发话，这里的小镇李氏肯定要卖这个面子。"

吴鸢瞪眼训斥道："你傻啊，你家族积攒下来的人脉，不等于你的人脉，你每用上一次，就会让自己在家族地位下降一大截。这种事情，不像之前你跟人求匾额榜书那么简单，所以你别瞎掺和。"

世家子笑道："我这不是担心吴大人钻牛角尖嘛。"

吴鸢嘻笑道："我如果是钻牛角尖的人，早把那位上柱国老丈人的腿打断了，然后带着他的宝贝闺女一起私奔。"

满堂寂静。

世家子忍住笑，低声道："这种大话，吴大人在咱们这儿吹吹牛就可以了。"

吴鸢舒舒服服瘫靠在椅背上，一点也没有被揭穿真相的窘态，反而笑呵呵道："那当然,老丈人要真大驾光临,我这会儿早跑去低头哈腰端茶送水了,还得问上柱国大人你老累不累啊,要不然揉揉肩膀啊。"

衙署大堂内笑声四起。就连门口那两个腰悬绣金刀的武秘书郎也相视一笑。

吴鸢坐直身体的那一刻,大堂内所有人都下意识屏气凝神,吴鸢不急不缓道:"李氏已经迁出去;卢氏铁了心要当缩头乌龟,万事不管;赵氏推说老祖宗身体有恙,一切都要她身体好转后才能定夺;小镇宋氏水最深。这福禄街四大姓,加在一起拥有十座大型龙窑,李氏名下的两座,已经转让给桃叶巷魏、刘两家。

"你们今天就将衙署所有零散文档归拢在一起,汇集成一份四姓十族的关系脉络图,我倒要看看这座小池塘,是怎么个鱼龙混杂法。退一步说,哪怕拿前几个大家族没辙,那我们就去找次一等的家族。除了十族垫底的几个,还有那个很有钱的马家,始终恪守祖训不肯搬去福禄街、桃叶巷,他们就拥有两座窑口。既然我现在还兼着窑务督造官,那么这些龙窑的规模大小,还不是我说了算? 将这些家族拉拢扶植起来,与此同时,我会砸钱下去,衙署的积蓄全部掏空,我也不心疼。我就不信老瓷山你们守得住,可神仙坟那么大一块地方,一旦分赃不均,你们能够护得了多久?

"水浅王八多,庙小妖风大。等到池塘见底,小庙倒塌,我看到时候这帮老狐狸怎么跟我认错赔礼。"

县令大人吴鸢说到最后,本该意气风发才对,不承想哀叹一声,又瘫软回去:"这日子没法过了。何时是个头啊?! 先生,说好的醉卧美人膝呢? 衙署上下,不是老妪便是稚童,就没一个妙龄女子啊。说好的人杰地灵、女子秀美呢?"

就在这个时候,眉心有痣的清秀少年崔瀺被两名扈从伸手拦在门外。崔瀺微笑道:"吴大人,不然我写信帮你问问京城的袁柱国? 帮你要两个眉眼可爱的小丫鬟过来?"

吴鸢立即站起身,脸色尴尬,又不好说破自家先生的国师身份,也没那脸皮和胆识,为了掩人耳目就对先生大加呵斥。吴鸢心底满是疑惑,不知先生为何要登衙署门,而且看样子一点不介意泄露身份。

崔瀺懒得跟那些文武秘书郎计较,转身撂下一句:"随我来。"

吴鸢对屋内所有人伸手虚压了两次,示意他们不要声张,独自快步走出门槛,两个沙场出身的武秘书郎想要贴身跟随,吴鸢仍是摆手拒绝。

走在僻静无人的石子小径上,崔瀺问道:"卢氏刑徒都已经进山了?"

吴鸢摇头道:"还剩下六百刑徒,尚未到达最北边君神山的山口。这拨人身份最为尊贵,多是卢氏王朝的功勋豪阀之后,年纪不大,十四五岁到二十岁之间。"

吴鸢疑惑道:"这不是先生你之前就安排好的吗?"

崔瀺没好气道:"天有不测风云,你家先生我现在算是龙游浅滩了,所以得再跟你确定一下。你现在什么事情都别管,快马加鞭赶往神君山的入山口子,找到一个叫夏余禄的刑徒少年,安排他去京城。"

吴鸢小心问道:"这次是宋长镜的嫡系心腹护送他们赶来龙泉县,我就这么上门要人,那帮六亲不认的兵痞,肯乖乖放人?"

崔瀺挥挥手,不耐烦道:"我那边自有后手,你只要露面就行。"

吴鸢担忧道:"先生,你这边?"

崔瀺冷哼道:"死不了!"

吴鸢不再犹豫,立即喊上那两名武秘书郎,一同骑马出门。

先生动动嘴,学生跑断腿。

崔瀺等到吴鸢离去之后,独自行走在衙署小路上,脸色阴沉:"一着不慎满盘皆……还没完全输,满盘皆溃倒是事实,不过没事,只要还有一丝胜算就行。熬着,就当修心养性了。大不了换了棋盘再来。

"我不就是先熬死了先生,又熬死了你齐静春?

"咦?怎么说着说着,感觉自己像只乌龟了?"

崔瀺最后叹了口气:"她的运气真是一向很好啊,早不来晚不来,偏偏在这个时候一头撞进来,我只能尽力从这盘残局里搂回几枚棋子是几枚了,省得被她全盘收走。真是气死我了!"

之后有衙署杂役远远走过,就听到一个相貌清秀的少年在那里大声念叨:"我不生气,犯不着……我不生气,犯不着……他娘的,犯不着个屁!气死老子了!"

铁匠铺子,三张崭新竹椅摆在屋檐下,苍翠欲滴,颜色可亲。

阮秀已经起身愤懑离去,只留下一个脸色如常的阮师,和一个笑容不变的尤物妇人。远处溪畔,站着杨花、徐浑然和王毅甫。

坐在小竹椅上的妇人,将视线从阮秀的背影收回。她方才使用了一个小法子,故意激怒阮秀,让其离场,妇人这才开门见山问道:"阮师与齐先生有所约定?所以那陈平安身边,才有李家的武人跟随?"

阮邛直截了当道:"没有。"

妇人又问:"那就是阮师因为那三座山的缘故,答应庇护陈平安?"

阮邛点头:"对,我答应过他,保证他们离开大骊之前,都没有大的意外。"

妇人抬头看着即将下大雨的阴沉天色,说道:"阮师,我让人再买下神秀山周边的四座山头,赠送给你,就当是大骊的见面礼,如何?"

阮邛冷笑道:"你还需要花钱买?那一袋袋金精铜钱,不过是大骊皇帝左手出右手进的事情,何必多此一举?"

妇人摇头笑道:"规矩就是规矩,我并非是一个喜欢守规矩的人,但是眼前阮师的规矩，或是京城皇帝陛下的规矩，都要比我的身份大，所以不得不遵守。我虽然算不得什么好人，但从来量力而行。"

阮邛对此不置可否，问道："你为何执意要杀那个少年？而且是不惜花费这么大的代价。一定要这么急着杀他？以至于等到他离开大骊边境再下手，也不行？"

妇人语气不重，眼神却尤为坚定："他必须死。他死了，就算真有所谓的佛家因果，当初杀他爹那件事，以及靠他帮助我家睦儿争取更多机缘一事，全部会止步于我……"

阮邛淡然道："是因为你有某些见不得光的旁门神通，能够斩断因果吧？"

妇人微笑，不否认，不承认。

阮邛摇头道："可这不是你这么急匆匆杀人的理由。"

"我家睦儿马上就要进入大骊京城，到时候会有一场大机缘降临，为了避免横生枝节，我必须尽早斩草除根。"妇人见阮邛一脸不为所动的冷漠，只好泄露天机，选择与这位兵家圣人坦诚相见。她详细解释道："睦儿的心结，若是放在一般修士身上，倒也无妨，大道漫长，哪怕他在破开中五境之前，无法自己将其摒除，大骊一样有的是手段，以外力强行去除，大不了就是留下一个大小不可预测的天魔心窝，只不过跻身上五境的时候，会变得极为凶险。可是如今京城那份机缘不等人，就容不得丝毫马虎了。加上崔瀺那个废物，号称算无遗策的崔大国师，竟然输了，显然到最后，也不曾成功坏了那少年的澄澈心境。没办法，我只好退而求其次，用陈平安的那颗头颅，强行拧转睦儿的心境。"

妇人说到这里的时候，无奈道："不是没想过蒙骗睦儿，说那陈平安在崔瀺的大考当中，成了俗不可耐的市井小民，甚至我可以将所有细节编排得天衣无缝，一一呈现给他，但是我担不起这份风险。他如今天资太好，一旦获得那份机缘，将来如果知晓真相，反而成了莫大隐患，极有可能一瞬间就会道心崩碎。"

此时，天降大雨，雨幕如铁。

阮邛不理会外边的大雨滂沱，问道："什么心结，如此麻烦？"

"那个姓姚的老不死，阴了我一把，告诉了那少年真相，他的爹娘根本不可能因为他是五月初五出生，就会为阳气所伤，所以无法投胎做人。于是那个违背他娘誓言的少年傻眼了，发疯一般从龙窑狂奔回小镇，之后那个悲愤欲绝想杀人的少年……阮师，你知道他做了什么吗？他既没有去找睦儿，也没有回家，竟然在泥瓶巷外一直等着，等到一个睦儿单独出门游荡的机会，才堵住他，追上他，最后在泥瓶巷将我家睦儿按在墙壁上，差点掐死，当然，他最后没有杀人，而且就算他真想杀，死的也只会是他。可恨的是，那些藏在暗处的死士谍子，死守着陛下的规矩，只要睦儿不死，就绝对不可以插手。废物，全是罪该万死的废物。"

妇人尽量用云淡风轻的语气说出这个秘密后，破天荒有些疲惫和无奈："世间竟有这种心思古怪的贱种？他的这个举动，反而成了我家睦儿最大的心结，近乎死结。他这么多年甚至很多次从梦中惊醒，因为他一直想不明白：'你陈平安，为什么不杀了我，为什么还要挑一个稚圭不在场的时候？换成是我宋集薪，我会把你陈平安大卸八块还不解恨，当着你至亲至近的人的面，才最好。'归根到底，也算是我作茧自缚了。"

大雨如黄豆一般砸向大地，如当年两个同龄孩子的泪水。一个瘫软坐在地上，双手捂住脖子，吓得大哭。一个脚穿草鞋的贫苦孩子，走向泥瓶巷巷口，用手臂挡住脸颊。就像一面镜子，越是光明无瑕，越可以映照出照镜之人的瑕疵。

长久的沉默之后，妇人收回思绪，犹豫了一下，问道："那座廊桥的手笔，阮师应该有所猜测吧？"

阮邛满脸厌恶："早知如此，我不会来这里。"

妇人挑了一下眉头，沉声道："所以最后睦儿离开小镇之前，必须要去那边上香，因为他能够有今天的一切，都是因为大骊皇室死了一个又一个的金枝玉叶和皇亲国戚！廊桥那块匾额上的'风生水起'四个字，有多少笔画，就死了多少人，这些人用命换来了他的成就！"

阮邛脸色阴沉，似乎没有想要说话的念头了。

妇人缓缓站起身，意气风发，低头凝视着阮邛，嗓音低沉，蛊惑人心，缓缓道："阮师，要是觉得四座山头，仍然配不上你给那少年的一句承诺，无妨，阮师只管开价，只要你肯开口，都好商量。比如说大骊这边，我回京城后，可以说服皇帝陛下，在你女儿将来证道之际，大开方便之门。虽然不晓得是什么，但我可以替陛下答应阮师，届时大骊朝廷一定倾力相助！我本人之外，国师崔瀺，甚至是宋长镜，都可以为你家阮秀的证道契机，助一臂之力！"

阮邛答非所问："我只要答应下来，就会与你们大骊宋氏挂钩，这也是你的谋划之一吧？"

妇人似乎根本不屑说谎，或者说也不敢把一位圣人当傻瓜："当然，要不然咱们那位勤俭持家的皇帝陛下，岂会由得我胡来？他虽不反感妇人干政，甚至直截了当告诉我，管不住身边一个女子，如何管得了一座江山，我真要祸国殃民了，也是他无能。

"可有些事情，他一开始就说得很清楚，不许我擅作主张。为此，我是付出过很大代价的。

"我这个人，有个最大的优点，就是记打。"

阮邛终于不再掩饰自己的鄙夷，斜眼看着妇人，语气淡然道："以后你不要进入龙泉县方圆千里以内，只要被发现，就不要怪我出手打女人。"

妇人盯着阮邛的脸庞，叹息一声："罢了罢了。大不了就等陈平安到了大骊边境再说。今日叨扰，阮师勿怪，就算阮师看不惯我这种妇人，也别因此对我们陛下印象不佳。"

阮邛在她走下台阶的时候，说道："那张竹椅是陈平安亲手做的。"

妇人愣了愣，故意曲解阮邛真正的言下之意，妖媚笑道："怎么，阮师是想说那个叫陈平安的少年，间接摸过了我的屁股？"

妇人大笑离去，径直走入雨幕之中，任由大雨淋湿全身。体态婀娜，曲线毕露。阮邛并不看她，面无表情。

又是一场大雨。

已是少年的陈平安走到山顶，看到背面山坡，站着一个缓缓将竹刀归鞘的斗笠男人。男人转头灿烂笑道："我来这里之前，遇到过一个比你有趣太多的少侠，经常听他念叨一句诗，真是好，你不妨也听听看，'野夫怒见不平事，磨损胸中万古刀'。"

自称是剑客的阿良，缓缓走向陈平安，伸手指了指陈平安头顶："不过我可不是什么侠客，只是单纯觉得这句诗，很适合在这种天气杀人后，拿出来念一念。我来这里找你的真正理由，一是顺路收集养剑葫，二是你头上的那支簪子。后者比前者重要一百倍吧。"

竹刀已经归鞘的男人身后山坡上，躺着两具神态安详的尸体。皆是大骊第一等修为的武夫和修士。

陈平安问道："你到底是谁？"

阿良缓缓而行，手心抵住刀柄，在陈平安身前停下脚步，抬了抬斗笠，微笑道："我叫阿良，善良的良。"

大雨砸在两人的竹篾斗笠上，啪啪作响。

陈平安沉声道："这支簪子很普通，只是普通的玉材。"

阿良盯着一本正经的陈平安，好像听到一个天底下最大的笑话，龇牙咧嘴，好不容易才忍住不笑出声："你说了不算。"

陈平安额头渗出汗水，但是很快就被溅在脸上的雨水冲刷掉，看着那个男人，问道："那你到底想要什么？"

阿良笑问道："你是不是觉得自己要死了？"

陈平安在这一刻，突然感到很绝望。因为阮帅傅来过，又走了。而眼前这个男人还站在自己眼前。

阿良还是那个笑眯眯的阿良，斜挎着那把绿色竹刀。

阿良笑望着陈平安，不高的个子，单薄的衣衫，结实的草鞋，当然还有那支画龙点睛的碧玉簪子。如果他没有记错，簪子上篆刻有漂漂亮亮的八个小字。

陈平安嘴唇铁青，颤声问道："你能不能放过他们？"

阿良不说话。

　　陈平安在临行前一夜点灯熬夜，就想象过所有可能面对的困境。他不是没有想过，此次护送李宝瓶前往山崖书院求学，路上会遇到大大小小的坎，因为光是他的仇家，明面上就有云霞山、老龙城和正阳山三方，无一例外都是山上的神仙中人，却都跟他有生死大仇，所以陈平安很担心因为自己的缘故，连累到李宝瓶的求学之路。

　　那天跟李宝瓶说起自己小时候进山的坎坷难熬，并非他想要诉苦，想要摆小师叔的威风架子，而是想告诉李宝瓶一件事情，就是他们去那座已经搬去大隋的书院，路程肯定比他当年进山采药更远。如果有一天他不在了，没办法陪在她身边，而李宝瓶又希望去那里读书，只是她对自己没信心，那么陈平安希望她能够像当年自己那次进山一样多走几步，走着走着，说不定就走到了。只不过当时这些话跑到嘴边，陈平安突然觉得两个人才起步远游，就说这种话实在太晦气，不吉利，所以只说了一半，就把另一半咽回了肚子，改成希望她能够成为第一个小夫子，女先生。既是讨吉利，也确实是陈平安对李宝瓶的期望。

　　阿良笑道："退一万步说，那支簪子是寻常的文人饰物，也不属于你。退一百步说，我不相信齐静春郑重其事保存这么多年的簪子，会没有暗藏玄机，例如它其实是一座不为人知的小洞天，或是一块拥有成为福地资质的风水宝地。如果只退一步说，那就更厉害了，它有可能是一支文脉薪火相传的信物，就像道教三大主脉的掌教信物，一块桃符、一件羽衣和一顶道冠。如果属实，簪子真是齐静春先生的信物，陈平安，你觉得戴在你头顶，合适吗？"

　　陈平安答非所问道："阿良，你能不能放过李宝瓶、李槐他们？"

　　阿良笑问道："你怎么确定我答应了你，事后不会反悔？"

　　陈平安脚尖微动。

　　阿良双手环胸，笑道："少侠别冲动啊，咱们这不是正在讲道理嘛，等到道理讲不通了，再动手不迟。"

　　陈平安默不作声，脸色苍白。

　　阿良上下打量了陈平安一番："还真有点像。"

　　阿良收敛玩笑意味，伸出手："交出簪子，我不杀他们。"

　　陈平安手指颤抖。

　　阿良缓缓说道："这是齐静春的先生的遗物，也算是齐静春的遗物。"

　　陈平安抬起手臂，伸向头顶。

　　阿良笑道："你亲手折断簪子，我不杀你。我从不骗人。"

　　陈平安突然停下手，深吸一口气，一脚后撤，如搏杀起手式。

　　阿良问道："你是觉得反正自己死了，我也会放过李宝瓶他们，所以你哪怕死，也要试试看，能否凭本事护住这支簪子？"

陈平安一言不发，两脚重重踏地，就冲到了阿良身前，一拳挥出。下一刻，陈平安突然发现眼前已经没有了阿良的身影。陈平安身体僵硬地转过身，果不其然，阿良就站在那里，只是手里多了一支簪子。

阿良叹了口气，似乎对那支簪子根本没有太大兴趣，伸出手递给陈平安："拿回去。"

陈平安小心翼翼走上前数步，从他手里接过那支碧玉簪子。刹那间陈平安只觉得头顶一沉，原来阿良将一只手轻轻按在了他头上，两人肩并肩站立，只不过朝向相反。一直以吊儿郎当面孔示人的阿良叹了口气："陈平安，以后别做傻事了，天底下哪有死物，比人的性命还重要？一定要活下去，哪怕没办法好好活着，也要活着，天底下没有比这更大的道理了。"

阿良拍了拍陈平安的脑袋，抬头望着黑沉沉的天幕，他笑道："你要知道，不管这支簪子到底有多值钱，意义有多大，齐静春既然愿意交给你，就一定是相信你，所以只要是需要你做出生死抉择的时候，一定要选生，不可选死。壮壮烈烈而死，慷慨激昂赴死，风流写意去死，可死了就是死了啊。"

阿良收回手："齐静春对这个世界很失望，那是他的事情，你陈平安就是你，别学他，你还没有真正见识过这个世界的好和不好。人生不满百，常怀千岁忧，那是他们读书人的事，我阿良不是读书人，你陈平安暂时也不是，所以……"

阿良最后也没有说出"所以"之后的原本内容，只是轻声道："陈平安，相信我的眼光，你将来可以走很远的路，甚至能够比齐静春更远。"

陈平安轻声问道："为什么？"

阿良手心轻轻摩挲竹刀刀柄，笑道："因为我是阿良啊。"

两人最终一起沉默地走下山顶。

陈平安问道："那边山坡的两个人？"

阿良想了想："死人？"

陈平安欲言又止，想了想，还是不在这个问题上刨根问底，换了个话题问道："你为什么不拿走簪子？"

阿良嘴角抽搐，哀叹道："簪子拿到手后，才知道比我设想的最坏也只是退了一万步更不像话，简直是退了几万步，它真的就只是一支破簪子，那我要它做什么？"

陈平安说不出话来。

阿良摇头道："真正的读书人都穷，你以后就会明白了。我其实早就该想到的，按照道德林那老头子的脾气，和齐静春的性子，传下来这么支普通簪子才是正常。"

阿良突然笑着转头："知道吗，你拿走了一样我自以为是囊中之物的东西，你知道我为此走了多少冤枉路吗？"

斗笠一头雨水，少年一头雾水。

阿良气哼哼道："我甚至已经在某个地方刻下了一个字,但是到头来,等我屁颠屁颠跑来,结果是这么个惨淡光景,所以你要感谢我的不杀之恩啊。"

阿良自顾自说道："你要是以后没本事在那里刻下两三个字,看我不削你。"

陈平安无奈道："阿良,你能不能说一些我听得懂的话?"

"可以啊。"

阿良哈哈笑道："我叫阿良,善良的良。"

陈平安帮他说完了下一句话："我是一名剑客。"

这一刻,阿良嘴角翘起,一巴掌拍在陈平安肩头："那就这么说定了!"

陈平安更加纳闷："嗯?"

阿良已经撇开话题："送君千里终须一别,我会送你们到大骊边境后离开,相信到了那个时候,你们这帮孩子也能够清清爽爽远游求学了,暂时不会再有乌烟瘴气的事情。所以在那之后,你就要自求多福了,能不能带着他们走到大隋山崖书院,之后能不能活着回到大骊龙泉县,全看你自己的本事。"

陈平安突然说道："谢谢。"

从初次相逢,直到现在,陈平安才开始彻底信任这个自称阿良的男人。

阿良摇头道："没事,我只是在弥补自己的亏欠,跟你关系不大。"

很多年前,曾经有一个姓齐的少年读书郎,读书读烦了之后,说想要跟他一起闯荡江湖,那次名叫阿良的剑客,没有点头答应。阿良觉得如果当时自己稍微多点耐心,那个少年就不会走到今天这一步。

阿良最后说道："陈平安,你知道吗?"

陈平安说道："什么?"

阿良语重心长道："以后对我这种绝世高手,要发自肺腑地尊重啊。"

陈平安好奇问道："你打得过朱河?"

阿良有些头疼,觉得这家伙比当年的齐静春更惹人厌。

水深无声,雨大皆短。

这场暴雨在陈平安和阿良走回大树下没多久,就已经变成淅淅沥沥的小雨,雨珠不断从树叶上滴落。李宝瓶在陈平安回到树下的时候,满脸隐忧,陈平安灿烂一笑,揉了揉她的小脑袋,轻声说"没事了"。李宝瓶脸色呼啦一下蓦然灿烂起来,如一抹令人意外的雨后彩虹,干净得让人心颤。这一刻,陈平安突然有些愧疚,只是一时间不知如何开口,许多言语堵在心里头,便只好默默练习剑炉立桩。

阿良看到这一幕后,会心一笑,但是李槐的一句话很快就打消了阿良不错的心情:"阿良阿良,听陈平安说你是去山上拉屎了,因为这样可以不用擦屁股。"阿良笑呵呵问道:"真的是陈平安说的?"李槐瞥了眼就站在不远处的陈平安,大概是生怕阿良跟陈平安当面对质,也学着阿良的语气呵呵一笑,说:"陈平安虽然没有说出来,但我觉得他肯定是这么想的。我当然觉得阿良你不是这样的人啊,我还专门给朱鹿姐姐解释过,拍胸脯保证你阿良不是这样的。"阿良轻轻扯住李槐的耳朵,低头笑问道:"哦?"李槐痛心疾首道:"阿良,都怪陈平安,他太不是个东西了,要不要我替你骂他?"阿良使劲拧转这个小王八蛋的耳朵:"当我阿良好骗是吧?"李槐鬼叫起来,只可惜没有人愿意理睬。李槐立即见风转舵:"阿良阿良,我有个姐姐,叫李柳,名字是难听一点,人可漂亮了,这个绝对不骗你,林守一和董水井两个色坏,就都偷偷喜欢我姐姐。董水井有事没事就去我们家蹭饭,每次见到我姐,偌大一个人了,还脸红,真是恶心。阿良,我觉得你比董水井强多了,人帅脾气好,骑得起驴子喝得起酒,要不要以后帮你和我姐,认识认识?"阿良赶紧松开李槐耳朵,双手轻轻放在李槐肩膀上,往下一按,笑道:"咱们蹲下来慢慢聊。"

陈平安走到朱河、朱鹿父女身前,问道:"朱河叔叔,能不能聊一下?"

朱河咧嘴笑道:"等你这句话很久了。那我们随便走走,反正雨已经很小了。"

两人并肩走出那棵树荫大如峰峦的不知名大树,不等陈平安开口询问,朱河自己就自报家门和根脚了:"陈平安,小镇之前发生那么多奇怪事情,你既然能够在正阳山搬山猿手底下活下来,还与那个外乡少女结为盟友,估计很多事情你都已经知晓,那么我也不藏掖什么了,毕竟小姐的安危是最重要的。我们父女二人皆是李家的家生子,就是世世代代作为杂役奴婢,在主人李家讨一口饭吃。虽然听着很可怜,其实没你想的那么惨。从一年到头也见不着几回的老祖宗,到家主,再到我们这位宝瓶小姐,没谁把我们父女当下人看待,尤其是小姐和我家闺女,其实她俩关系不比寻常人家的亲姐妹差。"

说到这里,朱河转头看了眼站在大树底下远望别处的女儿,正是少女身段抽条的时分,尚未真正长开,大概再过一年就会是真正的大姑娘了。朱河觉得自己女儿不会比大骊京城的任何一个千金小姐逊色,他对此一直很自豪,坚信女儿朱鹿以后一定会在大骊大放异彩。

须知大骊素来尊重女子,并不禁止女子投身沙场奋勇杀敌,大骊先帝甚至专门下令礼部为女子武人、修士,设置了一整套武勋称号,开一洲之先河。以观湖书院为首的士子文人,曾经对此人肆抨击,掀起过一场大乱战,矛头直指北方蛮夷大骊王朝。若非身为山崖书院山主的齐静春力排众议,可能当时的年轻皇帝迫于朝野清议舆论,就要因此收回圣旨了。

朱河笑道:"当年老祖宗发现我有习武的根骨天赋之后,二话不说就花费重金栽培我朱河,所以我才有现在的身手。女儿朱鹿也差不多,如果不是她自己不争气,在武道第二境功亏一篑,以后成就比我这个当爹的,只高不低。老祖宗发现朱鹿是习武的一棵好苗子后,亲口对我说过,朱鹿有希望走到传说中的武人第七境,我朱河不过才堪堪第五境而已。"

说到这里，朱河心情有些失落，武人升境，没有旗鼓相当的对敌厮杀，没有命悬一线的生死磨砺，只靠天资是注定走不长远的，而且一旦错失良机，无法一鼓作气往上攀登，就会越来越消磨志气，再而衰三而竭，彻底断了登顶之路。

朱河压下心中阴霾，继续说道："这次由我们护送小姐离开大骊，一来是我们离得最近，身手还算凑合，而且是李家的家生子，不敢说本事有多高，至少忠心。二来小姐第一次出远门，需要细心的人照顾饮食起居，朱鹿就是合适的人选。第三嘛，我家小姐是老祖宗最心疼的晚辈，其实原本这次真正护送小姐远游的人，不是别人，正是老祖宗自己。只是阮师的风雪庙同门，那个阿良出现后，老祖宗就返回小镇了，因为如今小镇没了禁制，可以毫无顾忌地收纳天地灵气，等于是在一座洞天福地修行，老祖宗破境在即，机不可失时不再来，反正有阿良担任贴身扈从，应该不会出什么岔子。"

朱河略作思量，解释道："我们老祖宗眼光独到且心胸宽广，虽然打心眼里疼爱宠溺小姐，可是在小姐远游求学一事上，老祖宗非但不把小姐强行挽留在身边，庇护在羽翼下，反而明言小丫头不但要去山崖书院，而且后半段路程，就由她自己去走，李家子孙，本就该有这样的气魄。"

朱河突然笑出声："只不过说到这里，老祖宗又是一副愁肠百结的模样了，碎碎念叨着可是咱们家小宝瓶，才不到十岁啊，气魄啥的，是不是可以晚一点再说啊。最后老祖宗下定决心不再一路悄悄跟随的时候，一步三回头，跟老小孩似的，破天荒第一回。所以朱鹿私下跟我说，老祖宗对小姐，是真好。"

朱河心怀感激道："小姐对我家朱鹿，也好，小姐从小就喜欢跟朱鹿聊天，看朱鹿练武。朱鹿能够走到今天，事实上小姐功莫大焉。"

陈平安松了口气："朱河叔叔，有你们在，我就放心了。"

小镇那边，除了齐先生，陈平安信不过任何人。哪怕是阮师傅，就像陈平安对李宝瓶所说，他相信的也只是一位此方圣人的承诺，是齐先生曾经遵守的某些规矩，而不是阮师傅本人。这是一种不可言说的直觉，可以说是天生的，但更多还是熬出来的，就像他给那位宁姑娘煎的药。之前对阿良，对朱河，皆是如此，更不例外。

陈平安不是衣食无忧，没吃过苦，所以傻乎乎地对谁都好。生活的艰辛，人心的丑陋，贫穷的磨难，孤苦无依的他，早就铭刻在自己骨头上了。

朱河拍了拍陈平安纤细的肩膀，只是一拍之下，骨头之结实坚韧，稍稍超出他这个五境武人的意料，但是很快他便释然了，若非如此，怎能够正面硬扛搬山猿？他朱河就绝无这样的胆识能耐。只是一想到这里，朱河更是难免唏嘘，自己还不到四十岁啊，就已经雄心壮志消磨殆尽了吗，竟然比不得一个刚刚在武道上蹒跚而行的少年。

朱河也有些好奇，笑问道："虽然我不曾走出过小镇，不晓得外边江湖的规矩，但是老祖宗闲聊时曾说起,如果在山下遇到江湖同道,有这样那样的众多忌讳,比如僧不言名道不言寿,还有就是可问师门,不可问武学路数。不过我是真的很好奇,你是如何从搬山猿手下逃脱的,你们小镇那场追杀,我只是事后听老祖宗说起过。"

陈平安有些难为情:"其实就是一直在逃命,从泥瓶巷一直逃到山里,如果不是宁姑娘,我早就死了。"

朱河犹豫了一下,然后轻声提醒道:"要珍惜这些善缘,和那位宁姑娘的,还有和阮师……阮师傅的,一定要小心维持稳固,千万别断了。"

陈平安有些疑惑。

朱河感慨道:"我们只是骊珠洞天的井底之蛙,大家差距有限,就像你我,武学修为,撑死了就是五境之差,至于身份,我一个家生子,难道还有资格瞧不起身世清白的你? 可是在井外的天地,会大不一样,你以后走得越远,在外边混得越久,就会理解得更透彻。"

陈平安诚恳道:"我没想那么远。"

朱河大笑道:"可以好好想一想了。"

陈平安点点头。

对于别人的善意,陈平安一向很珍惜。对于别人的恶意,若是暂时没办法跟那些人说清楚道理,那就暂且放心头,绝不忘记。毕竟路还很长。

大树底下,刚刚把姐姐李柳卖了的李槐,现在在阿良面前腰杆子特别直,大大咧咧说道:"阿良,回头我让陈平安给你做个酒葫芦,你把腰间那个小葫芦送给我吧,一家人不说两家话,绝不亏待你。反正你这个看着就显旧,配不上我姐夫的身份!"

阿良神神秘秘道:"你懂个屁,这葫芦叫养剑葫,是全天下少有的好东西,看着不起眼,值钱得很,你有几个姐姐? 反正一个打死也不够!"

看到阿良难得用这么硬气的言语跟自己说话,李槐有些心里打鼓,眼馋地瞅着那只小葫芦,恋恋不舍地抬起头,试探性问道:"要不然我让爹娘多生几个姐姐? 这事好商量啊,对不对?"

阿良伸手捂住额头。没来由想起之前跟陈平安一起走下山坡,那少年竟然把自己跟第五境的朱河相提并论。阿良松开手,哀叹一声,随手捡起一干枯枝丫在地上划来划去。

李槐探过头一看,是一个歪歪扭扭的字,写得真心不如自己这个蒙童好看,更比不上连齐先生也说不俗气的林守一了。李槐越看越觉得丢人现眼,看一下阿良的字,再看一下他腰间的银白色酒葫芦,一番天人交战之后,说道:"阿良,你写字这么丑,我决定还是不要你做我的姐夫了,我爹娘都希望姐姐以后嫁给读书人的。"

阿良缓缓抬起头,满脸匪夷所思:"很难看吗?"

李槐心情沉重,使劲点头。

李槐觉得姐姐李柳下次要是再敢跟自己抢东西吃，非要骂她没良心不可，自己可是为了她连那啥养剑葫都不要了。

阿良一脸你年纪小你不懂事的神色，笑呵呵道："怎么可能，不是我跟你吹牛，在一个离这里很远的地方，不知道多少人看到这个字后，都纷纷竖起大拇指。"

李槐疑惑道："当面？"

阿良干笑道："听说，听说。"

李槐说道："我就说嘛，谁有那脸皮跟你当面说写得好，我就拜他为师，估计连我娘也骂不过他。"

阿良讥笑道："你拜人家为师，人家就收你为徒啊？"

李槐一本正经道："不收？他眼瞎啊？"

阿良再一次捂住额头，因为那家伙还真是个瞎子。

阿良想着自己还是少跟这个小王八蛋说话，抬起头环顾四周，左看右看，最后看到了少女朱鹿，笑道："朱鹿，想不想学习剑术啊？我现在有一些出剑的兴致了……"

不远处，朱鹿正在担心自家小姐。

李宝瓶双手托着腮帮，望着小师叔离去的方向，眉头紧皱。

听到阿良这句话后，朱鹿愤懑道："一边凉快去！"

阿良眼神无辜且茫然："刚下过这么一场大雨啊，你看我浑身都湿透了。"

朱鹿察觉到了自己的口误，可仍是冷笑道："吊儿郎当，不学无术，不是好人！"

阿良气恼道："小宝瓶，李槐，林守一，我是不是好人？！"

李槐落井下石："只是像好人。但如果肯送我酒葫芦，就是好人。"

林守一冷淡道："以后别骗我喝酒了，先生早就说过，文人斗酒诗百篇，全是假的。"

只有李宝瓶对阿良偷偷一笑，阿良顿时心里暖洋洋的，朝她伸出大拇指，把其余两个家伙的冷嘲热讽当作了耳边风。

阿良的江湖，终究不是白混的。

等到陈平安和朱河走回来，一行人重新上路。

当原本东南流向的龙须溪绕向正南方，成为大骊地方县志上崭新朱批的铁符河时，顿时河水滔滔，水势大涨。河面之宽，河水之深，远胜之前的小溪气象。

在陈平安的提议下，他们稍作休整，在这里煮米做饭，吃过午饭之后再赶路。

李槐站在河边，叉腰啧啧道："阿良，你以前见识过这么大的水吗？"

牵着白色驴子的阿良看了眼溪河交界处，又看了眼身后，最后对李槐笑道："我见过的大江大河，比你吃过的饭粒还多。"

李槐顿时不乐意了："阿良，你是不是一天不吹牛就浑身不舒服？！"

阿良置若罔闻，走到正在搭建简易灶台的陈平安身边，轻声道："走，河边走走，有些话要跟你说。"

陈平安愣了愣,就请李家婢女朱鹿帮忙,一路行来,李宝瓶其实已经能够帮上很多忙了,甚至连帮阿良喂养白驴也熟稔得很,所以手脚利索地帮着朱鹿姐姐一起煮饭,一副让她的小师叔只管去河边散步,一切包在她身上的俏皮模样。

这些日子里,李宝瓶始终坚持自己背着背篓,尽力自己打理一切。

陈平安每次打拳走桩的时候,她往往都会默默陪在身边,有样学样,娇憨可爱。

两人走到河边,然后沿着河水向下游行去。

阿良坦诚相见道:"我很喜欢宝瓶这个小丫头,当然,你只会比我更喜欢。"

陈平安回头望去,李宝瓶在那边忙来忙去,迈着车轱辘似的双腿。对比说一句做一事的林守一和万事不动手的李槐,虽然李宝瓶年纪还小,但是生机勃勃,哪怕只是看着她,也像看到一个美好的春季。

陈平安点了点头。

阿良又说道:"但是你总觉得哪里不对,是不是?"

陈平安嗯了一声:"上次跟我聊关于武学的事情时,她一口气说了很多,可是在那之后,她好像不太爱说话了。"

阿良问道:"你是不是跟她说了什么期望的话语,比如说你希望她以后可以成为什么样的人?"

陈平安猛然转头,满脸震惊。

阿良大概也不想无意间言语伤人,于是难得小心酝酿措辞,干脆停下脚步,蹲在河边,轻轻丢掷石子。等陈平安蹲在他身边后,阿良轻声道:"情深不寿,慧极必伤,一般人自然没资格套用这两个说法,但是李宝瓶不一样,虽然现在还小,第一点当然是没影的事情,可第二点,她是已经适用了。她将你陈平安当作了依靠,所以你的一句无心之语,一件无心之举,都会让她深深放在心里。话语这东西,很奇怪,是会一个一个字一句一句话,落在心头堆积起来的。可能你觉得我这个说法比较像半桶水的老学究、酸秀才,可道理还真就是这个道理。"

陈平安轻轻呼出一口气:"是我的错,我当时怕她没信心走到山崖书院,就说了我希望她能够成为一位女先生、小夫子。"

阿良笑了笑:"'是我的错?'陈平安,你错了。"

陈平安疑惑不解。

阿良不看陈平安,只是懒洋洋望向平静无澜的河面:"你只是没有做得更好,而不是做错了。"

陈平安更加纳闷,这两者说法不同而已,可造成的结果,不还是一样的吗?

阿良终于转头,似乎一眼看穿了陈平安的心思,摇头道:"很不一样。知道为什么天底下的好人，一个比一个做得憋屈吗？比如齐静春，你们认识的齐先生，明明可以做事更痛快，可到最后，就只是那么窝囊憋屈。等到你环顾四周，好像那些个坏人，却又一个比一个活得潇洒快活，比如你之前跟我提到过的两个仇家，正阳山搬山猿，老龙城符少城主，他们回到自己的地盘后，确实会过得很舒心，一个地位崇高，躺在功劳簿上享受尊敬，一个野心勃勃，志在北方。"

阿良看着陷入沉思的陈平安，洒然笑道："所以啊，做好人是很累的事情，你千万不能因为做了好人，没得到回报，或者只是得到意料之外的答复，就觉得自己做错了，更不能觉得自己以后再也不当好人了。这样……是不对的！"

阿良脸色严肃，加重语气，重复最后一句话："这样是不对的！"

阿良笑了起来，重新变成那个万事不挂心头的浪荡子："当然，李宝瓶好得很，小姑娘只是以她独有的方式在回报你，你可别想岔了。"

陈平安使劲摇头道："没有没有。"

阿良点点头："所以我才愿意跟你说这些。"

阿良干脆一屁股坐在地上，将竹刀横放在双膝："要知道，我很少跟人讲道理的，我的道理……"阿良略作停顿，拍了拍自己膝盖上的绿色竹刀："以前在剑，如今暂时在这刀。"

阿良哪怕不下雨，日头不大，也会戴着那顶不起眼的竹篾斗笠，他随手扶了扶斗笠："如果你的性格不对我的胃口，哪怕那支簪子像我之前想象的那般意义重大，哪怕你是齐静春挑中的人，我也不会跟你唠叨这些话，大不了把你送到大骊边境，心情好的话，直接把你丢到大隋就是了。对我来说，有什么难的？"

这个嬉皮笑脸的汉子认真起来，别有风范，双手轻轻拍打竹刀："对我阿良来说，人生于天地间，路要自己走，话要自己说，人要自己做。我觉得你陈平安，也该这样，不一定全部像我，但要腰杆够直，拳头够大，骨头够硬，更要剑术够高！"

阿良哈哈大笑起来："别忘了，最重要的是活得够久！"

陈平安老老实实道："阿良，虽然有些听明白了，有些还不是很懂，但我都会记在心里，以后遇到什么事情，都会拿出来好好想一想。"

阿良点点头，欣慰道："这就够了。"

阿良率先站起身，走出去几步，突然转头说道："陈平安，我带的干粮吃完啦。"

说完之后，阿良就快步离去了，走向李宝瓶、朱鹿那边，嚷嚷道："开饭没，开饭没？！"

留下一个没回过神来的少年。

说来说去，绕这么大一个圈子，这家伙就是为了光明正大地蹭吃蹭喝？陈平安笑着跟上。

有一天黄昏，一行人远远经过一片绿意葱茏的山间竹林，李宝瓶扯了扯陈平安袖子,伸手指向那边,小声问道:"小师叔,竹林哦,好看吧?"

忙着赶路的陈平安嗯了一声,继续埋头赶路,因为他们马上就要见到阿良所谓的驿路,大骊朝廷的官道了。

李宝瓶默不作声,颠了颠身后的背篓,仍然紧紧跟在陈平安身后。

夜里睡在朱鹿搭起的狭窄牛皮小帐篷里,李宝瓶想起一事,嗷了嗷嘴,有些委屈,最后告诉自己小师叔已经很好啦很好啦,然后沉沉睡去。

第二天清晨,睡眼惺忪的李宝瓶不敢贪睡,怕耽误了小师叔的既定行程,自己迅速穿好衣裳,穿上那双小师叔帮她做的草鞋,结果她刚钻出帐篷,整个人就呆住了。就在帐篷外,放着一只漂漂亮亮的绿竹小书箱。

李宝瓶愣了很久,然后一下子就号啕大哭起来。忙了一晚上的陈平安正在远处昏睡,被哭声惊醒后,赶紧起身跑过去。站在李宝瓶身前,陈平安一时间有些手足无措,摸着脑袋不知道如何安慰她,本以为天一亮小丫头看到小竹箱后会高兴呢。看到李宝瓶这么伤心,陈平安真是心疼得厉害。

李宝瓶闭着眼睛哭了很久,睁眼看到陈平安之后,一下子止住哭声,快步跑到他身前,狠狠抱住陈平安,哽咽道:"小师叔,对不起!"

陈平安只好轻轻拍着她的脑袋:"不哭不哭。"

李宝瓶只是哭,伤心坏了。

陈平安柔声道:"不喜欢小竹箱? 是小师叔做得不好看? 没事没事,下次可以改样子,没办法,小师叔以前只见过一次小书箱,以后到了外边的热闹地方,再见着了好看的书箱,你告诉小师叔……"

李宝瓶抬起头,满脸泪水:"喜欢! 没有比这个更喜欢的了!"

可似乎越是喜欢,李宝瓶就越是觉得自己没良心,越是对自己的小师叔心怀愧疚,蹲在地上抽泣起来,不敢看小师叔。

陈平安想到昨天阿良的言语,一下子想明白了,蹲下身,摸着李宝瓶的脑袋,轻声道:"李宝瓶,知道吗? 能够陪你一起远游求学,小师叔真的很高兴,只是以前没有跟你说过,所以现在小师叔跟你说。如果你还能喜欢这个不值钱的小竹子书箱,那小师叔就更开心了,真的,不骗你。"

李宝瓶缓缓抬起头,但是双手还是蒙住脸,她只敢透过指缝悄悄露出那双灵气盎然的眼眸,怯生生抽泣道:"小师叔不骗人?"

陈平安眼神清澈,点头道:"小师叔也会骗人,但是不骗李宝瓶。"

李宝瓶迅速拿开手,笑容灿烂。又是陈平安印象里的那个无忧无虑、天真烂漫的小姑娘了。所以陈平安也笑容灿烂。

有些人心如花木,皆向阳而生。陈平安和李宝瓶尤为如此。

第十章
小　庙

　　一座高不过十多丈的小山坡上，分散站着二十余人，穿着衣饰并无定数，但是脸色、眼神都像是从一个模子里刻出来的。

　　一个魁梧男子单膝跪地，正在仔细查探身躯僵硬的两具尸体，他用手指撑开一具尸体的眼皮，露出冰裂纹瓷片一样的眼珠子。

　　一个换上一身市井妇人棉布衣裳的矮小女子，缓缓走上山坡，身后跟着捧剑女子和白脸老人。她没有靠近那两具尸体，而是捂住鼻子，用浓重的鼻音问道："王毅甫，怎么说？"

　　王毅甫叹息道："两人都是被高手一刀毙命，不伤身体，但是经脉皆碎，五脏六腑都烂透了。"

　　妇人脸色阴沉不定："我们大骊出现了这么强大的武道宗师，而且还是两位同行，咱们那位藩王殿下，号称一向负责边关监视，难道偏偏这次就一点蛛丝马迹也不曾抓到，总不可能是故意放跑漏网之鱼吧？"

　　王毅甫有些犹豫："娘娘，如果我没有看错，是一人所为。"

　　妇人骤然眯眼，气势凌人："你说什么?!"

　　王毅甫指了指两人的脖颈，出现一缕细微的红线："两名死者之间的这条线，气势衔接紧密，分明是一人以刀横抹。"

　　妇人深吸一口气，竭力让自己的怒气杀机不要外露得太明显，讥笑道："风雪庙什么时候这么天下无敌了？随便跑出来一个莫名其妙的家伙，就能杀人跟杀鸡一样简单？这两个人是谁，你王毅甫不知道，徐浑然知道。来，说说看，让我们王大将军知晓一下。"

徐浑然脸色尴尬，硬着头皮解释道："一个是刚刚跻身武道第七境的宗师，精通拳法，擅长近身厮杀；一个是八境修士，兼修飞剑和道家符箓。二十年间，两人联手刺杀六次，从未失手过，如今更是娘娘麾下竹叶亭的甲字高手。"

妇人愤怒至极，只是一直在苦苦压抑而已，此时便迁怒这位大骊第一剑师，尖声道："徐浑然！报上他们的名字！死人也有名字！"

徐浑然心中悚然，微微低头道："武人名叫李侯，修士名为胡英麟，都曾为娘娘一次次出生入死，为我大骊立下汗马功劳。"

妇人这才神色微微转好，只是很快便满脸颓然，有气无力道："对，李侯和胡英麟，当年你们卢氏王朝的边关砥柱叶庆，就是这两人杀掉的。没死在敌国境内，没死在沙场上，而是死在了我们大骊自己疆土上。"

妇人兴许是意识到了自己的失态，会让王毅甫看笑话，就拿他曾经效忠的卢氏开刀："说来可笑，开始我们觉得叶庆这么一号重要人物，身边肯定会有数名大练气士暗中保护，为了除掉他，我甚至不得不和我家叔叔联手。哪里想得到，从渗透边境，潜入杀人，再到功成身退，卢氏王朝竟然一点反应也没有。他叶庆不过是惹恼了几股边境仙家势力而已，至于在朝堂上也被孤立到这一步？卢氏皇帝不是最推崇山上仙人吗？为何最后愿意陪你们卢氏殉葬的仙家宗门，就只有一家而已？"

说完这些，妇人有些神清气爽，心里痛快多了。果然是吃苦不怕，只要身边有人更苦；享福可以，但是身边不可以有人享福更多。这恐怕就是她愿意将其中一个孩子交给国师崔瀺，而不是山崖书院齐静春的理由了。省心省力，不怕长大之后被人欺负得只会哭着找爹娘。

王毅甫脸上闪过一抹黯然。

大将军叶庆，国之忠良，国之栋梁。为卢氏王朝镇守边关三十年，硬生生挡住大骊边军的三次大型攻势。当年宋长镜有次差点战死于战阵之中，不知道多少回大骂叶庆是冥顽不化的老匹夫。但是到最后，叶庆死后，卢氏朝廷竟然连追封谥号一事，也争吵了一旬之久，关键是哪怕这样，也没给太高的美谥，以至于犹有一战之力的六万精锐边军，军心慢慢散尽。

宋长镜挥师而过，如入无人之境。之后第一件事，就是亲自去叶庆坟头敬酒上香，事后大骊礼部非议，被宋长镜一份折子就打得满脸肿胀："岂是唯我大骊有豪杰？"

大骊皇帝接连批了三个大大的"好"字，大笑不已。不过龙颜大悦的皇帝，最后对身边宦官笑着说："这句话是皇弟的心里话，至于这几个字嘛，肯定是找了捉刀郎代劳的。"

妇人其实一直在观察这个亡国猛将的脸色。妇人暗暗点头。虽未因此就对他彻底放心，但若是连人之常情都失去了，那必是怀有坚忍不拔之志。做什么？除了复国能够做什么？那么王毅甫就真是找死了。若是王毅甫只是知道打打杀杀的一介武夫，能够心思细腻地演戏到如此境界，那也算王毅甫有本事。不过她一样不怕。

老剑师徐浑然疑惑问道："娘娘分明已经跟阮师打过招呼，答应不会在龙泉县境内动手，咱们也传信给李侯、胡英麟，让他们近期不要轻举妄动，一切等走到大骊边境再说。照理说阮师怎么都该卖娘娘这个面子才对，总不至于那风雪庙的人，连娘娘和阮师的面子都不在乎吧？"

王毅甫问道："那名佩刀男子的详细身份，依然没有查出来？"

捧剑女子杨花摇头道："尚未有结果。这种事情，我们不好找上门去问阮师，更不好去找那拨风雪庙兵家修士，只能靠大骊自己的谍报机构寻找蛛丝马迹，而边境谍报事务，娘娘不方便插手……"说到这里，杨花不再说话。

这涉及大骊朝廷最高层的暗流涌动。

王毅甫问道："有没有可能是那个叫朱河的李家扈从，其实深藏不露？"

妇人嗤笑道："那个不过武夫五境的家伙，不值一提。李家更没有胆子在我的眼皮子底下捣乱。"

徐浑然叹了口气："这就有点难办了。"

妇人妩媚一笑："难办？好办得很，立即回京！我跟皇帝陛下哭去。"

这件事，终究是别人先坏了大骊的规矩，那么皇帝陛下是愿意为她出头的。

李宝瓶有了崭新的小书箱，背篓里的大小物件就要挪窝，一大一小两个人借此机会，在休息的时候，找了个远离李槐等人的僻静地方，偷偷摸摸清点家当，以防遗失或是损坏。

陈平安也摘下自己的背篓。

一把老槐木剑，猜测是齐先生赠送，因为当时陈平安头顶莫名其妙戴上了玉簪子。陈平安和李宝瓶都觉得应该是齐先生故意所为。陈平安平时都是把槐木剑斜放在背篓里，只在夜深人静的时候，拿出来放在膝盖上，他的心境就会祥和安宁。

一颗黄色的蛇胆石，放在阳光下照射，就会映照出一丝丝黄金色的漂亮筋脉。其余十二颗小巧玲珑的蛇胆石，则已经褪去原本的鲜艳色彩，但是质地细腻，依然不俗。

李宝瓶对这些小玩意儿爱不释手，手心托着那颗黄色蛇胆石，说道："小师叔，这颗千万别卖，其他十二颗石头，以后就算要卖，也一定要找识货的买家，要不然咱们肯定亏死了。"

陈平安笑道："那当然。"

背篓里还有一块一尺长短的黑色长条石,看着很像斩龙台,但是陈平安不敢确定,记得宁姑娘曾经说过,想要分开斩龙台做天底下最好的磨剑石,不但需要什么剑仙出手,还需要折损一把很值钱的兵器,当然对于目前的陈平安来说,很厉害或者是很珍贵的兵器、物件,都可以直接与值钱挂钩。就像对于那个折返告别的宁姚来说,对手的战力,都可以跟多少个陈平安直接挂钩。

　　陈平安知道这绝对不会是阮师傅赠送给他的,是齐先生一并送了槐木剑和磨剑石?还是那个白衣飘飘的神仙女子,使出了神通术法?又或者难道是阮姑娘私藏的体己之物?陈平安有些头疼。

　　阮秀之前在李宝瓶背篓里,留下了金锭一枚,银锭两枚,普通铜钱一袋子。有次李宝瓶无意间打开钱袋子,陈平安才惊骇发现里边竟然夹杂有一枚金精铜钱。这枚压胜钱,绝对是阮秀偷偷留下的。这让陈平安吓了一大跳,当时就满头大汗。如果一直粗心大意,没能发现真相,然后不小心把这枚铜钱当作普通铜钱花出去……一想到这个后果,陈平安就恨不得先给自己两耳光。

　　大大小小的物件,陈平安一样样收拾齐整妥帖,就像是精打细算惯了的妇人,在打理一个小家似的。

　　每次李宝瓶看到这一幕都想笑,心想小师叔也太会过日子了。那么以后得多优秀的姑娘,才配得上自己的小师叔啊?李宝瓶觉得很难找到,于是她有些小小的忧伤。

　　一个鬼头鬼脑的孩子偷摸过来,被李宝瓶发现后,他看着李宝瓶脚边那只小书箱,对陈平安说道:“陈平安,你要是给我也做一个小竹箱子,而且比李宝瓶那个更大更好看,我就喊你小师叔,咋样?”

　　陈平安看了他一眼,不说话。

　　李槐有些急了,决定退让一步:“那跟李宝瓶那小书箱一样大就行,这总行了吧?”

　　陈平安无意间发现李槐的靴子已经破烂不堪,露出了脚指头,说道:“回头给你做两双草鞋。”

　　李槐大怒,跳脚道:“我稀罕那破草鞋,我要的是书箱!用来装圣贤典籍的书箱!我李槐也是齐先生的弟子!”

　　陈平安皱了皱眉头:“一边去。”

　　李槐愕然,仔细打量着陈平安的脸色,两人对视后,李槐突然有些害怕心虚。这个天不怕地不怕的小孩,破天荒没有还嘴骂人,悻悻然离开,只是跑出去几步后,转头理直气壮道:“草鞋别忘了啊,要两双,可以换着穿。”

　　陈平安点了点头。

　　等到李槐跑远,李宝瓶满脸崇拜道:“小师叔,你真厉害。你是不知道,李槐这个家伙,我都只能把他打服气,吵架是不行的,就算是齐先生跟他说道理,他也不太爱听。”

陈平安伸手揉了揉李宝瓶脑袋，背起背篓："准备动身，再走两天，咱们就可以看到大骊驿路了。"

李宝瓶背起小书箱。小姑娘，红棉袄，绿竹箱。

其实阿良憋得很辛苦，很想告诉这一大一小，如果不是咱们小宝瓶足够可爱，就这颜色装扮，能够让人笑话死。

李宝瓶突然说道："这个李槐，有点像小师叔你们泥瓶巷的那个鼻涕虫啊。"

陈平安愣了一下，好像从来没有把这两个人放在一起比较过，仔细想了想，摇头道："不像的，以后如果有机会见到顾璨，你就会明白了。"

李宝瓶哦了一声，反正也只是随口一提，很快就去想象大骊驿路到底如何了。

陈平安其实跟李宝瓶一样，起先也觉得鼻涕虫顾璨和李槐有些像，但是相处久了，就会发现两者差别很大。

李槐跟顾璨看着差不多的性格，嘴里跟长了一窝蜈蚣蝎子似的，毒得很，能够一句话把人气得够呛，但在陈平安眼中，其实大不一样。同样是没心没肺，同样是穷苦出身，顾璨看似贼兮兮，转起眼珠子来比谁都快，但他身上那股超乎年纪的精明，更多是一种自保。李槐则是纯粹的小刺猬一个，逮着谁都要刺一下。这是因为李槐到底父母健在，上边还有个姐姐，心性其实不复杂，而且上过学塾读过书，身边的同窗蒙童是李宝瓶、林守一、石春嘉这些稍大的孩子，大体上李槐是没吃过大苦头的。顾璨不一样，一手拉扯他长大的娘亲，有些时候不得不说也连累了他，使得他小小年纪，便尝过了人情冷暖。陈平安就曾经亲眼看到一个满身酒气的醉汉骂骂咧咧走出泥瓶巷，看到玩耍回家的顾璨，什么也没说，走过去就狠狠踹了顾璨肚子一脚，顾璨倒地后，醉汉还狠狠踩了他脑袋一脚，那么大点孩子抱着肚子蜷缩在墙根，哭都哭不出来。如果不是陈平安凑巧出门碰到，飞奔过去，一拳打得那汉子踉跄后退，然后赶紧背起顾璨去了赵杨家铺子，天晓得顾璨会不会落下什么病根。

另外，顾璨更加记仇，心里头有个小账本，一笔笔账，记得很清楚。谁今天泼妇骂街骂过了他娘亲，哪家不要脸的汉子嘴花花调戏了他娘亲，他全记得，可能随着岁数增长，有些事情和细节已经忘了，但是对某个人的憎恶印象，顾璨肯定不会忘。当然，那个给了他两脚的汉子，顾璨记得死死的，叫什么名字，住什么巷弄，家里有谁，顾璨全都一清二楚，私底下跟陈平安独处的时候，总是嚷嚷着要把那人的祖坟给刨了，还说那人有个女儿，等她长大了，一定要睡她，往死里欺负她。大概那个时候的顾璨，根本就不知道睡是什么意思，只知道很多婆娘汉子喜欢"开玩笑"，与他娘亲相关的言语，妇人说"偷人"二字，汉子则往往都带着个"睡"字。

陈平安至今记忆犹新，顾璨不过四岁多，那张稚嫩的小脸，脸庞狰狞，满是凶光，眼神狠厉。陈平安有些担心，他当然希望顾璨在外边过得比谁都好，但同时打心底里不希望顾璨成为蔡金简、符南华那样的神仙人物。

看着心不在焉的小师叔,李宝瓶问道:"怎么了?"

若是以前,陈平安就会说没事,但是现在开门见山说出了心里话:"我怕下一次见到鼻涕虫,会变得不认识他了。"

李宝瓶疑惑道:"小孩子个子蹿得快,如果过个四五年七八年才见面,你们不认识也很正常啊。"

陈平安咧嘴一笑,更像是自己给自己打气鼓劲:"我相信顾璨,一直会是那个泥瓶巷的鼻涕虫。"至于认不认得自己,没关系。只要他过得好,比什么都好。

铁符河的河床出现断层石崖,下跌迅猛,下游水势顿时暴涨。

陈平安站在河畔石崖上练拳,来来回回都是那六步走桩。

阿良不知道何时站在石崖边缘。水花四溅,水声滔滔,水雾弥漫,好在暮春时节,寒气已降,并不显得寒意刺骨。

阿良大声说道:"你练这个拳,没太大意思。这走桩,是个很入门的小架,随便哪个江湖门派都有,倒是那个立桩,还算马虎,最少能够帮你勉强活命,像是吊命用的药材,不名贵,但好在对症下药。"

陈平安听在耳中,笑了笑,没有说话。因为姚老头说过,练拳之时,切忌泄气。

阿良点点头:"但是一件没意思的事情,有意思的人可以做得很有意思。你这么练拳,问题不大。武道一途,本就是实打实的滴水钻石,靠的就是水磨功夫。"

陈平安练拳完毕,擦了擦额头汗水,问道:"阿良,你不是那个什么神仙台魏晋吧?"

阿良笑道:"当然不是,他念诗那是一套一套的,酒品奇差无比,一喝高了就喜欢一把鼻涕一把泪,比李槐还不如。我怎么可能是那种人。"

陈平安愣了一下,似乎没想到阿良这么直截了当。

"那毛驴和酒葫芦?"

阿良白眼道:"自然都是魏晋的。我可没他那么穷讲究,喝酒倒是喜欢,骑驴看山河什么的,真做不来,慢腾腾地,能把我急死。"

陈平安小心翼翼问道:"他不会是死了吧?"

阿良笑意玩味:"我杀他干吗,杀人夺宝啊?"

陈平安看着阿良,摇摇头:"我相信你不会杀他。"

阿良拿起本该用来养剑的葫芦喝了口酒:"这只养剑小葫芦是他送给我的。我教了他一手上乘剑术,那小子茅塞顿开,终于打破了瓶颈,所以闭关去了。作为酬劳,他就把葫芦送给了我。别觉得是我占便宜,是他赚大发了。我只是帮着照看这头毛驴而已。"

风雪庙兵家剑修的十境,想要破开,难得很。不过这种话,阿良不想跟陈平安解释得太清楚。路是要一步步走的。

陈平安有些奇怪，问道："阮师傅为何没有认出你来？"

阿良找了个地方坐下，晃了晃银白色的小葫芦："葫芦里的本命剑气犹在，且无残缺，这意味着主人尚存，神魂体魄皆全。你们东宝瓶洲是个小地方，阮邛不觉得在这里有太过吓人的高手，能够瞬间斩杀魏晋不说，还能够快到连魏晋的本命飞剑都来不及传信。"

陈平安惊讶道："小地方？有人说我们东宝瓶洲王朝有千百个，我们到现在都还没走到大骊边境呢。"

阿良扭头把酒葫芦丢给身边站着的陈平安："你也知道是'走'的啊，来来来，喝口酒，男人不会喝酒，就是白走一遭了。"

"不喝酒。朱河说过，练武之人，不能喝酒。"陈平安小心接过酒葫芦，坐在阿良身边，递还给他，阿良却没接。陈平安只好小心翼翼捧在怀里，望着河水，轻声感慨道："也是，我见过踩在剑上飞来飞去的神仙，从咱们小镇头顶上飞过去，很多。"

阿良现在一听到朱河就有些烦，偏偏身边这家伙就喜欢拿自己跟朱河比较。

陈平安笑问道："阿良，你真能教魏晋剑术？那你岂不是比朱河还要厉害？"

又来了。

阿良叹了口气："我也就是脾气好，不跟你一般见识。"

陈平安是真的很好奇这件事，打破砂锅问到底："难道还要厉害很多？"

阿良一把抢过酒葫芦，仰头灌了一口酒，满脸嫌弃道："滚滚滚。"

陈平安哈哈大笑，转头看着一脸郁闷的阿良，眨眨眼，嘿嘿道："其实我知道你比朱河厉害很多。"

阿良总算好受一些。

陈平安马上语气诚恳地补了一句："我觉得两个朱河都未必打得过你。"

阿良无奈道："你如果真想拍马屁，有点诚意行不行，好歹把'未必'两个字去掉啊。"

陈平安默不作声，嘴角翘起，望着那条声势浩荡的青色瀑布，突然说道："阿良，谢谢你。"

阿良一口一口喝着酒，随口问道："嗯？谢我做什么，既没有教你练拳，也没有教你练剑。"

陈平安盘腿而坐，习惯性双手十指放在胸口，练习剑炉拳桩："遇到你之后，觉得外边的世界，没那么让人觉得害怕。因为我发现原来外边，也是有好人的，不都是谁本事高谁就随意欺负人。一路上李槐、朱鹿那么说你，你也从不生气。"

阿良笑着喝了一口酒，喝得慢了一些："这一番表扬，来得让人措手不及，让我喝口酒压压惊。不过你小子也会害怕？敢小巷杀年纪轻轻的神仙人物，敢和搬山猿正面硬扛,敢二话不说就带着小宝瓶出来远游大隋,你胆子真不小。"

陈平安轻声道:"有些事情做了,是因为必须要做,不代表我就一点不害怕啊。我就是一个烧瓷的窑工学徒,胆子能大到哪里去?"

阿良点点头:"是这个理。"

两两无言,唯有水声。

阿良率先打破沉默,问道:"如果在一个很出名的地方,你做了一件很出风头的事情,然后你可以刻下一个传承千秋万代的大字,你会挑选哪个字?"

陈平安想了想:"应该是我的姓氏吧,我爹娘都姓陈,刻下'陈'这个字,多好。"

阿良摇头叹息:"真俗气,不像我。"

阿良很快自顾自解释道:"正常正常,像我这样的奇男子,毕竟是凤毛麟角的存在,牛羊成群于平地,猛虎独行于深山。寂寞啊。"

阿良兴许是自己把自己给说感动了,赶紧狠狠灌了一大口酒。

陈平安突然咧嘴笑起来,笑得怎么都合不拢,像是也想到了很开心的事情。这绝对是稀罕事。

于是阿良问道:"想什么呢,傻乐呵?"

陈平安有些脸红,赧颜道:"如果可以多刻字的话,那我就在那堵墙上,写下心爱姑娘的名字。"

阿良龇牙咧嘴,啧啧道:"那你得多烧香,祈求你未来媳妇的名字只有两个字,如果是三个字、四个字,呵呵。"

陈平安愣了一下:"难道还有人的名字是四个字? 那不是很怪吗?"

阿良拍拍陈平安肩膀:"陈平安,以后多读书。"

陈平安有些难为情。

阿良猛然惊醒:"陈平安,你有喜欢的姑娘了?! 谁谁谁,赶紧说出来,让我乐和乐和!"

陈平安笑得眯起了眼,摇头道:"没呢。"

阿良伸手指了指陈平安:"一开始就知道你不老实。"

陈平安小声问道:"阿良,你现在还是打光棍吧?"

阿良:"闭嘴!"

陈平安还以颜色:"一开始我就知道了。"

阿良伸出大拇指,指着自己,道:"知道在别的几处地方,多少女侠仙子哭着喊着要嫁给我阿良吗?"

陈平安一本正经回答道:"我当然不知道啊。"

阿良吃瘪后,默默喝酒。

陈平安问道:"对了,阿良,你刻了个什么字?可以说吗?"

阿良立即神采焕发,得意扬扬:"那可了不得,我那个字写得铁画银钩天下无双不说,关键是那个字很有味道!朗朗上口,气势如虹,比起什么姓氏啊浩然啊雷池啊,要好上太多了。你是不知道,为了拦阻我刻下这么个字,好些老乌龟王八蛋的脸都黑了。没法子,就怕货比货,其中有几个辈分挺高的家伙,气得吹胡子瞪眼睛,差点就要卷起袖子跟我干架,我才懒得理睬他们,几个人不要脸皮合伙打我一个,我不跑?我傻啊,对吧?当然了,我是刻完字再跑的。"

陈平安有点后悔问了这个问题。

阿良一脸"你快问是哪个字"的表情。

陈平安轻轻转头,重新望向河水,打死也不开口说话。阿良呆若木鸡。

阿良轻轻塞好香气四溢的酒葫芦,显然是连喝酒的兴致也没了。

就在此时,陈平安蓦然瞪大眼睛,发现铁符河下游的河面上,竟然有四五人联袂踏水而行,有白发苍苍的蓑衣老人高歌"自古名山待圣人",有衣裳艳丽的妖娆女子娇笑连连,还有身穿道袍的小童子手持竹杖,老气横秋。

陈平安瞪大眼睛,喃喃道:"神仙?"

阿良连正眼也没瞧一下。

朱河手持一串红色铃铛,急促响动,往陈平安和阿良这边飞奔而来,脸色沉重道:"这是老祖宗留给我的震妖铃,一旦有妖魅山精靠近铃铛百丈之内,便会无风自响。阿良前辈,陈平安,我们最好小心一些,先离开这河畔石崖,以免发生不必要的冲突。"

陈平安想了想,就要起身。

阿良根本不看河面那边的奇异景象,拔出酒塞子,对两人晃了晃,笑道:"我喝过这口酒就走,很快。"

朱河有些焦急:"阿良前辈,咱们大骊朝廷对于山野妖魅的管束,一向极为宽松,只要不闹出人命,一般是从来不插手的……"

阿良啊了一声,说着"这样啊,赶紧起身",就要跟他们一起离开石崖,给那拨不速之客让路。但是河面之上,那五个神异非凡的家伙,各自的境界修为高下立判,道行最高的蓑衣老叟率先像是被天雷劈在脑门上,止住身形,一动不动,之后四位皆是如出一辙。再然后,又是满身仙气的老叟第一个掉头,撒腿狂奔,这次可顾不上什么神仙风采了,恨不得手脚并用,之后四人仍是如此。

阿良一脸假得不能再假的狐疑神色,还带着坏笑。

朱河咽了口唾沫。手中铃铛已经寂静不动。

朱河试探性问道:"阿良前辈,这是?"

阿良系好那只银色小葫芦,揉了揉下巴:"难道是我杀气太重?"

陈平安小声问道:"阿良,是那些家伙认出了你的这只养剑葫?"

阿良爽朗大笑,搂着陈平安的肩膀,走下石崖:"有可能有可能,养剑葫里大有玄机嘛。一般人我不告诉他。"

阿良突然松开手,让陈平安先回去。陈平安小跑着离去。

阿良跟朱河勾肩搭背,低声问道:"朱河,你是武夫第五境,对吧?你是怎么含蓄得让陈平安觉得你是高手的?不如教教我,否则我费了这么大力气,白白摆了那么多高手架子,那小子也照样睁眼瞎啊。"

朱河身体僵硬,忐忑不安道:"阿良前辈,这个我真不知道啊。"

阿良怒道:"这就没劲了啊。"

朱河哭丧着脸:"阿良前辈,我真不知道。"

前边,陈平安转身倒退着小跑,面朝阿良,大声笑问道:"阿良,那个字到底是啥?"

阿良顿时神采飞扬,咳嗽一声,一手扶了扶斗笠,一手高高伸出大拇指:"猛!"

陈平安跟河面上那五个家伙一样,如遭雷击,然后默默转身,飞奔离去,嘀咕道:"你大爷的!"

铁匠铺子那边总计挖出七口水井,井水甘甜,冷气森森。

传言那个曾经在骑龙巷住过一段时间的阮师傅,是会铸剑的神仙,连朝廷也敬重得很。礼部官老爷和小吴大人,都曾经亲自去拜访过。所以阮师傅的身份不简单,绝对假不了。很多人都想着把孩子塞进铁匠铺子,只可惜已经不招人了。不过阮师傅有次去镇上买酒,倒是挑中了两个孩子做学徒,第二天酒铺就人满为患了,全是大人长辈拎着自家孩子,问题在于也没人真正买酒,全眼巴巴等着阮师傅能够看中谁。孩子可不管什么前程不前程,撒腿闹得欢,鸡飞狗跳吵翻天。

其实在县令吴鸢出现之前,小镇上的人只知道自己是大骊子民,龙窑是为大骊皇帝家里烧制瓷器,仅此而已,其余一概不知。小镇人员流通极少,根本不存在什么拜访亲戚、出门游学、远嫁他乡,书上不教,老辈不说,世世代代皆是如此,四姓十族当中知道一些内幕的人物,更不敢泄露天机。

那些本命瓷被挑中的幸运儿,能够走出去欣赏外边的大好河山,但在骊珠洞天破碎下坠之前,根本没有衣锦还乡的机会,这是四方圣人早年订立的规矩之一。

如今按照县衙张贴的告示和识字之人的讲解,才知道以前是因为龙泉县的山路,太过险峻,如今朝廷花了大力气才开通道路,为了开山一事,要把那些山头送给某些相中此地风水的大人物,与此同时,以县衙礼房吏员为首的一拨人,开始为辖境内的百姓讲解各种规矩,应该如何与外乡人相处,比如不可胡乱对着外乡人指指点点,稚童不可冲撞街道行人,绝对不许擅自触碰外乡人的坐骑等等。一旦出现争执,百姓则必须如实向龙泉县衙禀报,不可自作主张,官府会秉公处理。

四姓十族对此并未展露出太多的热情,更没有出面帮着县衙做点力所能及的事情的意思,更多还是冷眼旁观,至于是不是等着看县衙闹笑话,就只有吴鸢和那帮老狐狸心里最清楚了。

小镇的巨大变化,对自幼在兵家祖庭风雪庙长大的阮秀而言,感触不深,或者说也不在意。

她自从遇到某个矮冬瓜之后,就心情郁郁。

那蛮横妇人大摇大摆去了陈平安家的宅子不说,还把院门和屋门铜锁都给弄坏了,她之前跑去给两栋宅子打扫的时候,刚好撞到那拨前去换锁的人。阮秀气得柳眉倒竖,跑上去讲道理,那几人仿佛知晓她的身份,毕恭毕敬赔礼道歉,但是当问起幕后罪魁祸首到底是谁,他们就摆出一副阮小姐你就算活活打死我们,我们也不敢说的无赖架势。这也就罢了,阮秀要他们交出旧锁和崭新钥匙,回到铁匠铺子,就碰到了那个矮冬瓜,她竟还有脸笑眯眯地说是自己不小心,才打坏了铜锁。

阮秀还依照约定,雇人修缮了泥瓶巷一栋无人居住的破败宅子。宅子屋顶塌陷出一个大洞,房梁腐朽,红漆剥落。阮秀要那些小镇上的砖瓦匠,仔细修补,小心添砖加瓦,最后实在不放心,还专门盯着他们做了大半天事。

再就是相邻的压岁铺子和草头铺子,都挂名在了陈平安名下,两间老字号铺子的老伙计,已走得七七八八,只得另外雇用伙计。她不敢挑选一些油滑之辈,便让自家剑铺的人,推荐了些性情本分却手脚伶俐的妇人少女,帮忙打理生意。

压岁铺子继续贩卖各式糕点吃食,草头铺子则继续兜售杂项物件,文玩清供、古琴字画,五花八门,什么都有。

阮秀只要剑铺没事的时候,就会趴在某一间铺子柜台上,怔怔出神,很多时候大半天时光就这么悠悠然流逝。反正不用她招徕生意,她也不擅长跟人讨价还价,事实上这两家铺子都属于陈平安的家底。阮秀恨不得一块糕点卖出几两银子的天价,只不过终究是心性纯朴的少女,没好意思这么做,只是犹豫着要不要帮陈平安找几个懂得察言观色的人,帮着铺子多赚些钱,但是她又怕那样的人,陈平安回到家乡的时候,会不喜欢,因为他不是那样的人。

就连糕点也没那么馋嘴贪吃了的阮秀,原本圆圆润润的下巴,逐渐有些尖尖的了。如小荷露出尖尖角,清新动人。

阮邛倒是几次提起,要是她觉得小镇这边闷得慌,可以去神秀山、横梁峰那边走走看看,山水风光还不错。只是阮秀一直提不起这个劲儿,一直拖拖拉拉,阮邛也就作罢了。但阮秀越是这么浑浑噩噩,打铁铸剑的时候,反而越是聚精会神,神意充沛,境界攀升更是一路高歌猛进,这才让阮邛放下心来。既然于修行是好事,他就不会去指手画脚。因为一个凡夫俗子的坟头，早已青草葱茏，甚至子孙也已白发，可是曾经同龄的修行有成之人，却依然还是女子貌美的光景。

阮秀这两天更加心烦，因为每次她来到铺子发呆，都会有人来打搅。是一个腰间别有一支朱红色长笛的年轻人，锦衣玉带，头戴紫金冠，很趾高气扬的作态，可是这个人的样子，她倒是忘了，或者说从来没有认真看过。因为阮秀自从年幼记事起，就见过太多太多这样的人了。因为她爹阮邛，不但是风雪庙大修士，更是东宝瓶洲首屈一指的铸剑师。

不过到了这里后，阮邛跟她说过，已经跟大骊朝廷打过招呼，在甲子之内，大骊不可以对外大肆宣扬，用他阮邛这块金字招牌来谋划什么。一旦被他阮邛发现，商量是可以商量，但是结果如何，他不会保证。阮邛在洞天下坠沦为大骊版图之后的那场厮杀中，不但杀得周围修士肝胆欲裂，就连大骊朝廷和更远的山上势力，都已领教过他的脾气，没人愿意拿性命来跟他讲道理。敢这么做的人，要么被阮邛在自己地盘上名正言顺地打死了，要么被扯进地界光明正大地打死了。

都不用阮邛直说，大骊那一小撮真正的大人物，其实心知肚明，这位从风雪庙脱离出来自立门户的圣人，真正的逆鳞，是他那个公认天资卓绝的女儿。若非为了阮秀，阮邛当初绝对不会从风雪庙离开，从齐静春手里接手骊珠洞天，因为当时没有谁会将坐镇这座小洞天视为美差。那意味着一身修为和境界受到天道压制，能够维持境界不跌落、体魄不朽坏，已是极致。当然，齐静春是个例外，很大的一个意外。

因为阮邛的命脉是他女儿，所以如今大骊刻意帮忙保密，绝不敢轻易对外提及阮秀的名字。于是就有不明就里的家伙，无意间逛荡到小镇骑龙巷的草头铺子，见到阮秀后，立即惊为天人，心想一间铺子的少女罢了，身份撑死了也高不到哪里去，以他的容貌谈吐和身世背景，还不是手到擒来，让她对自己一见钟情，心甘情愿做那红袖添香的奴婢、素手研磨的丫鬟？

不过他到底身负家族使命，是来这里买山头的。小镇如今藏龙卧虎，不说那位高高在上且脾气暴躁的兵家圣人，大骊礼部和钦天监的人都在，据说连县令都是大骊国师的得意门生，所以这个公子哥谨守父辈的叮嘱，到了小镇，夹起尾巴做人，真要闯了祸，家族连收尸也不会做。所以他绝不敢像在自家辖境内那么胡作非为，再说了，强抢民女什么的，他做起来虽然熟门熟路，可真的很无趣。

这个自诩风流的年轻公子哥，估计打破脑袋也想不到，那个看上去傻乎乎的慵懒少女，竟然姓阮。

他今天又跨过门槛，装着在一排排百宝架上挑选心仪物件，然后装着跟一个妇人砍价，最后笑着开口，跟那个像是小掌柜的青衣姑娘打招呼，轻轻扬起手中那块挺有眼缘的书案清供石，供石一手高，却是云头雨脚美人腰的模样，定价三十两银子，他问那少女能不能便宜一些,三十两银子实在太贵了些。实则对他来说,三十两黄金又算什么?

阮秀头也没抬,淡然道:"不能。"

年轻公子哥故作潇洒地耸耸肩,说这石头他买了,最后他又挑了两样物件,又问那阮秀买了这么多东西,总该便宜一些了吧?而且他要在小镇常住,肯定是回头客,所以会经常光顾铺子……总之啰里啰唆一大堆,柜台那边的阮秀听得心烦,还是不抬头,淡然道:"东西可以买,照着价格付钱便是,话少说。"

那年轻公子哥不怒反笑,哟呵,看不出来,还是一匹性情贞烈的胭脂马?

他还真不生气,只觉得激起了自己的求胜心。本来买山一事早已经板上钉钉了,他不过是为财大气粗的家族露个脸画个押而已,为何不找点无伤大雅的乐子?于是他让妇人将三件东西打包,离去之前,笑道:"这位姑娘,我明天还会来的。"

阮秀终于抬起头,第一次正视他:"你以后别来了。"

年轻公子哥饶有兴致地凝视阮秀,真是一张越看越让人喜欢的脸庞,绝对不是家里那些庸脂俗粉可以媲美的,所以他笑眯眯道:"为什么?"

阮秀脸色平静:"这家铺子是我……朋友开的,所以我可以决定欢迎哪些客人进门,不欢迎哪些客人来碍眼。"

年轻公子哥指着自己鼻子,笑容更浓:"我碍眼?姑娘这话从何说起?"

阮秀重新趴在柜台桌面上,挥挥手:"你走吧,我不想跟你这种人说话。"

铺子外边站着一个身材高大的健硕男子,满脸不悦和戾气,冷冷看着这个不知好歹的市井少女。

年轻公子哥笑着朝那名扈从摆摆手,用眼神示意他别吓着自己的盘中餐,付完账后,他走向门口,不忘回头说道:"明天见啊。"

阮秀叹了口气,站起身,绕过柜台,对那个刚刚跨出门槛后转身站定的家伙说道:"我劝你以后多听听别人说的话。"

年轻公子哥看着阮秀那令人惊艳的婀娜身姿,感慨自己这趟真是艳福不浅。

至于阮秀说了什么,他自然听见了,只是没有上心,更不会当真。

那名扈从骤然间身体紧绷,头皮发麻,如芒在背,正要有所动作,只见青衣少女和自家公子一起冲向了骑龙巷对面的墙壁。他眼睁睁看着公子被那少女一手按住额头,最后整个头颅和后背,全部嵌入那堵墙壁之内。

年轻公子哥瞬间失去知觉,七窍流血,他背后墙壁被砸裂出一张巨大蛛网。

阮秀对着翻白眼晕死过去的年轻公子哥说道:"以后要听劝,听明白了吗?嗯?还是不听?"

阮秀高高抬起一腿,又是一脚迅猛踢出。本就可怜至极的公子哥连身躯带墙壁,一同凹陷下去,很是惨不忍睹。

阮秀收回腿,转身走向铺子,对那个丝毫不敢动弹的高大扈从说道:"人抬走,记得修好墙壁。"

武夫第五境的扈从,咽了咽口水,连一句狠话都不敢说。

他只是明面上的贴身护卫,真正的顶梁柱,是一位外姓家族供奉,如今跟诸多势力一般无二,去了山里,跟随在大骊礼部侍郎和钦天监青乌先生屁股后头,既是与大骊朝廷联络感情,也是象征性查看那两座重金购得的山头。

不是第五境武人烂大街,谁都可以欺负,而是这个马尾辫小姑娘出手太过恐怖了。要知道自家公子已经跻身第四境,虽然比不得那些仙家府邸的真正天纵奇才,可只要最终能够跻身第五境,那就等于拥有了雄踞一方的霸主资质,毕竟在武人辈出的大骊版图上,练气士比起武人,要吃香太多。所以那两座山头,会是自家公子的龙兴之地。

这个第五境武人顾不得自报家门,震慑那个出手狠辣的阮秀,赶紧飞掠到巷子对面的墙下。片刻之后,眼眶通红的男人猛然转身,脸色铁青,大骂道:"小贱货!你知不知道自己打烂了我家公子的修行根本?!"

阮秀已经走进铺子,闻言停步却没转身,只是扭头道:"知道啊,我故意不杀他,留着受罪。"

那武人几乎要疯了,这小丫头不会是个脑子坏掉的疯子吧?

阮秀笑了笑:"你骂我,我不跟你计较,因为我会跟你家族算账。按照你们的套路,一般是打了小的跑来老的,所以你大可以喊那个家伙的长辈朋友之类,让他们过来找我的麻烦。放心,我就在这里等着你们,什么地方都不去。如果你们既没人来寻仇,也没有人来道歉,事先说好,别当什么事情都没发生。"

阮秀想了想:"如果你们的老祖宗或是家族援手,真能打败我,那我也会把我爹搬出来,没办法,我就只有这么一个亲人了。"

阮秀突然莫名其妙开心起来,笑得需要抿起嘴,才能不让自己显得那么开心。如今她好像多出了一个朋友,就是这间铺子的主人。

那武人瞠目结舌地看着阮秀的"诡谲"笑意,可以确定她真是疯子。当务之急是尽可能留住自家公子的修为,所以他不敢过多逗留,背起自家公子,在骑龙巷飞奔而走。能够成为重要人物的贴身护卫,终究不是蠢人,他跑出一段距离后,立即对着某处大声吼道:"我家公子是丰城楚家的,是你们大骊贵客!我家老祖更是摇铃山副宗主!"但是并无任何反应。

这个武人瞬间透心凉,遍体生寒。那些潜伏暗处的大骊谍子,选择了见死不救!这绝对不合常理,不合规矩!武人如丧考妣,难道自家公子惹上了不能惹的硬钉子?可是老祖宗不是分明说过,除去先后两位圣人不提,世代盘踞小镇的那些地头蛇,并无太大成就吗?怎么小小一间铺子的少女,武力就如此惊人?

远处，一个年轻人悄然坐在视野遮蔽的墙头，单手托着腮帮，打了个哈欠后，冷笑道："真当我大骊怕你一个丰城楚家啊。"

最后他收回视线，望向那间铺子，已经看不到柜台后的少女身影，轻声笑道："不愧是传说中风雪庙第一好说话的姑娘。"

他很快收起笑意，继续监视四周动静，一有风吹草动，他有权力调动附近所有大骊死士，出手杀人，无论对方是谁，可以不计代价、不计后果。

但是同时他也猜得出来，这桩风波，不会到此为止，说不定还会牵扯到皇帝陛下，当然还有圣人阮邛。因为丰城楚家可以拿这件事上纲上线，大做文章，以形势舆论压迫大骊朝廷。大骊如今国势鼎盛，什么都不怕，唯独对于文人清议，一向极为重视，先帝与当今陛下皆是如此，十分厚待和容忍读书人。

铺子内的几个妇人少女，一个个吓得战战兢兢，大气不敢喘。哪里想得到平时那么好脾气的秀秀姑娘，有这么一面？一出手就把人打了个半死不活？

阮秀趴在柜台上，继续发呆。她突然想起什么，从柜台抽屉里拿出一颗小石头，放在桌面上，然后她换了一个姿势，脸颊贴在桌面上，伸出手指轻轻拨动那颗石头，看着它滚来滚去。

秀秀姑娘，秀色可餐。

龙泉县西南边境地带，落魄山山势独树一帜，格外令人瞩目。一行人按照规矩，临近龙泉地界后，便选择脚踏实地地行走至此，并未御风凌空或是御剑飞掠，之后他们就要入山，去勘探那座出产斩龙台的龙脊山，那将是东宝瓶洲最大的一块磨剑石，哪怕一分为三，单独拎出一块，亦是如此。

对于这四位出身一洲兵家祖庭的修士而言，徒步行走山岳湖泽，算不得什么苦事，毕竟风雪庙兵家修士一向看重淬炼体魄，这本身就是在砥砺修为，既是修力也是修心。

当四人看到远处阮邛的身影时，纷纷加快脚步，主动向这位宗门前辈抱拳行礼。阮邛在风雪庙辈分算不得太高，但是口碑极好，自开辟出那座蜚声南北的长距剑炉后，先后为同门铸剑十余把，结下了许多善缘和香火情。但真正让阮邛获得风雪庙六脉势力共同认可的，是一桩大风波。东宝瓶洲中部如日中天的水符王朝大墨山庄是首屈一指的仙家府邸，拥有一位天资卓绝的年轻老祖，刚刚破境升为陆地剑仙，缺少一把称手兵器，听闻阮邛铸剑之术登峰造极，便亲自到风雪庙绿水潭向阮邛求剑，并且许诺了一份天大的好处，可当时阮邛已经答应为一位文清峰晚辈铸剑，需要耗时数年。不管那名生性桀骜的剑仙如何劝说，阮邛只说自己铸剑只讲先来后到，他可以为大墨山庄免费打造一把剑，但只能是当下那把剑出炉之后。为此，年轻剑仙觉得阮邛是故意羞辱自己，一怒之下大打出手，阮邛当时只是九境修士，拼着重伤也不曾低头，从此一战成名。

　　大墨山庄为此付出了不可估量的巨大代价。那名陆地剑仙被拘押在风雪庙受罚五十年，短短六年之间，风雪庙六脉各有一人前去大墨山庄挑战，打得大墨山庄从水符王朝当之无愧的第一宗门，掉落到二流势力垫底，至今尚未缓过来。

　　阮邛笑着向四人抱拳还礼，风雪庙并无繁文缛节，便是晚辈面对那些修为通天的老祖，礼仪仍是如此简单。

　　阮邛与他们说了一些龙脊山事宜，以及大骊朝廷在龙泉县的大略部署，然后随口问道："神仙台魏晋，此次是不是与你们同行北上？"

　　一个白衣负剑老人笑道："宗门中途有传递过飞剑讯息，魏师伯这次确实北上了，只是没有与我们同行，好像听说贺仙子作为此次道家代言人，进入了这座骊珠洞天，师伯这才愿意赶来凑热闹。如果没有意外的话，应该已经见过了那位南归宗门的贺仙子。"

　　阮邛问道："你们有人见过魏晋吗？"

　　四人皆摇头："不曾见过真容。"

　　负剑老人问道："阮师有此问，可是有事发生？"

　　阮邛笑着摆手道："只是好奇而已，如果我没有记错，魏晋堪堪四十岁，就已经坐稳十境界，神仙台也确实需要有人站出来，挑起刘老祖一脉的大梁。"

　　五人一起行走在僻静山路上，负剑老人辈分和修为都最高，其余三人则该称呼魏晋为魏师伯祖，老人与阮邛并肩而行。风雪庙六脉，以神仙台香火最为单薄，几乎沦为俗世王朝数代单传的惨淡景象，恰恰又是神仙台在三百年中对风雪庙贡献最大，所以阮邛曾经所在的绿水潭，老剑修所在的大鲲沟，都对神仙台报以由衷的善意和期待。哪怕风雪庙内部六座山头各有争执，但是如果门风严谨、传承有序的神仙台彻底消逝，那么不管对风雪庙哪一脉，注定都不是好事。

　　老人闻言后抚须笑道："魏师伯天纵奇才，神龙见首不见尾，在江湖上也赢得了偌大名声，说不定下次见面，就是咱们东宝瓶洲最年轻的上五境大修士了。"

　　阮邛轻声道："树大招风，越是如此，越是要小心啊。"

　　老剑师转头看着神色凝重的阮邛，顿时了然，沉声道："等这次事了，返回风雪庙，我就会跟宗主建言，争取将魏师伯召回宗门，不管如何，魏师伯最好等到成功跻身上五境之后，再行走江湖。"

　　阮邛点头道："这是老成之见，理当如此。相信魏晋在江湖闯荡多年，也见识过人心险恶，能够理解宗门的苦心。"

　　老人欲言又止。

　　阮邛摇头道："最后魏晋愿不愿意回到风雪庙修行，那就是他自己的决定了。"

　　阮邛突然望向小镇那边，抱拳道："我家秀秀出了点事情，我得去看看，就不与诸位同行了。"

负剑老人一挑眉头，已是满身杀气："阮师，你若是不方便出手，打声招呼，交由我来。谁敢欺负咱们秀秀，活腻歪了不是?!"

阮邛会心一笑，道："小事而已。"

阮邛身形拔地而起，转瞬即逝。风雪庙其余三人有些诧异，不晓得老人何时如此喜爱宠溺阮秀了，要知道这十多年老人多仗剑远游，不曾待在山上，与那个小姑娘自然算不得如何熟悉，甚至远远不如他们三个。倒是大鲵沟秦老祖，确实很早就对小姑娘刮目相看。

老剑师脸色平静，缓缓前行，只是脑海中不断浮现出自己这一脉秦老祖的私下言语："风雪庙的庙太小，容不下阮秀的。"

草头铺子，阮邛走入铺子，犹豫了一下，没有直接用东宝瓶洲雅言与自己闺女说话，虽然那些小镇妇人少女为了店铺生意，暂时只学了一些与外乡人打交道的简单雅言，可保不齐会有意外。阮邛用手指轻轻敲打柜台，阮秀茫然抬头，疑惑道："爹，你怎么来了，今天不是不打铁吗?"

阮邛柔声道："出来说话。"

父女二人离开铺子，走在行人稀少的骑龙巷。

阮邛出现后，那拨大骊谍子死士就自行悄然撤退了。这是在对一位兵家圣人传达一种无声的敬意。

阮邛对此暗暗点头，见微知著，心想大骊能够有今日的强盛国力，不是没有理由的。

阮秀有些恼火，问道："是那个丰城楚家的跑去跟你告状了？事先说好，我出手之前，警告过那人很多次了。"

阮邛笑道："多借给丰城楚家几个胆子，也不敢拿这种破烂事去烦爹，说不定很快就会有人携重礼登门道歉。"

阮秀嘀咕道："那家伙看着就让人恶心，跟那个矮冬瓜一个德行，满身业障因果，只不过是厚薄之差而已。这种人跻身中五境后，不知道要祸害多少人。如果不是担心给爹惹麻烦，我当时就一掌打死他了，省得将来造孽。"

阮邛深吸一口气，额头沁出汗水，幸好自己方才驱使阴神出窍，用气息将整条骑龙巷笼罩住，已经无人可以探查此地动静，要不然阮秀这席话落入有心人耳朵里，就真是遗祸无穷了。世间练气士百家争鸣，诸子百家中又以阴阳家最擅长探查人之气运、业障，但那些本事能耐，几乎全是后天修行而成，所行神通，往往亦是顺势而为，如同抽丝剥茧，小心翼翼，佛家对此更是讳莫如深，只恨避之不及。唯有兵家，最是肆无忌惮，一副谁也敢杀、谁都可杀的架势，但这些都只是浮于表面的假象，可是自家这个闺女，不一样，很不一样。她自幼便能看穿人心，看到他们的七情六欲和因果报应，随着修为增加，她甚至能够直接斩断因果，一旦杀人，后果更是匪夷所思。这绝不是天生火神之体能够解释的。

阮邛只知道在女儿眼中，这个世界的色彩，与别人眼中的不一样。

阮邛为此翻遍风雪庙珍藏的典籍，只有一个失传已久的古老说法，勉强能够解释缘由。

天生神灵，应运而生。

所以阮邛之前才会主动要求被贬谪到骊珠洞天，试图在阮秀真正成长起来之前，为她赢取六十年遮蔽天机的时间。

铁符河水面上那些个已经化为人形、魂魄稳固的大妖，不知为何要仓皇撤退，朱河手中铜铃的铃声自然而然随之停歇，只是朱河担心那些光天化日之下就敢行走人间的大妖，使了什么障眼法，便让阿良前辈暂时不急于沿着河水南下。他高高提起那串篆文古朴的铜铃，在铁符河下游方向，不断反复跨越河面，大踏步四处游荡，以防妖魅隐匿在暗处伺机害人。

于是陈平安一行人就这么收拾好行礼后，全部待在原地，眼睁睁看着朱河无头苍蝇似的乱荡。李槐乐不可支，林守一满怀好奇心，而朱鹿则觉得丢人现眼，恨不得把爹拽回来，让他别再这么瞎折腾给人笑话了，但到底是脸皮子薄的少女，所以她什么也没做。

陈平安无意间发现阿良神色平静，丝毫没有像以往那般调侃打趣朱河。察觉到陈平安的视线，阿良摘下酒葫芦，笑问道："真不喝？"

陈平安摇摇头，阿良便转头问林守一："小子，遇见了不常见的妖怪唉，而且还不是一两个，很难得的，要不要喝口酒压压惊？"

林守一不知为何，估计是生平第一次遇到传说中的妖物，大开眼界，心中有些意动，破天荒点头道："喝一口试试看。"

阿良斜瞥一眼陈平安，总算恢复玩世不恭的常态："看看人家，有口福了，你小子就没躺着享福的命。"

林守一接过银白色小葫芦，仰头轻轻抿了一口，瞬间满脸通红，养尊处优的少年本就皮肤白皙，现在越发红光满面，他赶紧用手心捂住嘴巴，免得一口喷出来，喉咙滚烫，入肚后，五脏六腑都像是在燃烧，整个人都在打战。第一次喝酒就来了个下马威，林守一狼狈不堪，眼见着李槐捧腹大笑，自尊心极强的林守一一咬牙，就要再喝一口，不承想阿良已经伸手拿回小葫芦，一手轻轻按住林守一肩膀，笑眯眯道："喝酒不贪杯才有乐趣，以后每天给你喝一口，保证这世上从此多出一个逍遥忘忧人。"

李槐人小鬼精，笑着拆穿阿良："不舍得给林守一多喝就直说。"

阿良从林守一肩膀上缩回手，叹了口气："能不心疼嘛，我这酒来历极大，价格极贵，关键是有价无市。林守一是撞了大运。"

李槐试探性问道："给我喝一口？"

阿良赶紧在腰间别好酒葫芦："你年纪太小，气府尚未成形，不宜喝烈酒，否则会坏了你的根骨。"

李槐愣了愣，随即跳脚破口大骂："阿良！干你娘！我前年吃年夜饭时，就能用筷子偷偷蘸酒喝了，那可是咱们小镇最厉害的烧酒，连我爹都说我酒量随他，谁不知道我爹是小镇喝酒最凶的汉子。再说了，从去年春天开始，我每个月都要被我爹丢在药酒桶里泡着，低头就能喝到酒，你现在跟我说这个？"

阿良哎哟一声，随即瞥了眼气势汹汹的小屁孩，心想难怪小小年纪就能够跟上大部队的脚步，脚底板连个水疱也没长过，身体明显比林守一还要强上不少，应该就是药酒打熬体魄的缘故。

阿良头一回饶有兴致地仔细打量起李槐，不看不知道，一看吓一跳，竟然是被人以相当不俗的武学神通，故意遮掩了体内气象。如今阿良想要看，自然便没了那些迷障，于是在阿良的视野中，便呈现出一幅玄妙另类的山川形势图，去其皮肉，只看全身窍穴景象和气血游走，隐约有淡紫气升腾，山脉雄健且牢固，水势汹涌且平稳，最终在一座窍穴内百川汇流，气蒸大泽，不容小觑。

阿良啧啧称奇道："真没想到我路边随便认的老丈人，还挺不一般啊。李槐，你爹姓甚名谁，说不定我这边的朋友认得。"

李槐突然沉默下来，蔫头搭脑独自走远，不愿意搭理阿良。

林守一低声解释道："李槐他爹名叫李二，是小镇出了名的酒鬼混子，一年到头不务正业。以前在学塾，李槐没少因为他爹被人嘲笑。一开始李槐也跟人吵架，好像还打过几次，后来估摸着觉得他爹是真没出息，久而久之，也就无所谓了。"

阿良忍俊不禁道："小崽子身在福中不知福啊。"

言者无意，听者有心，林守一默默记下。

约莫半个时辰后，朱河终于返回，笑道："方圆十里之内，铜铃没有异样，咱们可以动身了。"

李宝瓶递过去一只水壶，笑道："朱叔叔辛苦了。"

朱河接过水壶，大大咧咧回复一句："小姐，这本就是分内事。"

朱鹿看在眼中，眼神晦暗，转过头，望向铁符河的瀑布大水，她咬着嘴唇，默不作声。少女心思情怀，如山风如水雾，不可捉摸。

陈平安目不转睛地看着朱河手中那只震妖铃。

除了宁姑娘那把能够自己飞来飞去的剑，朱河手中的铜铃，是陈平安近距离亲眼见到的第二样法宝,所以看得格外专注。

朱河不是小气之人,大大方方就将那只铜铃交给陈平安,解释道:"是出门前老祖宗赏赐下来的宝贝。老祖宗说此物在仙家法宝当中,品秩算不得高,只是每有幻化成人形的妖魅精怪靠近,铃铛便会无风自响,震荡出阵阵清音,使人不受魅惑,也有警诫提醒的功效。老祖宗还笑称那阵阵铃声,有凝神清心之效,如果胆子大一点的修行之人,大可以与妖物相邻而居,借此铃声修养心性。当然,前提是做邻居的妖物无伤人之心,同时还要能够承受铃声的不断袭扰,如此修为高、脾气好的妖物不好找,故而老祖宗也权当是笑谈而已。"

陈平安小心翼翼地抓住铜铃把手,朱河牵马与之并肩而行:"大者为钟,小者为铃,如果是仙家器物,大多有辟邪护宅的作用。寻常百姓家宅喜欢在檐下悬挂风铃,自然更多是装饰,如果专程从寺庙道观请来,经由高功大德之士的经文护持,确实可以阻挡煞气,蓄留福荫。"

朱河看到陈平安轻轻摇晃铜铃,哈哈大笑道:"若无妖物靠近,里边两个铃铛不易撼动,所以就不会有铃声传出了,要不然白白让主人整天疑神疑鬼,岂不是遭了大罪?"

陈平安也想通了其中关节,正要把珍贵异常的震妖铃交还给朱河,发现袖子被人一扯,低头一看,李宝瓶满脸期待神色,看到朱河笑着点头后,就交给了李宝瓶。李宝瓶双手抓住铜铃,翻来倒去,仔细研究起来,时不时伸手使劲扯动里头的铃铛,看得陈平安一阵心慌,不断提醒她小心些,别扯坏了。

陈平安一边盯着李宝瓶,一边好奇问道:"朱叔叔,河上那些妖精不会害人吗?我们大骊有很多这样的奇怪存在吗?"

朱河不是信口开河之辈,只拣选自己从老祖宗那边亲口听来的话说:"咱们东宝瓶洲幅员辽阔,仅是人口超过一千万户的庞大王朝,就多达十数个,名山大川更是不计其数,种种妙不可言的因缘际会之下,那些个山鬼精魅妖怪,侥幸化形,踏足修行之路,不常见,却也算不得如何罕见。

"咱们老祖宗便说过,跟我们小镇不一样,外边天地,只要不是太过偏远闭塞的东宝瓶洲人氏,对此多有所耳闻。虽然未必人人亲眼目睹,但是往往听多了稗官野史、神仙志怪,以至于很多市井百姓坚信,在那些人迹罕至的深山古寺里,往往住着妖艳动人的小狐娘子,等着进京赶考的穷书生。又或是哪里有妖精作祟害人,只需书信一封给龙虎山,必有天师府的真人腾云驾鹤而至,为当地百姓斩妖除魔。以至于有井水处必有稚童口口相诵:有妖魔鬼怪作祟处,必有天师府真人。

"总之,我们这一路行去,不要大惊小怪就是。当然,更要小心。老祖宗说妖物一旦化作人形,而不是用一些障眼法迷惑人眼的话,那么便等同于半个修行之人了。大骊朝廷对此乐见其成,非但不会打压排挤,反而破例准许他们在版图上开山立派,只需要在礼部挂案即可。不过碍于某些约定俗成的规矩,大骊朝堂尚未吸纳妖魅精怪跻身其中,倒是边境沙场,传言多有妖修为大骊建功立业,平时日常起居,风俗人情,看上去跟人已无差异。"

朱河这番话说得通俗易懂,趣味十足。陈平安听得津津有味,李槐、林守一更是竖起耳朵,一个字也不肯错过。唯有走在最前头的阿良,戴着斗笠牵着毛驴,手心轻轻拍打刀柄,轻轻哼着走调的异乡小曲儿。走在队伍最后的少女朱鹿,则是心不在焉,好似离乡越远,思乡越重。

这支南下队伍走出一个时辰后,在龙须溪和铁符河交界处的那条瀑布处,一个中年妇人模样的女子出现在石崖上。她坐在边缘,一头鸦青色青丝竟然长达五六丈,从头到脚,再延伸到溪水当中。妇人低头死死盯着铁符河瀑布下的汹涌河水,眼神炙热,充满垂涎。妇人面貌模糊,变幻不定,似乎尚未真正定型,在等待某种契机的出现。

河婆,河神,一字之差,无论是地位还是修为,皆是云泥之别。

她最多便只能游弋至此,再往下就是过界了,就像人间郡县官员不可擅离职守,为王朝镇守一地风水的山水正神,更是如此,否则就会引发洪水泛滥等种种灾祸异象。如今成神在即,她当然不会在这个紧要关头自找麻烦。她曾偷偷沿着溪水往上游深山潜伏而去,结果只是被大骊朝廷一位临水观瀑的青乌先生随意瞧了一眼,就觉得头皮炸裂,在那之后,她再也不敢小觑小镇之外的高人异士了。

这一路她尾随至此,可不是包藏什么祸心,只是听命于圣人阮邛,小心盯着那个不知深浅的斗笠汉子,以防纰漏。她这些日夜的观察做得兢兢业业,不敢有丝毫懈怠,委实是被那个手镯可化为火龙的小姑娘吓得不轻,尤其是让自己窃据河婆之位的那位大仙杨老头,泄露天机后,她更怕自己有朝一日沦为小姑娘的证道契机,简直是怕到了骨子里。

成为河婆之后,体会到了种种妙不可言的神通,比如每天都在返老还颜,比如在水中游弋就会通体舒泰,又比如每逢大雨天气,她就能够通过地下水或是天井雨幕,查看小镇风景。更比如这些天的不断辛苦收集,在河底很是搜罗到了几件好东西,全部被她收入囊中。其中一枚碧玉戒指,就被她戴在手上,一有空就拿出来欣赏,如那市井妇人佩戴黄金饰物,沾沾自喜。

越是如此高于俗人一头,她骨子深处,越是惧怕杨老头和姓阮的小姑娘,因为这两人,仿佛随手就能毁掉她现在所拥有的一切。

她收敛杂乱思绪,环顾四周,如今骊珠洞天与大骊疆土接壤混淆,灵气充沛,成为七十二福地一般的修行好地方,使得外边许多飞禽走兽开始向这里流窜,尤其是那些灵智开窍的山野精怪,更是凭借本能,希冀着捷足先登,早早占据一方风水宝地。看护着一地风水,本就是山神河神的职责所在,她如今便已经在龙须溪当中收了几条长出龙须的锦鲤做喽啰,平时出行,众多水族灵物,充当扈从跟随护驾,让她很是满足。

她虽然暂时无法游入铁符河,但是必须守住瀑布这道关隘,争取多收取一些天经地义的过路钱。关于这件事,杨老头是点头认可的,于是她就格外有底气,名正言顺地在此耀武扬威。只不过内心深处,生性谨小慎微的她依然有些惴惴不安,生怕外边的过江龙打个喷嚏,就能淹死她这龙须溪小小河婆。

总算来了。再也不是毙命之时老妪模样的马兰花,眯起眼,望向铁符河对岸做贼似的五人。

之前她躲在瀑布顶部溪水当中,举目远眺,那五人来势汹汹,架子摆得很足,一个比一个像神仙中人,差点就要让她生出退避三舍的怯懦念头。只是后来那五个妖气轻重不一的家伙,不知为何吓得屁滚尿流撒腿就跑,如此一来,不管那五人为何而退,总之她再无惧意,心中反而只剩下讥讽和扬扬得意。自己如今不但正儿八经为圣人阮师做事,为他的铸剑用水加重阴寒之气,还是曾被秀秀姑娘那条火龙踩在脚底下还能劫后余生的角色!这难道还不值得骄傲?

一想到这些,她便心稳许多,竭力让自己面容平淡,装模作样坐在大石崖畔,冷冷望着溪水对岸的五个妖物:白发苍苍的老人身披蓑衣,如人间喜好游山玩水的年迈儒士;衣裳艳丽惹眼的丰满女子,有一双勾人心魄的桃花眼眸;稚童小儿手持紫竹手杖,眉眼深沉;一双妖气最重的年轻少年少女,眼神怯生生,躲在蓑衣老人身后,不敢正眼看人。

妖精鬼怪,遇人避让,遇神跪拜。相传这曾是上古时代流传下来的不成文规矩。只是如今神仙神仙,神祇除了那些被供奉起来的金身泥塑,一尊尊死气沉沉,早已难见真身,倒是市井巷弄的黄口小儿,也晓得山上住着许多仙人。不过朝廷以玉书金字敕封的山水正神,哪怕不是高高在上的五岳正神,只是小河河婆、小山土地,在种类驳杂的山鬼精魅眼中,除非修为境界高出对方太多,否则依旧是高不可攀、不容得罪的"官家贵人"。

"小的们本是大骊边境的山林野修,路过宝地,拜见河神大人。"蓑衣老人毕恭毕敬作揖而拜,起身后脸色庄重,"自古名山待圣人,我们来历不正,当然不敢以圣人自居,只有由衷的仰慕之心。如今洞天大开,咱们只是想着能够在圣人脚下,老老实实修行,日后大道有成,必然反哺此方天地,还希望河神大人今日能够借道一行。"

山林野修,算是这些妖物的常见自称,一般都是遇上了修行高的人后的自谦之语。

河婆马兰花直截了当道:"一人一样见面礼,交出来后,如果我觉得不错,便亲自带你们去小镇西边的大山。"

蓑衣老人愣了愣,似乎没想到这个河神如此爽快坦诚。

那持杖稚童愤懑出声道:"她如今神位不过是最低贱的河婆而已,咱们客气尊称一声河神,已是给她天大颜面,竟然还敢当面索贿,就不怕事后大骊朝廷一纸令下,就将她打回原形,孤魂野鬼也做不得吗?!"

马兰花可是小镇杏花巷的骂街高手,加上大仙杨老头给她透过一些底,哪里会怕这些恐吓,反而清晰看出了那帮人的色厉内荏,便底气更足,抬手一挥,冷笑道:"那就速速滚远,胆敢靠近龙须溪百丈之内,就算你们忤逆大骊川流正统,到时候看谁吃不了兜着走!"

稚童勃然大怒,正要出言反驳,慈眉善目的蓑衣老人猛然转头,一个凶狠噬人的眼神狠狠瞪向他,稚童模样的山精顿时噤若寒蝉。

一炷香过后,五个山林野修沿着溪水向龙泉县行去。

半身露出龙须溪水的马兰花,身上则多出了五件东西,其中就有那根之前稚童手持的紫竹小杖,晶莹剔透,灵气充沛。

在溪水中游弋的马兰花暗自窃喜之余,突然有些莫名伤感。如果自己孙子马苦玄还在杏花巷住着就好了,这些好东西都能一股脑送给他。只是不知猴年马月才能见着孙子了,而且听说修行路上,一不留神就会误入歧路,身死道消,真正成长起来的幸运儿,更是凤毛麟角。一想到这个,马兰花便有些兴致不高,身形一闪而逝,潜入河底,在水中悄然呜咽起来。

第十一章
拜 山 头

　　一行人沿着龙须溪和铁符河缓缓南下，可日行六十余里。李宝瓶和李槐都是脚力异于常人的孩子，林守一虽然是富家子弟，草鞋都磨破了两双，可不愿在两个李姓孩子面前叫苦认输，硬是熬着，加上陈平安教了他用草药敷脚的土法子，终究是咬牙熬过来了，队伍里有白驴和骡子帮着驮物，所以走得并不算太艰难。

　　陈平安心底里很佩服李宝瓶这三个孩子，于是"游学"两个字，以及"读书人"这个称呼，在陈平安心目中，分量越发加重。

　　龙泉县隶属大骊永嘉郡，很久之前，东宝瓶洲所有王朝一起下诏，天下州郡县如果带龙字，皆需要避讳修改，换上其他字顶替，如今龙泉县估计是沾了骊珠洞天的光，才得以破例。

　　破碎洞天落地生根之处，比起早先悬空位置，已经往南偏移了很多，距离大骊南部边境的野夫关，若是车马走官道驿路，其实不过月余时间。

　　朱河在福禄街李家，应该翻阅过许多私家藏书，知晓许多门外事，陈平安有事没事就跟朱河讨教，反之朱河也乐意跟陈平安请教一些入山下水的规矩门道。阿良不知为何，喝酒的次数多了，说话的时候少了。林守一自从喝过银白色葫芦里的烈酒后，跟阿良走得很近，经常跟他问东问西，同时有成为小酒鬼的趋势。

　　李宝瓶小书箱里，摆着一部大骊朝廷颁布的彩绘版郡县堪舆图册，照理只有一州刺史衙署才有资格存档秘藏。按照图册显示，他们很快就要攀爬一条名为棋墩山的山脉，山路长达三百余里，途径永嘉、白云在内四郡。

一行人在山脚稍作休息，李槐看着宽不过骑龙巷的小路，呆若木鸡，震惊之后转头怒骂道："阿良！这就是你说的驿路，大骊朝廷特建的官马大道?! 鸡肠子一样细的破路，也算官道?"

驿路，俗称官马大道，将一个王朝疆土的全部郡县相互衔接，驿路就像是人体经脉，一旦阻塞，就会气血不通，放在国家身上，就是政令不行。

阿良坐在路旁一块朽木墩子上，仰头喝过酒后，笑哈哈道："驿路也分等级，大骊南部边境的野夫关，有三条驿路通往北方，棋墩山驿路属于最小的一条，多用来运送瓷器、茶叶和精盐。以前人来人往很热闹，如今一座骊珠洞天这么往地上一摔，阻断了原本的南北通道，这条驿路就暂时弃而不用了，断了好些人的财路，许多货物都停滞在棋墩山山脉南麓的一座水运码头那边，那里叫红烛镇。嗯，那里的花船，大多是两三人的小船，一到晚上，灯火通明，船上的姐儿俏得很，坐在船头或是船尾，一条条白花花大腿，就那么故意露给你看，在两岸酒铺子点一壶酒一碟花生米，不花钱就能白看一宿。"

婢女朱鹿赶紧弯腰捂住自家小姐的耳朵，以免被这个登徒子的浪荡言语污了耳朵，她怒道："我们不在那红烛镇过夜！"

阿良用酒葫芦指了指一旁的陈平安，笑嘻嘻道："过不过夜，得问他，他才是管咱们钱袋子的财神爷。"

朱鹿眼神凌厉，杀机重重，像是陈平安敢点头她就敢杀人。

陈平安想了想，脸色认真道："肯定要在小镇停留，添置补充一些必需物品。至于要不要在那边过夜，得看那边客栈旅舍收钱贵不贵。我们人多，如果价格不公道，就只能算了。"

朱鹿脸色阴沉，咄咄逼人："如果便宜，咱们就要住在那种烟花脂粉的肮脏地方？陈平安！你有没有想过，我家小姐和林守一都算是半个儒家子弟，还是山崖书院的学子，怎么可以与那些伤风败俗的女人毗邻而居，哪怕看不到那些作呕画面，总会听到一些不堪入耳的靡靡之音！"

陈平安硬着头皮答道："到了小镇再说。"

朱鹿火冒三丈，朱河拦住女儿："就按照平安说的，不要妄下定论，到了那边再看，我们又不是一定要在红烛镇过夜。"

朱鹿伸手指着陈平安，犹然气咻咻道："幸好你不是读书人，要不然那些圣贤书真是因你蒙羞！"

陈平安虽说这一路上跟李宝瓶和朱河识字认字，但看着大义凛然的朱鹿，他顿时有些败下阵来。

罪魁祸首阿良在一旁幸灾乐祸。

朱鹿最后斜瞥一眼陈平安头上的碧玉簪子，觉得真是碍眼，讥笑道："沐猴而冠！"

朱河轻喝道:"朱鹿!"

李宝瓶和林守一同时皱了皱眉头。

阿良懒洋洋喝了口酒,再好的酒,一直喝下去也没什么滋味,转念想到红烛镇的新酿杏花春,就有些期待,想着怎么从陈平安那边骗点银子来过过嘴瘾。

陈平安欲言又止,默默带着他们登山。

只是入山之前,陈平安依旧像以往那般,拜了三拜。

这是姚老头传下来的老规矩,但是从不跟陈平安解释缘由,陈平安这些年始终照做不误。

阿良对此嗤之以鼻,就连陈平安不要他随便坐树墩子,也从不理会,累了就一屁股坐下,就像现在这样大大咧咧。

陈平安不是那种喜欢把自己的喜好强加于人的人,劝过两次后,看阿良一直我行我素,也就不再劝阻,而且一路行来也无不妥,陈平安就更不会多嘴。

接下来这一段漫长山路,虽是青石铺就的驿路,却颇为难行。

暮春时节,山野草木却毫无迟暮之气,草木深深,花树怒放,生机勃勃,好像今年的春天尤为漫长,迟迟不愿散场。

山路弯曲,盘旋而上,一行人不管大小,腿上都裹了棉布行缠,用以增长脚力,人手持有一根木杖,当然还穿着陈平安亲手编织的草鞋,就连行囊备有好几双结实靴子的朱河、朱鹿父女,也不例外。

朱鹿一开始死活不肯,嫌弃草鞋太过丑陋寒酸,后来入山遇上雨天,山路泥泞不堪,经常脚底打滑,朱鹿是登堂入室的武人,虽然不至于险象环生,却也踉跄难堪,最后不得不从她爹手中拿过草鞋,默默换上。李槐偷着乐呵,被恼羞成怒的朱鹿一脚使劲踩在烂泥里,二境巅峰的武人,有意为之的一脚踩踏,自然势大力沉,当场溅得李槐半身泥浆。

李槐家境贫寒,本就没带几身换洗衣物,立即戳中了伤心处,哭得稀里哗啦。气喘吁吁的林守一不愿掺和这摊子烂事,只是停步在旁翻白眼。朱河是性子纯朴的人,哪怕已是五境武人,依然耐着性子跟李槐赔礼道歉,答应出了山进了市镇,一定给他买一整套崭新衣物。可李槐在意之事,本就是自家穷苦自己可怜,一看到那婢女朱鹿脾气这么坏,偏偏身边还跟着一个有钱的爹,他只觉得自己被伤口撒盐,哭得更加撕心裂肺,双脚使劲踩着泥泞地面,很快就跟一只小泥猴似的。陈平安上去劝说,李槐不愿听,陈平安很快就被连累得一身黄泥,所幸陈平安受过的苦头灾殃够多,倒是没急眼,只是有点无奈。

朱鹿趁机煽风点火:"看吧,好心没好报,陈平安,你赶紧把这种没心没肺的东西丢下得了。"

李槐哭得更加厉害。李宝瓶大声呵斥也不管用。

陈平安思来想去，最后只得试探性问道："李槐，我回头帮你做一只小竹箱，咋样？"

李槐立马止住哭声，胡乱抹去眼泪鼻涕，认真问道："多大的？"

陈平安回答道："不能太大，你个子小，背起来不能觉着重才行。要是不答应，就当我没说，你继续哭，然后我们继续赶路，跟不跟上随你。"

李槐咧嘴笑道："小没事，但一定要做得漂亮点！至少也要跟李宝瓶那只书箱一样好看！"

朱鹿啧啧道："上梁不正下梁歪，小小年纪，就学会坑蒙拐骗了，爹娘品行如何，不看便知。真是好正的家风！"

竹箱即将到手的李槐挤眉弄眼，差点把朱鹿气得七窍生烟。

陈平安转头对林守一说道："给你也做一只书箱？"

陈平安笑了笑："反正也是随手顺便的事。"

林守一刚要摇头拒绝，听到后边那句话后，犹豫了一下，点点头。

棋墩山的山巅景象极其奇异，像是一个小镇常见的巨大晒谷场，地面平整，如仙人以刀剑削去高耸山头一般。

孩子们雀跃不已，就连朱河放眼远眺北方，也感觉颇为心旷神怡，恨不得长啸几声。

陈平安是见惯山头的人，尤其是最后那趟进山，一座座山头一步步走过，此刻反而显得神色从容。

今夜要在山顶过夜，朱河和朱鹿开始搭帐篷，李槐和林守一跑去拾取易燃的柴火，陈平安和李宝瓶则用石子搭灶煮饭。如今几个行囊里的米粮和干菜都已吃得差不多，确实是要寻一处闹市补给，为此陈平安一路上见到药材，就摘下放入背篓，如今已经攒下小半背篓晒干的珍稀草药，争取能够少花一点多积蓄一点。

就着几碟子腌渍咸菜吃完米饭，阿良起头造反，带着李槐一起用筷子敲着空碗，嚷着要吃肉要吃肉。

陈平安点点头，说今夜去做几个陷阱套子，看明早能不能逮几只山跳野鸡来开开荤。

蛇有蛇道鼠有鼠路，山上走兽皆是如此，陈平安对此并不陌生，只要仔细观察，很容易就能发现一些山林野兽觅食喝水的线路，而且以树木石块做成的小巧陷阱，并不复杂。黄昏时，彩霞满天，陈平安独自离开山顶大坪去碰运气后没多久，只见山巅四周彩云聚散不定，速度极快，如顽劣孩童的变脸，与此同时，原本堂堂正正清清爽爽的山河景象，给有心人带来一种蒙上雾霾的阴森感觉。

朱河看见此景心情沉重起来，他尽量不惊扰三个聚头背诵书籍的求学蒙童，也不去跟独自坐在崖畔发呆的女儿打招呼，想了想，来到无人处，从怀中掏出一本泛黄古籍，翻到中间"开山"一页，手指停在"撮壤诀"附近，仔细浏览那些细微如蝇头的鲜红文字，翻过一页,则是两幅图案,一幅绘有小山模样,只是底部山根如竹笋盘结,旁边空白处注解为"太山符",一幅为双手结印之玄奇手势。

朱河神情凝重,断断续续默念,不断加深印象:"取山之东、南之土各一抔,捻岳字最佳,捻山字亦可","焚礼敬山神符一张,脚踏魁罡二字,呵气一口,可向山神、土地借取一山,气与地连……"

合上古籍,小心翼翼放回怀中,朱河又从袖中一摞黄色符箓当中,抽出一张黄纸,开始依循书上记载去石坪东方和南方各抓取一把土壤,捻出一个古"嶽"字,上"山"下"獄"。朱河正要搓燃手中那张李氏老祖赠送的黄符,突然吓了一大跳,原来阿良不知何时蹲在了他旁边,后者提着酒葫芦,笑呵呵道:"你手上那张寻常材质的入山箓,下笔之人的画符手法,还是不错的,但是符箓一道,一步差不得,纸张材质如人之根骨一般重要,所以它可承受不起古'嶽'字的重量,所以我劝你写个'岳'字就可以了,省得请神没成,还惹恼了山神。"

朱河毕竟是第一次接触到传说中的山精神怪,有些紧张,轻声道:"阿良前辈,这棋墩山真有那土地或是山神盘踞? 那为何还有这么重的阴煞气息?"

阿良悠悠然喝了口酒,嗤笑道:"谁跟你说山神土地,一定是性情良善之辈?"

朱河满脸错愕:"不然?"

阿良嘿嘿道:"我就是随口一说,天晓得这里的主人家,待客的脾气是好是坏。"

朱河猛然惊醒道:"不好,陈平安一个人不在山顶!"

阿良点了点头。

朱河火急火燎道:"阿良前辈,你去找陈平安,我继续完成这道撮壤成山诀,如何? 我朱河只是五境武人,自信对付世俗高手还有一搏之力,可是对付那些古怪东西,真是心里没底啊。"

阿良笑着起身,大摇大摆离去,轻飘飘撂下一句话:"那你自己小心啊。"

朱河按部就班完成那道撮壤成山诀,捻出岳字,烧掉黄符,踏魁罡二字呵气,最后双指并拢,对着地面上的土符轻声念道:"奉三山九侯先生律令,敕!"

朱河始终保持这个手指朝地的姿势,神色越来越尴尬,因为地面上的那个岳字纹丝不动,朱河额头沁出汗水。几个保证符箓灵验的紧要处,例如烧符之时,从自身何处气府注入黄符多少真气,等等,朱河自问都没有纰漏,照理来说应该大功告成才对。

按照泛黄古籍所记载的解释,《开山篇》中所谓的捻土造山,并非实实在在出现一座山峰,这与《走水篇》中名副其实的吐唾横江符,大不相同。撮壤之后,这个岳字将会成为一地山神、土地走出栖息洞府的桥梁,只要不是太蛮横的非分之想,那么被邀请出山的神祇,多半会答应烧符之人的要求,因为那张黄纸符箓本身,就类似一份登门礼,坐镇一方山水的神灵只要出现,就意味着他们愿意开门迎客。

可是朱河觉得自己这次临时抱佛脚的请神仪式,多半是黄了。

这时,一阵巨大的声响从山脊传来,树木依次轰然倒塌,明显是有庞然大物在飞快登山,以排山倒海之势迅猛向上,矛头直指山顶石坪众人。

响彻山脉的惊人动静,使得朱鹿和李宝瓶他们迅速向朱河靠拢。朱河转头沉声道:"退回去! 你们站在石坪中间,不要轻举妄动,接下来不管发生什么,都不要随意靠近我这边。"

年纪最小的李槐脸色苍白,扯了扯身旁李宝瓶的袖子:"不会是吃人的妖怪吧? 要不然就是山神作祟? 之前陈平安告诉阿良别随便乱坐树墩子,说那是山神老爷的交椅,坐不得……"

李宝瓶双臂环胸,胸有成竹道:"我们不要自乱阵脚,就算朱叔叔挡不住那东西,小师叔和阿良很快就会赶来帮忙。"

只是李宝瓶的白皙双手,手背青筋绽起,显然她并没有表面那么镇定自若。

林守一反而是最镇静的一个,眼神中隐藏着期待。

朱鹿望向父亲的背影,她其实比李槐更加担心。

朱河突然低下头,看到一个身高不及自己腰部的矮小老头,邋里邋遢,白发白须,手持一根幽绿竹鞭拐杖,正在狠狠打着他的小腿,像是撒泼泄愤的无赖。等到朱河低头后,老翁与他对视片刻,悻悻然收回手,退后数步,沙哑开口:"晓不晓得东宝瓶洲大雅言?"

朱河怔怔点头。

老翁又问:"那么大骊官话呢?"

朱河再次点头,尚未从震惊之中回过神来。

老翁手持绿竹杖跳起身就给了朱河肩头一拐杖,老翁落地后,朱河没什么感觉,老翁自己一个踉跄,差点摔倒,赶紧一手扶住老腰,气急败坏地用大骊官话痛骂道:"屁大本事没有,害人的能耐算你最厉害。老子像缩头老鼠一样,可怜兮兮躲了这些畜生几百年,本以为好不容易等到这一次千载难逢的翻身机会,大骊朝廷大肆敕封山水正神,老子就能媳妇熬成婆,总算可以从土地升为山神,以后再也不用受这些畜生的窝囊气,哪怕依然斗不过它们,好歹能勉强果腹不是……"

老翁一边骂骂咧咧,一边抬臂擦拭眼泪,悲愤欲绝,最后用竹杖使劲敲打地面:"有本事自己去跟那些畜生厮杀啊! 用一张破符,非要把老子揪出来,老子想躲都没法躲,结果要跟你们这帮挨千刀的家伙一起葬身蛇腹,殉情啊? 老子是二八娇娘,还是徐娘半老咋的,你难道就好我这一口啊? 啊? 大声告诉我! ……"

突然,绿竹老翁像是被人掐住了脖子,一个字都说不出口。

朱河转头望去,毛骨悚然。

一颗硕大如水缸的漆黑头颅，从山脊那边缓缓抬起，最后完整出现在山巅石坪众人视野当中。

一双银色眼眸，一条猩红舌头长如大木，飞快摇动，滋滋作响。

这条大到惊世骇俗的黑蛇，半截身躯缓缓挪到石坪上，其头背皆有对称大鳞，通体漆黑如墨，在夕阳映照下熠熠生辉。

虽是畜生，它的眼神却极其似人，促狭玩味地望着须发打结乱如麻的老翁，好像在说猫抓耗子这么多年，总算逮着你了。

老翁仿佛认命了，一屁股坐在地上，丢了那根相依为命的竹杖，捶胸蹬腿，号啕大哭："造孽啊，堂堂一山土地老爷，到头来被畜生欺负到这般田地，这日子没法子过了啊……"

黑蛇缓缓直起腰身抬升头颅，腹部露出一双小爪，如世俗王朝藩王蟒服上所绣图案的四趾，而非帝王龙袍上的那种五趾。可这一趾之差，对山巅众人和自称土地的矮小老翁而言，实在可以忽略不计。

土地眼珠子突然滴溜溜乱转，猛然站起身，扬起脑袋望向那条黑蛇，惊喜道："这武人莽夫的皮肉肯定糙得很，你是为了身后那些皮滑肉嫩的小娃娃们来的，因为他们一个比一个灵气足，对不对？"

土地越说越兴奋，唾沫四溅，大笑道："吃吃吃，尽管吃，吃饱了，你就终于能够成就墨蛟真身，再也不用惦记我这点臭皮囊。到时候小老儿我当我的大骊棋墩山山神，你争取做你的走江龙。在走江之前，这儿你依旧是山大王，一样能够在小老儿头顶上拉屎撒尿，所以你现在吃我没意义嘛，吃了虽然是能增长丁点儿修为，可小老儿我毕竟是土地神祇之一，对你将来走江入海为龙，也是一个大坎，因为那些江河湖水的正神们，一定会同仇敌忾，一路上不断给你下绊子的……"

黑蛇那张大嘴轻轻裂出一条缝隙，如人讥讽而笑，它的头颅往土地身后点了点。

土地再次呆若木鸡，一屁股颓然坐地，这次没有老泪纵横，只是干号道："一公一母，皆要证道，你吃了那帮灵丹妙药似的儒家小娃儿，为走江化龙奠定基础，你那婆娘吃了我，以便顺利篡位成为下任山神，好算计好算计，我认栽，小老儿认栽了……"

衣衫褴褛的白发土地眼神痴呆，呢喃道："大道难料，不过如此。"

极其久远的岁月里，曾有两位得道仙人联袂腾云驾雾，兴致偶起，降落此山，弈棋于山巅，一人拂袖即削去山头，手指作剑，划出纵横十九道，一人捏土灵为黑棋，抓云根为白棋。双方手谈月余，每落一子，棋子即生根化为天地生灵，黑棋为黑蛇，白棋为白蟒，盘踞于山巅棋盘之上纹丝不动，白子被吃，便被附近黑蛇吞食入腹，反之亦然。

那盘棋局势均力敌，两位术法通天的仙人，不等胜负水落石出，便尽兴离去，离山之时，山顶还剩下一百多条黑白蛇蟒，在之后漫长的岁月里，黑蛇白蟒相互厮杀，疯狂吞噬对方，最终只存活下来一条有望蜕皮为墨蛟的黑蛇，和一条腰间生出飞翅的灵性白蟒,不知为何,这双黑白蛇蟒,竟然不再捉对厮杀,而是成了一双伴侣。

它们极其狡猾奸诈,一开始对于能够造成威胁的修士,轻易不去招惹,只拣选那些落单的旅人商贾下手,而且次数绝不频繁,多在暴雨大雪天气里出洞杀人。数百年来,凭借着自身天生长寿,一点点积攒肉身实力,耐心等待证道机缘的到来。一次次精准捕杀目标后,它们开始有意挑选那些入流的武人和练气士下嘴,这使得它们的实力攀升,越来越快,以至于连一山土地都成了它们梦寐以求的盘中餐。早期双方其实相安无事,土地奈何不得蛇蟒为祸一方,蛇蟒也抓不住泥鳅一般滑溜的土地。

李槐实在忍不住了,大骂道:"就你这种货色,也配做土地山神?老天爷又没瞎眼!"

土地背对着那拨孩子,用竹杖使劲砸了一下石坪,懒得跟他们一般见识,只是没好气地小声嘀咕道:"大概是真瞎了。"

朱鹿其实是最气恼愤怒的人,可当她看到那条黑蛇后,她浑身不由自主地颤抖起来,二境巅峰的她,发现自己根本就没有与那种怪物对峙的勇气,哪怕一步,只是一步,她也没有胆量踏出去。

朱河到底是五境武人,胆气十足,再者身后就是自家小姐,更有自己女儿,也容不得他退缩半步。朱河不敢擅自转身,竭力怒吼提醒道:"朱鹿!小心身后崖畔,还有一条畜生躲在暗处!"

朱鹿只能嘴唇微动,似乎是想告诉她爹不用担心,可嗓音之小细弱蚊蝇。

石崖峭壁外的空中,一阵嗡嗡声响刺耳响起。

朱鹿和李槐他们骇然转头。

一条身躯略显纤细的雪白蟒蛇,悬停在悬崖外不远处的高空,它并未生出四爪,但是一双近乎透明的翅膀正在飞快振动。它用一双阴沉眼眸,死死盯住少女朱鹿,一次次吐芯,不断有白色浓稠蛇涎坠落,简直就是老饕在垂涎一道美味。

它打量着清秀少女的身段,最后视线凝固在朱鹿的那张脸庞上。

被这头畜生凝视的朱鹿,只觉得双腿一软,全身无力,虽然没有跌倒,但是呼吸困难起来。朱鹿心知肚明,别说出拳退敌,就是动一下手指头,都已是奢望。她甚至不知道,自己那张平时颇为自傲的脸蛋,早已满是泪水。

自习武第一天起就对江湖充满憧憬的朱鹿,这一刻充满痛苦和悔恨。

她不该死在这里。她怎么可以死在这里。

朱鹿那双泪水盈眶的秋水眼眸,充满祈求。

白蟒对于朱鹿的可怜眼神,根本无动于衷,它只是使劲盯着少女那张楚楚可怜的脸庞,越发垂涎三尺,好像下一刻这张脸颊就会变成它的容颜。

土地看似垂头丧气耷拉着脑袋,其实眼珠子就没停过,眼角余光一直瞥向那个捻土而成的岳字,覆着那张黄符烧出的灰烬,如果有用的话,他恨不得趴在地上,鼓起腮帮将那些灰烬从岳字上吹走。只可惜,这只会是徒劳无功。

林守一开始有些焦急,左右张望。

反倒是李槐扯了扯嘴角,想哭却没哭出来,蹲下身,背靠着李宝瓶脚边的绿色小竹箱,双手抱住膝盖,背后传来阵阵清凉。这个孩子有些想念娘亲一天到晚的骂声,爹每天晚上的打雷鼾声。

唯有李宝瓶眼神越来越坚定,小姑娘虽然满头汗水,可仍是高高抬起下巴,毫无惧意。

黑蛇骤然用头颅撞向朱河。

一直屏气凝神小心蓄力的朱河一脚后撤,一脚前踏,以正面一拳,硬扛黑蛇的巨大头颅。

朱河拳罡刚猛,一拳之后,竟是打得那颗头颅轰然巨响。剧烈冲击之下,黑蛇脑袋往后一个晃荡,上半身直起的庞大身躯也随之后仰几分。

手臂酥麻的朱河一咬牙,下陷半尺的双脚,迅速从石坪当中拔起,身形不退反进,大步前冲,每一步都在山顶石板上重重踏出凹陷脚印。方才硬碰硬一撞,朱河不认为自己没有一战之力!

黑蛇再次蛮横地以头直撞而来,朱河体内气机流转如江河决堤,血气蓦然雄壮,手臂肌肉鼓胀,几乎要撑破袖子,怒喝一声,一拳凶狠砸在那条孽畜头颅正中。

势大力沉的倾力一击,爆发出铁锤砸巨钟的雄浑声势。水缸大小的蛇头被一拳砸得摔在石坪上,扬起无数尘土。

占据上风的朱河正要乘胜追击,身后不远处的土地轻轻叹息。

有一物拦腰横扫而至,速度之快,远胜于之前黑蛇的两次出头冲撞,瞬间砸在朱河身侧,朱河整个人被扫出去十数丈,虽未被一击致命,却也是皮开肉绽,满脸是血,显然受伤不轻。朱河在地面上打了几个滚,堪堪止住后退势头,强提一口气,咽下涌至喉咙的那口鲜血,顾不得伤及肺腑,就要继续前冲与那孽畜拼命。

原来黑蛇先前两次故意示弱,只是为这一次快若闪电的扫尾做铺垫。

朱河瞪人眼睛,肝胆欲裂。

眼角余光之中,白蟒身躯一拱,骤然发力,对他女儿朱鹿发起攻击,那张血盆大嘴,触目惊心。

就在此刻,一道消瘦身形沿着黑蛇背脊一路飞奔,最后踩在头颅之上,纵身一跃。陈平安手持柴刀,扑向那条白蟒。

千钧一发之际,陈平安一刀刚好砍断白蟒左边翅膀!但是他也一样被身躯倾斜的白蟒狠狠撞得倒飞出去。

石坪下的山脊某处，阿良坐在一棵老松横出悬崖外的枝干上，小口喝着酒，面无表情。

他扶了扶斗笠，呵呵一笑。

体态如女子纤细的白蟒，那对翅膀不算大到夸张，透明晶莹，若非细看，几乎很难察觉。很难想象，扇动这对翅膀，就能让它从石坪悬崖外升空而起，难免让人猜测，它是否掌握了类似练气士某种悬空浮游的术法神通。

只是如今这一切都意义不大了。之前白蟒拱背之后迅猛俯冲，张开血盆大嘴，试图吞食掉拥有清秀容颜的婢女朱鹿，不承想竟然被一名横空出世的持刀少年，用黑蛇背脊和头颅作为阶梯和跳板，一跃而至，手持柴刀恰好砍在飞翅与身躯接连之处。白蟒需要那对翅膀来升空以及掌控方向，被一刀砍掉飞翅之后，身躯凭借惯性继续前冲，但是立即歪斜横移了丈余距离，白蟒那张血盆大嘴刚好从朱鹿身边擦肩而过，整个身躯重重摔在石坪上。

朱鹿以及她身后的三个学塾蒙童，因此逃过一劫。趁着白蟒撞地后晕头转向的间隙，李宝瓶赶紧背起书箱喊着"快跑"，林守一默默拿起行囊尾随其后，李槐早就吓得牙齿打架，跑出去一段距离后，无意间发现没有看到讨厌鬼朱鹿的身影，转头一看，那家伙傻乎乎站在原地，这不是束手待毙是什么？李槐忍不住高声喊道："朱鹿，还不跑？"

朱鹿终于打了个激灵，略微还魂，只是依然有些六神无主，转过头，眼神恍惚地望向李槐，只见李槐边跑边吼道："跑啊！等死啊！"

朱鹿一旦回过神，立即就展现出二境巅峰武人的矫健身姿，四五步便掠到李槐身边，跟他们一起退到远离白蟒的石坪地带。果不其然，朱鹿刚刚离开原地，那条飞翅断折处鲜血喷涌的白蟒，便开始因为疼痛而剧烈挣扎，尾巴疯狂甩动，砸得石坪碎石飞溅，若是朱鹿晚上片刻，恐怕就要被白蟒粗如水桶的大尾砸成一摊肉泥了。

白蟒失去一只飞翅后，似乎元气大伤，胡乱扑腾，溅起无数飞沙走石，久久没有平静下来。

不过陈平安也好不到哪里去，握着柴刀的左手虎口迸裂，满手鲜血。

陈平安单膝跪地，抬起手臂抹去额头汗水，以免模糊视线。

柴刀已经断去半截，雪亮刀刃反弹之际，若非陈平安反应得快，赶紧侧过脑袋，脸上即便不被戳入半截柴刀，至少脸颊也会被刮去一大块血肉。

陈平安现在所处位置，与黑蛇白蟒形成掎角之势。那条黑蛇行为诡谲，看到白蟒遭受重创后，并未急匆匆丢下朱河，跑来跟陈平安厮杀，反而比先前更加悠闲镇静，好整以暇地慢悠悠晃动上半截身躯，始终与朱河保持对峙状态。黑蛇那双银白色眼眸阴气森森，视线偶尔落在白蟒身上，与白蟒之前看待少女朱鹿如盘中美味的眼神，并无不同。

石坪正中位置,土地手捧绿色竹杖,瑟瑟发抖,那半截柴刀刚好插在他脚边地面不远处。土地蹑手蹑脚走近,蹲下身,用手指肚小心翼翼地抹了抹刀刃,手指头瞬间流淌出夹杂有一丝金色的土黄色鲜血,吓得他赶紧缩回手,又弯曲手指,轻轻弹指敲击刀身,满脸疑惑,嘀咕道:"锋利无匹,当得起锋利无匹的美誉,却竟然只是寻常柴刀,连武人百炼刀也称不上,所以刀身极脆,远远不够坚韧,若是刀身与刀刃品相匹配,再交给那有一身武艺的憨直汉子作为兵器,未必没有一丝胜算。现在嘛,万事皆休喽。"

土地仔细打量着刀刃那条清亮鲜明的漂亮锋线,感慨唏嘘道:"至于这把柴刀的玄机……就只能是在那少年的磨刀石上了? 可问题在于,得是多好的一块磨刀石,才能将一把材质粗劣的廉价柴刀,磨出此等锋芒啊。"

土地视线之中有些贪婪炙热,偷偷望向朱鹿、李宝瓶那边的笋筐行囊,不出意外,那块磨刀石就藏在其中。

土地随即重重叹息,东西再好,哪怕能够拿到手,他如今好像也没命去享用了。

千恨万恨,只恨那个五境武人鬼使神差使出的撼壤成山诀,那本是一门失传无数年的开山术,土地当时躲在地底下,还报以一种看人鬼画符的笑话心态,到最后自己偏偏就栽在了这个大跟头上。其实这门捻土撼壤的开山神通,算不得如何上乘高明,只是此类神通沉寂太久了,在他担任棋墩山土地的年月里,只有一次被人以此术请出山腹府邸,便是那两位来此山顶弈棋的仙人,当然那两位是术法通天的陆地真仙,一个小小五境武人,给那两人提鞋也不配。当年他之所以被喊到山顶,不过是两位真仙不愿坏了某些老规矩,照顾的可不是他这位棋墩山小土地的颜面。

陈平安不是不想借机解决了白蟒,实在是五脏六腑在翻江倒海,让他根本无力多做什么。汗水被抹掉之后,很快就会重新布满脸庞,陈平安干脆就不再去浪费力气,只是不断调整呼吸,尽量让体内紊乱的气息趋于平静。这种调整,就像在对大雨天四面漏风的窗户,尽力进行修修补补。

擂鼓之声,再度从心口响起,声响渐渐变大,不是从耳传入,反而有点像是玄之又玄的心声,在清清楚楚传达身躯体魄的颤抖哀鸣。

陈平安这种近乎本能的直觉,最早源于年幼时在泥瓶巷的那次绞痛,之后在山上还经历过一次。

这次之所以没有满地打滚,是陈平安察觉到体内那股势若火龙的古怪气息,开始由腹部逆流而上,所经之地,无论是从宋集薪家那具木人上认识到的一个个气府窍穴,还是人体关隘城池之间相连接通的经脉,都很大程度减缓了疼痛感,如武将带兵平定叛乱一般,或是宋集薪所谓演义小说上的御驾亲征,效果显著,虽然无法从根本上解决问题,但是至少能够让那些叛军避其锋芒。

朱河虽然受伤不轻,但是气势不降反升,一身雄浑战意昂扬奋发,两袖鼓荡猎猎作响,颇有几分不容轻侮的宗师风范。

腹部缓缓在石坪边缘游走的黑蛇眯起眼眸,即便朱河展现出不俗的战力,它始终不急不躁,左右大幅度摇晃头颅,像是在蹩脚地寻找漏洞,如此一来,无形中送给了朱河压下伤势的大好良机。

土地看在眼中,犹豫了一下,仍是有气无力地出声提醒道:"别垂死挣扎了,这条孽畜之所以不急着吃掉你,无非是希望你完全激发气血。莫要以为它拿你没辙,它只是在等待一颗青涩果子的成熟罢了,否则哪怕它吞下你的这副身躯,仍是消化不掉你的精气神,要晓得那才是真正的大补之物。"

土地哀叹一声,开始捯饬杂乱的须发和破败的衣衫,自嘲道:"好歹是一方土地,死之前总得有个山岳神祇该有的样子。"

土地坐在地上,一边收拾一边冷笑:"对了,孽畜可不只是肉身强横,动作敏锐,它在百余年前吞吃了一位中五境修为的道家练气士,如今估摸着怎么也该修成了一两种入门道法,虽说粗浅不堪,可是由这条孽畜使出,恐怕任你是五境体魄也扛不住。说到底,算你们点子背,好死不死,是一个五境武人担任领头羊率队入山。若是六境,两条孽畜虽然也吃得下,可未必愿意出洞,怕两败俱伤嘛。若是七境,嘿,它们早就主动避让几十里路了,恨不得你们赶紧滚出棋墩山的地界。"

少女朱鹿悚然,闻言后万念俱灰。

林守一喃喃自语道:"阿良,阿良前辈呢?"

李槐突然发现李宝瓶在悄悄翻动书箱,摸出一只小瓷瓶后,紧紧攥在手心。

顺着她的视线,远处陈平安不动声色地朝他们点了点头。

李槐突然有些羡慕李宝瓶和她那位小师叔的这种默契。

书上说,这叫心有灵犀。

而朱河听到土地泄露的天机后,脸上并无半点惊惧神色,转了转手腕,洒然笑道:"束手束脚窝囊是死,放开手脚痛快一战,也是死,既然都是死,还管什么死后会不会成为那条孽畜化龙的垫脚石?"

五境武人,已经有资格被誉为武道小宗师,魂意壮大,神魄坚固,只差凝聚出一颗武胆而已。

朱河身陷必死之地,全无退意,其实契合武道宗旨"向死而生塑武胆"的真意,只是仍需继续锤炼打磨而已。

朱河一身武人气势早已攀升到顶点,蓄势待发。

黑蛇瞬间一改先前悠闲懒散的模样,仿佛是真正确定了朱河再没保留余力,一身魂魄皆已于气府沸腾,随着气血急速流转全身,那么它就可以下嘴品尝这道美味了。

黑蛇抬高头颅,同时张了张嘴巴,逐渐露出两颗象牙色的毒牙,粗如青壮手臂,相比白蟒一张嘴就会蛇涎流淌的污秽模样,有望成为神物墨蛟的这条黑蛇相对要干净许多,大嘴之内雪白一片,一阵阵寒气向外流泻,反差鲜明的黑白两色,衬托得这条成精畜生威严十足,反而比那邋遢老翁更像是货真价实的土地山神。

黑蛇骤然发起攻势,这一次不再是示敌以弱的头颅直撞,它瞬间将嘴巴张开到极致,看似朝石坪地面上的朱河脑袋一咬而下,实则在半途就喷出一口腥臭至极的雪白瘴气,瘴气凝如实质,好似一支床弩箭矢直射地面。

朱河是小镇土生土长的李家家生子,实战经验并不丰富,习武生涯当中,多是与家族老祖宗一场场点到即止的切磋,生死之战更是头一遭,可是吃过一次孽畜声东击西的大亏后,朱河这次身形随之而动,决不再与其正面硬碰硬。

果不其然,那道如箭矢般锋锐的冰冻瘴气刚刚落空,石坪地面便被激荡得粉碎。朱河横移数步后,立马就感受到侧面一股劲风横扫而来,又如之前的明暗两板斧,可这次朱河早有防备,脚尖一点,不退反进,笔直向前,直扑黑蛇腹部。

不承想那条黑蛇身躯后仰,嘴中瘴气一口口频繁吐出,用意不在贯穿朱河身躯,只为阻滞他的前冲,同时尾部不断延伸,直到盘踞山头,形成一个大圈牢笼,将朱河瞬间围困其中,迫使朱河做那困兽之斗。

黑蛇漫长的身躯,在围出足足两圈"城墙"之后,竟然还能高高翘起尾部,如巡城士卒,防止朱河飞蹿出去。朱河应对已经足够迅速,在蛇身第二圈形成之前就要拔地而起,只是身形刚刚腾空,就被那条尾巴迅猛砸下。朱河双臂护住头颅,被猛然拍落回石坪,虽未伤及内脏,但是气海如沸水蒸腾,使得他一张脸庞涨得通红,流转全身的魂魄神意出于好意,为了庇护主人不受创伤,不得不离开既定的经脉道路,转而渗透进入更外围的血肉肌肤。

黑蛇冰冷银眸流露出一丝得意。如果说之前这个武人是七分熟的美味,那么现在就有九分熟了。所以它不再继续消耗元气,而是张开大嘴,一次次低下头颅扑向朱河。

朱河出拳如虹,在这座斗兽场内灵活地辗转腾挪,两条手臂绽放出青蒙蒙的罡气,每次出拳皆可裂空,风声大震。

虽然处于绝对下风,朱河却没有半点颓势,眼眸熠熠,精气神更是前所未有的充沛。

土地竖起耳朵,啧啧称奇,虽未亲眼见到大战光景,却猜出个大概,心想真是个不错的武道宗师坯子,半路夭折,惜哉惜哉。

他猛然火烧屁股般地惊醒起身,捡起那根黯淡无光的绿色竹杖,对那个武人的同行之人喊道:"快来一个人,随便谁都行,只要是童男童女皆可,将你们长辈捏出的岳字用脚踩平,我就能脱身,不受此符拘束,到时候我可以助他一臂之力,不敢说斩杀孽畜,脱困总是不难,快!"

土地焦急的视线在那几人脸上游移。

林守一嘴角泛起冷笑。

李槐刚要鼓起胆气去冒死涉险一趟,却被李宝瓶一把扯住胳膊。

土地愕然,痛心疾首地跳脚骂道:"不知好歹的蠢货,难道要眼睁睁看着你们长辈力竭战死? 你们这帮小崽子的良心都被狗吃了不成?"

朱鹿身形一闪,向那位棋墩山土地狂奔而去。

远处陈平安突然厉色喊道:"朱鹿你别去! 你如果不帮他,他无路可退,说不定只能跟我们并肩作战,如果帮了他,以他胆小怕事的心性,肯定就跑了! 再者我们还不确定他跟这两条畜生到底是不是一伙的,你别冲动! 他从头到尾,看似一直在帮我们,但你有没有发现,他其实一点都不曾帮到朱叔叔!"

朱鹿哪里愿意听陈平安的言语,只管埋头前冲。

陈平安在开口说话的瞬间,其实就已经开始向土地冲去,速度丝毫不比朱鹿逊色。如果没有意外,陈平安有希望拦下朱鹿的脚步。

土地脸色阴晴不定,手持绿杖站在原地。

断去一翅的白蟒,在翻腾之后,很快就躺在石坪上不再动弹,奄奄一息,像是再也无法参加这场搏杀。

但是当陈平安冲向土地,身形出现在离它头颅十数步距离时,白蟒毫无征兆地向前一蹿,大嘴狠狠咬向陈平安,哪里还有之前那副半死不活的濒死架势。

陈平安猛然停下脚步,向后倒退而去,躲掉了白蟒的凶险扑杀,怒喊道:"朱鹿! 看到没! 这条孽畜同样希望你毁掉朱叔叔的那个岳字! 那老头跟这两条畜生说不定早就达成了秘密约定!"

陈平安被白蟒身躯阻隔了视线,看不到土地那边的景象。但是那条白蟒的头颅,先是略显慌张地望向朱鹿那方,继而缓缓扭向陈平安,眼眸充满讥讽之色。

那一刻,陈平安满怀愤懑和失望。以至于连体内那条火龙,在经过高处三个气府窍穴的时候,莫名其妙从势如破竹的气势,变成小心翼翼的卑微姿势,他也不曾注意留心。

脑子里一团糨糊的少女朱鹿跑到那个岳字附近,满脸泪水,伸出脚一通乱踩,她哽咽道:"我要救我爹! 我要救他! 我知道,因为他是我爹,所以你们才会这么无所谓他的生死!"

岳字上边的黄符灰烬,被踩得混入泥土,最终消散不见,岳字也在朱鹿的踩踏之下,终于模糊不见。

土地呆呆低头看着朱鹿的双脚,从喉咙深处发出一阵压抑至极的笑声:"嘿嘿……"

然后土地抬起头,玩味地凝视着这个仓皇失措的少女,手腕随意拧转,绿色竹杖在空中带出一片翠绿流萤,苍老脸庞,如枯木逢春。土地笑逐颜开,点头道:"呵呵,救父心切,理解理解。"

土地的身形开始迅速增高,容颜变得越来越年轻,筋骨伸展,发出一连串黄豆崩裂似的刺耳声响,已是中年男子模样的他仰天大笑,似哭似笑,快意至极:"哈哈哈!"

变得容颜俊美的绿杖男子,笑着望向那条白蟒:"按照约定,我帮你们对付那个藏头藏尾的斗笠汉子,至于这些家伙嘛,随便你们处置。当然了,以后咱们双方相处,可就不能再是之前数百年的样子了。放心,我被敕封为山神后,会将你提拔为此处的土地,至于你那汉子走江一事,我也会扶持一二。说到底,大家互利互惠,共襄盛举。"

绿杖男子说完这些话,已是俊逸潇洒的弱冠男子,笑眯眯地望向目瞪口呆的朱鹿:"你爹与我有缘啊,本来大骊这次封赏版图上的各路山河神祇,我撑死了就是借机恢复土地正身,可他竟然能够喊出那位'先生'的名讳,实在是震撼人心,等于帮我重新钦定了原本被仙人摘去的土地之身。实不相瞒,若是他当时捻土撮壤写出那部《开山篇》的'嶽'字,说不定我此时根本无须大骊敕封,就已是棋墩山的正统山神了。"

年轻土地神色无比欢愉,慢慢踱步,自顾自摆摆手,笑道:"没关系没关系,我很知足了。你爹是好人啊,你也是。你们是我的贵人,只可惜滴水之恩,才要涌泉相报,结果你们这么大的敕封之恩,我实在是无以回报啊。"

朱鹿面无人色,嘴唇颤抖,反复呢喃道:"你骗人,你骗人……"

玉树临风的年轻土地瞥了眼白蟒:"飞翅被斩断一事,咱们可都意料不到,别奢望我会额外补偿什么。如今我穷酸得很,棋墩山方圆数百里,这么多年早被你们搜刮殆尽了,我这堂堂土地老爷只剩下一层地皮,很不像话啊。"

白蟒温顺点头,透露出一丝罕见的谄媚,然后轻轻晃了晃头颅。

年轻土地大手一挥绿杖,豪迈道:"你们的那点破烂家底,我可不稀罕,所有以往过节,就让它随风而逝好了。"

最后他环顾四周,笑嘻嘻道:"那个被你们称为阿良的兄弟呢? 他不拜山头也就罢了,还敢坐我的交椅,最后更是让'嶽'字降为'岳'字……"

这个正意气风发的年轻土地,突然眼神茫然地低头望去,一脸痛苦欲绝和匪夷所思。一把普普通通的竹刀从他心口穿过。

阿良与他并肩而站,只是面朝相反方向。阿良松开刀柄,然后拍了拍这个年轻土地的肩膀,笑眯眯问道:"你找我?"

当阿良松开那柄竹刀的刀柄,换作肩头一拍后,在鬼门关打了个转的年轻土地,非但没有如释重负,反而越发战战兢兢,他脸上再无先前指点江山的畅快笑意,身形一动不动,嗓音干涩道:"前辈,今日误会,是我唐突了。"

事实上,来历不明的阿良,既然能够神不知鬼不觉地出现在他身侧,轻而易举以寻常竹刀捅穿他的心窍,那么他就确定无疑,自己绝非此人的对手,兴许唯有等到自己成为棋墩山正神,才有与其掰手腕的底气。那么一个棘手问题就摆在了他眼前,是老老实实站直了挨打,还是硬气地搏上一搏?

其实当那人手心离开刀柄的瞬间,普通材质的竹刀就已经失去了震慑力。作为神祇,哪怕仅是不入流的土地公,搁在世俗王朝的官场,他就是没有官身的胥吏罢了,可神祇到底是神祇,比如他当下这副经受无数香火熏陶的金身,足可媲美七境武人的体魄,尤其是没有死穴一说,所以哪怕被竹刀捅穿后背心口,仍是不碍事,可名叫阿良的斗笠汉子越是如此漫不经心,他就越是忐忑不安。

犹记得当初被那两位莅临此山的陆地真仙,以无上神通销毁他的神位金身,当时那两人的气态姿容,亦是如此轻描淡写,甚至远远不如他们对弈手谈的任意一次落子。

阿良出刀之后,此时又恢复了玩世不恭的德行,摘下腰间小葫芦,轻轻晃动,酒香四散。阿良灌了一口烈酒,绕着这个年轻俊美的土地公转圈散步,啧啧道:"你这家伙演戏的本事挺好,当然那条白蟒也不差,加上暴戾的黑蛇,配合得堪称天衣无缝。不过你自认为大功告成后的真情流露,更符合我的胃口,三次笑声,很精彩,我喜欢。"

那双黑蛇白蟒早已开窍通晓人性,在阿良笑眯眯跟土地打招呼的同时,就已急急退去。黑蛇迅速散开身躯长墙,退回山巅石坪一侧边缘,失去一翅的白蟒扭曲后撤,乖乖盘踞在悬崖畔,它们皆头颅低垂,温驯异常。

这一次,绝不是假装,蛇蟒双方那覆盖庞大身躯的鳞片,微微颤抖,发乎本心。它们甚至不敢正眼打量那名斗笠汉子。

阿良一记竹刀,就让一切尘埃落定。

年轻土地听到阿良的打趣后,满脸尴尬:"阿良前辈说笑了。"

阿良收敛笑意:"说笑?"

俊美风流的年轻土地好像察觉到不妙,大概以为眼前这位斗笠汉子,是那种翻脸无情的性格,是要对自己痛下杀手了,一急之下,便使出一方山水神祇的神通,身躯如黄泥软化流淌,立身之处的地面泥浆翻涌,几乎一个眨眼的工夫,就不见了踪迹,烂泥塘似的地面,也瞬间恢复如常。

缩地成寸,其实道门兵家都有类似术法。

没了身躯支撑,绿色竹刀开始下坠。

阿良伸手握住竹刀,发现李宝瓶三人瞪大眼睛望向自己。

阿良赶紧抬头挺胸,没有将竹刀放回刀鞘,而是以刀尖拄地,摆出一副抬头望天的潇洒姿态。

阿良偷偷碎碎念:"夸我,使劲夸我。我阿良最大的两个优点,一是喜欢接受批评,你批评我,我就打死你。再就是经得住别人的称赞褒奖,再没谱再肉麻,都接得住。"

李槐率先开口,他一路小跑到阿良身边,上下打量了一番,说道:"阿良,你来这么晚,是不是拉屎去了？真是懒人屎尿多,你知不知道再晚来一点,以后就没人陪你唠叨,陪你一起撒尿了？那么到时候你会不会想我？"

假装高人风范很是辛苦的阿良顿时破功,恼羞成怒道:"我想你娘想你姐,就是不想你这个没良心的兔崽子。"

李槐破天荒没反骂回去,低下头,脸色有些黯然。

阿良叹了口气,摸了摸李槐的脑袋,"你这不是没死翘翘嘛,愁眉苦脸做啥,行了行了……"

李槐立马笑嘻嘻抬起头:"阿良,你教我绝世武功吧。"

阿良笑问道:"你能吃苦?"

李槐一本正经摇头道:"当然吃不住苦,你就没有让我不用吃苦,也能练成天下无敌的厉害功夫?"

阿良嘴角抽搐:"你觉得呢?"

李槐撇撇嘴,斜了他一眼:"阿良,你让我很失望啊。"

李宝瓶背着小书箱,朝阿良笑了笑,然后跑去看陈平安。

林守一来到阿良身前,有些疑惑,却没有开口询问什么。阿良对林守一点了点头,示意私下聊。

浑身浴血的朱河盘膝而坐,他只是看着吓人而已,并未伤及魂魄和元气根本。朱河抹了把脸上的血迹,满脸笑意,只觉得痛快,真是痛快,这辈子不曾如此酣畅淋漓,好像心胸间的所有积郁都因为这场大战,一扫而空,脑海清明,筋骨舒张。

朱鹿飞奔到朱河身边,蹲下身,还带着满脸泪痕。朱河摆手大笑道:"闺女,大难不死必有后福,好事,天大的好事! 爹感觉像是抓住了一丝破境的契机,原本死气沉沉的几个关键窍穴,有了新气抽芽的迹象。别小看这点苗头,对于爹这种原本武道前途断绝的人来说,是莫大幸事!"

朱鹿将信将疑,忧心忡忡道:"爹,您别急着说话,小心扯到伤口。"

朱河笑意更浓,双手撑在膝盖上,容光焕发,整个人显得精神格外饱满:"这点小伤算什么,若是再熬上一刻钟一炷香的工夫,爹说不准就能一只脚跨入第六境的门槛了。当然,前提是爹没死在那条畜生的嘴下。"

朱河说到这里,望向阿良那边,伸出大拇指:"阿良前辈,到了红烛镇,请你喝那新酿的杏花春!"

背对朱河的阿良抬起手臂,摆摆手,说了句很煞风景的话:"老朱啊,大恩不言谢,记在心里就好,说出来显得多没诚意。"

陈平安那边接过李宝瓶递过来的小瓷瓶,正是杨家铺子的祖传独家秘方,用处很简单,就是扛痛,之前在小镇神仙坟,与马苦玄那番差点分出生死的惨烈搏杀后,陈平安便用过一次。如果阿良没有及时出现,那么这只小瓷瓶就一定会派上用场。现在就不需要了。陈平安此刻虽然满身绞痛,但是还不至于用上它,杨老头曾经说得很清楚,是药三分毒,能不用就别用,尤其是习武之后,如果滥用所谓的灵丹妙药,长远来看,就是在挖自己的墙脚。

李宝瓶看着脸色苍白的小师叔,心思细腻的她敏锐发现,小师叔握着柴刀的左手,一直在克制不住地颤抖。

陈平安轻声安慰道:"不打紧,只是身子骨暂时被打回了原形,但不是没有好处,如果我的感觉没有出错的话,将来好处要更多一些。"

李宝瓶使劲点头,一点也不怀疑,因为小师叔说过不会骗她。

阿良环顾四周,分别看过了黑蛇和白蟒,想了想,悄然加重力道,拄地刀尖不易察觉地往地面钉入一寸距离。

一个失魂落魄逃回山腹洞府的土地,脑袋上就像被一记天雷砸中,鲜血爆溅,他吓得屁滚尿流,躲远几步后抬头望去,仅是空中露出一小截绿色刀尖而已,再无其他。这个风度翩翩如豪阀俊彦的貌美青年,咬咬牙一跺脚。下一刻,他的身形便如雨后春笋般从棋墩山石坪破土而出。他一只手掌按住伤口,哭丧着脸望向高深莫测的阿良,恨不得跪地求饶,苦苦哀求道:"恳请大仙不要再戏耍小的了。"

年轻土地的去而复还把少女朱鹿吓了一大跳,她不知为何瞬间就情绪爆发,站起身对着阿良喊道:"杀了他们!"

阿良笑着转过身,看着脸色狰狞的朱鹿,问道:"为什么要杀掉他们? 跟我无冤无仇的。"

朱鹿清秀可人的脸庞越发扭曲,伸出手指,遥遥指着阿良:"无冤无仇? 那两条畜生方才要吃了我们! 这个棋墩山土地更是幕后的罪魁祸首!"

阿良恍然,看了眼满脸焦急的年轻土地,然后各看了黑蛇白蟒一眼:"你要吃我?你? 还是你?"

棋墩山土地和两条尚未化形的蛇蟒,自然一起死命摇头。

朱鹿气得浑身颤抖,哭腔道:"我爹差点就死了,我们都差点死了!"

她泪眼朦胧,望着那个陌生至极的阿良:"你明明有这份能耐,为民除害,为何不做?两条孽畜,一个假公济私的土地,不庇护旅人,反而合伙害人,你阿良怎么就杀不得?"

阿良默然片刻,突然大笑起来:"哈哈,你这口气,像是我未过门的媳妇啊。不行不行,我其实喜欢年纪稍大一些,身段完全长开了的姑娘……"

说到这里,阿良从地面抽出竹刀,放回刀鞘,双手做了一个浑圆饱满的手势,贼兮兮道:"我喜欢这样的。"

朱鹿愣了愣,尖声道:"你不可理喻!"

朱河挣扎着起身，拍了拍自己女儿的肩头，沉声道："不可无礼，更不可意气用事，一切就交由阿良前辈自行处置好了。"

朱鹿猛然转过头，望向远处，满脸委屈愤懑。

阿良望向陈平安，陈平安点头道："阿良你作决定。"

阿良懒洋洋道："行吧，那就我说了算！老话说得好，做人留一线，日后好相见。身为江湖儿女，咱们要大度些……"

年轻土地使劲点头。石坪崖畔那两条小山似的蛇蟒也微微低垂头颅。

阿良突然转变口风："可害我受了这么大惊吓，没有一点补偿就不合情理了。"

年轻土地欲哭无泪。这位阿良大仙，真正差点被吓破胆子的人，现在就站在你面前啊。

阿良想了想，一把搂过棋墩山土地的肩膀，尴尬的是一人身材不高，另一个却是玉树临风的修长身材，幸好后者识趣，连忙低头弯腰，才让阿良不用踮起脚与自己勾肩搭背。阿良拉着他窃窃私语，他小鸡啄米般不断点头，绝不敢说半个不字。到最后，似乎是被阿良的简单要求震惊到了，起先唯恐要掉一层皮的年轻土地，既惊喜又狐疑。

阿良不耐烦地挥挥手："趁我改变主意之前，赶紧消失。"

之后年轻土地与蛇蟒以类似唇语的偏门术法沟通，然后他很快就遁地而走。白蟒小心翼翼摇摆游弋，用嘴巴叼起那只摔落在石坪上的断翅，尽量绕开众人，与那条黑蛇一起离开山巅。离去之前，面朝某个瞬间让它们几乎蛇胆炸裂的阿良，两颗硕大头颅缓缓落下，最终触及地面，向他摆出臣服示弱之态。

暮色里，一场突如其来的惊险大战之后，朱河喊上陈平安一起，去靠近石坪的一处溪涧清洗伤口，少女朱鹿默默跟上。

一大一小蹲在水边，各自清洗掉脸庞衣衫上的血迹，朱河欲言又止，陈平安眼见朱鹿一个人远远坐在溪涧石头上，就跟朱河说先回去了，朱河点点头，没有挽留。在陈平安离开后，朱河站起身，来到女儿身边坐下，柔声道："怎么连一声对不起也不说？"

朱鹿脱掉靴子长袜，露出白白嫩嫩的脚丫，听到父亲略带责问的言语后，她蓦然睁大眼眸，委屈道："爹，您什么意思？"

朱河看着女儿的眼睛，那是一双像极了她娘亲的漂亮眼眸，使得这个正直汉子一些到了嘴边的生硬话语，稍稍打了个转。他叹了口气，语气平缓道："先前陈平安阻止你不要毁掉岳字，事后证明他是对的。"

朱鹿双手抱住膝盖，望向溪涧流水，冷哼道："您又不是他爹，他陈平安当然不担心，我当时哪里顾得上这些，万一他错了呢，难道我就看着您死在那里？"

朱河默不作声。

朱鹿扭过头，红着眼睛："爹，如果我那个时候不做点什么，还是您的女儿吗？"

朱河忍住一些伤人的话，硬生生一个字一个字憋回肚子。

朱河本想说你身为二境巅峰的武人，不该面对强敌轻易失去斗志的。

这些话，如果只是面对武道的同道中人，朱河可以说。但他还是她的父亲。至少在这个时候不能说，只能等到以后找个合适的机会。但是朱河在内心深处，始终觉得哪里不对劲，可具体是什么，他又说不上来。

刚刚在武道之上重新看到一线曙光的朱河，没来由有些愧疚伤感，心想她娘如果还活着就好了。

在通往石坪的山路上，陈平安缓缓独行，夕阳将他的瘦弱身影拉得很长。

山巅，李宝瓶在收拾小书箱里的家当，李槐凑热闹蹲在一边，莫名其妙蹦出一句："李宝瓶，小书箱我马上也会有了哦。"

李宝瓶狠狠剜了他一眼："有就有，但是你不可以喊我的小师叔为小师叔！"

李槐问道："凭啥？"

李宝瓶杀气腾腾地扬起一颗拳头，眯眼问道："够了吗？"

李槐咽了咽口水，嘀咕道："小师叔算什么，我还不稀罕呢，白白降了一个辈分。"

李槐拍拍屁股站起身，走远了后，才转头笑道："李宝瓶，以后万一我跟陈平安称兄道弟，你咋办？应该喊我啥？"

李宝瓶呵呵笑着，站起身后，转了转手腕。

李槐慌张道："李宝瓶，你能不能不要总这样用拳头讲道理啊，我们好好说话不成吗？我们是读书人，读书人要……"

不等李槐说完，李宝瓶快步上前，就要揍他。

李槐急中生智，硬着头皮一步不退，苦口婆心道："李宝瓶，你就不怕你家小师叔，觉得你是蛮横不讲理的千金小姐？到时候他不喜欢你了，你找谁哭去？可别怪我没提醒你，这叫勿谓言之不预！"

李宝瓶停下身形，皱紧眉头。

李槐拍胸脯道："放心放心，咱们三个里头，陈平安最喜欢你了，只要你以后别像那个朱鹿就行。"

李宝瓶笑着返回原位蹲下，继续收拾小书箱。

李槐大摇大摆离开，满脸得意："山人有妙计，治国平天下。以后再也不怕李宝瓶喽。"

李槐高兴得很，就忍不住想要跟他那位阿良兄弟众乐乐一下，怒吼道："阿良，阿良，死出来！"

李槐举目望去，结果看到阿良和林守一不知道什么时候凑在了一起。李槐刚要跑去，又猛然停步，因为那一处石坪崖畔，正是先前白蟒出现的地方。李槐一阵后怕，犹豫了一下，还是转身跑去蹲在李宝瓶身边，然后寻找陈平安的身影。

一想到那家伙毅然决然飞扑向白蟒的身影,李槐怔怔出神。这个鬼灵精的顽劣孩子,下意识觉得李宝瓶的那个小师叔,挺靠谱,至少比那个朱鹿好太多了。

　　崖畔,阿良和少年林守一坐望远方山河。林守一仰头喝了一口烈酒后,将酒葫芦递还给阿良。

　　林守一坐姿端正,相比阿良的歪七扭八,大不相同。他轻声问道:"阿良,这葫芦里的酒是不是很不简单?"

　　阿良嗯了一声。

　　林守一又好奇问道:"怎么个不简单法? 我只知道喝过酒之后,我的身体变好了很多。"

　　阿良晃了晃酒葫芦,一语道破天机:"仅是故意摇晃出一点点酒气,就能吓退铁符河上那些成了人形的妖物,你说厉害不厉害? 当然了,如果像平时这样只拔出酒塞,鼻子再好,也只能闻到酒香。"

　　林守一越发好奇,问道:"那你为何要放过此山土地和两条蛇蟒?"

　　阿良扶了扶斗笠,笑道:"一山土地,有护身符的存在,杀了不难,但是之后会很麻烦,而我现在最怕的就是麻烦。再说了,他们跟你们有生死大仇,跟我阿良可是无冤无仇,现在你们什么都没有少,朱河还得了天大神益,为什么还要赶尽杀绝?"

　　阿良停顿片刻:"有人倒是少了些东西,不过我估计他不会太在乎就是了。没办法,这家伙对于得失的计算方法,跟别人不太一样。"

　　林守一说道:"你是说陈平安吧? 他受的伤显然比朱河要重一些,不过他掩饰得比较好。"

　　阿良对此不作评论。

　　林守一自顾自说道:"那朱鹿救父心切,自然没有错,但是她错在……"

　　阿良摆摆手,打断林守一的盖棺论定,笑道:"背后不说人是非,公道自在人心。"

　　林守一嗯了一声,果然不再说话。

　　清风拂面,阿良慢悠悠喝着酒,缓缓道:"林守一,你很聪明,你是第一个意识到我是值得结交示好的聪明人。别急啊,我可没有贬低你的意思,恰恰相反,修行路上,有人有慧根,如李宝瓶;有人有福缘,如李槐;而有人有怡性,就像你,全都是好事。齐静春的眼光,一向很好的,要不然……"

　　林守一竖起耳朵。

　　阿良咧嘴一笑:"他能认识我这样的朋友?"

　　林守一会心一笑,这个男人从来不放弃自我吹捧的机会,早就习惯了。

　　可是心智成熟的林守一,越来越确定一件事。那就是阿良的吹嘘,听上去很不着边,可那是因为连同自己在内,没有谁真正知道这个家伙的厉害。

"对酒当歌,人生几何? 譬如朝露,去日苦多。"

阿良狠狠灌了一口酒,仰起头望向夜幕降临的天空,轻声念道:"还有那青青子衿,悠悠我心……世上怎么会有如此动人的言语?"

阿良晃晃脑袋,散去那点愁绪,自嘲一笑,伸手指向那连绵山脉:"在有些人眼中,人间就像一条倒挂的银河。"

林守一问了一个极有深意的问题:"阿良,'有些人'之中,有你吗?"

阿良摇摇头:"暂时还没有,我不太喜欢做那样的人。"

阿良轻轻呼出一口气,不再喝酒,单手托起腮帮,歪着脑袋眺望远方:"昔年有一位脾气死犟的老先生,桃李满天下,得意弟子之中,齐静春的字最好,崔瀺的棋术最高,还有一人的剑术最强。"

林守一忍住笑,转头望着阿良的侧脸,道:"剑术最强的弟子,是叫阿良吗?"

阿良哈哈大笑:"那个人当然不是我,怎么可能是我。"

没有猜对答案的林守一有些错愕。

只听那家伙笑着说道:"不过那个人的剑术,是我教的。"

林守一虽然被震撼得无以复加,可对此深信不疑。

阿良转过头,问道:"如果我说齐静春的字,也是我教的,你信不信?"

正襟危坐的林守一毫不犹豫,斩钉截铁道:"打死我也不信!"

阿良拍了拍林守一的肩膀,语重心长道:"林守一,你果然很聪明,所以明天你没酒喝了。"

一向古板冷漠的林守一咧嘴而笑,不过依旧含蓄无声。

阿良感慨道:"天地者,万物之逆旅。读书人说话,就是有学问。"

林守一突然问了一个莫名其妙的问题:"阿良,陈平安让你失望了吗?"

阿良脸色如常:"拭目以待吧。"

夜幕深沉,后半夜的篝火旁,陈平安像往常那样跟朱河负责轮流守夜,他同时编织着草鞋。

朱河不知为何起身来到他身边,陈平安有些讶异。朱河伸手烤火,火光映照着他粗犷的脸庞,他转头笑问道:"你应该找到那股气了吧? 气若游龙,而且它不断下沉,四处游走,对不对?"

陈平安点点头,坐正身体,这正是他最疑惑不解的地方。

朱河没有藏藏掖掖卖关子,慢慢解释道:"这等于说你跻身了泥胚境,千万别小看这第一道坎,能否习武,就看你生不生得出、找不找得到、管不管得住这一口气。俗话说'人争一口气,佛受一炷香',差不多就是这个意思。身体依然是不成气候的泥塑菩萨,但只要有了这口气,就能登堂入室,之后一切皆有希望,否则武道之巅的风光再好,没有这关键的一小步,就全是空谈。"

朱河打量了一下陈平安,赞赏道:"你的身子骨打熬得不错,嗯,是很不错才对,一点不输给那些药罐子里浸泡长大的豪阀子弟。我不知道你经历过什么,但是大致可以确定,你如今已是泥胚境之后的武夫第二境,木胎境了。虽然不太说得通,为何你尚未真正让那股气机找到栖息修养的气府窍穴,但你的体魄经脉,的的确确属于第二境的成就,不过远未二境大成而已。"

陈平安屏气凝神,认真聆听着这些千金难买的武学门道。

被李家老祖宗誉为"明师"的男人,继续说道:"木胎境,这一层很有趣,成就高低,不靠天赋,不管根骨,就两个字,吃苦。之前阿良跟你们解释过大骊驿路,对吧?"

陈平安点头问道:"这跟习武也有关系?"

朱河给篝火添了一把柴火,尽量用通俗易懂的言语,解释那些原本云遮雾绕、晦涩难明的习武关窍,笑道:"我们的人体经脉,其实就像驿路,想要车马通行,就只能一点点逢山开路,遇水搭桥。有些人惫懒,吃不住苦,修出了羊肠小道,搭建了独木桥,其实也能走,继续往武道高处走,但是越往后,局限会越大。很简单的道理,高手过招,如同两国之争,就看谁的兵马驰援更快,哪怕你有千军万马,但是道路狭窄难行,你如何顺利调兵遣将?"

陈平安恍然大悟:"是这个道理!"

"所以这一层又叫开山境,最考验水磨功夫,习武必须下死力气,下苦功夫,以至于被眼高于顶的练气士,视为下等人的末流活计,就跟这一层有很大关系。因为武人在这一级台阶上,实在是容不得半点懈怠偷懒,就跟庄稼汉差不多,想要收成,就只能埋头苦做。"

陈平安笑道:"我吃苦还行,不比别人差多少。"

朱河哑然,心想你陈平安如果才是"还行"的话,那我朱河该置身何地?

朱河脸色肃穆起来:"但是切记,在这一层境界,勤勤恳恳是好事,却也不能滞留太久。道家为何推崇'返璞归真'四个字? 就在于先天一口真气,随着岁数增长,会逐渐流失,或是被天地之间的污秽之气、阴煞之气在内的诸多杂气给混淆得浑浊不堪,这就像文人喜饮茶,他们种植茶树,最忌杂木丛生,即是此理。

"一般而言,在十六岁之前,最多十八岁之前,就要尝试着突破进入第三境,水银境,让自己的气血更加雄壮,如水银凝稠,与此同时,你的身躯会越发轻盈,骨骼却愈发坚韧。人之气血,如沙场武将麾下的士卒,需要一支虎狼之师,而不是那种草台班子、绣花枕头,这么说能理解吗?"

脚上穿着草鞋的陈平安,低头看了眼手中正在编织的草鞋,赧颜道:"能理解。"

朱河忍俊不禁,低声笑道:"第二境的大成之境,能够让你肌肤纹理精密,就像练气士的法宝,篆刻上了符文宝篆,再加上经脉开拓之后,武道的路子就越走越宽。至于第三境水银镜的巅峰,至关重要,需要渡过一劫,武学秘籍上往往称之为'泥菩萨过江',具体细节,本就玄之又玄,我不好多说,个人有个人的缘法,说不定我的经验之谈,反而会害你误入歧途。"

陈平安一字不漏地默默记下。

朱河沉声道:"前三境为炼体,相对务实,之后三境则有些务虚,魂魄胆三事,循序渐进。"

之后朱河就陷入了沉思。今日一战,受益匪浅,朱河需要将那些灵光乍现的思绪沉淀下来。

陈平安不敢打搅他,便开始消化朱河那些深入浅出的金玉良言。

朱河良久之后,才回过神,笑道:"炼气三境,讲求一个水到渠成,你只要走到那个关口,自然而然就会有所明悟,外人指点已经很难起到作用,而且真正的指点,从来不在大道理上,只在你自己真正走到门口之后,远处的旁人,才能出声为你解释缘由。武人炼气,与养炼兼备的练气士,道路几乎截然相反,以后你会明白的。"

朱河最后神采奕奕道:"虽然有拔苗助长的嫌疑,但是我还是有些忍不住,想着要将武人传说中最后三境的山顶风光,说给你听一听,省得以后遇上了练气士胡乱嚼舌,都不知道如何反驳。炼神第七境,金身境,是名副其实的小宗师高手了,此境佼佼者,甚至可以修炼出佛家所谓的金刚不败之躯,或是道教所谓的无垢琉璃,金仙之体。更有一些手段,可以让武人以驱使、聘请、祈求三种方式,加持自身体魄,坚不可摧。

"第八境,羽化境!武人已经能够虚空悬停,御风而飞。故而又称'远游境'。远游,远游游!谁说我们武人便粗鄙不堪了,我就觉得远游这个说法,极有余味!

"最后一重境界,便是第九境,山巅境,如你我二人身处这棋墩山的最高处,会当凌绝顶,一览众山小。这个境界的武人,又被尊称为'止境宗师',用以形容脚下的武道,已经走到尽头!"

朱河说到这里,干脆站起身,绕着篝火缓缓而行,神色激动,双手握拳,朗声道:"虽不至于搬山倒海那么夸张,却亦是能够拳裂城墙、掌劈大江,一身雄浑罡气,百邪不侵,千军辟易。肉体强横至极,犹胜佛家罗汉之身。练气士一旦被近身,十丈之内,除非有上品或者更高的护身法宝,否则必死无疑!"

朱河眼神炙热,满腔热血,低头凝视着陈平安:"试想一下,一旦跻身止境,一眼望去,万里河山都在你脚底下,傲视仙人轻王侯,大丈夫当如此!"

陈平安有些尴尬,一时间不知如何作答,因为他此刻满脑子都是以后要多练习走桩,多练习剑炉,说不定这辈子就能跻身第三境了,哪里会想得那么远,毕竟仅是答应宁姑娘的出拳百万次，就已让他觉得很是艰难了。

朱河离去之时，还心情激荡。留下一个继续编织草鞋的少年。

拂晓时分，当阿良打着哈欠起身，看到陈平安还是位于崖畔，还是那枯燥乏味的六步走桩，迎着山风，挥汗如雨。

突然，一道身影呼啦一下从阿良侧冲过去，很快就站在了陈平安身边，陪着她的小师叔，一起打拳。

阿良喝了口酒，别好小葫芦后，屁颠屁颠跑过去一起凑热闹。

很快身边就响起李宝瓶的教训声："阿良，你姿势不对，这一拳你手臂歪啦。

"阿良，你这步子太大了些，收一收，真的，我不骗你，不信你瞧瞧我小师叔，人家多稳。

"阿良，你再这样心不在焉，我可真生气了啊！"

阿良终于憋屈坏了，忍不住幽怨道："宝瓶啊，难道昨天那荡气回肠的巅峰一战，你没有发现我才是真正的绝世剑客吗？"

李宝瓶认认真真练习六步走桩，点头道："知道啊，可是你练拳真不咋的。齐先生说术业有专攻，阿良，你不用觉得丢脸，慢慢来，我保证不说你便是。"

阿良大步离开，赌气地嚷嚷道："不练拳不练拳了。"

阿良蓦然转身，刚好看到李宝瓶投来狡黠可爱的目光。

阿良朝她做了个大大的鬼脸。李宝瓶不搭理他。

陈平安嘴角翘起。

阿良远远看着打拳的陈平安和李宝瓶，有些开心，也笑了。

山风和煦，旭日东升。

图书在版编目(CIP)数据

剑来2：忽为远行客/烽火戏诸侯著．—杭州：
浙江文艺出版社，2020.4（2025.9重印）
ISBN 978-7-5339-6058-2

Ⅰ.①剑… Ⅱ.①烽… Ⅲ.①长篇小说—中国—当代
Ⅳ.①I247.5

中国版本图书馆CIP数据核字（2020）第042537号

策划统筹　柳明晔
责任编辑　关俊红
营销编辑　俞姝辰　徐轶暄
封面绘图　白衣巷九
责任印制　张丽敏

剑来2：忽为远行客
烽火戏诸侯　著

出版　浙江文艺出版社
地址　杭州市环城北路177号
邮编　310003
网址　www.zjwycbs.cn
经销　浙江省新华书店集团有限公司
印刷　杭州杭新印务有限公司
开本　710毫米×1000毫米　1/16
字数　352千字
印张　18
插页　2
版次　2020年4月第1版
印次　2025年9月第24次印刷
书号　ISBN 978-7-5339-6058-2
定价　45.00元